El coleccionista

DANIEL Silva

El coleccionista

Traducción de Victoria Horrillo Ledesma

HarperCollins *Español*

EL COLECCIONISTA. Copyright © 2023 de Daniel Silva. Copyright de la traducción © 2024, HarperCollins Publishers. Traducción: Victoria Horrillo Ledesma. Todos los derechos reservados. Impreso en los Estados Unidos de América. Ninguna sección de este libro podrá ser utilizada ni reproducida bajo ningún concepto sin autorización previa y por escrito, salvo citas breves para artículos y reseñas en revistas. Para más información, póngase en contacto con HarperCollins Publishers, 195 Broadway, New York, NY 10007.

Los libros de HarperCollins Español pueden ser adquiridos con fines educativos, empresariales o promocionales. Para más información, envíe un correo electrónico a SPsales@harpercollins.com.

Título original: *The Collector*

Publicado en inglés por Harper en los Estados Unidos de América en 2023

Publicado en español por HarperCollins Ibérica en 2024

PRIMERA EDICIÓN DE HARPERCOLLINS ESPAÑOL, 2024.

Este libro ha sido debidamente catalogado en la Biblioteca del Congreso de los Estados Unidos.

ISBN 978-0-06-338281-7

24 25 26 27 28 LBC 5 4 3 2 1

*Como siempre, para mi esposa, Jamie,
y mis hijos, Lily y Nicholas*

Todos queremos cosas que no podemos tener. Ser una persona decente es aceptarlo.

JOHN FOWLES, *El coleccionista*

Y recuerda: nunca hay que desesperar, en ninguna circunstancia. Confiar y actuar, ese es nuestro deber en la desgracia.

BORÍS PASTERNAK, *Doctor Zhivago*

PRIMERA PARTE

EL CONCIERTO

1

Amalfi

Podía una pasarse la mayor parte del día trabajando en casa de un hombre —les diría Sofía Ravello a los *carabinieri* más tarde, ese mismo día—, prepararle la comida, lavarle las sábanas y barrerle los suelos, y no saber absolutamente nada de él. El agente de los *carabinieri,* apellidado Caruso, no le llevó la contraria, pues la mujer con la que compartía la cama desde hacía veinticinco años le parecía a veces una perfecta desconocida. Sabía, por otro lado, algo más sobre la víctima de lo que le había revelado a la testigo, y estaba claro que aquel tipo se estaba buscando acabar así.

Caruso, de todas formas, insistió en que la testigo hiciera una declaración detallada, a lo que ella accedió con mucho gusto. Su jornada había empezado como siempre, a una hora cruel —las cinco de la mañana—, con el balido de su anticuado despertador digital. Pero, como la noche anterior había trabajado hasta tarde porque su jefe había tenido invitados, Sofía se concedió quince minutos más de sueño antes de levantarse. Preparó *espresso* con la cafetera Bialetti y, a continuación, se duchó y se enfundó su uniforme negro, sin dejar de preguntarse mientras tanto cómo era posible que ella, una atractiva joven de veinticuatro años, graduada en la afamada Universidad de Bolonia, trabajara como empleada doméstica en casa de un extranjero rico y no en una imponente torre de oficinas de Milán.

La respuesta era que la economía italiana, presuntamente la octava del mundo, sufría de una tasa de desempleo crónico tan

elevada que a los jóvenes con estudios no les quedaba más remedio que marcharse al extranjero en busca de trabajo. Sofia, no obstante, estaba empeñada en quedarse en su Campania natal, aunque
para ello tuviera que aceptar un trabajo para el que estaba inmensamente sobrecualificada. El acaudalado extranjero le pagaba bien
—de hecho, ganaba más que muchos de sus amigos de la universidad— y el trabajo en sí no era extenuante. Por lo general, pasaba una parte nada desdeñable del día contemplando las aguas
azules verdosas del mar Tirreno o los cuadros de la magnífica colección de arte de su jefe.

Su minúsculo apartamento se hallaba en un destartalado edificio de la Via della Cartiere, en la parte alta de la ciudad de Amalfi. Desde allí, había un paseo de veinte minutos, perfumado de
limón, hasta el llamado —no sin grandilocuencia— Palazzo Van
Damme. Como la mayoría de las fincas con vistas al mar de la
Costiera Amalfitana, el *palazzo* estaba oculto tras un alto muro.
Sofia marcó la contraseña en el panel y se abrió la verja. A la entrada de la villa había otro panel con una contraseña distinta. Normalmente, el sistema de alarma emitía un chirrido estridente
cuando abría la puerta, pero aquella mañana permaneció mudo.
En aquel momento no le extrañó. A veces el señor Van Damme
olvidaba conectar la alarma antes de acostarse.

Sofia se fue derecha a la cocina, donde se dedicó a su primera
tarea del día, preparar el desayuno del *signore* Van Damme: una
cafetera, una jarrita de leche vaporizada, un azucarero y pan tosta-
do con mantequilla y mermelada de fresa. Lo puso todo en una
bandeja y, a las siete en punto, la dejó delante de la puerta del dormitorio del señor. No, les dijo a los *carabinieri,* no entró en la habitación. Tampoco llamó a la puerta. Solo había cometido ese
error una vez. El *signore* Van Damme era un hombre puntual y
exigía puntualidad a sus empleados. Que llamaran innecesaria-
mente a las puertas —y, sobre todo, a la de su dormitorio— no
era de su agrado.

Aquella era solamente una más de las muchas normas y edictos
que Van Damme le había comunicado al término del interrogatorio

de una hora de duración, efectuado en su espléndido despacho, que precedió a la contratación de Sofia. Entonces se describió a sí mismo como un empresario de éxito: un *biznezman*, como dijo con su peculiar pronunciación. El *palazzo*, explicó, era a la vez su residencia principal y el centro neurálgico de una empresa de alcance global. Necesitaba, por tanto, que su hogar funcionara como la seda, sin ruidos ni interrupciones innecesarias, y exigía lealtad y discreción de sus empleados. Chismorrear sobre sus asuntos, o sobre el contenido de su casa, era motivo de despido inmediato.

Sofia no tardó en colegir que su jefe era el propietario de una compañía naviera con sede en Bahamas llamada LVD Marine Transport (LVD eran las siglas de su nombre completo, Lukas van Damme). Dedujo también que era sudafricano y que había huido de su país tras la caída del *apartheid*. Tenía una hija en Londres, una exmujer en Toronto y una amiga brasileña llamada Serafina que le visitaba de cuando en cuando. Por lo demás, parecía libre de ataduras humanas. Lo único que le importaba eran sus cuadros, que colgaban en todas las habitaciones y pasillos de la villa. De ahí las cámaras y los detectores de movimiento, la crispante comprobación semanal de la alarma y las estrictas normas acerca de los cotilleos y las interrupciones inoportunas.

La inviolabilidad de su despacho era de suma importancia. Sofia únicamente podía entrar en la habitación cuando el *signore* Van Damme estaba presente. Y nunca, jamás, debía abrir la puerta si estaba cerrada. Solamente se había inmiscuido en su intimidad una vez, y no por culpa suya. Había sucedido seis meses atrás, cuando otro sudafricano se alojaba en la villa. El *signore* Van Damme pidió que les llevara té y galletas al despacho para merendar y, cuando Sofia llegó, la puerta estaba entornada. Fue entonces cuando descubrió la existencia de la cámara secreta, oculta detrás de las estanterías móviles: la sala en la que el *signore* Van Damme y su amigo sudafricano estaban en ese momento discutiendo animadamente algún asunto en su peculiar lengua materna.

Sofia no le contó a nadie lo que vio aquel día, y menos aún al *signore* Van Damme. Emprendió, sin embargo, una investigación por su cuenta, que llevó a cabo principalmente dentro de los muros de la fortaleza costera de su jefe. Las pruebas que recabó, basadas en buena parte en la observación clandestina del sujeto, la condujeron a las siguientes conclusiones: que Lukas van Damme no era el empresario de éxito que decía ser; que su compañía naviera distaba de ser respetuosa con la ley; que su dinero era dinero sucio; que tenía vínculos con la delincuencia organizada italiana y que había algo turbio en su pasado.

Sofia no abrigaba tales sospechas acerca de la mujer que había visitado la villa la noche anterior: la atractiva joven de pelo negro, de unos treinta años, con la que el *signore* Van Damme se había topado una tarde en el bar terraza del hotel Santa Catarina. Van Damme la había agasajado con una visita guiada a su colección de arte, lo que era raro. Después habían cenado a la luz de las velas en la terraza de la villa, con vistas al mar. Estaban apurando el vino cuando Sofia se marchó junto con el resto del personal, a las diez y media de la noche. Al llegar al día siguiente, supuso que la mujer estaría arriba, en la cama del *signore*.

Habían dejado en la terraza los restos de la cena: unos cuantos platos sucios y dos copas de vino manchadas de granate. En ninguna de las copas había rastros de carmín, lo que le extrañó. Pero no había ninguna otra cosa fuera de lo corriente, salvo una puerta abierta en la planta baja de la villa. Sofia sospechó que el culpable era probablemente el propio *signore* Van Damme.

Lavó y secó los platos con esmero —un solo cerco de agua en un utensilio era motivo de reprimenda— y a las ocho en punto subió a recoger la bandeja del desayuno delante de la puerta del *signore*. Descubrió entonces que Van Damme no la había tocado. No era típico de él, les dijo a los *carabinieri*, pero tampoco algo inaudito.

Sin embargo, cuando a las nueve volvió a encontrar la bandeja igual que la había dejado, empezó a preocuparse. Y cuando dieron las diez sin que el *signore* diera señales de estar despierto, su preocupación se tornó en alarma. Para entonces habían llegado ya otros dos miembros del personal: Marco Mazzetti, el chef de la villa desde hacía muchos años, y el jardinero, Gaspare Bianchi. Ambos coincidieron en que la atractiva joven que había cenado en la villa la noche anterior era la explicación más probable de que el *signore* Van Damme no se hubiera levantado a su hora de costumbre. Por lo tanto, siendo como eran hombres, le aconsejaron solemnemente que esperara hasta el mediodía antes de actuar.

Así pues, Sofia Ravello, de veinticuatro años y graduada en la Universidad de Bolonia, tomó el cubo y el trapeador y procedió a fregar el suelo de la villa como hacía a diario, lo que a su vez le dio la oportunidad de hacer inventario de los cuadros y otros objetos artísticos de la extraordinaria colección de Van Damme. No había nada fuera de su sitio, no faltaba nada ni había indicios de que hubiera ocurrido algo malo.

Nada, excepto la bandeja del desayuno intacta.

A mediodía, la bandeja seguía allí. La primera vez que Sofia llamó a la puerta, lo hizo con timidez y no recibió respuesta. La segunda vez, al dar varios golpes enérgicos con el puño, obtuvo el mismo resultado. Por fin, apoyó la mano en el picaporte y abrió despacio la puerta. No habría sido necesario llamar a la policía. Como diría más tarde Marco Mazzetti, sus gritos pudieron oírse de Salerno a Positano.

2

Cannaregio

—¿Dónde estás?

—Si no me equivoco, estoy sentado con mi mujer en el Campo di Ghetto Nuovo.

—Físicamente no, cariño. —Le puso un dedo en la frente—. Aquí.

—Estaba pensando.

—¿En qué?

—En nada.

—Eso no es posible.

—¿Cómo que no?

Era una habilidad singular que Gabriel había perfeccionado en su juventud: la capacidad de silenciar los pensamientos y los recuerdos, de crear un universo íntimo sin luz ni sonido, ni habitante alguno. Era allí, en el recinto vacío de su subconsciente, donde se le aparecían cuadros acabados, de ejecución deslumbrante y planteamiento revolucionario, y carentes por completo de la influencia dominadora de su madre. Solo tenía que despertar de su trance y trasladar aquellas imágenes al lienzo rápidamente, antes de que se esfumasen. Últimamente, había recuperado el don de despejar la sobrecarga sensorial de su mente y, al mismo tiempo, la capacidad de producir obras originales satisfactorias. El cuerpo de Chiara, con sus muchas curvas y recovecos, era su tema preferido.

Ahora, ese cuerpo se apretaba contra el suyo. La tarde se había vuelto fría y un viento racheado barría el perímetro del *campo*. Gabriel se había puesto un abrigo de lana por primera vez desde hacía muchos meses, pero la elegante chaqueta de ante y la bufanda de chenilla de Chiara no bastaban para combatir el frío.

—Seguro que estabas pensando en algo —insistió ella.

—Seguramente no debería decirlo en voz alta. Los viejos podrían no recuperarse de la impresión.

El banco en el que estaban sentados se hallaba a pocos pasos de la puerta de la Casa Israelita di Riposo, la residencia de ancianos de la menguante comunidad judía de Venecia.

—Nuestro futuro domicilio —comentó Chiara, y pasó la punta de un dedo por el pelo de color platino de la sien de Gabriel. Hacía muchos años que no lo llevaba tan largo—. Para algunos antes que para otros.

—¿Vendrás a visitarme?

—Todos los días.

—¿Y ellos?

Gabriel dirigió la mirada hacia el centro de la ancha plaza, donde Irene y Raphael estaban enfrascados en una reñida competición de algún tipo con otros niños del *sestiere*. La luz siena del sol poniente bañaba los edificios de viviendas de detrás, los más altos de Venecia.

—¿Se puede saber a qué están jugando? —preguntó Chiara.

—Eso quisiera saber yo.

La competición incluía una pelota y el antiguo pozo del *campo*, pero por lo demás sus reglas y su sistema de puntuación eran, para quien no participaba en el juego, indescifrables. Irene parecía disfrutar de una corta ventaja a la que se aferraba con uñas y dientes, pero su hermano mellizo había organizado un feroz contraataque con los demás jugadores. El chico, por desgracia para él, había sacado la cara de Gabriel y sus extraños ojos verdes. Tenía también aptitudes para las matemáticas y desde hacía un tiempo estudiaba con un profesor particular. Irene, una alarmista climática que temía que el mar estuviera a punto de tragarse Venecia, había decidido que Raphael debía utilizar sus dotes para salvar el planeta. Ella aún no había elegido profesión. De momento, como más disfrutaba era atormentando a su padre.

Una patada errática lanzó el balón hacia la puerta de la Casa. Gabriel se levantó de un salto y con un hábil movimiento del pie lo devolvió al terreno de juego. Luego, tras agradecer el torpe aplauso de un guardia de los *carabinieri* armado hasta los dientes, se volvió hacia los siete paneles en bajorrelieve que formaban el monumento al Holocausto de la judería. Estaba dedicado a los doscientos cuarenta y tres judíos venecianos —entre ellos, veintinueve residentes de la Casa di Riposo— que fueron detenidos en diciembre de 1943, internados en campos de concentración y deportados después a Auschwitz. Entre ellos estaba Adolfo Ottolenghi, rabino mayor de Venecia, asesinado en septiembre de 1944.

El líder actual de la comunidad judía, el rabino Jacob Zolli, era descendiente de judíos sefardíes andaluces expulsados de España en 1492. Su hija estaba en ese momento sentada en un banco del Campo di Ghetto Nuovo, vigilando a sus dos hijos de corta edad. Al igual que el famoso yerno del rabino, había sido agente del servicio secreto de inteligencia israelí. Ahora, en cambio, trabajaba como directora general de la Compañía de Restauración Tiepolo, la empresa más destacada de su sector en el Véneto. Gabriel, restaurador de cuadros de renombre internacional, dirigía el departamento de pintura de la empresa, lo que significaba que, a todos los efectos, trabajaba para su mujer.

—¿Y ahora? ¿En qué estás pensando? —le preguntó ella.

Se estaba preguntando, como había hecho ya otras veces, si su madre habría notado la llegada de varios miles de judíos italianos a Auschwitz desde aquel terrible otoño de 1943. Como muchos supervivientes de los campos, se negaba a hablar del mundo de pesadilla al que había sido arrojada. En lugar de hacerlo, escribió su testimonio en unas cuantas hojas de papel cebolla y lo guardó a buen recaudo en los archivos del Yad Vashem. Atormentada por el pasado —y por el constante sentimiento de culpa de los supervivientes—, había sido incapaz de mostrarle verdadero afecto a su único hijo, por miedo

10

a que se lo quitaran. Le había transmitido su destreza para la pintura, su alemán de acento berlinés y quizá un asomo de su arrojo físico. Y luego le había abandonado. El recuerdo que Gabriel guardaba de ella se iba difuminando año a año. Era una figura distante, de pie ante un caballete, con una tirita en el antebrazo izquierdo, siempre de espaldas. Por eso Gabriel se había desgajado momentáneamente de su mujer y sus hijos. Para intentar, sin éxito, ver el rostro de su madre.

—Estaba pensando —respondió echando una ojeada a su reloj de pulsera— que deberíamos irnos pronto.

—¿Y perderme el final del partido? Ni se me ocurriría. Además —añadió Chiara—, el concierto de tu novia no empieza hasta las ocho.

Era la gala anual a beneficio de la Sociedad para la Conservación de Venecia, una organización sin ánimo de lucro con sede en Londres dedicada al cuidado y la restauración del frágil patrimonio artístico y arquitectónico de la ciudad. Gabriel había convencido a la célebre violinista suiza Anna Rolfe, con la que había mantenido un breve idilio hacía mucho tiempo, para que actuara en la gala. Anna había cenado la noche anterior en su *piano nobile della loggia*, el lujoso piso de cuatro habitaciones con vistas al Gran Canal en el que vivía la familia Allon. Gabriel se alegraba de que su esposa, que había preparado y servido la comida con esmero, volviera a dirigirle la palabra.

Chiara miraba fijamente hacia delante, con una sonrisa de Mona Lisa en la cara, cuando él volvió al banco.

—Este es el momento de la conversación —dijo en tono sereno— en que me recuerdas que la violinista más famosa del mundo ya no es tu novia.

—No creía que fuera necesario.

—Lo es.

—No es mi novia.

Chiara le clavó la uña del pulgar en el dorso de la mano.

—Y nunca estuviste enamorado de ella.

—Nunca —declaró Gabriel.

Chiara aflojó la presión y masajeó suavemente la marca en forma de media luna que había dejado en su piel.

—Ha embrujado a tus hijos. Irene me ha informado esta mañana de que quiere empezar a estudiar violín.

—Es encantadora, nuestra Anna.

—Es una calamidad.

—Pero tiene muchísimo talento.

Gabriel había asistido al ensayo de Anna esa tarde en La Fenice, el histórico teatro de la ópera de Venecia. Nunca la había oído tocar tan bien.

—Es curioso —añadió Chiara—, pero no es tan guapa en persona como en las portadas de sus discos. Supongo que los fotógrafos utilizan filtros especiales para fotografiar a las mujeres mayores.

—Eso ha sido indigno de ti.

—Estoy en mi derecho. —Chiara soltó un suspiro teatral—. ¿Ha decidido ya su repertorio esa calamidad?

—La *Sonata para violín n.º 1* de Schumann y la *Sonata en re menor* de Brahms.

—Siempre te ha gustado esa sonata de Brahms. Sobre todo, el segundo movimiento.

—¿Y a quién no?

—Supongo que, como bis, nos hará tragarnos *El trino del diablo*.

—Si no lo toca, es probable que haya un motín.

La *Sonata para violín en sol menor* de Giuseppe Tartini, que exigía un verdadero alarde técnico por parte del ejecutante, era la pieza predilecta de Anna.

—Una sonata satánica —comentó Chiara—. Por qué será que tu novia se siente atraída por una pieza así.

—No cree en el diablo. Y tampoco se cree esa idiotez que contaba Tartini de que escuchó la pieza en un sueño.

—Pero no niegas que sea tu novia.

—Creo que he sido bastante claro a ese respecto.

—¿Y nunca estuviste enamorado de ella?

—Ya he respondido a esa pregunta.

Chiara apoyó la cabeza en su hombro.

—¿Y qué hay del diablo?

—No es mi tipo.

—¿Crees que existe?

—¿Por qué me preguntas eso?

—Su existencia explicaría todo el mal que hay en este mundo nuestro.

Se refería, cómo no, a la guerra de Ucrania, que iba ya por su octavo mes. Había sido otro día espantoso. Más misiles dirigidos contra objetivos civiles en Kiev. Fosas comunes con centenares de cadáveres descubiertas en la localidad de Izium.

—Los hombres violan, roban y asesinan por propia voluntad —dijo Gabriel con los ojos fijos en el monumento al Holocausto—. Y muchas de las peores atrocidades de la historia de la humanidad las han cometido personas a las que no impulsaba su devoción al Maligno, sino su fe en Dios.

—¿Qué tal va la tuya?

—¿Mi fe? —Gabriel no dijo nada más.

—Quizá deberías hablar con mi padre.

—Hablo con tu padre constantemente.

—Acerca de nuestro trabajo y de los niños y de la seguridad en las sinagogas, pero no de Dios.

—Siguiente pregunta.

—¿En qué estabas pensando hace unos minutos?

—Estaba soñando con tus *fetuccini* con champiñones.

—Deja de bromear.

Él le respondió la verdad.

—¿En serio no recuerdas cómo era? —preguntó Chiara.

—Al final, sí. Pero esa no era ella.

—Quizá esto te ayude.

Chiara se levantó, se acercó al centro del *campo* y tomó a Irene de la mano. Un momento después, la niña estaba sentada en las rodillas de su padre, con los brazos alrededor de su cuello.

—¿Qué te pasa? —le preguntó mientras Gabriel se secaba apresuradamente una lágrima de la mejilla.

—Nada —contestó—. Nada de nada.

3

San Polo

Cuando Irene regresó al terreno de juego, había descendido al tercer puesto de la clasificación. Presentó una queja formal y, al no obtener satisfacción, se retiró a la banda y observó cómo el juego se disolvía en medio del caos y las recriminaciones. Gabriel trató de restablecer el orden, pero no sirvió de nada; la disputa era tan compleja y enrevesada como el conflicto árabe-israelí. Al no encontrar solución a mano, sugirió que se suspendiera el torneo hasta el mediodía siguiente, porque los gritos podían molestar a los ancianos de la Casa di Riposo. Los contendientes estuvieron de acuerdo y, a las cuatro y media, volvió la paz al Campo di Ghetto Nuovo.

Irene y Raphael, con sus mochilas al hombro, cruzaron corriendo la pasarela de madera del extremo sur de la plaza, con Gabriel y Chiara detrás. Unos siglos antes, un guardia cristiano podría haberles cortado el paso, pues la luz estaba menguando y el puente se cerraba por las noches. Pasaron sin que nadie los molestara junto a tiendas de regalos y restaurantes concurridos, hasta llegar a un pequeño *campo* dominado por un par de sinagogas enfrentadas. Alessia Zolli, la esposa del rabino mayor, esperaba ante la puerta abierta de la Sinagoga Levantina, que atendía a la comunidad judía en invierno. Los niños abrazaron a su abuela como si hubieran pasado incontables meses sin verla y no tres días escasos.

—Acuérdate —le dijo Chiara— de que mañana tienen que estar en el colegio a las ocho como muy tarde.

—¿Y dónde está ese colegio? —preguntó Alessia Zolli—.

¿Aquí, en Venecia, o en tierra firme? —Miró a Gabriel y frunció el ceño—. Es culpa tuya que se comporte así.

—¿Qué he hecho yo ahora?

—Prefiero no decirlo en voz alta. —Alessia Zolli acarició el alborotado cabello moreno de su hija—. La pobrecilla ya ha sufrido bastante.

—Me temo que mi sufrimiento no ha hecho más que empezar.

Chiara besó a los niños y partió con Gabriel hacia la Fondamenta Cannaregio. Mientras cruzaban el Ponte delle Guglie, acordaron que convenía tomar un ligero refrigerio. El recital terminaría a las diez, momento en el que se trasladarían al Cipriani para cenar con el director de la Sociedad para la Conservación de Venecia y algunos donantes adinerados. Chiara había presentado recientemente varias ofertas a la organización para hacerse cargo de diversos proyectos muy lucrativos y estaba obligada, por tanto, a asistir a la cena, aunque ello supusiera tener que soportar un rato más la presencia de la examante de su marido.

—¿Adónde vamos? —preguntó.

El *bacaro* favorito de Gabriel en Venecia era All'Arco, pero estaba cerca del mercado de pescado de Rialto y tenían poco tiempo.

—¿Qué tal si vamos al Adagio? —sugirió.

—Un nombre de lo más desafortunado para un bar, ¿no te parece?

Estaba en el Campo dei Frari, cerca del *campanile*. Al entrar, Gabriel pidió dos copas de lombardo blanco y *cicchetti* variados. La etiqueta culinaria veneciana exigía que los pequeños y deliciosos canapés se comieran de pie, pero Chiara propuso que se sentaran en una mesa de la plaza. El anterior ocupante se había dejado un ejemplar de *Il Gazzettino*. Estaba lleno de fotografías de ricos y famosos; entre ellos, Anna Rolfe.

—La primera tarde que paso a solas con mi marido desde hace meses —dijo Chiara, doblando el periódico por la mitad— y me toca pasarla precisamente con ella.

—¿De verdad era necesario que socavaras aún más la opinión que tiene tu madre de mí?

—Mi madre te cree capaz de caminar sobre el agua.

—Solo cuando hay *acqua alta.*

Gabriel devoró un *cicchetto* cubierto de corazones de alcachofa y *ricotta,* regándolo con un poco de vino *bianco.* Era su segunda copa del día. Como la mayoría de los hombres residentes en Venecia, se había tomado *un'ombra* con el café de media mañana. Desde hacía dos semanas, frecuentaba un bar de Murano, donde estaba restaurando un retablo del pintor de la escuela veneciana conocido como Il Pordenone. En sus ratos libres, trabajaba también en dos encargos privados, ya que el mezquino sueldo que le pagaba su esposa no alcanzaba para mantener el tren de vida al que estaba acostumbrada Chiara.

Su esposa contemplaba los *cicchetti* debatiéndose entre la caballa ahumada y el salmón, ambos sobre un lecho de queso cremoso y espolvoreados con hierbas frescas finamente picadas. Gabriel zanjó la cuestión quedándose con el de caballa, que combinaba a las mil maravillas con el vino de Lombardía.

—Ese lo quería yo —protestó Chiara con un mohín, y echó mano al salmón—. ¿Has pensado en cómo vas a reaccionar esta noche cuando alguien te pregunte si eres ese Gabriel Allon?

—Confiaba en poder evitar el tema.

—¿Cómo?

—Mostrándome tan inaccesible como de costumbre.

—Me temo que va a ser imposible, cariño. Es un acontecimiento social. O sea, que se espera que seas sociable.

—Soy un iconoclasta. Desprecio las convenciones.

También era el espía retirado más famoso del mundo. Se había instalado en Venecia con permiso de las autoridades italianas —y conocimiento de figuras clave de la cultura veneciana—, pero poca gente sabía que vivía en la ciudad. Habitaba casi siempre en un ámbito incierto, entre el mundo abierto y el encubierto. Llevaba un arma —también con permiso de la policía italiana— y tenía un par de pasaportes alemanes falsos por si necesitaba viajar bajo seudónimo. Pero, por lo demás, se había despojado de los pertrechos de su vida anterior. Para bien o para mal, la gala de esa noche sería su fiesta de presentación.

—Descuida —dijo—. Voy a ser absolutamente encantador.

—¿Y si alguien te pregunta cómo es que conoces a Anna Rolfe?

—Fingiré una sordera repentina y escaparé al aseo de caballeros.

—Excelente estrategia. Claro que la planificación de operaciones siempre ha sido tu fuerte. —Quedaba un solo *cicchetto*. Chiara empujó el plato hacia Gabriel—. Cómetelo tú. Si no, no cabré en el vestido.

—¿Giorgio?

—Versace.

—¿Es muy llamativo?

—Escandaloso.

—Bueno, es una forma de conseguir financiación para nuestros proyectos.

—No es para los donantes para quien voy a ponérmelo, te lo aseguro.

—Eres hija de un rabino.

—Con un cuerpo de escándalo.

—Si lo sabré yo —contestó Gabriel, y se zampó el último *cicchetto*.

Había un agradable paseo de diez minutos entre el Campo dei Frari y su casa. En el espacioso cuarto de baño principal, Gabriel se duchó rápidamente y luego se enfrentó a su reflejo en el espejo. Juzgó satisfactorio su aspecto, aunque lo estropeara la cicatriz protuberante y rugosa del lado izquierdo del pecho. Era aproximadamente la mitad de grande que la cicatriz que tenía debajo de la escápula izquierda. Sus otras dos heridas de bala habían cicatrizado bien, al igual que las marcas de dientes que tenía en el antebrazo izquierdo, infligidas por un perro guardián alsaciano. Por desgracia, no podía decir lo mismo de las dos vértebras fracturadas de la parte baja de la espalda.

Ante la perspectiva de un concierto de dos horas seguido de una larga cena de varios platos, se tomó una dosis profiláctica

17

de ibuprofeno antes de entrar en su vestidor. Allí le esperaba su esmoquin Brioni, recién incorporado a su armario. A su sastre no le había extrañado que le pidiera que dejara algo de holgura en la cinturilla; todos sus pantalones estaban cortados así, para poder llevar un arma oculta. Su pistola preferida era una Beretta 92FS, un arma de tamaño considerable que pesaba casi un kilo con el cargador lleno.

Ya vestido, se encajó la pistola a la altura de los riñones. Luego, girándose un poco, examinó por segunda vez su aspecto. De nuevo, le satisfizo lo que vio. El elegante corte de la chaqueta Brioni hacía que el arma fuera casi invisible. Además, la moderna doble abertura trasera seguramente reduciría el tiempo que tardaba en sacar el arma (y, a pesar de sus muchas lesiones físicas, seguía siendo veloz como el rayo).

Se puso en la muñeca un reloj Patek Philippe, apagó la luz y entró en el cuarto de estar para aguardar la aparición de su esposa. Sí, pensó mientras contemplaba el amplio panorama del Gran Canal, era ese Gabriel Allon. Antaño había sido el ángel vengador de Israel. Ahora dirigía el departamento de pintura de la Compañía de Restauración Tiepolo. Anna era alguien a quien había conocido por el camino. A decir verdad, había intentado amarla, pero no había sido capaz. Después conoció a una preciosa chica del gueto y esa chica le salvó la vida.

A pesar de la larga abertura de la falda y la ausencia de tirantes, el vestido negro de Versace de Chiara no era en absoluto escandaloso. Sus zapatos, en cambio, resultaban problemáticos. El tacón de aguja de los Ferragamo añadía diez centímetros y medio a su ya escultural figura. Mientras se acercaban a los fotógrafos congregados frente a La Fenice, bajó la mirada discretamente hacia Gabriel.

—¿Seguro que estás preparado para esto? —preguntó con una sonrisa congelada.

—Todo lo preparado que puedo estar —respondió él mientras un aluvión de destellos blancos deslumbraba sus ojos.

Pasaron bajo la bandera azul y amarilla de Ucrania, que colgaba del pórtico del teatro, y se adentraron en la políglota algarabía del vestíbulo abarrotado. Varias personas se volvieron a mirarle, pero su llegada no causó ningún revuelo. De momento, al menos, no era más que otro hombre de mediana edad y nacionalidad dudosa con una hermosa joven del brazo.

Chiara le apretó la mano con gesto tranquilizador.

—No ha sido para tanto, ¿verdad?

—La noche es joven —murmuró Gabriel, y recorrió con la mirada la relumbrante sala.

Aristócratas desvaídos, magnates y potentados, un puñado de destacados marchantes de Maestros Antiguos. El orondo Oliver Dimbleby, que nunca se perdía un buen sarao, había viajado desde Londres. Estaba consolando a un afamado coleccionista francés al que un reciente y notorio caso de falsificación —el de Masterpiece Art Ventures, el fraudulento fondo de cobertura del difunto Phillip Somerset— había dejado achicharrado.

—¿Sabías que iba a venir? —preguntó Chiara.

—¿Oliver? Algo me dijo una de mis muchas fuentes en el mundillo del arte londinense. Tiene orden estricta de no acercarse a nosotros.

—¿Y si no puede refrenarse?

—Haz como si tuviera la lepra y aléjate lo más rápido que puedas.

Un periodista se acercó a Oliver y le preguntó su opinión sobre sabe Dios qué asunto. Varios periodistas más se habían reunido en torno a Lorena Rinaldi, ministra de Cultura del nuevo Gobierno de coalición italiano. Al igual que el primer ministro, Rinaldi pertenecía a un partido político de extrema derecha cuyo linaje se remontaba a los nacionalfascistas de Benito Mussolini.

—Al menos hoy no se ha puesto el brazalete —comentó una voz masculina junto al hombro de Gabriel. Era la voz de Francesco Tiepolo, propietario de la próspera empresa de restauración que llevaba el famoso apellido de su familia—. Ojalá hubiera tenido la decencia de no asomar su fotogénica cara en un evento como este.

—Evidentemente, es una gran admiradora de Anna Rolfe.

—¿Hay alguien que no lo sea?

—Yo —respondió Chiara.

Francesco sonrió. Enorme como un oso, guardaba un increíble parecido con Luciano Pavarotti. Incluso ahora, transcurrida más de una década de la muerte del tenor, los turistas se le acercaban en bandadas por las calles de Venecia para pedirle un autógrafo. Si estaba de ánimo juguetón, como solía ser el caso, Francesco accedía encantado.

—¿Viste la entrevista que le hicieron anoche en la RAI? —preguntó—. Prometió limpiar la cultura italiana de *wokismo*. Te juro por mi vida que no tengo ni idea de qué estaba hablando.

—Tampoco ella la tiene —repuso Gabriel—. Es algo que oyó de pasada en su última visita a Estados Unidos.

—Seguramente deberíamos aprovechar la oportunidad para presentarle nuestros respetos.

—¿Y eso por qué?

—Porque en el futuro inmediato Lorena Rinaldi va a tener la última palabra en lo tocante a todos los grandes proyectos de restauración aquí, en Venecia, independientemente de quién pague la factura.

Justo entonces se atenuaron las luces del vestíbulo y sonó un tintineo.

—Salvados por la campana —dijo Gabriel, y entró con Chiara en el auditorio. Ella logró disimular su malestar mientras ocupaba su butaca VIP de la primera fila.

—Qué maravilla —comentó—. Lástima que no estemos más cerca del escenario.

Gabriel se sentó a su lado y se recolocó la Beretta discretamente. Pasado un momento, dijo:

—Creo que ha ido bastante bien, ¿no te parece?

—La noche es joven —respondió ella, y le clavó la uña en el dorso de la mano.

4

Cipriani

La pieza de Schumann fue maravillosa; la de Brahms, de una belleza inquisitiva. Aunque fue la fogosa interpretación que hizo Anna de *El trino del diablo* de Tartini lo que puso al público en pie. Tras salir a saludar tres veces, espectacularmente, Anna se despidió de su público. La mayoría de los asistentes salieron en fila hacia Corte San Gaetano, pero unos pocos escogidos fueron escoltados discretamente hasta el muelle del teatro, donde una flotilla de flamantes *motoscafi* aguardaba para llevarlos al hotel Cipriani. Gabriel y Chiara hicieron el trayecto junto a una delegación de simpáticos neoyorquinos. Ninguno pareció reconocer al famoso espía retirado. Tampoco le reconoció la atractiva encargada del Oro, el célebre restaurante del Cipriani, armada con un portafolios.

—Ah, sí. Aquí está. *Signore* Allon, mesa número cinco. La *signora* Zolli está en la mesa uno. La mesa presidencial —añadió con una sonrisa.

—Eso es porque la *signora* Zolli es mucho más importante que yo.

La encargada les indicó la entrada del comedor privado del restaurante, y Gabriel siguió a Chiara dentro.

—Por favor, dime que no me han sentado al lado de ella —dijo su mujer.

—¿De la ministra? Creo que ha tenido que irse corriendo a una quema de libros.

—De Anna, quiero decir.

—Pórtate bien —dijo Gabriel, y se fue en busca de su mesa.

Cuando la encontró, vio que estaba sentado junto a cuatro de los neoyorquinos del taxi acuático. Los americanos estaban en minoría. El resto de la concurrencia era indudablemente británica.

Gabriel localizó el sitio que le habían asignado y, resistiéndose al impulso de tirar la tarjeta a la trituradora de papel más cercana, tomó asiento.

—Antes no me he quedado con su nombre —le dijo uno de los americanos, un espécimen pelirrojo de unos sesenta y cinco años, con aspecto de comer demasiada carne roja.

—Gabriel Allon.

—Me suena. ¿A qué se dedica?

—Soy conservador.

—¿En serio? Temía ser el único aquí.

—De arte —añadió Gabriel con énfasis—. Restaurador de cuadros.

—¿Ha restaurado algo últimamente?

—Trabajé en uno de los Tintorettos de la iglesia de la Madonna dell'Orto no hace mucho.

—Creo que todo ese proyecto lo pagué yo.

—¿Lo cree?

—Salvar Venecia es el *hobby* de mi mujer. Si le digo la verdad, yo con el arte me aburro como una ostra.

Gabriel miró la tarjeta de su derecha y vio con alivio que estaba sentado junto a la riquísima heredera de una cadena de supermercados británica que, según los tabloides londinenses, poco tiempo atrás había intentado asesinar al mujeriego de su marido con un cuchillo de carnicero. Curiosamente, la tarjeta del asiento de su izquierda estaba en blanco.

Al levantar la vista, vio acercarse a la heredera, una mujer bien conservada, ataviada con un llamativo vestido rojo. Su rostro químicamente mejorado no mostró indicio alguno de sorpresa —ni de ninguna otra emoción— cuando Gabriel se presentó.

—Que conste —dijo— que en realidad solo era un cuchillo de pelar. Y la herida ni siquiera requirió puntos de sutura. —Sonriendo, tomó asiento—. ¿Quién es usted, señor Allon, y qué diablos hace aquí?

—Es conservador de arte —terció el americano—. Ha restaurado uno de los Tintorettos de la Madonna dell'Orto. Lo pagamos mi mujer y yo.

—Y le estamos muy agradecidos —repuso la heredera. Luego, volviéndose hacia Gabriel, añadió—: ¿A quién hay que matar aquí para conseguir un Beefeater con tónica?

Gabriel hizo amago de responder, pero se calló cuando una oleada de aplausos se elevó de entre las mesas vecinas.

—La encantadora *madame* Rolfe —observó la heredera—. Está como una cabra. Al menos, eso dicen.

Gabriel lo dejó pasar sin hacer ningún comentario.

—Su madre se suicidó, ¿sabe? Y luego estuvo ese horrible escándalo que salpicó a su padre, ese sobre los cuadros expoliados por los nazis durante la guerra. Después de aquello la vida de Anna descarriló. ¿Cuántas veces se ha casado? ¿Tres? ¿O han sido cuatro?

—Dos, creo.

—Y no olvidemos el accidente que casi acaba con su carrera —continuó la heredera, impertérrita—. No recuerdo los detalles, me temo.

—Estalló una tormenta mientras hacía senderismo cerca de su casa, en la costa de Prata, y hubo un desprendimiento. Una roca le aplastó la mano izquierda. Necesitó meses de rehabilitación para poder volver a usarla.

—Me parece que es usted uno de sus admiradores, señor Allon.

—Podría decirse así.

—Perdóneme, espero no haber metido la pata.

—Oh, no —contestó Gabriel—. No tengo el honor de conocerla en persona.

Parecía haber cierta confusión sobre dónde debía sentarse

Anna. Los ocho asientos de la mesa presidencial estaban ocupados. Y también las demás sillas del comedor, con una sola excepción.

No, pensó Gabriel, mirando de reojo la tarjeta en blanco. No se atrevería.

—Vaya, vaya —dijo la heredera cuando la violinista más famosa del mundo se acercó a la mesa—. Parece que esta noche está usted de suerte.

—Figúrese —respondió Gabriel, y se puso lentamente en pie.

Anna estrechó la mano que le tendía como si fuera la de un extraño y sonrió con malicia cuando Gabriel pronunció su nombre.

—¿No será usted ese Gabriel Allon? —dijo, y se sentó.

—¿Cómo lo has conseguido?

—En lugar de la exorbitante tarifa que suelo pedir por aparecer, hice una única exigencia no negociable acerca de la disposición de los asientos para la velada *après-concert* de esta noche. —Anna dedicó una sonrisa desmesurada a un comensal de una mesa vecina—. Dios, cómo odio estas cosas. No sé por qué he accedido a venir.

—Porque no podías desaprovechar la ocasión de meterme en un lío en casa.

—Mis intenciones eran honorables, te lo aseguro.

—¿De veras?

—Casi casi. —Anna miró con aprensión el plato que un camarero con chaquetilla blanca acababa de ponerle delante—. En nombre de Dios, ¿qué es esto?

—Sepia —explicó Gabriel—. Una exquisitez local.

—La última vez que me comí una criatura de la laguna cruda, estuve paralizada una semana.

—Está deliciosa.

—Allá donde fueres… —dijo Anna, y probó el plato con desconfianza—. ¿Cuánto dinero hemos recaudado esta noche?

—Casi diez millones. Pero, si juegas bien tus cartas con ese ricachón americano del otro lado de la mesa, podrían ser veinte.

En ese momento, el ricachón americano miraba su teléfono con los ojos abiertos de par en par.

—¿Sabe quién eres? —preguntó Anna.

—Tengo la sensación de que ahora sí.

—¿Qué crees que estará pensando?

—Se estará preguntando por qué el exdirector del servicio de espionaje israelí está sentado nada menos que junto a Anna Rolfe.

—¿Se lo decimos?

—No sé si se lo creería.

La cosa empezó cuando Gabriel aceptó lo que entonces pensó que era un encargo rutinario: restaurar un cuadro en la residencia de Zúrich de Augustus Rolfe, un banquero suizo inmensamente rico. El trágico final tuvo lugar unos meses después, cuando Gabriel se marchó de la villa de Portugal donde la famosa hija de *herr* Rolfe se había refugiado para escapar del deplorable pasado de su familia. Siempre había lamentado su conducta de aquel día y que durante veinte años Anna y él no hubieran intercambiado ni una sola llamada telefónica ni un correo electrónico. Pese a las complicaciones familiares, se alegraba de que volviera a formar parte de su vida.

—Podrías haberme avisado —dijo ella de repente.

—¿De qué?

Anna miró hacia la mesa presidencial, donde todos los ojos estaban puestos en Chiara.

—De la asombrosa belleza de tu mujer. Anoche, cuando la vi por primera vez, me quedé impresionada.

—Creo haber mencionado un ligero parecido con Nicola Benedetti.

—Ya quisiera mi querida amiga Nicola parecerse a Chiara. —Anna suspiró—. Supongo que es perfecta en todos los sentidos.

—Es mucho mejor cocinera que tú. Y, lo que es mejor aún, no toca el violín a todas horas.

—¿Alguna vez te ha hecho daño?

Gabriel señaló la tenue marca roja que tenía en el dorso de la mano.

—Nunca he tenido posibilidades de recuperarte, ¿verdad? —preguntó ella.

—Dejaste muy claro cuando me fui de Portugal que no querías volver a hablarme.

—Supongo que te refieres a la lámpara que tiré sin querer.

—Era un jarrón de cerámica. Y me lo lanzaste directamente a la cabeza con tu fortísimo brazo derecho.

—Considérate afortunado. La señora sentada a tu lado te habría atacado con algo mucho más mortífero.

—Jura que solo era un cuchillo de pelar.

—Había fotografías. —Anna empujó su plato hacia el centro de la mesa.

—¿No te ha gustado?

—Me voy a Londres a primera hora. Prefiero no arriesgarme.

—Creía que ibas a quedarte unos días en Venecia.

—Cambio de planes de última hora. La semana que viene grabo el Mendelssohn con Yannick Nézet-Séguin y la Orquesta de Cámara de Europa y me hace muchísima falta ensayar unos días.

—Los niños se van a llevar una desilusión, Anna. Te adoran.

—Y yo a ellos. Pero me temo que no puede ser. Yannick ha insistido mucho en que vaya a Londres enseguida. Se me está ocurriendo tener una aventura desastrosa mientras estoy allí. Algo que haga que mi nombre vuelva a aparecer en las columnas de cotilleos, donde ha de estar.

—Solo conseguirás volver a sufrir.

—Pero gracias a ello tocaré mejor. Ya me conoces, Gabriel. Nunca toco bien cuando soy feliz.

—Esta noche has estado magnífica, Anna.

—¿Sí? —Le apretó la mano—. ¿Por qué será?

5

Murano

Fue Chiara quien, como una especie de desafío, le propuso que pintara una copia del *Desnudo acostado,* la controvertida obra maestra de Modigliani que en 2015 se vendió por ciento setenta millones de dólares en la casa de subastas Christie's de Nueva York. Satisfecho con el resultado, Gabriel hizo a continuación un pastiche absolutamente convincente del original de Modigliani —un cambio de perspectiva, una sutil recolocación de la pose de la modelo—, aunque solo fuera para demostrar que era capaz de ganarse la vida como falsificador de arte, si alguna vez le daba por ahí. Cuando se despertó a la mañana siguiente de la gala, vio ambos lienzos bañados por la luz matinal que entraba por las altas ventanas con vistas al Gran Canal. Era una luz apagada y gris, muy parecida al dolor que notaba entre los ojos. Un dolor que no tenía nada que ver con el vino tinto que había bebido en la cena, se aseguró a sí mismo. Las mañanas lluviosas en Venecia siempre le daban dolor de cabeza.

Se levantó despacio para no despertar a Chiara y contempló los estragos de las actividades posteriores a la gala. Un reguero de ropa de etiqueta italiana y otras prendas y adornos se extendía desde la puerta hasta los pies de la cama. Un esmoquin y una camisa de Brioni. Un vestido de noche de Versace, sin tirantes y con una larga abertura en la falda. Tacones de aguja y zapatos Derby de charol de Salvatore Ferragamo. Pendientes y gemelos de oro. Un reloj Patek

Philippe. Una pistola 92FS de 9 mm de la Fabbrica d'Armi Pietro Beretta. El acto se había efectuado rápidamente y con escaso respeto por los preliminares. Y, entretanto, Chiara no había dejado de mirar a Gabriel desde su altura con expresión posesiva y una media sonrisa en la cara. Su rival estaba vencida; el demonio, exorcizado.

En la cocina, llenó la cafetera automática con Illy y agua mineral y echó un vistazo a lo que había publicado *Il Gazzettino* sobre la gala mientras esperaba a que estuviera listo el café. El crítico musical del periódico había encontrado admirable el recital de Anna, especialmente el bis, que de alguna manera había conseguido eclipsar su mítica interpretación de la misma pieza dos décadas antes en la Scuola Grande di San Rocco. En ninguna de las fotografías que acompañaban el artículo había constancia de la presencia de Gabriel en el acto, tan solo un atisbo de su hombro derecho, sobre el que descansaba la mano de Chiara Zolli, la deslumbrante directora general de la Compañía de Restauración de Tiepolo.

Chiara estaba aún profundamente dormida cuando regresó a la habitación con dos tazas de café. No había cambiado de postura: estaba en decúbito supino, con los brazos por encima de la cabeza. Incluso estando inconsciente era una obra de arte, pensó Gabriel. Tiró del edredón para dejar al descubierto sus pechos grandes y redondeados y recogió su cuaderno de dibujo. Pasaron diez minutos antes de que el arañar del lápiz de carboncillo la despertara.

—¿Tienes que hacer eso? —gimió.

—Pues sí, tengo que hacerlo.

—Estoy horrible.

—No estoy de acuerdo.

—Café —le suplicó.

—Lo tienes en la mesita de noche, pero no puedes tomártelo todavía.

—¿No tienes que restaurar un cuadro?

—Prefiero dibujarte a ti.

—Ya vas con retraso.

—Siempre voy con retraso.

—Por eso debería despedirte.

—Soy insustituible.

—Esto es Italia, cariño. En este país hay más restauradores que camareros.

—Y los camareros ganan más.

Chiara echó mano del edredón.

—No te muevas —dijo Gabriel.

—Tengo frío.

—Sí, ya lo veo.

Ella volvió a su postura anterior.

—¿Alguna vez la pintaste?

—¿A Anna? Nunca.

—¿No quiso posar para ti?

—La verdad es que me rogó que la pintara.

—¿Y por qué no lo hiciste?

—Tenía miedo de lo que podía encontrar.

—No creerás de verdad que necesita ensayar el concierto de violín de Mendelssohn.

—Puede tocarlo hasta dormida.

—Entonces, ¿por qué se va?

—Dentro de unos minutos te lo enseño.

—Tienes exactamente diez segundos.

Gabriel le hizo una foto con su teléfono Solaris de fabricación israelí, el más seguro del mundo.

—Canalla —dijo Chiara, y agarró su café.

Una hora después, ya duchados, vestidos y envueltos en chubasqueros para protegerse de la llovizna, estaban uno junto al otro en el *imbarcadero* de la parada del *vaporetto* de San Tomà. El número 2 de Chiara, con destino a San Marco, llegó primero.

—¿Estás libre para comer? —preguntó Gabriel.

Ella le lanzó una mirada de reproche.

—No lo dirás en serio.

—Era solo un boceto.

—Me lo pensaré —contestó antes de subir al *vaporetto*.

—¿Y bien? —insistió Gabriel alzando la voz cuando el barco se alejaba del muelle.

—Puede que tenga un rato a la una.

—Compraré algo de comer.

—No te molestes —respondió ella, y le lanzó un beso.

Un número 1 se acercaba a San Tomà procedente de la universidad. Gabriel fue en él hasta Rialto y luego cruzó Cannaregio a pie hasta Fondamente Nove. Allí se tomó rápidamente un café en el bar Cupido antes de subir a otro *vaporetto,* el número 4.1, que hacía una sola parada en el flanco oeste de San Michele, la isla de los muertos, y enfilaba luego hacia Murano. Se apeó en Museo, la segunda de las dos paradas de la isla, y, pasando junto a las tiendas de cristal que flanqueaban Fondamenta Venier, llegó hasta la iglesia de Santa Maria degli Angeli.

Había habido allí un templo cristiano desde 1188, pero el edificio actual, con su campanario ligeramente escorado y su fachada de ladrillo color caqui, databa de 1529. A finales del siglo XVIII, un filósofo y aventurero que se relacionaba con personajes de la talla de Mozart y Voltaire iba allí a misa con frecuencia. No era la fe lo que le llevaba a aquella iglesia, pues carecía de ella. Acudía con la esperanza de tener un encuentro fugaz con una joven y bella monja del convento vecino. El hombre, cuyo nombre era Giacomo Casanova, tuvo muchas relaciones de ese tipo —centenares, de hecho—, pero guardó celosamente el nombre de su amante del convento. En sus memorias solo identificaba a la mujer, de la que se rumoreaba que era hija de un aristócrata veneciano, como M. M.

En el convento había otras como ella, hijas de los ciudadanos más ricos de la república, de modo que la abadesa rara vez andaba escasa de fondos. Aun así, se resistió a pagar cuando un conocido pintor al que posteriormente se conocería como Tiziano le pidió quinientos ducados por un cuadro de la Anunciación que había pintado para el altar mayor de la iglesia. Ofendido, Tiziano le regaló el cuadro a Isabel, esposa de Carlos V, y la abadesa contrató a Il Pordenone —un manierista ferozmente ambicioso al que habían acusado de contratar asesinos para matar a su hermano— para que pintara otro cuadro. Pordenone sin duda aceptó encantado, pues se consideraba el rival artístico más serio de Tiziano en Venecia.

El retablo original de Tiziano desapareció sin dejar rastro durante las guerras napoleónicas. En cambio, la obra menor de Pordenone sobrevivió. Ahora estaba encastrada en un armazón de madera construido a tal efecto en el centro de la nave. En la pared, detrás del altar mayor, había un rectángulo negro de las mismas dimensiones allí donde antes colgaba el lienzo y donde volvería a colgar cuando concluyera la minuciosa restauración de la vieja iglesia. Adrianna Zinetti, subida a un andamio de gran altura, estaba retirando el polvo y la suciedad acumulados durante un siglo en el marco de mármol labrado. Llevaba una chaqueta de forro polar con cremallera y unos mitones. El interior de la iglesia era frío como una cripta.

—*Buongiorno, signore* Delvecchio —canturreó mientras Gabriel encendía un calefactor portátil.

Ese era el seudónimo que había usado gran parte de su vida anterior: Mario Delvecchio, el genio huraño y temperamental que había sido aprendiz del gran Umberto Conti en Venecia y había restaurado muchos de los cuadros más famosos de la ciudad. Adrianna, reputada limpiadora de altares y esculturas, había trabajado con Mario en varios proyectos importantes. Cuando no estaba intentando seducirle, le aborrecía con singular intensidad.

—Empezaba a preocuparme —dijo—. Siempre llegas el primero.

—Anoche me acosté muy tarde —respondió él, y examinó su carrito de trabajo. Las señales que había dejado la tarde anterior seguían intactas. Pero nunca se sabía—. No has tocado nada, ¿verdad?

—Lo he tocado todo, Mario. He manoseado con mis deditos mugrientos todos tus preciosos frascos y disolventes.

—En serio, tienes que dejar de llamarme así, ¿sabes?

—En parte le echo de menos.

—Estoy seguro de que él siente lo mismo por ti.

—¿Y qué si hubiera tocado tus cosas? —preguntó ella—. ¿Acaso se acabaría el mundo?

—Puede que sí. —Gabriel se quitó el chubasquero—. ¿Qué escuchamos hoy, *signora* Zinetti?

—A Amy Winehouse.

—¿Qué tal si mejor escuchamos a Schubert?

—Los cuartetos de cuerda otra vez, no. Si tengo que escuchar una sola vez más *La muerte y la doncella,* me tiro del andamio.

Gabriel introdujo un disco en su reproductor de CD manchado de pintura —la grabación de Maurizio Pollini, ya clásica, de las últimas sonatas para piano de Schubert— y acto seguido enrolló un trozo de algodón en la punta de una varilla de madera. Sumergió luego el hisopo en una mezcla cuidadosamente medida de acetona, metil proxitol y alcoholes minerales, y lo pasó suavemente por la superficie del retablo. El disolvente era lo bastante fuerte como para eliminar el barniz amarillento, pero no la obra original de Pordenone. Su olor acre invadió el espacio de trabajo de Adrianna.

—Deberías ponerte mascarilla —le advirtió ella—. En todos los años que llevamos trabajando juntos, nunca te he visto ponértela. No quiero ni imaginar cuántas neuronas te habrás cargado.

—Que me falten neuronas es el menor de mis problemas.

—A ver, dime un problema que tengas, Mario.

—Una limpiadora de altares que se empeña en darme conversación mientras intento trabajar.

El hisopo de Gabriel se había vuelto del color de la nicotina. Lo tiró y preparó otro. Tras quince días de trabajo, había limpiado casi todo el tercio inferior del cuadro. Las pérdidas eran cuantiosas, pero no catastróficas. Gabriel aspiraba a completar la última fase de la restauración, el retoque, en cuatro meses. Después se centraría en el resto de las obras que adornaban la nave.

Antonio Politi, empleado de la Compañía de Restauración Tiepolo desde hacía mucho tiempo, ya se había puesto a trabajar en uno de los lienzos, *Virgen en la Gloria con santos,* de Palma el Joven. Eran casi las diez y media cuando entró tranquilamente en la iglesia.

—*Buongiorno, signore* Delvecchio —dijo con voz estentórea.

Se oyó una risa procedente del altar mayor. Gabriel sacó el disco del reproductor de CD y lo cambió por una grabación del *Cuarteto de cuerda n.º 14 en re menor* de Schubert. Luego se puso el chubasquero y, sonriendo, salió a la húmeda mañana.

6

Bar al Ponte

El paquete que llegó al cuartel de los *carabinieri* en Nápoles una sofocante mañana de agosto de 1988 parecía a todas luces inofensivo, pero no lo era. Contenía una bomba pequeña pero potente montada por un miembro de la organización criminal calabresa conocida como la Camorra. El destinatario, el general Cesare Ferrari, ya había sido blanco de atentados en varias ocasiones, la última de ellas tras la detención de uno de los principales cabecillas de la Camorra. Aun así, el encargado del correo llevó el paquete al despacho del general. Ferrari sobrevivió a la explosión, pero perdió el ojo derecho y dos dedos de la mano del mismo lado. Un año más tarde, llevó personalmente al hampón responsable del atentado a la prisión de Poggioreale y le dedicó una despedida muy poco cariñosa.

Hubo quien le consideró inadecuado para su siguiente destino, y quizá también un punto demasiado descarado, pero el general Ferrari no estaba de acuerdo. En su opinión, lo que necesitaba la Brigada Arte era justo eso, descaro. Conocida oficialmente como División para la Defensa del Patrimonio Cultural, fue la primera brigada de su clase: una unidad policial dedicada exclusivamente a combatir el lucrativo tráfico de arte y antigüedades robadas. Las dos primeras décadas de su existencia dieron como fruto miles de detenciones y la recuperación de una serie de obras de gran relevancia, pero a mediados de los noventa se vio aquejada por una especie de parálisis institucional. El personal se redujo a unos pocos agentes en edad de jubilación, la mayoría de los cuales sabían poco o nada de arte. La legión de detractores de la brigada afirmaba, no sin cierta razón, que pasaban más tiempo debatiendo dónde comer que buscando las obras de arte que desaparecían cada año en Italia.

A los pocos días de asumir el mando de la Brigada Arte, el general Ferrari despidió a la mitad del personal y lo sustituyó por agentes jóvenes y agresivos que sabían un par de cosas sobre los objetos que intentaban recobrar. Solicitó autorización, además, para pinchar el teléfono de conocidos delincuentes y abrió delegaciones en las zonas del país en las que los ladrones robaban más obras de arte, especialmente en el sur. Y lo que es más importante, adoptó muchas de las técnicas que había utilizado contra la mafia durante sus tiempos en Nápoles, señalando como objetivo a los peces gordos en lugar de a los delincuentes de poca monta que de vez en cuando se dedicaban al robo de objetos artísticos. Su estrategia no tardó en rendir dividendos. Bajo la férula del general Ferrari, la División para la Defensa del Patrimonio Cultural recobró el lustre que había perdido. Incluso los sabuesos del arte de la policía nacional francesa tuvieron que reconocer que sus colegas italianos eran los mejores del oficio.

La brigada tenía su cuartel general en un ornamentado palacio amarillo y blanco de la Piazza di Sant'Ignazio de Roma, pero había tres agentes destinados en Venecia. Cuando no estaban buscando obras de arte robadas, vigilaban de cerca al director del departamento de pintura de la Compañía de Restauración Tiepolo, que últimamente se tomaba el café de media mañana en el Bar al Ponte, llamado así por hallarse junto a uno de los puentes más transitados de Murano. Al llegar, encontró al general Ferrari, con su uniforme azul y dorado de los *carabinieri,* sentado a una mesa en la esquina trasera del local.

El general le sonrió por encima de la edición matutina de *Il Gazzettino.*

—Te has convertido en un animal de costumbres.

—Eso mismo dice mi mujer —respondió Gabriel, y se sentó.

—Causó gran impresión en la gala de anoche. —Ferrari dejó el periódico sobre la mesa y señaló una fotografía de la sección de Cultura—. Pero ¿quién es ese tipo que aparece borroso a su lado?

—Un simple apéndice.

—Yo no diría tanto. En cualquier caso, se puede afirmar que tu presencia en Venecia ya no es ningún secreto.

—No podía esconderme eternamente, Cesare.

—¿Qué se siente al volver a ser una persona normal después de tantos años?

—No exageres. Muy normal no soy, que digamos.

—Tienes amigos interesantes, desde luego. Solo lamento no haber podido asistir a la actuación de la *signora* Rolfe.

—Descuida, que la ministra de Cultura tuvo a bien hacer acto de presencia.

—Espero que te portaras bien.

—Nos llevamos de maravilla. De hecho, me invitó al festival de cine Leni Riefenstahl de la semana que viene.

La sonrisa del general Ferrari fue breve y cortés. Como de costumbre, no se reflejó en su ojo derecho postizo.

—Me temo que nuestra situación política no es cosa de risa. Cien años después del ascenso de Mussolini, el pueblo italiano ha vuelto a entregar el poder a los fascistas.

—Los Fratelli d'Italia se consideran neofascistas.

—¿Hay alguna diferencia?

—Sus uniformes son mejores.

—Y no usan aceite de ricino —añadió el general Ferrari, y meneó la cabeza lentamente—. Por Dios santo, ¿cómo hemos llegado a esto?

—«Todo se desmorona» —recitó Gabriel—. «El centro no se sostiene».

—¿Eso lo escribió Virgilio o fue Ovidio?

—Creo que fue David Bowie —bromeó Gabriel.

El camarero les llevó dos cafés a la mesa, junto con una copita de vino blanco para Gabriel. El general Ferrari echó una ojada a su reloj.

—Los venecianos sí que vivís bien.

—Si tomo demasiado café, me tiembla el pulso. Unas gotas de *vino bianco* contrarrestan los efectos de la cafeína.

—Nunca me ha parecido que te temblara el pulso.

—Me pasa de vez en cuando. Sobre todo, cuando tengo la molesta sensación de que un viejo amigo está a punto de obligarme a hacerle un favor.

—¿Y si así fuera?

—Le diría que tengo un retablo esperándome.

—¿Il Pordenone? Es poca cosa para ti.

—Pero paga las facturas.

—¿Y si yo te ofreciera algo más interesante? —El general miró contemplativamente a lo lejos, a la manera del *doge* Leonardo Loredan de Bellini—. Hace unos años hubo una oleada espectacular de robos de arte aquí en Europa. Los periódicos lo llamaron «el verano de los robos». El primero fue en Viena. Los ladrones reclutaron a un guardia de seguridad descontento del Kunsthistorisches y se llevaron *David con la cabeza de Goliat*, de tu buen amigo Caravaggio. Seguro que lo recuerdas.

—Me suena vagamente —respondió Gabriel.

—Al mes siguiente —continuó el general Ferrari—, robaron *Retrato de la señora Canals* del Museu Picasso de Barcelona. Una semana más tarde desapareció *Les Maisons (Fenouillet)* del Musée Matisse. Y luego, claro, estuvo el robo relámpago de manual que llevaron a cabo en la Galería Courtauld. De nuevo, se llevaron un solo cuadro.

—El *Autorretrato con la oreja vendada* de Vincent van Gogh.

Ferrari asintió.

—Como puedes imaginar, mis colegas europeos han buscado por todas partes esas obras de arte irremplazables, sin éxito. Y ahora, de repente, una de ellas ha reaparecido, por lo visto.

—¿Dónde?

—Precisamente aquí, en Italia.

—¿Cuál?

—No estoy autorizado a decirlo.

—¿Por qué no?

—El cuadro lo descubrió ayer por la tarde otra división de los *carabinieri*. Si, efectivamente, es la obra en cuestión, me pondré en contacto con las autoridades competentes e iniciaré el proceso de repatriación.

—¿Es que hay alguna duda?

—Parece auténtica, desde luego —contestó el general Ferrari—. Pero, como tú bien sabes, el mercado del arte está plagado de falsificaciones de altísima calidad. Ni que decir tiene que sería sumamente embarazoso que anunciáramos el hallazgo de un cuadro desaparecido y que luego resultara ser una falsificación. Tenemos que preservar nuestra reputación.

—¿Y qué tiene todo eso que ver conmigo?

—Me preguntaba si conoces a alguien que pueda ayudarnos. Alguien cuyos conocimientos abarquen desde Caravaggio a Van Gogh. Alguien que pueda entrar en una galería de arte, digamos, de París y detectar varias falsificaciones en cuestión de minutos.

—Conozco justo al experto que necesitas —dijo Gabriel—. Pero me temo que está muy ocupado en estos momentos.

—Yo le recomendaría que hiciera hueco en su agenda.

—¿Eso es una amenaza?

—Solo un recordatorio amistoso de que eres un huésped en este país y yo soy el posadero.

Había sido el general Ferrari, en su calidad de jefe de la Brigada Arte, quien había conseguido que le concedieran un *permesso di soggiorno*, un permiso de residencia permanente en Italia. La revocación de dicho documento pondría en peligro su sustento, por no hablar de su matrimonio.

—¿Solo una autentificación? ¿Es lo único que necesitas?

Ferrari se encogió de hombros ambiguamente.

—¿Dónde está el cuadro?

—*In situ*.

—¿Dónde *in situ*?

—En Amalfi. Si nos vamos ahora, llegarás a casa a tiempo para cenar con Chiara, aunque sea tarde.

—¿Tú crees?

—Probablemente no. De hecho, conviene que te lleves una bolsa de viaje.

—¿Con o sin pistola?

—Con —respondió Ferrari—. Decididamente, con pistola.

7

Amalfi

Mientras cruzaba la laguna en una patrullera de los *carabinieri*, Gabriel pensó en la mejor manera de explicarle a Chiara lo sucedido esa mañana. Siguió sopesando el asunto mientras se ponía un atuendo adecuado y metía una muda en su bolsa de viaje. Al final, se decantó por una versión del relato original de Ferrari, según la cual la Brigada Arte necesitaba de su ojo de experto para autentificar un cuadro robado que acababa de reaparecer. Le contó aquel cuento por mensaje de texto, porque ya era incapaz de mentirle a su mujer de forma convincente por ningún otro medio de comunicación. Ella aceptó su historia sin rechistar, incluida la falacia de que volvería a Venecia a tiempo para cenar. Incluso pareció aliviada por que su amantísimo esposo se ausentara unas horas.

La patrullera los trasladó al aeropuerto, donde embarcaron en un helicóptero AgustaWestland AW109. Con una velocidad de crucero de doscientos ochenta y cinco kilómetros por hora, cubrió la distancia entre Venecia y Nápoles en algo menos de tres horas. Después, hicieron el sinuoso viaje por las colinas de la península de Sorrento, con sus curvas y zigzags mareantes, en un Alfa Romeo de los *carabinieri*, conducido sin duda por un aspirante a piloto de Fórmula Uno. Eran las dos y media cuando cruzaron la verja de seguridad abierta de una villa palaciega situada junto a un acantilado, con vistas al mar Tirreno. Otros tres coches de los *carabinieri* estaban aparcados en la glorieta, junto a un furgón de la policía científica.

—Bonita choza —comentó Gabriel.

—Espera a ver lo de dentro.

—¿De quién es?

—De un sudafricano, un tal Lukas van Damme.

—¿A qué se dedica?

—Hasta hace poco, el *signore* Van Damme se dedicaba al negocio del transporte marítimo.

—Está claro que me he equivocado de profesión.

—Ya somos dos.

Gabriel siguió al general por el grandioso vestíbulo de la villa. Ante ellos se extendía una galería llena de luz, flanqueada a ambos lados por jarrones y vasijas con pedestal y esculturas griegas y romanas. En las paredes encaladas colgaba una notable colección de cuadros de maestros antiguos de todas las escuelas y géneros. En el extremo opuesto de la galería, una puerta abierta de par en par dejaba entrar la brisa fresca de la tarde. El sol aún no había comenzado su descenso hacia el mar de color turquesa.

Gabriel se acercó a una de las antigüedades, un ánfora etrusca de terracota, y miró la etiqueta de la Brigada Arte que colgaba del asa.

—¿El Pintor de Paris?

—Eso parece —contestó el general Ferrari—. Esa pieza debería estar en un museo y no en una vivienda particular. De momento, no hemos podido determinar dónde la adquirió el *signore* Van Damme.

—¿Dónde está ahora?

—En Nápoles.

—¿Detenido?

—Más o menos —respondió el general encogiéndose de hombros con apatía.

Junto al ánfora había una gran escena báquica que llevaba la impronta del pintor barroco francés Nicolas Poussin. Y junto a la escena báquica había un paisaje que podría haber pintado

Claudio de Lorena. Ambos estaban en perfecto estado, al igual que el resto de la colección.

—Hay cuadros y objetos de arte de calidad similar por toda la finca —le informó Ferrari—. Algunos mejores que otros.

—¿Dónde están los mejores?

El general señaló una puerta lacada de doble hoja. Tras ella se hallaba el amplio y luminoso despacho de un hombre que, evidentemente, se tenía a sí mismo en gran estima. Dos carabineros estaban registrando el escritorio mientras otro descargaba archivos del ordenador a un dispositivo de almacenamiento remoto. Fue este último quien, a instancias del general Ferrari, pulsó el botón oculto que hizo que dos recias estanterías comenzaran a bascular hacia fuera. Detrás de ellas había una puerta de acero como la de la cámara acorazada de un banco y un panel con teclado.

—¿Los mejores? —preguntó Gabriel.

—Voy a dejar que lo juzgues por ti mismo.

Hacía tiempo que los expertos ponían en duda su existencia. No había tal cosa, decían: el misterioso coleccionista adinerado que compraba bajo cuerda lo que no podía adquirir por medios legales en el mercado abierto. Era una fantasía surgida de la fértil imaginación de Hollywood, aseguraban. Un mito. Incluso le habían puesto nombre: Doctor No, lo llamaban, por el caricaturesco personaje de la novela de espionaje de Ian Fleming protagonizada por el agente secreto británico James Bond. Gabriel, sin embargo, nunca había caído en ese error. Sí, muchos robos de obras de arte los cometían delincuentes comunes que no tenían ni idea de cómo deshacerse de un cuadro tras apoderarse de él. Pero también había un próspero mercado negro de arte robado que abastecía a hombres que ansiaban poseer lo que no podía poseerse. A todas luces, Lukas van Damme era uno de esos hombres.

Su cámara secreta medía unos tres metros por cuatro y estaba decorada con la formalidad de la sala de exposiciones de una galería de arte comercial. Había una sola silla Eames, orientada hacia el único cuadro de la sala: *Autorretrato con la oreja vendada*, óleo sobre lienzo de 60 por 49 centímetros, de Vincent van Gogh. A Gabriel, no obstante, le interesaron más el bastidor y el marco vacíos, de aproximadamente 70 por 65, que había apoyados contra la pared. Dispersas por el suelo había también una veintena de tachuelas cobrizas.

Miró al general Ferrari en busca de una explicación.

—Creemos que lo robaron hace dos noches, pero no podemos asegurarlo. Parece que el ladrón accedió a la cámara acorazada hackeando la red wifi de la villa. Desactivó por completo el sistema de seguridad y borró las grabaciones de vídeo.

—¿Qué te hace pensar que fue hace dos noches?

—Dentro de un momento te lo explico. La cuestión es —dijo Ferrari—: ¿por qué robaría un ladrón ese cuadro y no una de las obras de arte más famosas que existen?

—Se me ocurren dos posibles explicaciones.

—¿La primera?

—Que el Van Gogh no sea un Van Gogh.

—El hecho de que esté oculto en una cámara acorazada apunta a que sí lo es.

—Sería lo más lógico.

—¿Y la segunda?

—Que el Van Gogh sea un Van Gogh, pero no valiera la pena robarlo.

—¿Y eso por qué?

—Porque el otro cuadro fuera más valioso. —Gabriel bajó la voz—. Mucho más valioso.

—Hipotéticamente hablando, claro, ¿qué precio alcanzaría en subasta el *Autorretrato con la oreja vendada*? ¿Doscientos millones? ¿Doscientos cincuenta?

—Por ahí.

—¿Hay algún otro cuadro desaparecido que valga más que eso?

—Solo uno.

—Lo primero es lo primero —dijo el general Ferrari—. ¿Es o no es el *Autorretrato con la oreja vendada* de Vincent van Gogh?

Gabriel se llevó la mano a la barbilla y ladeó la cabeza. Era la oreja derecha, claro, la que estaba envuelta en el grueso vendaje. Vincent se la había cortado con una navaja de afeitar la noche del 23 de diciembre de 1888, tras una acalorada discusión con Paul Gauguin en la Casa Amarilla de Arlés. El autorretrato lo pintó al salir del hospital en enero del año siguiente. En su afán por terminar la obra, no aplicó pintura en algunas partes del lienzo, como por ejemplo en una zona bajo el pómulo y en otra allí donde la chaqueta de lana le rozaba el cuello. Esas lagunas de pintura en el cuadro que Gabriel tenía delante eran idénticas a las del lienzo robado de la Galería Courtauld. Eran las lagunas de Vincent, pensó Gabriel. Igual que lo eran las pinceladas.

—¿Y bien? —preguntó el general Ferrari al cabo de un rato.

—Seguramente debería echar un vistazo al revés del lienzo para estar seguro.

—¿Pero no es necesario?

—No. —Gabriel fijó de nuevo su atención en el bastidor y el marco vacíos apoyados en la pared y en la veintena de tachuelas cobrizas tiradas en el suelo. Un ladrón que no usaba navaja, pensó. Era el marchamo de un profesional. Y de uno con mucha sangre fría, además.

Hizo amago de recoger el bastidor.

—No lo toques —dijo Ferrari—. A no ser que quieras que te tomemos las huellas dactilares para descartar que seas el ladrón.

Gabriel retiró la mano.

—¿Cómo es de antiguo? —preguntó Ferrari.

—¿El bastidor? Tendrá veinte años, puede que menos. Es de pino laminado, con un rebaje de cinco octavos. Bastante corriente. Podría proceder de cualquier tienda de material artístico de Europa.

—Por las medidas, cabe suponer que lo hicieron a medida, siguiendo instrucciones concretas.

—¿Setenta y dos con cinco centímetros por sesenta y cuatro con siete?

Ferrari asintió.

—Por casualidad no conocerás un cuadro perdido de esas dimensiones que valga más que el *Autorretrato con la oreja vendada* de Vincent van Gogh, ¿verdad?

—Solo uno —contestó Gabriel.

—Eso me parecía. —El general sonrió—. ¿Te apetece volver a Venecia ahora? ¿O prefieres que echemos un vistazo al resto de la escena del crimen?

8

Amalfi

Arriba, parado a los pies de la cama de Lukas van Damme, Gabriel alargó el brazo derecho.

—Bang —dijo en voz baja.

—En realidad —repuso el general Ferrari—, hubo dos disparos. Y no hay duda de que el asesino usó silenciador.

Gabriel bajó el brazo.

—¿Calibre?

—Nueve milímetros.

—¿Casquillos?

—Ninguno.

—¿Dónde recibió los disparos la víctima?

—La víctima —repitió el general— recibió dos disparos en la cabeza. La primera bala la hemos encontrado incrustada en la pared, detrás de la cabecera de la cama. La trayectoria indica que el asesino estaba parado justamente donde estás tú ahora.

—¿Y el segundo disparo?

—Fue a quemarropa.

—¿Para asegurarse?

—Eso parece.

—¿Hora de la muerte?

—Entre la medianoche y las cuatro de la madrugada.

—¿Indicios de lucha?

—No.

—¿Herida defensiva en la mano?

Ferrari negó con la cabeza.

—¿Estaba dormido?

—Eso creen los expertos de la policía científica.

—¿Informe toxicológico?

—Aún no.

Gabriel miró la ropa de cama empapada de sangre.

—¿Hipótesis de trabajo?

—Ladrón mata a Van Damme, ladrón roba cuadro.

—¿Cómo entró el ladrón en la villa?

Ferrari sonrió.

—Le invitaron a cenar.

En una mesa situada fuera, en la inmensa terraza, mientras el mar subía y bajaba en la base del acantilado, el general Ferrari abrió los cierres de su maletín y sacó una carpeta de papel manila. Contenía, entre otras cosas, una imagen captada por una cámara de seguridad del cercano hotel Santa Catarina. Una mujer morena, de unos treinta y cinco años, estaba sentada sola en una mesa del concurrido bar del hotel, conversando con el difunto Lukas van Damme.

—Llegó a Amalfi en septiembre y alquiló una casa por seis meses. —Ferrari se giró ligeramente en la silla y señaló una pequeña vivienda, de un blanco óseo, que, encaramada al acantilado, se alzaba por encima de la finca de Van Damme—. Por si te lo estás preguntando, pagó en efectivo. Se hacía llamar Ursula Roth. Dijo que era alemana. Le contó a su asistenta y a cualquiera que quisiera escucharla que estaba trabajando en una novela. Anteanoche, Van Damme la invitó a cenar.

—¿El equipo forense ha encontrado algún indicio de actividad sexual?

—Ninguno.

—¿Y pelos?

El general Ferrari negó con la cabeza.

47

—No es por insistir —dijo Gabriel—, pero ¿no hay pruebas de actividad sexual ni de que la mujer estuviera en ningún momento en la cama de Van Damme? ¿Eso es lo que estás diciendo?

—En efecto, parece que así es.

Gabriel miró la fotografía.

—¿Esta es la única que hay?

—Es la mejor que hemos encontrado hasta ahora. Parece tener un don para evitar las cámaras. Y para limpiar lo que ensucia —añadió Ferrari—. Limpió todas las superficies de su casa antes de irse. Aquí tampoco hay huellas dactilares. Por lo menos, no hemos encontrado ninguna.

—¿Y un vehículo?

—Un Volkswagen Passat con matrícula de Múnich. Hemos podido seguir sus movimientos por la *autostrada*. Llegó a Florencia ayer, poco antes de que amaneciera, y desapareció al poco rato.

—Ayer el sol salió aproximadamente a las siete y media, si no me equivoco.

—No te equivocas.

—Y hay cinco horas de viaje en coche de Amalfi a Florencia, o sea que seguramente salió sobre las dos de la mañana.

—Dentro del periodo de tiempo en que se estima que se produjo la muerte.

—Pero su hipótesis de trabajo presenta un problema, general Ferrari.

—¿Cuál?

—Que los ladrones de cuadros rara vez matan gente. Y menos aún una ladrona que se introduce mediante argucias en casa de la víctima y deja que la vea su personal doméstico.

—En tal caso, ¿quién mató a Van Damme?

—El hombre armado con una pistola de nueve milímetros con silenciador que entró en la villa después de que se marchara la ladrona. En cuanto al cuadro de la cámara acorazada, podéis devolverlo a la Galería Courtauld con total seguridad; no hay duda de que es el Van Gogh desaparecido.

—En realidad, me inclino por que nos lo quedemos de momento.

—Pero seguro que vas a comunicarle a la Policía Metropolitana que lo habéis encontrado.

—No, de momento, no.

—¿Por qué?

—Porque, si alertamos a las autoridades británicas, te será más difícil encontrar el cuadro que la ladrona extrajo con tanto cuidado de ese bastidor hecho a medida de setenta y dos con cinco por sesenta y cuatro con siete.

—¿Ese no es vuestro trabajo?

—¿Encontrar cuadros robados? Técnicamente, sí. Pero a ti se te da mucho mejor que a nosotros. Sobre todo, cuando los ladrones no son italianos. Yo que tú, empezaría por enseñarles esa fotografía a mis contactos en el lado sucio del mundillo del arte. —El general hizo una pausa y luego añadió—: Cuanto más sucio, mejor.

Gabriel no se molestó en refutar la afirmación de Ferrari sobre sus vínculos con ciertos elementos poco recomendables del mundo del arte. En su vida anterior, había tenido que relacionarse en ocasiones con tales individuos y, de vez en cuando, cometer él mismo delitos contra el arte, algunos de ellos espectaculares, otros no tanto. Gracias a ello, había conseguido recuperar numerosos cuadros robados o expoliados, como la *Natividad con san Francisco y san Lorenzo* de Caravaggio. Y se había asegurado de que todo el mérito recayera en el general Ferrari y la Brigada Arte.

—¿Y si mis contactos se resisten a colaborar? —preguntó.

—Apriétales las tuercas hasta que se den cuenta de su error. Y date prisa —añadió Ferrari—. El hecho de que haya dejado un Van Gogh indica que robó el cuadro por encargo de un cliente rico. Lo que significa que tienes poco tiempo para localizarlo antes de que vuelva a desaparecer. Un par de días, a lo sumo.

—¿Cuánto margen de maniobra tengo?

—Bastante.

—¿Cuánto exactamente? —insistió Gabriel.

—¿Para recuperar una de las treinta y cuatro obras que se conservan de uno de los más grandes pintores de todos los tiempos? Estaría dispuesto a pasar por alto casi cualquier cosa.

—¿Un cadáver, por ejemplo?

El general Ferrari se encogió de hombros.

—Lukas van Damme no era precisamente un pilar de nuestra comunidad de residentes extranjeros.

—¿Por algo en concreto?

—Su estrecha relación con cierta notoria organización delictiva con sede en Calabria.

—¿La 'Ndrangheta?

Ferrari asintió.

—Como sabes, la 'Ndrangheta es la principal distribuidora europea de droga procedente de los cárteles sudamericanos. Y durante la última década más o menos, LVD Marine Transport les ha servido como cinta transportadora transatlántica.

—Qué maravilla —comentó Gabriel—. ¿Hay algo más que quieras decirme antes de que comience mi investigación?

—Ladrona mata a Van Damme, ladrona roba cuadro.

—De ninguna manera.

—Muy bien —dijo Ferrari—. Veamos tu hipótesis de trabajo.

Gabriel miró la fotografía de la mujer sentada en la terraza del bar del hotel Santa Catarina.

—La ladrona desconocía lo que estaba en juego cuando aceptó el encargo. Y ahora esa linda cabecita está metida en un buen lío.

9

Rue de Miromesnil

Había un vuelo de ITA Airways a París que salía de Fiumicino a las ocho y media. Con ayuda del general Ferrari, Gabriel pudo eludir los controles de seguridad. Llamó a Chiara desde la puerta de embarque.

—A que no adivinas dónde estoy.

—Sé exactamente dónde estás, amor. Y lo que es más importante, sé adónde vas.

—¿Cómo es posible?

—Acabo de hablar por teléfono con el general.

—¿No estás enfadada?

—Un poco —reconoció—. Pero estoy dispuesta a concederte unos días de permiso para que resuelvas ese asunto. Sin sueldo, claro está.

—Qué generoso por tu parte.

—Tendrás cuidado, ¿verdad?

—Prometo no pisar ninguna galería de arte.

—Imagino que vas a alojarte en algún sitio horrible.

—En realidad, pensaba pedirle prestado su *pied-à-terre* a un amigo.

El amigo era el multimillonario inversor suizo Martin Landesmann, y su lujoso *pied-à-terre* estaba situado en la Île Saint-Louis. Gabriel había usado el apartamento —así como los servicios de la empresa ginebrina de Martin, de dudosa moralidad— durante su última gran operación como director de la Oficina.

—¿Cuánto tiempo vas a necesitarlo? —preguntó Martin.

—Dos noches. Tres como mucho.

—No hay problema. Le diré a mi administrador que llene la nevera. Creo que hay una botella o dos de Château Pétrus en el refrigerador de vinos. Tu vida no volverá a ser la misma.

Gabriel se bebió una copa del extraordinario vino de Pomerol esa noche, para acompañar el *poulet rôti* con *haricots verts* que tomó para cenar. Durmió tranquilamente en el cuarto de invitados de Martin y a las nueve y cuarto de la mañana siguiente caminaba por la acera de la Rue de Miromesnil, en el octavo *arrondissement*. En el extremo norte de la calle había una tienda llamada Antiquités Scientifiques. Su dueño, un tal Maurice Durand, estaba tomando un café con leche al otro lado de la calle, en la *brasserie* Dumas. Gabriel se sentó junto al francés sin que lo invitara y, haciendo una seña al camarero, pidió otro café.

Durand dobló con exquisito cuidado su ejemplar de *Le Monde* y lo dejó sobre la mesa. Vestía traje hecho a medida, de color gris funerario, camisa a rayas y corbata color lavanda. Su cabeza calva relucía.

—Qué desagradable sorpresa, *monsieur* Allon. No sabía que tuviéramos una cita esta mañana.

—Se le habrá olvidado, Maurice.

—Estoy seguro de que no. —El anticuario observó con sus ojillos oscuros a los viandantes que pasaban junto al escaparate—. ¿Saben sus amigos de la Police Nationale que está en París?

—Espero que no.

—Yo también lo espero.

En ese momento se abrió la puerta de la *brasserie* y entró Angélique Brossard, la propietaria de una tienda cercana que vendía figurillas antiguas de cristal y vidrio francés. Eligió una mesa al otro lado del local, lo más lejos posible de Durand, advirtió Gabriel.

—No engañan a nadie, Maurice. Todo el *arrondissement* sabe que Angélique y usted mantienen el *cinq à sept* más largo de la historia de Francia.

—Solo son habladurías, se lo aseguro.

—¿Cuándo va a casarse con ella?

—Angélique está casada. Solo que no conmigo.

—¿Y cuando se canse de usted?

—Confío en que eso no ocurra. Verá, soy bastante bueno en lo que hago. —Durand sonrió—. Igual que usted, *monsieur* Allon.

—Yo soy restaurador de arte. Y usted...

—Soy marchante de instrumentos científicos y médicos antiguos. —Señaló la tienda del otro lado de la calle—. Lo pone en el escaparate.

Pero Maurice Durand era también uno de los mayores ladrones de arte de la historia. Desde hacía tiempo actuaba únicamente como intermediario en el proceso conocido como «robo por encargo». O, como a él le gustaba decir, gestionaba la adquisición de cuadros que técnicamente no estaban en venta.

—¿Qué le trae por París? —preguntó.

—Un giro interesante de un caso de gran relevancia.

Durand tomó el teléfono que le tendía Gabriel y examinó con expresión inescrutable la fotografía que aparecía en la pantalla. Por fin, preguntó:

—¿Cree que le dolió cuando se lo hizo?

—Tuvo suerte de no morir. La cuchilla le seccionó una arteria del cuello. Había sangre en todas las habitaciones de la Casa Amarilla.

—Pero el resultado fue una obra maestra. Y pensar que ha desaparecido para siempre... —Durand sacudió despacio la cabeza—. Es verdaderamente una tragedia.

—Pero con final feliz, según parece. Verá, Maurice, esa fotografía se tomó ayer.

—*C'est impossible.*

—El cuadro apareció en una villa de lujo de la costa de Amalfi. El propietario es un tal...

—Lukas van Damme. —Durand fijó la mirada en la pantalla del teléfono—. ¿Dónde está ahora el señor Van Damme?

—En un depósito de cadáveres italiano.

—Qué pena.

—Deduzco por su expresión de dolor totalmente fingida que Van Damme y usted se conocían.

—Nos presentó un socio común.

—¿Cuándo?

—Pongamos que hace cinco años.

—Prefiero que afinemos un poco más.

Durand fingió reflexionar.

—Creo que fue en el otoño de 2017.

—¿Van Damme quería contratar sus servicios?

El francés asintió en silencio.

—¿Qué buscaba?

—Un Van Gogh.

—¿Alguno en concreto?

—*El dormitorio en Arlés.*

—¿Qué versión?

—La tercera.

—¿La del Musée d'Orsay?

—Una *bastille* —murmuró Durand—. Le dije a Van Damme que eso estaba descartado y le sugerí otros Van Gogh más fáciles de conseguir. Cuando los descartó, le propuse el *Autorretrato con la oreja vendada.*

—Que había sustraído del Courtauld seis años antes.

—Aproximadamente.

—Por encargo de un cliente del mundo árabe —añadió Gabriel.

—La identidad y la nacionalidad del comprador original no vienen a cuento. Lo que importa es que le ofrecí vender el cuadro provechosamente y aceptó. *Monsieur* Van Damme quedó tan satisfecho con el acuerdo que unos meses después me hizo otro encargo.

—¿Qué se le antojó esa vez?

—El Siglo de Oro holandés.

—Pero no cualquier pieza del Siglo de Oro holandés —dijo Gabriel.

—*Non.* Van Damme quería algo muy concreto. Una cuadro de género, de tema musical, pintado en la ciudad de Delft en 1664.

—¿Óleo sobre lienzo, de setenta y dos con cinco por sesenta y cuatro con siete?

—*Oui* —contestó Maurice Durand—. *El concierto* de Johannes Vermeer.

10

Rue de Miromesnil

Durante unos pocos años, gozó de una modesta fama, al menos en su ciudad natal. Pero en el otoño de 1672, con Holanda inmersa en una larga y ruinosa guerra con Francia, ya no hallaba compradores para sus cuadros. Cuando murió en diciembre de 1675 dejó a su esposa, Catharina Bolnes, y a sus once hijos en la indigencia. En una carta rogatoria a sus acreedores, su viuda declaró que la imposibilidad de vender sus obras había sumido a su esposo «en un frenesí» y un estado de «desánimo y decadencia». Su final, escribió, fue rápido. «En día y medio pasó de estar vivo a estar muerto». Catharina heredó diecinueve cuadros de su marido, más de la mitad de su obra. Vendió inmediatamente dos de los lienzos por seiscientos diecisiete florines al panadero Hendrick van Buyten, al que le debía una buena suma.

El inventario que el tribunal ordenó de su taller situado en la segunda planta de la espaciosa casa de su suegra en la calle Oude Langendijk de Delft incluía dos sillas, dos caballetes, tres paletas, diez lienzos, un escritorio, una mesa de roble y un armario lleno de «cachivaches que no merecen ser detallados». El documento del fideicomisario no mencionaba sus costosos pigmentos —en especial, su amado lapislázuli— ni el tiento que usaba para apoyar la mano cuando pintaba. Tampoco se mencionaba ninguna cámara oscura o cámara lúcida, dispositivos ópticos que, según algunos estudiosos posteriores, empleaba para pintar.

No se sabe dónde aprendió su oficio ni si recibió verdadera formación. De hecho, salvo contadas excepciones, los detalles acerca de su breve vida quedaron enterrados con él en su tumba de la Oude Kerk de Delft, donde su ataúd fue depositado sobre los de sus tres hijos fallecidos en la infancia. Se desconoce incluso la fecha exacta de su nacimiento en el año 1632, aunque, según los archivos de la Iglesia Reformada que se conservan, fue bautizado el 31 de octubre con el nombre de Joannis, quizá porque a sus padres les parecía más bonito que Jan, un nombre más convencional. Su padre, posadero y marchante de arte, se llamaba Reijnier Janszoon Vos («zorro», en neerlandés). Sin embargo, en torno a 1640 Reijnier empezó a referirse a sí mismo mediante una contracción del apellido Van der Meer, o sea «Del Mar». Su hijo también adoptó dicho apellido: Vermeer.

A los pocos años de su muerte, su fama había mermado tanto que Arnold Houbraken, en su indispensable antología del Siglo de Oro holandés publicada en 1718, apenas consideró oportuno mencionar su nombre. El 22 de mayo de 1822, sin embargo, un representante del Museo Mauritshuis de La Haya compró en subasta en Ámsterdam un cuadro titulado *Vista de Delft*. Fue en ese museo donde veinte años después el cuadro llamó la atención de Théophile Thoré-Bürger. Tan embelesado quedó el célebre periodista y crítico de arte francés que decidió localizar las obras que se conservaran del artista y rescatarlo del olvido. En un ensayo de 1866 titulado *Van der Meer de Delft*, se enumeraban más de setenta posibles pinturas, a pesar de que el propio Thoré-Bürger estaba convencido de que el número real era quizá de cuarenta y nueve. Los estudiosos posteriores redujeron la cifra a treinta y cuatro.

La mayoría se pintaron en una de las dos estancias de la casa de Oude Langendijk y representaban los mismos muebles y a las mismas mujeres como modelos. Las retrató como señoras y criadas, como escritoras y lectoras de cartas, como bebedoras de vino y encajeras. Y en 1665 vistió a una joven con un vestido y un turbante exóticos y realizó su obra maestra. El cuadro recibiría posteriormente su título del gran pendiente en forma de pera que lucía la muchacha. En la actualidad hay dudas de que fuera en realidad una perla, y al menos un experto ha sugerido que posiblemente fuera de latón.

Durante ese mismo periodo, pintó una escena musical que más adelante se conocería como *El concierto*. Se desconoce dónde fue a parar el cuadro cuando salió del taller del pintor, aunque se da por sentado que formaba parte de la colección de Pieter van Ruijven, su antiguo mecenas. Lo que sí se sabe con certeza es que el 5 de diciembre de 1892, *El concierto*, lote 31, óleo sobre lienzo de 72,5 por 64,7 centímetros, cambió de manos por veintinueve mil francos en la casa de subastas Hôtel Drouot de París. El vendedor no era otro que Théophile Thoré-Bürger; la compradora, una rica heredera y coleccionista estadounidense llamada Isabella Stewart Gardner, que se llevó el cuadro a Boston y en 1903 lo depositó en el nuevo museo que construyó en la zona pantanosa de Fenway. Allí permaneció, en una sala de la primera planta, hasta la madrugada del domingo 18 de marzo de 1990, cuando desapareció sin dejar rastro.

Fue Rick Abath, un guardia de seguridad que había abandonado la Berklee School of Music y era teclista de una banda de *rock* local, quien, a la 01:24 de la noche, dejó entrar involuntariamente a los dos ladrones en el museo. Vestidos con lo que parecían ser auténticos uniformes de la Policía de Boston, dijeron estar investigando un suceso en el vecindario. Abath no vio razón alguna para dudar de su relato. Tampoco le pareció sospechoso que el más bajo de los dos hombres le pidiera que se apartara del mostrador de vigilancia. Inmediatamente, el intruso empujó a Abath contra la pared y le esposó las manos a la espalda. Randy Hestand, que ese día hacía el turno de noche por primera vez, recibió el mismo trato un momento después, cuando regresó al mostrador tras hacer su ronda.

—Caballeros, esto es un atraco —anunció uno de los ladrones.

Con los guardias esposados y las cámaras de seguridad inutilizadas, la extraordinaria colección de arte y antigüedades de Isabella Stewart Gardner quedó indefensa. Durante más de una hora, los ladrones atacaron sin piedad, empezando por un par de Rembrandt de la Sala Holandesa de la primera planta: *Dama y caballero de negro* y *La tormenta en el mar de Galilea*, la única marina del artista. Los asaltantes arrancaron ambas obras de sus bastidores. También intentaron robar el emblemático *Autorretrato con 23 años* de Rembrandt, pero lo dejaron apoyado en un armario y prefirieron llevarse un grabado de Rembrandt del tamaño de un sello de correos. Consiguieron, además, extraer dos obras de su marco sin recurrir a la violencia gratuita. Una era *Paisaje con obelisco* de Govaert Flinck. La otra, el cuadro más valioso de la Sala Holandesa: *El concierto* de Johannes Vermeer.

Tras hacerse con un antiguo jarrón chino, se dirigieron a la Galería Corta, donde arramblaron con el fastigio de un estandarte imperial francés y cinco dibujos de Edgar Degas. El último cuadro que se llevaron fue *Chez Tortoni* de Édouard Manet, de la Sala Azul de la planta baja. Debido a la magnitud del botín, los ladrones tuvieron que hacer dos viajes hasta el coche que los esperaba en Palace Road, el último de ellos a las 02:45 de la madrugada, momento en que se dieron a la fuga. El robo duró en total ochenta y un minutos. El valor estimado de las trece obras robadas ascendía a la friolera de doscientos millones de dólares, lo que lo convertía en el mayor atraco de la historia.

A mediodía, el FBI había asumido el mando de la investigación. Dirigida por Dan Falzon, de veintiséis años, esta se vería obstaculizada por una inusitada falta de pruebas forenses como huellas dactilares, pisadas, cabellos o colillas. Los agentes interrogaron a los testigos y comprobaron los registros de personal y mantenimiento del museo en busca de posibles vínculos con los atracadores. Los guardias de seguridad Abath y Hestand fueron sometidos a diversos interrogatorios. Falzon y sus agentes buscaban incoherencias en su relato de los hechos. Les parecía sospechoso que esa noche, mientras hacía su ronda, Abath hubiera abierto y cerrado la puerta lateral del museo. Y les extrañaba, además, que los sensores de movimiento de la Sala Azul —de la que se había sustraído *Chez Tortoni* de Manet— no detectaran a ningún intruso durante los ochenta y un minutos que duró el robo.

Con un presupuesto anual de solo 2,8 millones de dólares, el Museo Gardner no podía permitirse asegurar su colección, pero con ayuda de los gigantes de las subastas Sotheby's y Christie's pudo ofrecer una recompensa de un millón de dólares por cualquier información que condujera a la recuperación de las obras robadas. Falzon y su equipo siguieron miles de pistas e informaciones obtenidas mediante la colaboración ciudadana, entre ellas la de un hombre de Charlestown que afirmaba haber visto *El concierto* colgado en la pared de una vecina suya. La vecina invitó a agentes del FBI y a funcionarios del museo a entrar en su casa y les mostró una copia de alta calidad del cuadro. Un informe según el cual *La tormenta en el mar de Galilea* podía hallarse en Japón resultó igual de inexacto. No era la obra maestra de Rembrandt lo que Falzon y la policía japonesa encontraron colgado en la pared de un coleccionista excéntrico, sino una burda versión pintada por números.

Cuatro años después del robo, el museo recibió una carta anónima mecanografiada cuyo autor prometía facilitar la devolución de los bienes robados a cambio de 2,6 millones de dólares. La directora del Gardner, Anne Hawley, la consideró la pista más prometedora hasta la fecha, pero, como todas las demás, no llevó a ninguna parte. Desesperada, Hawley aumentó la cuantía de la recompensa hasta cinco millones de dólares, una cifra asombrosa. En las salas Azul y Holandesa, los visitantes del museo contemplaban boquiabiertos seis cuadros vacíos. Una vidente afirmó que la fundadora del museo, fallecida en 1924, le había revelado que los cuadros desaparecidos estaban ocultos en el techo del laboratorio de restauración. El jefe de seguridad, Lyle Grindle, se subió obedientemente a una escalera para comprobarlo. Los cuadros, por supuesto, no estaban allí.

En mayo de 2017, el patronato del Museo Gardner duplicó la recompensa a diez millones de dólares, la mayor jamás ofrecida hasta entonces. Aun así, los ladrones rehusaron desprenderse de su botín. Pero ¿quiénes eran? ¿Y para quién trabajaban? Sospechosos no faltaban, la mayoría de ellos vinculados con el próspero submundo de las mafias irlandesa e italiana de Boston. Pero había también otras teorías, algunas irrisorias, otras solo inverosímiles. Y ahí fue donde Maurice Durand, quizá el mayor ladrón de arte que jamás haya existido, retomó el hilo de la historia.

11

Rue de Miromesnil

—Mi favorita era la de los siniestros agentes del Vaticano.

—La mía también —reconoció Gabriel.

—¿Por qué el Vaticano, que tiene tantos cuadros que no sabe qué hacer con ellos, querría robar más? ¿Y quiénes serían esos presuntos agentes a las órdenes del Vaticano?

—Se sorprendería usted.

Durand enarcó una ceja.

—¿Me está diciendo que es posible?

—Me interesa más su opinión, Maurice.

El francés pareció meditar seriamente la pregunta antes de responder.

—En mi opinión, es casi seguro que los ladrones eran hampones de Boston vinculados con redes delictivas de mayor alcance. Por lo general, a esas redes se les da bastante bien robar obras de arte, pero no tienen ni idea de cómo sacarlas al mercado. De ahí que los cuadros acaben siendo utilizados como dinero contante y sonante dentro del submundo del hampa. Cheques de viaje para delincuentes, por así decirlo. Pasan de una banda a otra, normalmente en concepto de garantía y a veces como tributo o trofeo. Como es fácil pasarlos de contrabando, suelen recorrer largas distancias. De hecho, cruzan océanos.

—¿Dónde acabó el Vermeer?

—Uno de sus socios le comentó a *monsieur* Van Damme que se podía conseguir en Dublín.

—¿De quién?

—Del cártel de Kinahan, la organización criminal más poderosa de Irlanda. Van Damme quería que fuera allí en su nombre a negociar la compra.

—¿Qué respondió usted?

—Que gracias, pero no. Este negocio ya es bastante peligroso sin necesidad de mezclarse con gánsteres irlandeses.

—¿Cuánto costó que dijera que sí?

—Respecto a eso, tengo la memoria un tanto borrosa.

—Esfuércese un poco, Maurice.

—Puede que fuera el veinte por ciento del precio final de venta.

—Un atraco a mano armada —repuso Gabriel.

Durand se llevó una mano al corazón.

—Las negociaciones incluyeron vendas en los ojos y varios trayectos largos en el maletero de un coche. Me considero sumamente afortunado por haber sobrevivido.

—¿Quién se sentó al otro lado de la mesa?

—Llamémosle *monsieur* O'Donnell. No era un entendido, desde luego. Me permitió ver el cuadro una sola vez. Que yo sepa, estaba en Belfast en ese momento.

—¿Y?

—No pretendo ser el mayor experto en pintores holandeses del Siglo de Oro, pero me pareció que era el Vermeer.

—¿Pidió una segunda opinión?

—*Monsieur* O'Donnell no lo permitió.

—¿Cuál fue el precio final de venta?

—Cincuenta millones —contestó Durand—. La entrega se efectuó en Barcelona una semana después. También tuve suerte de sobrevivir entonces. Llevé el cuadro a Amalfi al día siguiente y *monsieur* Van Damme me pagó mi comisión.

—*Mazel tov,* Maurice. —Gabriel sacó una carpeta de papel manila del bolsillo con cremallera de su bolsa de viaje. Contenía la fotografía que el general Ferrari le había dado en Amalfi. La colocó delante de Durand y dijo—: Supongo que reconoce al hombre.

—*Oui.*

—¿Y a la mujer?

Durand negó con la cabeza.

—Se hacía llamar Ursula Roth.

—¿Alemana?

—Eso decía.

—¿Qué puede decirme sobre sus métodos?

—Evidentemente, consiguió engatusar a Van Damme para que la invitara a su villa y se introdujo en la cámara acorazada después de la cena.

—La cerradura era muy segura.

—Parece saber bastante de cajas fuertes y ordenadores.

Durand deslizó la fotografía dentro de la carpeta.

—¿Y si consigo localizarla?

—Devolveré *El concierto* de Johannes Vermecr al Museo Isabella Stewart Gardner de Boston. Y, pese a lo que recomienda la prudencia, volveré a pasar por alto su deplorable conducta.

—¿Y si mis pesquisas no dan fruto? —preguntó Durand.

—Estoy seguro de que no será así.

—¿De cuánto tiempo dispongo?

—¿Cuánto tiempo necesita?

—Una semana, por lo menos.

—En ese caso —dijo Gabriel—, tiene exactamente setenta y dos horas.

12

Skagen

La bicicleta de carretera Pinarello hecha a medida —la envidia de la floreciente comunidad ciclista del norte de Jutlandia— estaba apoyada en la fachada del café. Ingrid Johansen, con chaqueta Gore-Tex y mallas, ocupaba una mesa cercana, teléfono en mano. La ciudad que la rodeaba, con sus pintorescos edificios pintados del típico amarillo de Skagen, estaba bañada por esa intensa luz dorada que a finales del siglo XIX había atraído a un círculo de pintores a aquel pueblecito pesquero. Pero Ingrid apenas reparaba en ello. Estaba enfrascada leyendo un artículo con el que se había topado por casualidad en el diario *Il Mattino* de Nápoles acerca del asesinato de un sudafricano rico afincado en la costa amalfitana.

Se levantó, pasó una pierna por encima del tubo inclinado de la Pinarello y echó a pedalear por la calle desierta. Al llegar al extremo sur del pueblo, rodeó una rotonda y tomó el carril bici que flanqueaba la Primærrute 40. Con el viento a favor, recorrió los trece kilómetros y medio hasta Hulsig en veinte minutos. Luego puso rumbo al oeste, atravesando el damero de tierras de cultivo, hasta Kandestederne.

En las dunas cubiertas de aulagas había una colonia de casas vacacionales que estaban ocupadas casi únicamente en verano. La moderna vivienda de Ingrid, con sus ventanales con vistas al mar del Norte, se alzaba a pocos pasos de la playa. La cerradura electrónica de la puerta principal tenía una contraseña de catorce dígitos que Ingrid cambiaba con frecuencia. La marcó en el teclado, metió la bicicleta en el vestíbulo y acalló los pitidos del sistema de alarma de calidad industrial. La pantalla de información no mostraba ninguna incidencia durante las dos horas que había estado ausente.

Se quitó las zapatillas de ciclismo y entró en calcetines en el amplio salón. El suelo era de madera clara, y el mobiliario, escandinavo y moderno. Era lujoso, sí, pero, salvo el equipo de música Hegel, nada indicaba que Ingrid tuviera acceso a fuentes de riqueza ocultas. El Gobierno tenía la impresión de que era una informática autónoma muy bien pagada y, en efecto, lo era. Su empresa, Skagen CyberSolutions, había ingresado más de cuatro millones de coronas danesas en 2021. Sus ingresos legales habían disminuido ligeramente ese último año, pero Ingrid había compensado con creces esa pérdida mediante sus ingresos ilícitos, que habían alcanzado un nivel récord.

Su visita anual de invierno a diversas estaciones de esquí de Suiza y Francia había resultado especialmente rentable. Había una pareja de Connecticut, muy rica pero confiada —él trabajaba para un fondo de cobertura y ella en el departamento de relaciones públicas de una empresa—, cuya *suite* en el hotel Badrutt's Palace de St. Moritz le había deparado un doble collar de perlas Mikimoto y una pulsera de diamantes de Harry Winston. Y luego estaba el libidinoso magnate ruso que se despertó tras una noche de borrachera en los clubes de Courchevel y descubrió que tanto Ingrid como su reloj Richard Mille de un millón de euros se habían esfumado sin dejar rastro. Y, por último, el príncipe saudí de segunda fila, primo lejano del futuro rey, que sin saber cómo extravió un maletín lleno de dinero mientras estaba de vacaciones en Zermatt con sus tres esposas y sus doce hijos.

Solo las joyas habían valido medio millón en el mercado negro de Amberes. Ingrid había pasado el verano descansando en su casita de Mikonos, uno de los pocos lugares del mundo donde mantenía las manos quietas, casi siempre. Tenía intención de regresar a Dinamarca en septiembre, pero sus planes cambiaron cuando recibió una llamada de Peter Nielsen, un anticuario que se encargaba de vender los manuscritos raros con los que Ingrid se topaba de vez en cuando en mansiones y castillos europeos desocupados. Uno de sus clientes le había hecho una petición un tanto extraña, relativa a un cuadro que colgaba en una villa de la costa de Amalfi. La oferta era demasiado lucrativa para rechazarla: cinco millones de euros por adelantado más otros cinco a la entrega.

El despacho de Ingrid estaba situado en la primera planta de la casa. El cuadro estaba guardado en un armario, oculto dentro de un tubo portaplanos de cuero. Sacó el lienzo y lo desplegó sobre el escritorio. Sin marco, parecía bastante corriente. Aun así, se sintió honrada de hallarse en su presencia, y también culpable. El dinero y las joyas podían reemplazarse, pero *El concierto* de Johannes Vermeer formaba parte del canon occidental, era un objeto sagrado.

La noche anterior, hallándose bajo la influencia de Miles Davis, se había planteado seriamente dejar el Vermeer en manos de las autoridades competentes; en la ciudad neerlandesa de Delft, quizá. Le parecía un desenlace dramáticamente apropiado para la historia del cuadro. Pero, si lo hacía, se enemistaría con Peter Nielsen y su cliente. A fin de cuentas, el cliente le había pagado cinco millones de euros, y ella ya había donado buena parte de ese dinero de forma anónima a obras benéficas.

Y luego, por supuesto, estaba el artículo de *Il Mattino*. Ingrid no tenía ninguna duda de que Lukas van Damme estaba vivo y a salvo —y durmiendo a pierna suelta gracias a la ketamina líquida que había ingerido con su Barbaresco— cuando ella se marchó de su villa a las 12:45 de la noche. Acceder a la cámara acorazada del sudafricano le había llevado treinta segundos escasos. Le había impresionado encontrar allí un cuadro emblemático de Vincent van Gogh, pero se había resistido a la tentación de robarlo. Sus instrucciones eran muy precisas. El Vermeer y solo el Vermeer. Además, quitarle el bastidor al lienzo le había llevado más tiempo del previsto.

En ese momento, su teléfono recibió un mensaje cifrado a través de Signal. Era Peter Nielsen preguntando cuándo iba a entregarle el cuadro desaparecido más valioso del mundo, o algo por el estilo. Ingrid no tenía más remedio que entregar el Vermeer como había prometido. Al menos, así tendría ocasión de aclarar uno o dos pequeños detalles relativos a lo sucedido en Amalfi. Quería saber, en concreto, en qué lío la había metido su amigo.

Normalmente, llevaba los objetos robados a la tienda de Peter, pero en este caso las circunstancias exigían discreción. Vissenbjerg, en la isla de Fionia, estaba a medio camino entre Skagen y Copenhague. Había un área de servicio justo al lado de la E20. Una gasolinera Q8, un supermercado, un pequeño café. ¿Cómo se llamaba? ¿Jørgens? Sí, eso era. Jørgens Smørrebrød Café. Podían verse allí.

Pero no enseguida, pensó alcanzando el teléfono. Quería pasar uno o dos días más con el Vermeer antes de separarse de él. El jueves le parecía un buen día, pero, pensándolo mejor, seguramente le convenía más el viernes por la tarde. El viernes a las seis en el Jørgens Smørrebrød Café. Peter debía ir solo, con cinco millones de euros en metálico. *Sin dinero no hay cuadro*, escribió.

O algo por el estilo.

13

Île Saint-Louis

Gabriel salió del piso de Martin Landesmann en la Île Saint-Louis a la una de la tarde del día siguiente y comió a la sombra de Notre-Dame. Dio después un paseo por la ribera del Sena hasta el Musée d'Orsay y se alegró al ver que *La Chambre à Arles* de Van Gogh seguía colgada en la Galerie des Impressionnistes. Su siguiente parada fue el ala Richelieu del Louvre, donde fue a ver *El astrónomo* de Vermeer. Al igual que *El concierto,* el cuadro había sido robado una vez, no por delincuentes comunes, sino por el Einsatzstab Reichsleiter Rosenberg, el cuerpo oficial de saqueadores de obras de arte de la Alemania nazi. Había sobrevivido a su odisea bélica prácticamente intacto, aunque con la añadidura de una pequeña esvástica estampada en tinta negra en el revés del lienzo.

El destino final de Gabriel era la *brasserie* Dumas, en la Rue de Miromesnil. Allí, a las cinco y cuarto, vio a Maurice Durand cambiar el letrero del escaparate de *Ouvert* a *Fermé.* Angélique Brossard salió treinta minutos después, seguida al poco rato por el propio Durand. El francés se reunió con Gabriel para tomar un aperitivo.

—Es una ladrona de guante blanco a la antigua usanza, su chica. Le gusta acercarse a sus objetivos para luego desplumarlos. Prefiere el dinero en efectivo y las joyas, aunque se sabe que de tanto en tanto algunos objetos de valor también se adhieren a sus pegajosos dedos.

—¿Es alemana?

—Eso depende de a quién le preguntes. Al parecer, es una especie de camaleón. Algunos dicen que es alemana o suiza, otros que holandesa o escandinava. Pero todos concuerdan en que es muy hábil si de lo que se trata es de desactivar sistemas de seguridad.

—¿Y qué tal se le dan las pistolas de nueve milímetros?

—Puede que lleve una, pero procura no usarla. No es su *modus operandi*.

—¿Es la primera vez que se mete en su territorio?

—Evidentemente sí.

—Qué impertinencia.

—Eso mismo pienso yo.

—Es más fácil deshacerse de joyas que de cuadros —observó Gabriel.

—Mucho más —convino Durand—. Los relojes de lujo tienen que revenderse intactos, por supuesto. Pero el oro puede fundirse y los diamantes pueden incorporarse a otras piezas.

—Todo lo cual requeriría un perista.

—Como siempre, voy un paso por delante de usted —contestó Durand.

A la mañana siguiente, París se despertó con una descarga de rayos y truenos, la salva inicial de una monstruosa tormenta de otoño que en menos de una hora arrojó sobre la ciudad la lluvia de un mes. Gabriel observó la crecida del Sena desde el cómodo salón del piso de Martin, con un ojo puesto en *Télématin*, el programa matinal de actualidad de France 2.

En otros lugares, las noticias no eran mucho mejores. Al otro lado del canal de la Mancha, la primera ministra británica luchaba por su supervivencia política tras aprobar una desastrosa rebaja fiscal que había trastornado el mercado británico de deuda pública y hundido la libra a mínimos históricos. Para no ser menos, Rusia había lanzado otro ataque aéreo asesino contra objetivos civiles en una Ucrania desgarrada por la guerra, utilizando esta vez drones suministrados por la República Islámica de Irán. Casi desapercibida pasó la advertencia de un destacado experto estadounidense en seguridad que afirmó que, por culpa de la guerra, Rusia y Occidente se hallaban más cerca de la confrontación nuclear que durante la crisis de los misiles de Cuba. El mundo, pensó Gabriel, corría peligro de descarrilar. Una sacudida más al sistema —otro colapso financiero, una disrupción del suministro de alimentos, un resurgimiento de la pandemia— podía traducirse en el fin de ese proyecto conocido como orden liberal de posguerra.

A última hora de la tarde, el diluvio había amainado y la vida en París había vuelto a la normalidad, al menos en la Rue de Miromesnil.

—¿Qué será lo próximo? —preguntó Maurice Durand mientras miraba melancólicamente por el escaparate salpicado de lluvia de la *brasserie* Dumas—. ¿Una plaga de langostas?

—De ranas —murmuró Gabriel.

—No me importaría que fuera de ranas, siempre que sean comestibles, claro.

—Las ranas de plaga no son comestibles, Maurice. Por eso son ranas de plaga.

Durand torció el gesto.

—¿Le preocupa algo, *monsieur* Allon?

—¿Aparte del colapso inminente de la civilización occidental?

—*Oui*.

—Estoy un poco molesto porque mi informante haya encontrado tiempo para su cita diaria con su amante, pero no haya podido averiguar dónde coloca mi chica sus joyas robadas.

—En Amberes —respondió Durand—. ¿Dónde iba a ser, si no?

Era lógico, pensó Gabriel. El ochenta por ciento de los diamantes del mundo pasaban por Amberes. Y Bélgica, por la debilidad de su Gobierno central y la incompetencia de su policía nacional, tenía merecida fama de ser el destino europeo preferido de los delincuentes que buscaban comprar o vender mercancías en el mercado negro.

—¿Conoce el nombre del perista? —preguntó Gabriel—. ¿O voy a tener que ir preguntando de puerta en puerta por el Barrio de los Diamantes?

—Creo que todavía me quedan veinticuatro horas, como mínimo, para agotar mi plazo.

Gabriel pasó casi todo ese tiempo encerrado en el piso de Martin, leyendo una edición en francés de *Charlotte Gray* de Sebastian Faulks. Terminó la novela mientras se bebía una copa de un excelente Côtes du Rhône en la *brasserie* Dumas. Maurice Durand se reunió con él a las seis y media, con los ojos vidriosos y una expresión de incredulidad y, según le pareció a Gabriel, de absoluta derrota.

—¿A qué viene esa cara de pena? —preguntó.

—Angélique —murmuró el francés.

—¿Se encuentra mal?

—Se ha enamorado. —Durand hizo una pausa y añadió—: De otra persona.

—¿Después de tantos años?

—Eso le he preguntado yo.

—¿De dónde ha sacado tiempo?

—También se lo he preguntado, créame. —Durand le entregó una hojita de papel con un nombre y una dirección escritos—. Tiene vínculos con la rama europea de la mafia armenia. Los armenios tienen problemas para controlar su ira. Por eso le agradecería que no mencionara mi nombre cuando hable con él. Bastantes problemas tengo ya.

Gabriel se despidió en la calle de su abatido informante y regresó al piso de la Île Saint-Louis. Llamó al propietario y le pidió otro favor.

—¿De cuánto estamos hablando? —preguntó el financiero suizo.

—De lo suficiente para llamar la atención de un traficante de diamantes de Amberes.

—No será uno de los tuyos, ¿verdad?

—Es armenio, de hecho.

—Estoy seguro de que las joyas de Monique serán de su agrado. —Monique era la glamurosa esposa de Martin, de origen francés—. En París solo guarda una pequeña colección, pero bastante valiosa.

—¿Diamantes?

—Mi amada Monique no pone un pie fuera de casa si no está repleta de ellos.

—¿Dónde puedo encontrarlos?

—En la caja fuerte del vestidor.

—¿Y la combinación?

—Me sorprende que la necesites. —Martin recitó tres números—. Solo para que me quede claro, tienes intención de devolverlo todo, ¿no?

—Salvo que surja algún imprevisto.

—Estas cosas suman, ¿sabes? Un millón aquí y un millón allá, y pronto me estarás pidiendo dinero de verdad.

—También me haría falta un poco de eso.

—Hay un par de cientos de miles en la caja fuerte —dijo Martin con un suspiro—. Sírvete tú mismo.

14

Fionia

La Coalición por una Dinamarca Verde surgió en 2005, fundada por Anders Holm y otros nueve estudiantes de la Facultad de Política y Sociedad de la Universidad de Aalborg. El principal objetivo del grupo, expuesto en su ambicioso manifiesto fundacional, era conseguir la completa descarbonización de la economía danesa para el año 2025. Crearon un sitio web que nadie visitaba, organizaban simposios y marchas a los que nadie asistía y recogían firmas para peticiones grandilocuentes que pocas personas en puestos de poder o influencia se molestaban en aceptar y mucho menos en leer.

Esto empujó a Anders Holm, dos años después de crear la Coalición, a cambiar de táctica. La época de los panfletos y las peticiones había terminado, declaró. El grupo iba a embarcarse en una campaña de acción directa para sacudir conciencias, campaña que incluyó una serie de embarazosos hackeos y ataques de denegación de servicio contra las redes informáticas de los mayores emisores de gases de efecto invernadero de Dinamarca. La policía danesa nunca pudo detener a la *hacker* responsable de los ataques, en parte porque solo Anders conocía su identidad: Ingrid Johansen, una estudiante aventajada de la Facultad de Ciencias de la Computación.

Ingrid estaba orgullosa de los hackeos que había llevado a cabo para la Coalición, pero lo que más la estimulaba era el subidón, semejante al de una droga, que le producía colarse en redes informáticas presuntamente seguras. Hizo algunos trabajos más para Anders —contra empresas contaminantes e industriales poderosos, e incluso contra un ministro del Gobierno—, pero pronto su habilidad con el teclado no le bastó para satisfacer su adicción. Era demasiado fácil, demasiado seguro. Para saciar su hábito, debía asumir riesgos mayores.

Como la mayoría de los ladrones, perfeccionó su arte robando en tiendas. No tardó en empezar a forzar cerraduras y vaciar bolsillos, sobre todo en los bares de Aalborg, donde sus víctimas solían estar entorpecidas por el alcohol. Aprendió a ser extravertida y seductora, algo que no era natural en ella, y a aceptar de buen grado que los hombres se le acercaran; sobre todo, hombres ya maduros, que solían llevar encima más dinero y otros objetos de valor y se dejaban engatusar fácilmente por mujeres jóvenes y atractivas. Descubrió que su físico era una ventaja. El rostro del delito en la Escandinavia contemporánea se parecía muy poco al suyo.

Dejó la universidad al acabar su segundo curso so pretexto de montar una consultoría informática y se embarcó en una ola de golpes en solitario que se extendió a lo largo y ancho de Dinamarca. Robó sus primeros diamantes en Copenhague y se los vendió por una fracción de lo que valían a una banda serbia de Fráncfort, una transacción a la que tuvo suerte de sobrevivir. Fue entonces cuando le compró su pistola, una Glock 26 subcompacta, a un miembro de la banda callejera Black Cobras de Malmö. El cobra, Ibrahim Kadouri, le enseñó a usar el arma y a vender joyas robadas sin morir en el intento. Ibrahim conocía a un armenio en el Barrio de los Diamantes de Amberes, un reputado perista, si es que tal cosa existía. Ingrid se lo agradeció dándole diez mil coronas en efectivo y doscientas tarjetas de crédito robadas que no quería para nada.

Al cumplir los treinta, ingresaba más de medio millón de euros al año como ladrona, además de los ingresos legales que obtenía de su negocio de consultoría. Se compró la casa de campo en

Kandestederne y, tras un verano especialmente productivo en Saint-Tropez, su casita en Mikonos. Solo robaba a los ricos —a fin de cuentas, eran los que tenían el dinero y los objetos de valor— y se quedaba únicamente con lo necesario para sufragar su tren de vida, que era muy confortable, eso tenía que reconocerlo. El resto lo donaba a organizaciones benéficas mediante transferencias bancarias anónimas o paquetes de DHL repletos de dinero.

A pesar de todo, seguía siendo una ecologista ferviente y una activista muy comprometida con la causa del cambio climático. Sus dos casas eran neutras en carbono y su coche un Volvo XC90 híbrido enchufable. A las cuatro y media de la tarde del viernes, circulaba hacia el sur por la península de Jutlandia, siguiendo la E45. Llevaba un moderno gorro de Rhanders y unas gafas de sol ligeramente tintadas que la hacían casi irreconocible. Había guardado la Glock en el bolso, que descansaba en el asiento del copiloto. El portaplanos que contenía *El concierto* de Johannes Vermeer iba en el maletero del Volvo.

El cielo sobre Jutlandia se había despejado por fin tras cuarenta y ocho horas de lluvia torrencial y viento. Ingrid cruzó el puente del Pequeño Belt a las cinco de la tarde y se adentró en Fionia por la E20 en dirección este. Aún brillaba con fuerza el sol cuando llegó al área de servicio de Vissenbjerg. Conectó el Volvo a una estación de carga de la Q8 y, llevando solo su bolso, entró en el Jørgens Smørrebrød Café.

Había dos mesas ocupadas, una por una pareja danesa mayor y de aspecto infeliz, y la otra por un hombre de unos cuarenta años que vestía traje oscuro y abrigo largo. No era danés, pensó Ingrid. Finlandés, quizá. O puede que estonio o letón. Buenos zapatos y un reloj de pulsera bonito. Seguramente llevaba unos cientos en la cartera. Pero no era un blanco fácil. Parecía desenvuelto y seguro de sí mismo. Y además no mostró ningún interés en ella, lo que era raro. La mayoría de los hombres no podían evitar lanzarle al menos una mirada calculadora.

Le pidió a la chica del mostrador un café y un *smørrebrød* de ensalada de pollo y se lo llevó a una mesa junto a la ventana. La infeliz pareja danesa se marchó primero, a las seis menos cuarto, seguida diez minutos después por el hombre que podía ser o no finlandés o de algún país báltico. Fuera, un hombre de cerca de setenta años estaba llenando el depósito de un Mercedes sedán Clase E. Con su chaqueta de *tweed* y su jersey beis de cuello vuelto, no cabía duda de que era un marchante de libros antiguos de Copenhague, y no muy respetuoso con la ley, por cierto.

Devolvió el boquerel al surtidor y estacionó el Mercedes en el aparcamiento. Cuando entró en la cafetería, llevaba un maletín de aspecto barato. Pidió un café y, con las dos manos ocupadas, se acercó a la mesa de Ingrid. Ella se levantó, le abrazó cariñosamente y sustrajo su teléfono del bolsillo de su chaqueta de *tweed*.

Él se sentó y dejó el maletín en la silla de al lado.

—¿Cuándo vas a deshacerte de ese coche? —preguntó Ingrid mientras guardaba a hurtadillas el teléfono de Peter en su bolso.

—Solo tiene tres años.

—Así conseguirás un buen precio cuando lo cambies por un modelo híbrido o eléctrico.

—Me gusta la sensación que produce un motor de gasolina.

—Y cuando el mar suba hasta inundar tu preciosa librería de Strøget, ¿te gustará también esa sensación?

—Estoy en la segunda planta —contestó Peter, y le tendió la mano. Ingrid frunció el ceño y le devolvió el teléfono—. Estás perdiendo facultades, niña.

—El cuadro que llevo en el coche sugiere lo contrario.

—Pertenece a mi cliente.

—Todavía no —contestó Ingrid.

—No estarás pensando en hacer alguna estupidez, ¿verdad?

—¿Como qué?

—Intentar sacar más tajada.

—No se me había ocurrido, pero ahora que lo dices…

—Olvídalo, Ingrid. Mi cliente ya está bastante enfadado.

—¿Por qué?

—Por el derramamiento de sangre innecesario.

—Ya somos dos.

—¿De verdad no había otra forma de conseguir el cuadro?

Ingrid se llevó el café a los labios.

—Yo no maté a Van Damme —dijo en voz baja—. Alguien entró en la casa después de que yo me fuera. Me preguntaba si tú o tu cliente sabéis quién fue.

—Puedo asegurarte que mi cliente no tuvo nada que ver.

—¿Quién es?

—Ya conoces las reglas, Ingrid. Tú no conoces la identidad del cliente ni el cliente conoce la tuya. —Miró por la ventana, hacia el Volvo de Ingrid—. Espero que ese cacharro esté cerrado con llave.

—La verdad es que no estoy muy segura.

—¿En qué estado está?

—Extremadamente bueno.

—Quizá convendría que le echara un vistazo.

Ingrid miró el maletín.

—Lo primero es lo primero.

Desconectó el cable de carga del Volvo y se sentó al volante. Peter ocupó el asiento del copiloto y, con el maletín apoyado en los muslos, marcó la combinación y abrió los cierres.

Ingrid sacó dos fajos de billetes de quinientos euros recién impresos y los examinó a la luz del techo.

—Cinco millones, ¿verdad, Peter?

—¿Te he engañado alguna vez?

No, pero nunca habían tenido entre manos un asunto de esa magnitud. Además, seguramente aquel sería el último dinero que ingresara Ingrid durante una larga temporada.

Devolvió los fajos de billetes al maletín y Peter lo cerró.

—¿Conforme? —preguntó.

Ella encendió el motor y pulsó el botón de apertura del maletero.

—Quizá convenga que te guardes una parte para ti esta vez —le aconsejó Peter, y salió.

Un momento después, cruzó el aparcamiento llevando el portaplanos de cuero y regresó a su Mercedes sin darse cuenta de que ya no llevaba encima su teléfono móvil. Ingrid apagó el aparato y lo guardó en la bolsa de Faraday que solía llevar en el bolso. «Conque estoy perdiendo facultades, ¿eh?», pensó, y se puso en camino hacia Kandestederne.

Peter Nielsen estaba en mitad del Storebæltsbroen, el puente de dieciocho kilómetros que une las islas de Fionia y Selandia, cuando se dio cuenta de que Ingrid había vuelto a quitarle el teléfono. Se lo tenía merecido, supuso. Decirle que estaba perdiendo facultades había estado fuera de lugar. Su amiga seguía siendo tan fina como siempre. El cuadro que descansaba en el suelo de la parte de atrás del coche era buena prueba de ello.

Ya era demasiado tarde para ir detrás de ella. Iría a Skagen por la mañana, después de entregarle el cuadro al cliente. Confiaba en que Ingrid no consiguiera desbloquear su teléfono mientras tanto. Contenía correspondencia cifrada que no le interesaba que viera, relativa a la identidad del cliente y a la suma que le había pagado por conseguir el Vermeer. Sí, Ingrid había recibido una buena remuneración, pero el reparto no había sido en absoluto equitativo. Dentro de unas horas, Peter sería un hombre extremadamente rico.

Como de costumbre, el viento aullaba al atravesar el Gran Belt. Peter conducía sujetando el volante con ambas manos. Aun así, le costó mantener el Mercedes dentro de su carril mientras cruzaba el tramo colgante del puente. Nunca le había gustado cruzar el Storebæltsbroen, sobre todo de noche, cuando la sensación de estar suspendido en el aire sobre las negras aguas siempre le producía un ligero malestar de estómago. ¿Y qué decir del quitamiedos? Tenía menos de un metro de altura. ¿De verdad le salvaría si una racha de viento repentina le hacía perder el control del coche? Era poco probable, pensó. Se precipitaría hacia la muerte y se hundiría lentamente en el abismo, sin duda en la parte más profunda del estrecho. Y allí yacería para toda la eternidad, junto a *El concierto* de Johannes Vermeer.

Su ánimo mejoró cuando emprendió el largo descenso hacia la costa oeste de Selandia. Aceleró al pasar por el carril exprés del peaje de la autopista y una hora después estaba a las afueras de Copenhague. Su piso de soltero estaba en Nansensgade, en el modernísimo barrio de Nørrebro, a unos diez minutos a pie de su tienda. Aparcó el Mercedes en la calle, frente a su edificio, y apagó el motor. Luego estiró el brazo derecho hacia el suelo del asiento trasero y alcanzó el portaplanos que contenía el cuadro desaparecido más valioso del mundo.

Lo pasó con cuidado por encima del reposacabezas del asiento del copiloto, abrió la puerta y salió. Se fijó entonces en el hombre que caminaba hacia él por la acera con las manos metidas en los bolsillos de un abrigo largo. Estaba seguro de haberlo visto en alguna parte, y hacía poco, además.

Pero ¿dónde?

El arma —la gran pistola semiautomática que el desconocido se sacó con pasmosa elegancia del interior del abrigo— puso un brusco final a sus cavilaciones. Le apuntó a la cara y emitió dos brillantes fogonazos sin apenas hacer ruido. Y Peter cayó. Cayó al agua negra, al abismo. *El concierto* de Johannes Vermeer no le acompañó en el viaje. Se lo llevó el hombre de la pistola. El hombre al que Peter había visto a las 17:55 de aquella misma tarde saliendo del café de Vissenbjerg. Tenía que avisar a Ingrid de que su vida corría peligro, pero no podía hacerlo. Le había quitado el maldito teléfono.

15

Diamantkwartier

Solo un hombre de la inmensa riqueza de Martin Landesmann habría calificado de *pequeña* la asombrosa colección de joyas que descubrió Gabriel al abrir la caja fuerte del vestidor de Monique. Había más de cien piezas en total, entre ellas un colgante con un gran diamante solitario de unos doce quilates y engaste de platino. Gabriel perpetró el robo con prudencia y buen tino, llevándose únicamente lo que necesitaba —incluidos cien mil euros en metálico como dinero de bolsillo—, y se dio a la fuga en el coche del damnificado, con el chófer parisino habitual de este al volante. Era medianoche cuando llegó al hotel Sapphire House, de nombre certero, en el centro de Amberes. Le habían reservado la *suite* Diamante. La empresa de inversiones del damnificado corría con los gastos, incluidos los imprevistos.

El hotel estaba en Lange Nieuwstraat, no lejos del señorial casco antiguo de la ciudad. Con sus estrechas callejuelas y sus numerosas tiendas y cafés, era el lugar perfecto para hacer una tranquila ronda de vigilancia y detección, que Gabriel efectuó a la mañana siguiente después de tomar un desayuno frugal. Tardó apenas unos minutos en constatar que las insignes fuerzas de seguridad del Estado belga no se habían percatado de que el exdirector general de la Oficina se alojaba en uno de los mejores hoteles de la ciudad.

Se dirigió después a Meir, la principal arteria comercial de Amberes, para cambiar de vestuario: vaqueros negros ajustados, jersey negro, botines con cremallera, chaquetón de cuero, reloj de oro de gran tamaño, cadena de oro y gafas tintadas de amarillo. Se puso la ropa en su *suite* del Sapphire House y a las doce y media salió con aspecto de ser un canalla de cuidado. Era, a fin de cuentas, un delincuente, un ladrón experto que últimamente había robado joyas por valor de más de un millón de euros en un piso de lujo de la Île Saint-Louis de París. Llevaba varias de esas joyas ocultas en los bolsillos del chaquetón, entre ellas un colgante con un diamante solitario de doce quilates. El resto del botín estaba guardado en la caja fuerte de su habitación, junto con su pasaporte auténtico y su teléfono móvil de fabricación israelí con fama de ser el más seguro del mundo. La pistola Beretta de 9 mm la llevaba encajada en la cinturilla del pantalón, a la altura de los riñones. A diferencia de muchos de sus colegas, sabía usarla.

Abajo, el conserje le miró con desagrado cuando cruzó el vestíbulo y salió de nuevo a Lange Nieuwstraat. Esta vez torció a la derecha y se dirigió a la estación de Antwerpen-Centraal, considerada una de las más bonitas del mundo. Su imponente fachada oeste dominaba el Diamantkwartier, un barrio compacto lleno de tiendas, talleres de joyería y casas de corretaje por el que pasaban anualmente unos doscientos treinta y cuatro millones de quilates de diamantes. Al llegar, encontró gran parte del barrio cerrado y desierto. Era sábado, el *sabbat* hebreo, y en Amberes el comercio de diamantes seguía casi por completo en manos de judíos.

Sin embargo, muchos recién llegados al Barrio de los Diamantes preferían abrir sus establecimientos los sábados, mientras sus competidores judíos respetaban el día de descanso y oración que les imponía su credo. Uno de esos comerciantes era un tal Khoren Nazarian, de origen armenio, propietario de la empresa Mount Ararat Global Diamond Exchange, situada en el número 23 de Appelmansstraat. En la acera de enfrente había una *trattoria* llamada Café Verde. Gabriel saludó a la camarera en italiano y, a pesar de su aspecto sospechoso, le indicaron una codiciada mesa junto al escaparate.

Allí llegó rápidamente a la conclusión, basada en gran medida en el instinto y la experiencia ganada con esfuerzo, de que su viejo amigo Maurice Durand le había puesto una vez más en el buen camino. Quizá fuera por lo discreta que era la entrada de la empresa, con su puerta de cristal opaco y su letrero de latón, que era fácil pasar por alto. O quizá por la actitud furtiva de los dos hombres —uno de los cuales parecía llevar un arma oculta— que pidieron entrar en el establecimiento a la una y cuarto. O por el adicto a los esteroides, de cabeza rapada y cuello del grosor del tronco de un árbol, que acompañó a los dos visitantes cuando veinte minutos después salieron de nuevo a la tarde otoñal con una sonrisa que dejaba entrever que su reunión había ido como la seda.

¿Se trataba solo de piedras preciosas o acaso Mount Ararat Global Diamond Exchange era una tapadera para otras actividades delictivas? Tráfico de drogas, por ejemplo, o de armas de fuego ilegales. Gabriel solo necesitaba un nombre: el de la mujer que había robado el Vermeer de la villa de Lukas van Damme en Amalfi. Aspiraba a conseguir esa información mediante una simple transacción comercial que salvaguardara su identidad, de ahí la pequeña fortuna en joyas que llevaba en los bolsillos de su espantoso chaquetón. Si eso no funcionaba, siempre podía recurrir a la violencia, claro, pero esperaba no tener que llegar a ese extremo. Bélgica era uno de los pocos países de Europa donde no tenía amigos en el Gobierno ni en las fuerzas de seguridad. Y, además, la espalda le estaba dando la lata.

¿Cómo iba a llamarse? Mientras dejaba unos billetes nuevecitos sobre la cuenta del almuerzo, decidió tomarle prestado el nombre a su hijo, un nombre que rivalizaba con el suyo en cuanto a modernidad. Se llamaría Raffaele. Así, Raffaele a secas, como el pintor. Era un ladrón originario de un mísero pueblecito de Calabria vinculado al violento sindicato del crimen conocido como la 'Ndrangheta. Sus jefes buscaban a una mujer que acababa de dar un gran golpe en la costa amalfitana. Les debía tributo y su honor exigía satisfacción. Era un lenguaje que todo miembro de una organización criminal entendía; sobre todo, cuando un miembro de la 'Ndrangheta se presentaba en su puerta sin previo aviso.

Eso fue precisamente lo que hizo Gabriel a las dos en punto. Pulsó el botón del interfono y, al no recibir respuesta, volvió a pulsarlo.

Por fin, una voz metálica preguntó:

—*Ja?*

Gabriel contestó en inglés con fuerte acento italiano.

—Quiero hablar con Khoren Nazarian.

—El señor Nazarian no está disponible.

—Entonces, espero.

—¿Quién es, por favor?

—Me llamo Raffaele.

—¿Raffaele qué más?

Gabriel acercó el enorme diamante solitario a la cámara de seguridad.

La cerradura se abrió con un chasquido.

16

Appelmansstraat

El adicto a los esteroides esperaba en el agobiante vestíbulo, con los brazos cruzados sobre los pectorales hinchados y los pies separados a la altura de los hombros. Tenía debajo una alfombra beis y raída y, por encima de la cabeza, unos fluorescentes de luz dura y áspera. Detrás había otra puerta cerrada y otra cámara. Sin decir palabra, tendió la mano con la palma hacia arriba. Gabriel la agarró y se la estrechó cordialmente. Fue como darle la mano a un bloque de hormigón.

—El diamante —dijo el armenio.

Gabriel lo hizo oscilar como el péndulo de un reloj.

—¿De dónde lo has sacado?

—Era de mi difunta madre, que en paz descanse.

—Tenía buen gusto.

—Y un marido rico. —Gabriel volvió a guardarse el colgante en el bolsillo del chaquetón—. Me interesa venderlo. Y también algunas otras piezas.

—¿Vas armado?

—¿A ti qué te parece?

—Dame lo que lleves.

Gabriel le entregó la Beretta con la culata por delante por si acaso malinterpretaba sus intenciones. En condiciones normales, también le habría quitado el cargador, pero los miembros de la 'Ndrangheta no eran precisamente conocidos por su respeto al protocolo básico de seguridad en el manejo de armas de fuego.

—¿Puedo hablar ya con el señor Nazarian? —preguntó en su perfecto inglés con acento italiano.

El armenio levantó los ojos hacia la cámara de seguridad y las cerraduras de la puerta siguiente se abrieron. Detrás había una sala de espera vacía, decorada con grandes fotografías de diamantes relucientes y de las escarpadas montañas de Armenia de las que era de suponer que procedían. Más de cincuenta empresas de tallado de diamantes operaban en la exrepública soviética, y los diamantes representaban una cuarta parte de las exportaciones del país. Por las manos de Khoren Nazarian pasaba un pequeño porcentaje de esas gemas. No tenía minas ni talleres propios, y tampoco vendía al por menor. Era un simple corredor, un intermediario. Compraba diamantes a una parte y se los vendía a otra, con la esperanza de obtener beneficios suficientes para ir tirando. No era una manera sencilla de ganarse la vida, de ahí que en ocasiones estuviera dispuesto a comerciar con piedras de procedencia dudosa.

Recibió a Gabriel en su despacho, vestido con un tieso traje gris, camisa blanca con el cuello abierto y gemelos de diamantes. Rondaba los cincuenta y cinco años y era un hombre esbelto y de rasgos afilados, con la nariz aguileña y el pelo ralo peinado al ras del cuero cabelludo.

Miró a Gabriel con expresión especulativa por encima de un cigarrillo apagado.

—No he entendido bien su nombre.

Gabriel lo repitió. Un nombre a secas. Como el pintor.

—¿Y a qué se dedica, *signore* Raffaele?

—A diversas obras de caridad. Viudas y huérfanos, principalmente. También soy un miembro muy activo de mi parroquia.

—Qué noble. —Nazarian encendió un elegante mechero de oro y lo acercó a la punta de su cigarrillo—. ¿Y en su tiempo libre?

—Trabajo para un conglomerado internacional con sede en Calabria. El año pasado ganamos unos sesenta mil millones, principalmente gracias a productos farmacéuticos y operaciones inmobiliarias.

Nazarian lanzó una mirada nerviosa a su socio y a continuación cambiaron unas palabras en voz baja, en su lengua. Gabriel, que no hablaba ni entendía una palabra de armenio, aprovechó la ocasión para hacer repaso de los objetos colocados sobre el escritorio de Nazarian. Un pisapapeles de cristal con forma de diamante ovalado. Un anticuado pincho metálico para clavar mensajes. Una lupa profesional de joyería marca Harald Schneider. Una bandeja de exposición acolchada. Un pesado cenicero de cerámica rebosante de colillas. Una calculadora. Un ordenador portátil abierto.

La única ventana del despacho daba a un patio desierto. El cristal era gris verdoso, unidireccional e inastillable. Y a prueba de balas, pensó Gabriel de repente, aunque esperaba, desde luego, no tener que comprobarlo. A fin de cuentas, no llevaba encima su arma. Estaba en el bolsillo de la chaqueta del gigante armenio, con el cargador lleno y una bala en la recámara. En el bolsillo izquierdo, concretamente.

Nazarian dejó el cigarrillo en el cenicero.

—¿Puedo ver el diamante, por favor?

Gabriel tomó nota de que había dicho «por favor». Empezaban con buen pie.

Dejó el colgante en la bandeja. Nazarian examinó la piedra con la lupa mientras el adicto a los esteroides examinaba a Gabriel. Ya no parecía tan seguro de sí mismo.

—Enhorabuena —dijo Nazarian pasado un momento—. Es una piedra extraordinaria.

—Sí, lo sé. —Gabriel echó el resto de las joyas a la bandeja con descuido premeditado. Cuatro collares, seis pulseras, cuatro pares de pendientes y dos anillos, todos ellos de diamantes, el mayor de los cuales era de seis quilates.

—Estas tampoco están mal.

Nazarian examinó las joyas sin prisa, piedra a piedra.

—¿De dónde las ha sacado, *signore* Raffaele? Y, por favor, ahórrese la historia sobre su santa madre. La he oído ya muchas veces.

—Las adquirí en París.

—¿Hace cuánto tiempo?

—Ayer por la tarde.

—¿Cartier? ¿Piaget?

—Un piso del cuarto *arrondissement*.

—¿Sabe el propietario que han desaparecido?

—Todavía no.

Nazarian agarró la calculadora y pasó unos segundos tocando hábilmente sus teclas.

—¿Cuánto? —preguntó Gabriel.

—Los diamantes de esta calidad valdrían casi cuatro millones de euros en el mercado legal.

—¿Y aquí, en Mount Ararat?

Nazarian volvió a usar la calculadora y frunció el ceño.

—Podría llegar a doscientos mil.

—Mis socios de Calabria van a llevarse una desilusión.

—Lo siento, *signore* Raffaele, pero me temo que es lo máximo que puedo ofrecerle dadas las circunstancias.

—Quizá podamos llegar a otro acuerdo —sugirió Gabriel.

—¿Qué tipo de acuerdo?

—Yo le pago diez mil euros en efectivo y usted me dice dónde encontrar a una mujer a la que estoy buscando. De unos treinta y cinco años, bastante guapa, puede que alemana o suiza, u holandesa o escandinava. Le gusta acercarse a sus objetivos para luego desplumarlos. Es especialmente aficionada a la joyería de lujo, de la que usted la ayuda a desprenderse. Dio un gran golpe en la costa amalfitana hace poco y a mis socios les gustaría que les diera su parte.

—Y, si conociera a esa mujer, ¿por qué iba a traicionarla por diez mil euros de nada? —preguntó Nazarian al cabo de un momento.

—Porque mi oferta expira exactamente dentro de diez segundos.

—¿Y luego qué?

—Es probable que las cosas se pongan feas.

Nazarian se acercó la lupa al ojo.

—Tiene razón, *signore* Raffaele. Así es.

Gabriel se giró para mirar al adicto a los esteroides.

—Usted primero.

La disciplina israelí de artes marciales conocida como *krav magá* no es conocida por su elegancia, pero no se ideó pensando en sus cualidades estéticas. Tiene por único objetivo incapacitar o matar al adversario con la mayor rapidez posible. Tampoco valora el juego limpio. De hecho, los instructores animan a sus alumnos a servirse de objetos contundentes en el ataque, sobre todo cuando se enfrentan a un rival de tamaño y fuerza superiores. David no forcejeó con Goliat, suelen argumentar. Le golpeó con una piedra. Y luego le cortó la cabeza.

Las únicas piedras que había en el despacho de Khoren Nazarian eran los diamantes, pero incluso el solitario de doce quilates habría rebotado contra el culturista armenio como un guijarro lanzado contra un camión en marcha. Gabriel optó sabiamente por echar mano del pisapapeles de cristal. Golpeó al armenio en el ojo izquierdo y, a juzgar por el crujido que produjo el impacto, le fracturó uno o varios de los siete huesos de la órbita.

Le dieron tentaciones de usar también el pincho metálico para clavar mensajes, pero finalmente le propinó una patada demoledora en la espinilla, seguida de un rodillazo en los testículos expuestos y un golpe en la laringe con la técnica del puño de ojo de fénix. El codazo en la sien estuvo seguramente de más, pero facilitó la recuperación de la Beretta confiscada. Apuntar con ella a Khoren Nazarian resultó innecesario. Después de ver cómo pulverizaba a un hombre el doble de grande y la mitad de joven que él, todo ello en cuestión de segundos, el corredor de diamantes se volvió de repente muy locuaz.

Sí, conocía a la mujer en cuestión, dijo, y sabía dónde encontrarla. Y, no, bajo ningún concepto intentaría avisarla de que la estaba buscando un miembro de la 'Ndrangheta. Solo pidió que le perdonaran la vida, una garantía que el *signore* Raffaele se negó a darle. Después de todo, era un hombre sumamente peligroso.

Con las joyas de nuevo en el bolsillo, salió a la calle y regresó al Sapphire House. Esta vez, el hombre que salió de su *suite* era un individuo respetable de edad ya madura, vestido con pantalones italianos hechos a medida, chaqueta de cachemira, elegantes mocasines de ante y abrigo de lana. A las cuatro y media estaba a bordo de un tren con destino a Hamburgo, la primera etapa de un viaje que le llevaría a un pintoresco pueblecito pesquero del extremo norte de Dinamarca famoso por la calidad de su luz. En parte, hasta le apetecía. Al menos así tendría oportunidad de pasar unos días junto al mar del Norte. Había formas mucho peores de encontrar el cuadro robado más valioso del mundo, se dijo.

17

Kandestederne

Ocurrió a las nueve y diecisiete de la noche. De eso, la policía danesa estaba segura. Tampoco había duda alguna respecto al número de disparos: fueron dos. Ambos habían alcanzado en la cabeza a la víctima, Peter Nielsen, de sesenta y cuatro años, propietario de una librería especializada en libros antiguos situada en Strøget, Copenhague. Un transeúnte recordaba haber visto varios fogonazos, pero no oyó disparos, de lo que la policía dedujo que el asesino había utilizado un supresor. Había escapado en una motocicleta BMW aparcada frente al edificio donde vivía la víctima. Las cámaras de vigilancia de tráfico indicaban que había entrado en la vecina Suecia poco después de las diez. Hasta el momento, las autoridades suecas no habían dado con su paradero.

Había numerosos aspectos del asesinato que tenían perpleja a la policía; para empezar, el hecho de que se hubiera producido. Dinamarca era, según las estadísticas, uno de los países más seguros del mundo. Allí había muchos menos asesinatos al año que en Estados Unidos en un solo día. El móvil parecía ser el robo, pero los investigadores no acertaban a explicarse por qué el arma del asesino, una pistola de 9 mm de fabricación indeterminada, llevaba supresor. Los delincuentes comunes rara vez se preocupaban por esas sutilezas, al menos en Copenhague. Aquello era el marchamo de un profesional, concluyó la policía.

Pero ¿un profesional de qué, exactamente? ¿Y por qué había elegido como víctima a un marchante de libros raros? Sí, en ese sector se cometían numerosas fechorías, pero Peter Nielsen tenía muchos clientes importantes y nadie le había denunciado nunca a la policía. ¿Estaba acaso envuelto en una disputa comercial? Siempre cabía esa posibilidad. ¿Se había topado por casualidad con un libro de gran valor, por el que alguien poderoso podía estar dispuesto a matar? Era una idea interesante, aunque parecía poco probable. Al fin y al cabo, el asesino se había llevado un útil más adecuado para guardar objetos enrollables, como planos arquitectónicos o una pintura, tal vez.

La policía estaba asimismo desconcertada por no haber hallado el teléfono móvil de Peter Nielsen, un dato clave que omitió en su comunicado inicial, que hizo público el sábado a las siete y cuarto de la mañana. Como era fin de semana, la prensa de Copenhague tardó en reaccionar. El tabloide *B.T.* fue el primero en publicarlo —con un titular sensacionalista, cómo no—, pero hubo que esperar casi hasta mediodía para que la noticia apareciera por fin en el sitio web del reputado diario *Politiken*.

Ingrid lo vio a la una y media, cuando volvió a su casa después de pasar tres horas entrenando con la bici. Según decía el titular, un marchante de libros raros había sido asesinado en Nørrebro. Debía de ser otro, seguro, se dijo. Pero en el segundo párrafo del artículo se mencionaba la calle donde se había producido el asesinato y, en el siguiente, el nombre y la edad de la víctima.

Por lo demás, los datos eran muy escasos. No se hablaba, por ejemplo, de un portaplanos de cuero que contenía un cuadro de Johannes Vermeer desaparecido hacía mucho tiempo. Al sospechoso, en cambio, se le describía con cierto detalle: un hombre de unos treinta y tantos o cuarenta años que vestía traje y abrigo largo hasta media pierna. Daba la casualidad de que Ingrid había visto a un hombre que respondía a esa descripción unas tres horas y media antes del asesinato de Peter.

Estaba sentado en el Jørgens Smørrebrød Café de Vissenbjerg.

Al principio, al menos, lo que más le preocupó fue la posibilidad de que la detuvieran como cómplice del asesinato de Peter.

Después de todo, tenía en su poder el teléfono móvil de la víctima. Guardados en su memoria había datos de geolocalización que podían utilizarse para determinar el paradero del dispositivo a las seis de la tarde del día anterior. Pero, incluso sin el teléfono, a la policía no le costaría ningún trabajo reconstruir los movimientos de Peter durante las últimas horas de su vida: había usado su tarjeta de crédito para pagar la gasolina y el café. Su encuentro con una mujer de unos treinta y cinco años habría quedado recogido en las grabaciones de las cámaras de seguridad. Una mujer que le había entregado un portaplanos de cuero a cambio de un maletín que contenía cinco millones de euros en efectivo.

A menos, claro, que no hubiera ninguna grabación.

Arriba, en su dormitorio, se quitó la ropa de ciclismo y se puso rápidamente unos vaqueros, un forro polar y unas botas de ante. La bolsa de Faraday que contenía el teléfono de Peter estaba en su despacho. La metió en una mochila de nailon junto con un portátil. Tiraría el teléfono en algún lugar de camino a Vissenbjerg. En algún lugar profundo y húmedo donde no lo encontraran nunca. Por suerte no faltaban lugares así en el archipiélago danés.

Salió y se sentó al volante de su Volvo. Unos kilómetros al sur de Aarhus abandonó la E45 y se encaminó hacia Mossø, el mayor lago de agua dulce de Jutlandia. En su orilla este había un aparcamiento desierto. Se acercó a la orilla con el teléfono y trató de calcular a qué distancia podía lanzar aquel rectángulo de ciento setenta y cuatro gramos de silicio, aluminio, potasio, litio, carbono y vidrio reforzado que posiblemente contenía la información necesaria para identificar al asesino de Peter. Sortear las defensas del dispositivo escapaba a sus capacidades. Era preferible deshacerse de él y olvidarse del asunto.

Pero allí no, se dijo. No, allí no.

Volvió al coche y guardó de nuevo el teléfono en la bolsa de Faraday. Según su navegador, llegaría a las seis menos cuarto a su destino. Esperaba que no fuera demasiado tarde.

* * *

Estuvo a punto de tirar el teléfono por la ventanilla al cruzar el puente del fiordo de Vejle y de nuevo veinte minutos después, al atravesar el Pequeño Belt, pero las dos veces devolvió el dispositivo a la bolsa de Faraday. Lo llevaba en la mochila cuando entró en el Jørgens Smørrebrød Café. Había otra mujer atendiendo el mostrador. Tenía aproximadamente su misma edad, unos treinta y cinco años, el pelo color magenta y los ojos negros como el carbón embadurnados de maquillaje. En la plaquita que llevaba prendida en la camiseta de Roxy Music se leía KATJE. A Ingrid le sonaba su cara. Estaba convencida de haberla visto antes en alguna parte.

Pidió un *smørrebrød* de gambas y huevo y un café, y se sentó a la misma mesa, cerca del escaparate. Esta vez la zona de mesas estaba desierta. Sacó el portátil de la mochila y echó un vistazo a la lista de redes inalámbricas disponibles. Obvió la wifi gratuita de la cafetería y seleccionó una red privada denominada Q8VSBJ. El acceso estaba protegido por contraseña. Ingrid la descifró haciendo uso de la fuerza bruta y se coló dentro.

Experimentó un subidón instantáneo. Se acordó de comer un poco de *smørrebrød* y, al darse cuenta de que estaba hambrienta, devoró la mitad. Luego localizó el sistema de seguridad y se puso manos a la obra.

Había diez cámaras de vigilancia: dos sobre los surtidores de la gasolinera, dos dentro de la tienda, cuatro en el aparcamiento, una encima de la puerta de la cafetería y otra detrás del mostrador. Las diez tenían conexión inalámbrica con un monitor y una grabadora situados en la tienda de la gasolinera.

El punto débil del sistema era su acceso remoto. Ingrid miró la imagen de una de las cámaras y vio a una mujer de unos treinta y cinco años, vestida con vaqueros y forro polar, sentada a solas en la cafetería, delante de un ordenador portátil abierto. Daba igual, se dijo. Pronto no quedaría ni rastro de aquella mujer.

La grabadora podía almacenar los vídeos grabados de forma continua durante veinticinco días, un intervalo típico de los sistemas de seguridad diseñados para hogares y pequeñas empresas. Ingrid reajustó los parámetros de la cámara para localizar las imágenes

94

grabadas a las 18:05 de la tarde anterior y vio a la misma mujer sentada a la misma mesa junto a un anticuario de Copenhague especializado en libros raros. En la silla de al lado había un maletín. Volvió a reajustar la hora, esta vez hasta las 17:40, y Peter desapareció. Había otras dos mesas ocupadas: una por una pareja danesa ya mayor y de aspecto infeliz y la otra por un hombre de unos cuarenta años, con traje oscuro y abrigo largo hasta media pierna. Adelantó la hora hasta las 17:55 y vio salir al hombre de la cafetería. La cámara de detrás del mostrador había captado su perfil izquierdo; la de encima de la puerta, la parte de atrás de su cabeza. Ambas, sin embargo, habían grabado a la perfección su llegada, que se había producido a las cinco y dieciocho minutos.

Descargó el vídeo en su disco duro, junto con las imágenes de una cámara del aparcamiento que mostraban al hombre subiendo a un utilitario Toyota de color oscuro. Después, con un solo clic, borró las grabaciones de los últimos veinticinco días.

Fuera, dos agentes uniformados se estaban bajando de un Volkswagen Passat con los distintivos de la Policía de Dinamarca. Ingrid se acabó tranquilamente el resto de su *smørrebrød* de gambas y huevo. Luego metió el portátil en la mochila y salió.

Eran casi las diez de la noche cuando llegó a casa. Se preparó un café en la cocina y se lo subió a su despacho.

—Bueno, bueno —murmuró mientras abría el portátil—. ¿A quién tenemos aquí?

La imagen de la pantalla mostraba a un hombre con abrigo acercando la mano izquierda a la puerta de una cafetería. El ángulo era oblicuo; la luz, tenue y sombría. Aun así, se distinguían algunos rasgos esenciales del sujeto. La inclinación de la frente y la distancia entre los ojos. La forma de los pómulos y la nariz. El contorno de los labios y el mentón. Ingrid amplió la imagen y eliminó parte del granulado. Hizo lo mismo con la imagen captada por la cámara de detrás del mostrador. Allí había mejor luz y la cara del sujeto aparecía animada por la gesticulación del habla.

Decidió utilizar la segunda imagen para hacer una búsqueda de reconocimiento facial. Confiaba en obtener de ese modo numerosas fotografías más del desconocido —de las redes sociales, por ejemplo— que podían servirle para averiguar su nombre. A partir de ahí, se abrirían las compuertas y la vida del sujeto quedaría al desnudo. Su domicilio. Su dirección de correo electrónico. Su número de teléfono móvil. Su nacionalidad. Su estado civil. El nombre del club de fútbol del que era aficionado. Sus ideas políticas. Sus preferencias sexuales. Sus deseos más turbios.

A no ser que el sujeto de la investigación no fuera una persona normal. Esa fue la conclusión a la que llegó Ingrid al no conseguir desenterrar ni una sola fotografía suya tras usar ocho motores de búsqueda distintos. De hecho, si no hubiera visto al hombre con sus propios ojos, habría dudado de su existencia.

Cuando cerró el portátil eran casi las cuatro de la madrugada. Se desvistió, se metió en la cama y se quedó allí tumbada, con los nervios de punta y los ojos como platos, hasta que dieron las siete, cuando puso *Go' morgen Danmark*. El magacín comenzó con la noticia del asesinato de un marchante de libros raros en el elegante barrio de Nørrebro, en Copenhague.

El suceso dominó también el noticiario de las ocho, pero a partir de las nueve quedó relegado por la última atrocidad cometida por los rusos en Ucrania. Ingrid, sin embargo, estaba distraída por un acontecimiento inquietante acaecido mucho más cerca: la llegada de un nuevo inquilino a la casita que se alquilaba calle arriba. Un hombre mayor y bien vestido, de estatura y complexión medias, con las sienes muy canosas.

Sin duda, no era danés.

18

Kandestederne

La casa tenía dos dormitorios, un solo cuarto de baño, un salón estrecho, una cocina más larga que ancha y una terracita resguardada por los aleros del empinado tejado a dos aguas. Como nadie en su sano juicio iba a Kandestederne en otoño, Chiara consiguió alquilarla por dos semanas a buen precio. Pagó la factura con una tarjeta de crédito asociada a la Compañía de Restauración Tiepolo y dio instrucciones al encargado de que dejara la casa abierta y la llave dentro. No, no necesitaría servicio de lavandería y limpieza; el hombre que iba a alojarse en la casa tenía que trabajar en un proyecto importante y no quería que le molestasen. Ni que decir tiene que no informó al encargado de que el hombre en cuestión no era otro que el exespía más famoso del mundo, y tampoco le dijo que su proyecto consistía en recuperar por cualquier medio posible *El concierto* de Johannes Vermeer, óleo sobre lienzo de 72,5 por 64,7 centímetros.

Gabriel se encargó del coche y las provisiones. El coche, un Nissan sedán, lo alquiló en Hamburgo. Las provisiones las compró durante una incursión de madrugada en un SuperBrugsen de un pueblo llamado Hinnerup.

Colocó las latas en la despensa, los productos perecederos en la nevera y tres botellas de vino tinto decente sobre la encimera. Luego colgó en el armario del dormitorio más grande su ropa de ciudad, totalmente inadecuada para aquel entorno, e, infringiendo todas las reglas de su oficio, tácitas y escritas, ocultó cuatro millones de euros en joyas prestadas y cien mil euros en efectivo entre el colchón y el somier de la cama.

Volvió a la cocina, hizo café bien cargado y se tomó la primera taza fuera, en la terraza. Las vistas se extendían hacia el oeste, a través de las dunas y hacia el mar, pero el moderno chalé del final de la calle mermaba su perfección. Fuera había aparcado un Volvo XC90, y una luz brillaba tenuemente detrás de la persiana bajada de una ventana de la primera planta. Las casas de alrededor estaban cerradas y a oscuras, envueltas en un aire de repentino abandono. De hecho, desde donde se encontraba Gabriel, daba la impresión de que su vecina y él tenían toda la urbanización para ellos solos.

Una racha de viento helado le obligó a entrar. Encendió la estufa de leña y acabó de beberse el café mientras veía un programa matinal de la TV2 danesa. Su danés era solo ligeramente mejor que su armenio. Aun así, con ayuda de las imágenes consiguió deducir que se había producido un tiroteo mortal en Copenhague, un hecho casi insólito.

Siguió el parte meteorológico y, a continuación, una tertulia política. Gabriel no entendía ni jota de lo que decían los tertulianos y tampoco le importaba gran cosa; estaba observando a una ciclista que se acercaba por el carril bici, desde la playa. Pasó por delante de la casa un momento después, casi invisible bajo su ropa de abrigo, pedaleando suavemente y sin esfuerzo, y se perdió de vista. Había que echarle valor para salir a montar en bici en aquellas condiciones, pensó Gabriel. Claro que debía de estar acostumbrada. Después de todo, era danesa. Un poco camaleónica, igual que él. Pero indudablemente danesa.

La casita tenía cuatro ventanas: una en cada dormitorio, otra en el salón y un ojo de buey encima del fregadero de la cocina. Los marcos de madera estaban deteriorados por el paso del tiempo, y los pestillos oscurecidos por el óxido. La cerradura de la única puerta era solo testimonial; el propio Gabriel podría haberla forzado en menos de un minuto. Echó la llave aun así y, tras encajar un papelito delator entre la jamba y la puerta, se dirigió a la casa del final de la calle.

Era la más grande de la urbanización. Y también la más nueva, o eso parecía. A diferencia de las casas vecinas, que estaban escasamente amuebladas y solo se ocupaban durante los meses de verano, sin duda dispondría de un buen sistema de alarma. Sensores en puertas y ventanas. Cámaras y detectores de movimiento. Pero ¿recibiría la policía danesa una alerta automática en caso de allanamiento? Gabriel calculaba que eso dependía de lo sólida que fuera la tapadera de su propietaria. Según le había dicho Khoren Nazarian, aparte de su ocupación principal, que era el robo, trabajaba como consultora de ciberseguridad.

Su Volvo híbrido enchufable daba a entender que también era ecologista, por lo menos hasta cierto punto, al igual que el brezo y la aulaga que crecían silvestres en su parcela. Gabriel se detuvo al comienzo del sendero de arena que daba acceso a la casa. La puerta era de madera maciza, con cerradura sin llave y una cámara. Una cámara, pensó, que estaría grabando cada uno de sus movimientos.

Dio media vuelta, siguió el camino que bajaba a la playa y, al detenerse al borde de la marea, sopesó sus opciones. Entrar por la fuerza y registrar rápidamente la casa era la alternativa más evidente, aunque las posibilidades de pasar desapercibido eran escasas y no había ninguna garantía de que fuera a encontrar el cuadro. Además, existía el riesgo —mínimo, eso sí— de que acabara en una celda danesa o corriera la misma suerte que Lukas van Damme. No, lo más inteligente sería darle a probar su propia medicina. Se acercaría a ella, se ganaría su confianza. Después llegarían a un acuerdo, de profesional a profesional. Y, con un poco de suerte, volvería a Venecia a tiempo de salvar su trabajo y su matrimonio.

Pero ¿cómo iba a acercarse a ella sin delatarse? La doctrina de la Oficina prohibía el acercamiento directo. Un agente de la Oficina se subía al tranvía antes que su objetivo, no después. Y siempre, siempre, esperaba a que el objetivo tomara la iniciativa. No obstante, el agente tenía permitido —y, de hecho, se le animaba a ello— aprovecharse de las flaquezas de su objetivo, tentarlo con objetos de gran belleza o valor. Sobre todo, si se trataba de una ladrona de guante blanco con debilidad por el dinero y las joyas. Por suerte, Gabriel tenía una buena provisión de ambas cosas.

Absorto en sus pensamientos, no vio acercarse la ola que se precipitó sobre la playa y bañó sus mocasines de ante italianos hechos a mano. De vuelta en la casita, redactó una nota sin firma, en tono profesional, ofreciéndole al objetivo inmunidad absoluta a cambio de información conducente a la recuperación de *El concierto* de Johannes Vermeer. Luego, conforme a las tradiciones —tácitas y escritas— de su antiguo servicio, llevó la nota al mayor de los dos dormitorios y la introdujo entre el colchón y el somier.

Había un solo hotel en Kandestederne, con un restaurante excelente que en temporada baja abría solo los fines de semana. Esa noche, Gabriel tenía el comedor para él solo. Erika, su camarera, una joven muy guapa, se alegró de tener compañía.

—¿Qué le trae por Kandestederne en esta época del año? —preguntó.

—El deseo de soledad —respondió Gabriel con su acento más neutro.

—¿Es su primera visita?

Oh, no, le aseguró. Había estado en Kandestederne otras dos veces. La última, para interrogar a un agente de inteligencia iraní secuestrado. Pero esa parte la omitió.

—¿En qué casa está? —preguntó la camarera.

Señaló con la mano hacia el norte.

—No sabría pronunciar el nombre de la calle.

—¿Dødningebakken?

—Si tú lo dices.

—Una amiga mía vive allí. En la casa grande, junto a la playa. No se preocupe, no va a molestarle. Ingrid disfruta del placer de su propia compañía.

A la mañana siguiente, a las diez y cuarto, volvió a pasar en bici por delante de la casa de Gabriel. Esta vez, tras dejar pasar cinco minutos exactos, Gabriel se puso al volante del Nissan alquilado y salió tras ella. La localizó justo al oeste de Huslig, avanzando a una velocidad impresionante: cuarenta y cuatro kilómetros por hora. Cuando la adelantó, ella tenía la vista fija al frente y movía las rodillas a un ritmo constante. Gabriel advirtió la silueta inconfundible de un arma de fuego en el bolsillo trasero de su chaqueta Gore-Tex. Una pistola pequeña y femenina, pensó. Una Glock 26 subcompacta, con toda probabilidad.

Se dirigían ambos hacia el sur por la Primærrute 40. Gabriel aceleró y al poco rato ella era apenas un punto en el retrovisor. Condujo hasta Frederikshavn, una populosa localidad portuaria en el lado báltico de la península, y allí compró unas botas de montaña, calcetines de lana gruesos, camisetas térmicas, ropa interior, dos pantalones de pana, un forro polar, un anorak, un jersey tradicional danés con cremallera, un impermeable, unos prismáticos Zeiss Conquest HD, un caballete francés de *plein air*, una paleta, seis lienzos de varios tamaños, doce tubos de pintura al óleo, cuatro pinceles Winsor & Newton de pelo de marta, un frasco de aguarrás y una bolsa de trapos de pintor. Por último, paró en una panadería cerca de la terminal del ferri y compró dos barras de pan recién hecho. Al salir, estuvo a punto de chocar con su vecina, que estaba mirando el móvil y pasó a su lado sin mirarle ni dirigirle la palabra.

Era casi la una cuando ella regresó a su casa en Kandestederne. Ayudándose de sus potentes prismáticos Zeiss, Gabriel consiguió distinguir gran parte del código de catorce dígitos que introdujo en el panel de seguridad de la puerta principal. Ella llevó la bicicleta adentro y, arriba, se quitó la ropa de ciclismo. Gabriel lo supo porque, antes de desvestirse, subió la persiana de la ventana de su dormitorio. Él bajó rápidamente los prismáticos y, mientras se preparaba algo de comer, se preguntó si aquel numerito de cabaré habría sido en su honor.

* * *

101

Esa misma tarde montó el caballete francés en la playa y pintó una marina bastante buena que más adelante titularía *Playa de Kandestederne al atardecer*. Su vecina pasó unos minutos observándole trabajar desde la terraza y luego desapareció. El papelito delator seguía en su sitio cuando Gabriel regresó a casa, pero aun así se fue derecho al dormitorio. El dinero, las joyas y la nota estaban aún donde los había dejado.

Esa noche cenó en casa con una botella de vino tinto y un noticiario de la televisión danesa por única compañía. En el segundo bloque del programa volvieron a hablar del asesinato ocurrido en Copenhague. Gabriel buscó la noticia en Internet, la tradujo al inglés y se enteró así de que la víctima era un marchante de libros raros que había recibido dos disparos a quemarropa con una pistola con silenciador. Al parecer, el asesino había escapado en moto y la policía creía que el móvil de aquel asesinato brutal y perfectamente orquestado era el robo, aunque aún no había averiguado qué le habían robado a la víctima, si es que le habían robado algo.

El día siguiente amaneció despejado y en calma. Gabriel pintó un cuadro que tituló *Casas en las dunas* y luego hizo a pie, por la playa, los quince kilómetros que separaban Kandestederne de Grenen, el esbelto banco de arena que forma el extremo septentrional de la península de Jutlandia, donde las aguas entrantes del mar del Norte chocan con la corriente saliente del Báltico. Al llegar, encontró a su vecina, con botas de agua y anorak, de pie en la punta del cabo, sola.

Se volvió, le miró un momento inexpresivamente y luego echó a andar por la orilla báltica de la península, hacia el aparcamiento del Centro de Naturaleza. Gabriel tomó la dirección opuesta y regresó sin prisa a Kandestederne. Cuando abrió la puerta de la casita, el papelito delator cayó revoloteando al umbral, pero el dinero, las joyas y la oferta de inmunidad habían desaparecido. La probable autora del delito había dejado una nota en la mesilla de noche, escrita a mano en tono formal, invitándole a cenar esa noche a las ocho. Iba dirigida *Al honorable Gabriel Allon*. En la despedida se leía: *Con admiración, Ingrid Johansen*.

19

Kandestederne

Gabriel se duchó, se afeitó y se puso unos pantalones de pana, el jersey danés de lana y los mocasines de ante, que de algún modo habían salido casi indemnes de su inmersión en las gélidas aguas del mar del Norte. Dudó de si debía llevar la Beretta y, acordándose de la pistola que Ingrid llevaba en el bolsillo de la chaqueta de ciclista, decidió que era lo más prudente. Al salir agarró una botella de vino tinto de la encimera de la cocina y, quizá con cierta presunción, *Playa de Kandestederne al atardecer*. No se molestó en echar la llave. Allí ya no quedaba nada que robar.

Fuera, el cielo estaba despejado y plagado de estrellas, blancas y duras como diamantes, pensó mientras seguía a su sombra por la calle, hacia la casa de Ingrid. La puerta se abrió antes de que llamara al timbre y allí estaba ella de nuevo, con unos pantalones negros brillantes y un jersey también negro de cuello vuelto. Llevaba pendientes de perlas y varias pulseras de oro en la muñeca izquierda. En la derecha lucía un bonito reloj de estilo Tank con correa de cuero negro. Llevaba dos anillos en la mano izquierda y tres en la derecha.

Pero no de diamantes, observó Gabriel. No había ni un diamante a la vista.

Al hacerle entrar, aceptó la botella de vino y luego el cuadro.

—¿De verdad es para mí?

—No he tenido tiempo de comprar flores. Y gracias a ti, tampoco tengo dinero.

Ella fingió (bastante bien, de hecho) no saber de qué le hablaba.

—¿Qué quiere decir? —preguntó.

—Esta tarde te llevaste una importante suma de dinero y unas cuantas joyas de mi casa, cuando dejaste la invitación a cenar. Como no me pertenecen, me gustaría que me lo devolvieras todo antes de que empecemos.

—Lamento que le hayan robado, señor Allon, pero le aseguro que no he sido yo.

De modo que ese era el juego al que pretendía jugar. La velada prometía ser interesante.

Dejó el vino en la mesa de la entrada y le condujo al salón. El reflejo de la luz interior, que opacaba los altos ventanales, impedía ver el mar del Norte, pero el fragor de sus olas se dejaba oír débilmente. Era el acompañamiento perfecto para el melancólico *jazz* escandinavo que emitían los altavoces Dynaudio del amplificador Hegel. Los muebles eran modernos, igual que los cuadros que adornaban las paredes. A Gabriel no le avergonzaba reconocer que unos cuantos de ellos eran mucho mejores que la marina invernal, acabada a toda prisa, que ella sostenía entre las manos.

Ingrid apoyó el cuadro contra una mesa baja y dio un paso atrás para admirarlo.

—No lleva firma —observó.

—No suelo firmar mis obras.

—¿Por qué?

—Por costumbre, supongo.

—Ahora trabaja como restaurador, ¿verdad?

—¿Cómo es posible que sepas eso?

—Su casa la alquiló alguien de la Compañía de Restauración Tiepolo de Venecia. —Bajó la voz—. Kandestederne es un sitio muy pequeño, señor Allon.

Al ver que no respondía, le ayudó a quitarse el abrigo, cerciorándose, de paso, de que iba armado. Era buena, pensó Gabriel. Esa noche tendría que andarse con ojo.

Dejó el abrigo sobre el brazo de una silla e, inclinándose ligeramente por la cintura, sacó una botella del enfriador de mármol que descansaba sobre la mesa baja. Todos sus movimientos eran eficientes, ágiles y suaves como los de un gato.

—¿Bebe Sancerre? —preguntó.

—Siempre que puedo.

Llenó dos copas. Brindaron con cautela, como dos esgrimistas entrechocando el florete al inicio de un combate.

—¿Cómo has sabido que era yo? —preguntó Gabriel.

—Era bastante obvio, señor Allon. Incluso de lejos. Pero confirmé mis sospechas gracias a un programa de reconocimiento facial.

—Me hiciste una foto frente a la panadería de Frederikshavn.

Ella sonrió.

—Trucos del oficio.

—¿Y qué oficio es ese?

—Tengo una pequeña consultoría de ciberseguridad.

Gabriel paseó enfáticamente la mirada por la elegante habitación.

—Está claro que te va bastante bien.

—Como usted sabe, señor Allon, este es un mundo peligroso. Hay amenazas por todas partes. —Le indicó el sofá y se sentaron—. Por eso resulta tan sorprendente verle a usted en un lugar como este. ¿Qué le trae por Kandestederne?

—Una investigación que estoy llevando a cabo por encargo de la policía italiana.

—¿Qué tipo de investigación?

—Estoy buscando a una ladrona profesional que robó un cuadro de una villa de la costa de Amalfi. Me dijeron que la encontraría aquí.

—¿Quién se lo dijo?

—Un corredor de diamantes corrupto de Amberes.

—Pues me temo que le han informado mal, señor Allon. Kandestederne no es precisamente un hervidero de actividades delictivas.

—Lo sucedido esta tarde parece indicar que no es del todo así.

—¿Se refiere a ese robo misterioso?

—Sí.

—¿Está seguro de que esos objetos de valor han desaparecido?

—Bastante seguro, sí. Y el dinero en efectivo también.

—¿De cuánto dinero estamos hablando?

—Cien mil euros.

—Comprendo. ¿Y los objetos de valor?

—Joyas de diamantes por valor de unos cuatro millones de euros.

—La trama se complica. —Dio unos golpecitos con el dedo en el borde de la copa de vino, con aire pensativo—. ¿Ha considerado la posibilidad de que el ladrón intentara enviarle un mensaje?

—Una teoría interesante. ¿Qué tipo de mensaje?

—Podría ser cualquier cosa, en realidad. Pero quizá tenga algo que ver con ese cuadro que está buscando.

—¿Crees que la ladrona sabe dónde está?

—Estoy segura de que no. Pero sabe quién lo tenía el viernes por la noche.

—¿Quién?

—Un hombre llamado Peter Nielsen.

—¿El marchante de libros raros al que mataron en Copenhague?

Ingrid asintió lentamente.

—¿Sabe la ladrona quién lo mató?

—Tiene una corazonada. Y también un par de imágenes de vídeo bastante buenas.

—¿Qué más tiene?

—Es posible que tenga el teléfono de Peter Nielsen.

—¿Por qué?

Ingrid sonrió con tristeza.

—Porque él le dijo que estaba perdiendo facultades y ella no pudo resistirse.

20

Kandestederne

La cena, a la luz de las velas, consistió en un bufé de comida tradicional danesa servido en el comedor. Las joyas y el dinero descansaban entre ellos a modo de centro de mesa, junto con un teléfono móvil apagado, un ordenador portátil en reposo y la oferta de inmunidad escrita de puño y letra de Gabriel.

—¿Cómo entraste? —preguntó él.

—Usando una llave *bumping*.

La técnica de la llave *bumping* consistía en insertar una llave especial en el cilindro de la cerradura y golpearla suavemente con un martillo pequeño o con el mango de un destornillador.

—No me parece un método muy deportivo —comentó Gabriel—. ¿Por qué no le pegaste un tiro a la cerradura y ya está?

—¿Es así como lo hace usted?

—Yo uso ganzúa. Estoy chapado a la antigua.

—Ya me di cuenta, por el papelito.

—¿Cómo es que lo viste?

—La cuestión es cómo no iba a verlo.

Bajó sus ojos de un azul claro hacia las joyas que centelleaban suavemente a la luz de las velas. Tenía el pelo del color del caramelo, entreverado de rubio. Peinado con la raya al medio, enmarcaba un rostro de facciones rectas y uniformes. No había nada que desentonase, ni una sola arruga ni una marca.

—Tiene muy buen gusto, señor Allon.

—Lo mismo me dijo tu amigo Khoren Nazarian.

—¿Cómo le convenció para que me traicionara?

—Ya sabes lo que se dice sobre el honor entre ladrones.

—¿Por qué no acudió sin más a la policía danesa?

Él señaló la oferta de inmunidad.

—Confiaba en resolver este asunto en privado.

—¿Esa sigue siendo su intención?

—Depende.

—¿De qué?

—Del grado de franqueza que demuestres en los próximos minutos.

Ingrid le sirvió más Sancerre.

—En realidad no es un delito, ¿sabe?

—¿El qué?

—Robar un cuadro robado.

—Lo es si de paso se le descerrajan dos tiros en la cabeza a una persona.

—Yo no maté a Lukas van Damme, señor Allon. —Devolvió la botella al enfriador—. Ni a Peter Nielsen, por si tiene alguna duda.

—¿De qué índole era vuestra relación?

—Peter era un buscador de libros. Los coleccionistas le contrataban para localizar volúmenes de gran importancia o valor. Y si sus propietarios se negaban a desprenderse de ellos...

—¿Recurría a ti?

Ingrid le miró por entre la luz de las velas, pero no dijo nada.

—¿Cuánto te pagó por robar el Vermeer?

—Diez millones.

—¿De coronas?

—Por esa suma no lo habría tocado. El precio acordado era en euros.

—¿Cómo se estructuró el pago?

—¿Eso importa?

—Ahora sí.

—Recibí la mitad del dinero por adelantado. El resto me lo dio cuando le entregué el cuadro el viernes pasado por la tarde, en el Jørgens Smørrebrød Café de Vissenbjerg. —Abrió el portátil y volvió la pantalla hacia Gabriel—. Este es el hombre que mató a Peter tres horas después, delante de su piso de Copenhague.

—¿Cómo conseguiste el vídeo?

—Clic, clic, clic.

—¿Y el teléfono de Peter Nielsen?

Ella sonrió.

—Chapado a la antigua.

Lo repasaron todo desde el principio. Y luego lo repasaron por segunda vez para cerciorarse de que no había incoherencias en su relato: la fecha de la oferta original de Peter Nielsen, la información que le proporcionó por anticipado, las circunstancias que rodearon el robo en sí, el canje de dinero y arte en el café de la isla de Fionia… El hombre ya estaba esperando allí cuando llegó Ingrid. Ella le calculaba treinta y tantos o cuarenta años, pero Gabriel, tras examinar detenidamente el vídeo y las fotografías, llegó a la conclusión de que rondaba los cuarenta y cinco; quizá incluso un poco más. Tampoco estuvo de acuerdo con su aseveración de que era finlandés o de un país báltico. De sus ojos y sus pómulos cabía deducir que su origen étnico se hallaba más al este. Su manera de conducirse, en la docta opinión de Gabriel, era la de un profesional, un profesional cuya fotografía Ingrid no había podido encontrar en ningún rincón de Internet.

Gabriel le pidió que volviera a pasar las fotos por los motores de búsqueda, pero de nuevo no hubo coincidencias. Volvieron a ver entonces el vídeo de la llegada del hombre a la cafetería. Ocurrió a las 17:18, cuarenta y dos minutos antes de la hora prevista para que Ingrid le entregara el cuadro a Peter Nielsen.

—¿Cómo organizasteis la reunión?

—Creo que ya hemos hablado de ese tema, señor Allon. Dos veces, de hecho.

—Y vamos a seguir hablando de ello hasta que me convenzas de que *El concierto* de Johannes Vermeer no está en esta casa.

—Peter y yo discutíamos las cuestiones de negocios más delicadas a través de Signal. Y aun así siempre hablábamos en clave.

—Recuérdame, por favor, quién eligió la hora y el lugar.

—Yo —contestó con un suspiro—. Y por si acaso no me ha oído las dos primeras veces, llegué yo primero.

—¿A las cinco y media?

—Sí.

—¿Y llevaste el cuadro al café?

—Lo dejé en un portaplanos de piel, dentro del maletero de mi coche.

—La manera perfecta de transportar una de las treinta y cuatro obras que se conservan de Johannes Vermeer.

—Manipulé el cuadro con sumo cuidado, señor Allon. No sufrió ningún daño mientras estuvo en mi poder.

—Supongo que no le harías una foto.

—Eso habría sido un poco como guardar de recuerdo el cuchillo ensangrentado, ¿no le parece?

Gabriel sonrió a su pesar.

—¿Cómo entraste en la cámara acorazada de Van Damme?

—Fue coser y cantar.

—¿Puedes ser más precisa?

—Clic, clic, clic.

—¿Y el botón de debajo del escritorio que accionaba las estanterías?

—Lo pulsé.

—¿Cómo supiste dónde estaba?

—De la misma forma que supe que había una cámara acorazada.

—¿El cliente se lo dijo a Peter?

Ella asintió en silencio.

—¿Y Peter no mencionó su nombre?

—No, señor Allon. Se lo repito por tercera vez: no me dijo el nombre del cliente. —Empujó el teléfono de Peter Nielsen hacia el otro lado de la mesa. Era un iPhone 13 Pro—. Pero tengo la sensación de que podríamos encontrarlo aquí.

110

—¿Has intentado hackearlo?

—Los nuevos modelos de iPhone escapan a mis capacidades, pero hay un *malware* de clic cero llamado Proteus que podría servir. Lo desarrolló hace unos años una empresa israelí, ONS Systems. Es bastante difícil conseguir una licencia.

—No tanto como crees —repuso Gabriel.

—¿Usted podría hacerse con una copia?

—Es muy posible.

—¿Qué tal es su danés?

—Inexistente. Pero Proteus tiene una función de traducción automática.

—Ese *software* es terrible. Debería tener al lado a un danés nativo. A ser posible, alguien que conociera bien a Peter.

—¿Tú, por ejemplo?

Ingrid sonrió.

—Pareces olvidar que fuiste tú quien robó el Vermeer.

—¿Quién mejor que yo para ayudarle a encontrarlo? Además, si me quedo aquí, en Dinamarca, es probable que yo también acabe muerta. —Bajó la voz—. Por favor, señor Allon, deje que le ayude a encontrar el cuadro y al hombre que mató a Peter.

Él recogió el teléfono.

—¿Sabes qué pasará cuando encendamos esto?

—Que se conectará a la red danesa. Lo que significa que tendremos que hacerlo fuera del país.

—¿Qué tal en París? —propuso Gabriel.

—¿Por alguna razón en particular?

—Un amigo mío querría recuperar su dinero y sus joyas.

—En tal caso —dijo Ingrid—, que sea en París.

Gabriel regresó a la casita de alquiler a la luz azul verdosa de su teléfono móvil. Dentro, se apresuró a recoger su ropa y sus cosas de aseo. Luego metió las pinturas, el aguarrás y los trapos en una bolsa de basura, junto con el contenido de la nevera y el vino que no se había bebido. El caballete francés de *plein air,* los pinceles Winsor & Newton, la paleta y los lienzos sin usar los quemó en la estufa de leña. Dejó *Casas en las dunas* como obsequio. Si en algún sitio debía estar, era allí, se dijo.

Cargó sus cosas en el Nissan alquilado y recorrió los trescientos metros que había hasta la casa de Ingrid. Ella estaba saliendo por la puerta cuando paró el coche. Marcó el código de catorce dígitos en el teclado y avanzó por el camino de entrada con una bolsa de viaje al hombro. Gabriel pulsó el botón que abría el maletero y salió del coche para ayudarla. Oyó entonces el ruido de una motocicleta que se acercaba, la primera motocicleta que oía en Kandesteterne desde su llegada dos días antes.

Un instante después vio el faro avanzando a gran velocidad por la calle principal de la urbanización. Por un momento pareció que se dirigía hacia el hotel, pero con un brusco viraje a la derecha se precipitó hacia el lugar donde se hallaban Gabriel e Ingrid.

El conductor controlaba la moto con una sola mano, la izquierda. Con la derecha buscaba algo dentro de la pechera de la chaqueta. Cuando la sacó, Gabriel distinguió la silueta inconfundible de una pistola provista de un supresor de sonido.

Agarró a Ingrid y la hizo tirarse al suelo detrás del Nissan. Sacó la Beretta que llevaba a la altura de los riñones en el instante en que dos proyectiles al rojo vivo hendían el aire a escasos centímetros de su oreja derecha. No intentó cubrirse; ni siquiera se estremeció. Disparó cuatro veces al torso del motorista, descabalgándolo del asiento.

La moto siguió avanzando por el carril, sin conductor. Gabriel la esquivó y se acercó al hombre, que yacía inmóvil en el suelo de cemento con guijarros. Su pistola silenciada, una Makarov de 9 mm, descansaba junto a él. Gabriel la apartó y le quitó el casco al hombre. Reconoció su cara al instante. La había visto esa misma tarde en el vídeo del Jørgens Smørrebrød Café.

La pechera de su chaqueta de cuero tenía cuatro agujeros de bala y estaba empapada de sangre, al igual que la camiseta térmica negra que llevaba debajo. Los orificios se correspondían con los cuatro que tenía en medio del pecho. Justo encima de las heridas llevaba tatuada la letra *Z*. La hemorragia era torrencial. No le quedaba mucho tiempo de vida.

Gabriel fotografió la cara del moribundo. Luego preguntó:

—¿Dónde está el cuadro?

El hombre no dijo nada.

Gabriel le apoyó el cañón de la Beretta en la rodilla y disparó otra vez.

El hombre gritó de dolor.

—El cuadro —repitió Gabriel—. Dime dónde puedo encontrarlo.

—Se lo llevaron. —Fue lo único que alcanzó a decir.

—¿Adónde?

—El coleccionista.

—¿Cómo se llama?

—El coleccionista —repitió el hombre.

—¡Su nombre! —gritó Gabriel—. ¡Dime su nombre!

—El coleccionista —dijo por última vez, y murió.

SEGUNDA PARTE

LA CONSPIRACIÓN

21

Aeropuerto Ben Gurión

En rigor, Gabriel debería haber avisado a la policía danesa, haber declarado y haberse desentendido del todo de aquel asunto. Pero, en lugar de hacerlo, llamó a Lars Mortensen, el exdirector del PET, el Servicio de Seguridad e Inteligencia de Dinamarca, y le contó que un asesino montado en una moto acababa de dispararle en Kandestederne. Le informó, además, de que el tipo ya no se contaba entre los vivos. Mortensen comprendió que le estaba contando el diez por ciento de la historia, como mucho.

—¿Qué hacías ahí arriba en esta época del año?

—Estaba pintando —respondió Gabriel para no faltar del todo a la verdad.

—¿Seguro que está muerto?

—Muerto y bien muerto.

—¿Alguna idea de quién era?

—Del tatuaje que tiene en el pecho se desprende que era ruso. Está tirado delante de la casa del final de Dødningebakken. No tiene pérdida.

—Yo me encargo.

—Discretamente, Lars.

—¿Y cómo iba a ser, si no? Pero hazme un favor, te lo ruego: lárgate del país.

Gabriel cortó la llamada y luego buscó en sus contactos un número grabado bajo un nombre falso. Dudó antes de marcar, pues la llamada sonaría en un edificio anónimo de King Saul Boulevard, en Tel Aviv. Hasta el momento, su separación de la Oficina había sido muy limpia; prácticamente se habían olvidado de él. Quería evitar a toda costa los inconvenientes que conllevaría su redescubrimiento, pero el asesino ruso que yacía muerto a sus pies había alterado irremediablemente la naturaleza de sus pesquisas.

Posó el pulgar en la pantalla y, tras unos segundos de espera, sonó un teléfono. Reconoció de inmediato la voz de la mujer que contestó, y sin duda ella reconoció la suya.

—¿Estás herido? —le preguntó. Gabriel respondió que no—. ¿Tienes transporte?

—Un coche de alquiler.

—¿Puedes bajar a Schiphol?

—Salgo para allá ahora mismo.

—¿Cuántos sois?

—Dos.

—El avión te recogerá en el FBO mañana por la mañana, a las siete. Y no te preocupes por el coche —dijo la mujer antes de colgar—. La delegación de Ámsterdam se ocupará de eso.

El avión en cuestión era un Gulfstream G550 cuya compra había gestionado Gabriel durante los primeros días de la pandemia de COVID, cuando recorría el mundo en busca de respiradores, material de laboratorio y equipos de protección individual. Despegó del aeropuerto de Schiphol, en Ámsterdam, a las siete y cuarto de la mañana y aterrizó en Ben Gurión a las doce y media. Al salir por la puerta de la cabina, Gabriel vio a Mijaíl Abramov esperando en la pista. Era un hombre alto y larguirucho, de poco más de cincuenta años, con el pelo rubio y la piel pálida y exangüe. Sus ojos eran de un azul grisáceo y translúcido, como hielo glacial.

Sonriendo, le tendió la mano a su exdirector general:

—Empezaba a pensar que no volveríamos a verte —dijo en hebreo con acento ruso.

—Solo han pasado diez meses, Mijaíl.

—Pues parece que hace más, te lo aseguro. Esto no ha vuelto a ser lo que era desde que te fuiste.

Nacido en Moscú, hijo de una pareja de científicos soviéticos disidentes, Mijaíl había emigrado a Israel siendo adolescente. Tras servir en el Sayeret Matkal, la unidad de élite de las fuerzas especiales del Ejército, ingresó en la Oficina, donde se especializó en un tipo de operaciones conocido como «tratamiento negativo», el eufemismo que se empleaba dentro de la Oficina para denominar a los asesinatos selectivos. Su enorme talento no se limitaba al manejo de la pistola, sin embargo. Fue Mijaíl Abramov quien, a instancias de Gabriel, se introdujo en un almacén de una anodina zona comercial de Teherán y robó los archivos nucleares de Irán.

Lanzó una mirada a Ingrid.

—No habrás hecho ninguna tontería, ¿verdad, jefe?

—Acepté localizar un cuadro robado para la policía italiana. Pero la cosa se ha complicado.

Mijaíl señaló el todoterreno blindado aparcado allí cerca.

—Tu sucesora me ha ordenado que te escolte personalmente a tu piso de Narkiss Street.

—La verdad —dijo Gabriel— es que primero tenemos que pasarnos por un sitio.

Se dirigieron al norte, a Monte Carmelo, y luego al este, hacia el mar de Galilea. Cuando llegaron a Rosh Piná, el asentamiento que fundaron treinta familias de judíos rumanos en 1882, eran casi las dos y cuarto. El conductor puso rumbo hacia la aldea de Amuka, en las montañas, y tomó luego una pista sin señalizar que atravesaba un denso bosquecillo de cipreses y pinos. Un momento después se detuvo al toparse con cuatro hombres provistos de chalecos caqui y armados con fusiles de asalto Galil ACE. Detrás había una valla de alambre rematada con concertina.

—¿Dónde estamos? —preguntó Ingrid.

—En ninguna parte —respondió Mijaíl.

—¿Qué significa eso?

—Significa que este lugar no existe. De ahí que esos cuatro

muchachotes estén a punto de disparar al exdirector general de la Oficina.

Gabriel bajó la ventanilla y uno de los guardias se acercó al coche.

—¿Es usted, jefe?

—Exjefe —respondió Gabriel.

—Debería habernos avisado de que venía.

—No he podido.

—¿Por qué?

—Porque no estoy aquí. —Gabriel miró a Ingrid—. Y ella tampoco.

Su verdadero nombre era Aleksander Yurchenko, pero, como la mayoría de las cosas de su vida anterior, ese nombre había desaparecido para siempre. Cinco años después de su deserción forzosa a Israel, seguía refiriéndose a sí mismo por el nombre que usaba en su oficio: Serguéi Morosov.

Era un vástago del viejo régimen. Su padre había sido un alto funcionario del Gosplán, el órgano rector de la economía marxista de la Unión Soviética. Su madre trabajaba como mecanógrafa en el cuartel general del KGB, ese monstruo que se encargaba de aplastar a cualquiera lo bastante iluso como para quejarse. Más tarde, fue secretaria personal de Yuri Andrópov, el director del KGB que años después sucedería a Leonid Brézhnev al frente de un imperio que pronto estaría muerto y enterrado.

Tal vez no fuera nada sorprendente que Serguéi Morosov hubiera decidido seguir los pasos de su madre. Pasó tres años en el Instituto Bandera Roja, la escuela del KGB para futuros espías, y al graduarse le destinaron a la sección de operaciones alemanas de Moscú Centro. Un año después le mandaron a la *rezidentura* de Berlín Este, donde presenció la caída del Muro de Berlín, sabedor de que la Unión Soviética sería la siguiente en desmoronarse.

Cuando llegó el final, en diciembre de 1991, el KGB fue desmantelado, rebautizado, reorganizado y vuelto a rebautizar. Por último, se partió en dos: el FSB, con sede en Lubianka, se encargó de la seguridad interior, y el SVR, con sede en Yasenevo, del espionaje exterior y otras tareas especiales. Serguéi Morosov trabajó en tres *rezidenturas* declaradas del SVR: primero en Helsinki, luego en La Haya y finalmente en Ottawa, donde cometió la tontería de tentar al ministro de Defensa canadiense con un poco de miel y le invitaron a hacer las maletas discretamente.

Su último destino fue Fráncfort, donde, haciéndose pasar por asesor bancario ruso, robó secretos industriales alemanes y enredó a decenas de empresarios en operaciones de *kompromat*, la abreviatura que usaban los rusos para referirse al material comprometedor. Participó, además, en el brutal asesinato del agente ruso más importante de la Oficina. Gabriel le devolvió el favor secuestrándole de un piso franco del SVR en Estrasburgo, metiéndole en una bolsa de lona y descolgándole de un helicóptero sobre territorio sirio controlado por yihadistas rabiosamente antirrusos. El interrogatorio subsiguiente permitió a Gabriel identificar a un topo ruso situado en la cúspide del Servicio Secreto de Inteligencia británico, quizá el mayor logro de su carrera.

Serguéi Morosov era ahora el único prisionero del mismo centro de detención secreto del bosque de Biriya, cerca de Rosh Piná, donde le habían interrogado por primera vez. Vivía en uno de los antiguos bungalós del personal, donde se pasaba el día viendo la televisión rusa y la noche bebiendo vodka. Últimamente, se había aficionado a los vinos producidos en el viñedo del otro lado de la montaña.

Estaba descorchando una botella de *sauvignon blanc* cuando Gabriel se presentó en su puerta sin avisar, acompañado del hombre de ojos grises que se había ocupado de algunos de los aspectos más desagradables de su interrogatorio. Pese a todo, se estrecharon la mano con cordialidad, incluso con afecto. Morosov parecía alegrarse sinceramente de ver a los dos hombres responsables de su encarcelamiento. Hacía tiempo que habían hecho las paces. Lo que había ocurrido entre ellos era simplemente parte del juego. No había rencores y Morosov tampoco se sentía inclinado a abandonar el campamento secreto de la Alta Galilea en un futuro próximo. Más allá de la alambrada de concertina, solo tenía perspectivas de morir asesinado al estilo ruso.

—¿Seguro que no quieres volver a Moscú? —le preguntó Gabriel en broma—. Tengo entendido que el Ejército Rojo necesita hombres decentes que lo ayuden a cambiar las tornas en Ucrania.

—No quedan hombres decentes en Rusia, Allon. Todos han huido del país para evitar que los movilicen.

—Pareces decepcionado.

—¿Porque mi país esté perdiendo esta guerra? ¿Porque mis compatriotas estén siendo arrojados a una carnicería? ¿Porque dentro de poco vayan a morir de congelación por no disponer de suministros adecuados? Sí, Allon, estoy decepcionado. Pero también me da miedo lo que vendrá después.

Salieron al porche del bungaló, su dacha, como lo llamaba Morosov. Llevaba puesto un jersey de pico para resguardarse del aire fresco de la tarde. Gabriel pensó que tenía muy buen aspecto para ser un ruso que acababa de celebrar su sesenta cumpleaños. Pero era improbable que durase. La vejez solía caer sobre los hombres rusos como un ladrillo lanzado desde una ventana. Eran un poco como el pobre Johannes Vermeer. Vivos un día, muertos al siguiente.

Del patio polvoriento del campamento les llegaba un golpeteo sordo y rítmico. Era Ingrid, que, rodeada por los cuatro guardias fuertemente armados, les estaba demostrando su habilidad para mantener en el aire una pelota blanda de cuero con los ojos cerrados.

—¿Quién es la chica? —preguntó Morosov.

—Mi guardaespaldas.

—No parece judía.

—¿Eso ha sido una microagresión, Serguéi?

—¿Una qué?

—Una microagresión. Un comentario o una acción que pone de manifiesto sutilmente, y a menudo de forma inconsciente, una actitud prejuiciosa hacia una minoría racial o un grupo marginado.

—Los judíos no están marginados, ni mucho menos.

—Has vuelto a hacerlo.

—No me vengas con esos rollos, Allon. Yo, tal y como están las cosas, prácticamente he hecho la aliá. Además, si alguien tiene prejuicios aquí, eres tú.

—Yo no, Serguéi. Yo amo a todo el mundo.

—A todo el mundo menos a los rusos —replicó Morosov.

—¿Te refieres a los que han masacrado a más de cuatrocientos cincuenta civiles inocentes en la ciudad ucraniana de Bucha? ¿A los que disparan misiles adrede contra refugios abarrotados de mujeres y niños? ¿A los que emplean la violación como parte de su estrategia militar?

—Los rusos solo conocemos una forma de librar una guerra.

—O de perderla —dijo Gabriel.

—No hay duda de que Volodia está perdiendo esta —dijo Morosov—. Pero bajo ningún concepto va a perderla de verdad.

Volodia era el diminutivo cariñoso del nombre ruso Vladímir.

—¿Y cómo va a arreglárselas para conseguirlo? —preguntó Gabriel.

—Haciendo lo que haga falta. —Morosov volvió a llenarse la copa de vino—. Tú conoces la historia de Rusia, Allon. Dime, ¿qué ocurrió cuando Rusia sufrió una derrota humillante en la guerra ruso-japonesa?

—Que se produjo la Revolución de 1905. Hubo revueltas obreras y levantamientos campesinos en todos los rincones del imperio. El zar Nicolás II respondió publicando el Manifiesto de Octubre, que prometía derechos fundamentales a los ciudadanos rusos y un parlamento elegido democráticamente.

—¿Y cuando Rusia sufrió una serie de desastres bélicos durante la Primera Guerra Mundial?

—Que los bolcheviques tomaron el poder y el zar y su familia fueron asesinados.

—¿Y qué me dices de nuestras desventuras en Afganistán?

—El Ejército Rojo se retiró en mayo de 1988 y tres años después la Unión Soviética había desaparecido.

—La mayor catástrofe geopolítica del siglo xx, según Vladímir Vladímirovich. No va a perder la guerra en Ucrania porque no puede perderla. Por eso me preocupa tanto lo que puede pasar. Como a ti, me imagino.

—Me preocupa, sí. Pero yo ya estoy retirado, Serguéi.

—Entonces, ¿qué haces aquí?

—Quería preguntarte si serías tan amable de echarle un vistazo a una fotografía. —Gabriel le pasó su teléfono—. ¿Lo reconoces?

—Claro, Allon. Sé quién es. Se llama Grigori Toporov.

—¿Y a qué se dedica Grigori?

—A cosas relacionadas con balas y sangre.

—¿SVR?

—Según mis últimas noticias, sí. Pero de eso hace bastante tiempo.

Gabriel recuperó el teléfono.

—Grigori dijo algo interesante anoche después de intentar matarme en Dinamarca. Confiaba en que tú pudieras aclarármelo.

—¿Qué dijo?

—«El coleccionista».

Morosov miró pensativamente su copa de vino.

—Es posible que te estuviera dando el nombre en clave de un agente. Un agente danés —añadió el ruso—. Uno muy importante.

—¿El coleccionista?

—En realidad, su nombre en clave es Coleccionista, a secas.

—¿Por qué le apodan así?

—Porque colecciona libros raros. Con ansia. Nominalmente, es un colaborador del SVR, pero no es el SVR quien le maneja.

—¿Quién es, entonces?

—El jefe supremo.

—¿Vladímir Vladímirovich?

Morosov asintió.

—Que la paz sea con él.

22

Bosque de Biriya

En el verano de 2003, el conglomerado petrolífero británico BP pagó 6750 millones de dólares para hacerse con una participación del cincuenta por ciento en la empresa energética rusa TNK. El acuerdo fue tan monumental que el primer ministro británico asistió a la ceremonia de la firma en Londres, al igual que el presidente de la Federación Rusa. En el viaje de regreso a Moscú, el dirigente ruso hizo escala en Copenhague, donde ofició un matrimonio empresarial parecido, esta vez entre la danesa DanskOil y la rusa RuzNeft. La inversión era de menor cuantía —apenas tres mil millones de dólares—, pero iba acompañada del compromiso de ayudar a Rusia a explotar sus enormes reservas vírgenes en el océano Glacial Ártico.

Los pormenores finales del acuerdo se concretaron a lo largo de semanas de negociación, a veces agónica, en Moscú. El consejero delegado de DanskOil, Magnus Larsen, un estudioso de la historia rusa que hablaba el idioma con fluidez, estuvo presente a menudo. Sus anfitriones le agasajaron con cenas opíparas y regalos lujosos, entre ellos varios libros raros. Le tentaron también con jóvenes bellas, una de las cuales pasó una noche en su *suite* del hotel Metropol. El FSB, contó Serguéi Morosov, tenía cámaras y micrófonos instalados en la *suite* y lo grabó todo.

—Imagino que el FSB informó a Magnus de lo que tenía en su poder —dijo Gabriel.

—Tengo entendido que el director organizó un pase de estreno en toda regla en Lubianka, con cócteles y canapés incluidos. Después de aquello, Magnus firmó el que quizá sea el acuerdo más desigual de la historia de la industria petrolera. Y además accedió a depositar cien millones de dólares en una cuenta controlada por un íntimo colaborador de Vladímir Vladímirovich.

—Lo que le comprometía aún más.

Morosov asintió.

—El pobre Magnus fue a Moscú buscando las riquezas rusas y, cuando se marchó, estaba totalmente achicharrado y bajo nuestro control.

El FSB transfirió el expediente de Magnus Larsen al SVR, que sacó todo el partido que pudo al ejecutivo petrolero. El Coleccionista se convirtió en una fuente inestimable de secretos empresariales, especialmente en lo relativo a las tendencias futuras de la industria energética occidental. Y de paso proporcionó al SVR acceso a los niveles más altos de la sociedad y los Gobiernos occidentales, y señaló a numerosos objetivos potenciales para el reclutamiento y las operaciones de *kompromat*.

—Se convirtió en todo un emprendedor. Eso es lo bonito del *kompromat*. Que, si alguien está pringado de verdad, no hace falta que le recuerdes sus faltas pasadas. Hará cualquier cosa para tenerte contento.

—¿Nunca has intentado convencer a un agente de que tu sistema es mejor que el de tu adversario? ¿De que estás solo en un mundo lleno de peligros y necesitas su ayuda?

—Creo recordar que tú empleaste otro enfoque cuando intentabas reclutarme.

—Tú eras un desertor.

—A la fuerza —dijo Morosov—. Y, en cuanto al reclutamiento ideológico, pasó de moda al acabar la Guerra Fría. ¿Qué persona en su sano juicio trabajaría voluntariamente para un país como Rusia? Solo disponemos de dos medios de reclutamiento: el *kompromat* y el dinero. Y en el caso de Magnus Larsen, ambas cosas iban de la mano.

—¿En qué sentido?

El Kremlin puso el dedo en la balanza del acuerdo de Ruz-Neft, explicó Morosov, y se aseguró de que diera dividendos a los accionistas de DanskOil, y a Magnus en particular. Como era de esperar, el directivo danés se convirtió en uno de los mayores defensores de Rusia en Occidente. Afirmaba que Europa no tenía nada que temer de su dependencia cada vez mayor de la energía rusa ni de las baladronadas del presidente ruso, a quien Magnus elogiaba a cada paso diciendo que era un estadista que estaba sacando a su país de su pasado retrógrado y represivo para conducirlo a un horizonte democrático.

—Y resultó que Vladímir Vladímirovich le estaba escuchando. Invitó a Magnus al Kremlin y a sus diversas residencias privadas, incluida su dacha al oeste de Moscú. Como Magnus hablaba muy bien ruso, no necesitaba intérprete. Se convirtió en uno de los mejores amigos extranjeros de Volodia. No era un miembro de su círculo más íntimo, ojo, pero sí formaba parte del universo de Volodia.

—¿Cómo le utilizó?

—Principalmente como caja de resonancia y consejero, pero también le encargaba misiones delicadas, digamos, relacionadas con asuntos de seguridad nacional.

—¿Asuntos de qué tipo?

—Eran encargos para los que el pasaporte danés de Magnus y sus modales impecables constituían una ventaja. Se convirtió en el emisario privado de Volodia en todos los sentidos, menos en el nombre. Y cuando las cosas se torcieron, fue Volodia quien le sacó de apuros.

—¿Qué pasó?

—Magnus se lio con una chica.

—¿En Moscú?

—En Dinamarca.

—¿Cómo le ayudó Volodia?

—Señaló a la chica —respondió Morosov—. Y la chica desapareció sin dejar rastro.

***

127

Tenía algo más de veinte años y era danesa. Aparte de eso, Serguéi Morosov no sabía nada de ella, ni siquiera su nombre o las circunstancias que la llevaron a entablar una relación sexual con el consejero delegado de una de las mayores empresas de Dinamarca. En algún momento —Morosov no sabía cuándo—, ella quiso dejarlo. Y exigió una suma importante de dinero a cambio de su silencio. Magnus accedió a pagar. Y cuando la chica volvió a por más, le planteó el asunto a su contacto en el SVR, que le dijo que se olvidara del asunto y no le diera más vueltas.

—La muerte resuelve todos los problemas —comentó Gabriel—. Muerta la chica, se acabó el problema.

—En Rusia, ese tipo de comportamiento no está del todo mal visto. Muchas chicas que se lían con hombres poderosos acaban bajo tierra.

—¿Y dónde acabó esa chica danesa anónima?

—No estoy al tanto de los detalles, Allon. Solo sé que oficialmente sigue figurando como desaparecida.

—¿Quién se encargó del tema?

—El SVR, pero la orden procedía directamente del presidente.

—Me alegro de que hayamos aclarado ese detalle.

—Intenta verlo desde el punto de vista de Volodia.

—¿Tengo que hacerlo?

—Magnus Larsen era un activo valioso en muchos sentidos —explicó Morosov—. Si hubiera estallado un escándalo relacionado con su vida privada, le habrían destituido como consejero delegado de DanskOil. Y Volodia no iba a permitir que eso ocurriera, con la cantidad de dinero que había invertido en él.

—¿De cuánto estamos hablando?

—De varios millones al año en presuntos honorarios de consultoría, transferidos a su cuenta de TverBank, un dinero que no declara al fisco danés. También tiene casa en Rublyovka, el barrio residencial de los multimillonarios al oeste de Moscú. A todos los efectos, Magnus Larsen es ya un oligarca ruso.

—Un oligarca ruso con pasaporte danés e impecables modales daneses.

—Un emisario ruso en todos los sentidos, menos en el nombre —añadió Morosov—. Pero ¿por qué te interesa Magnus Larsen, Allon?

—Porque pagó a un marchante de libros raros de Copenhague para que robara un cuadro. Y, por más vueltas que le doy, no entiendo por qué.

—Quizá deberías preguntárselo a él.

—Pienso hacerlo, Serguéi.

Morosov estaba de pie en el porche de su dacha, diciéndoles adiós con el brazo en alto, cuando el todoterreno cruzó la verja abierta del campamento y emprendió el camino de regreso a Rosh Piná. Solo Ingrid, sentada detrás junto a Gabriel, le devolvió el saludo, lo que hizo que en la cara del ruso se dibujara una ancha sonrisa.

—¿Quién es ese hombre?

—Me temo que no puedo responder a esa pregunta. Baste decir que ha sido de gran ayuda.

—¿En qué sentido?

—El cliente de Peter Nielsen es el consejero delegado de la mayor compañía de petróleo y gas de Dinamarca.

—¿Magnus Larsen?

Gabriel asintió.

—Y la cosa se pone aún más interesante, me temo.

—No sé si eso es posible.

—Magnus lleva veinte años trabajando para los rusos. Y si mi amigo está en lo cierto, hay una chica muerta en su pasado.

—¿La mató Magnus?

—No fue necesario. Se encargaron los rusos.

—¿La chica también era rusa?

—Danesa. Sucedió hace unos diez años. Mi fuente no ha sabido decirme su nombre.

—No creo que sea difícil averiguar quién era. Puedo echar un vistazo a la base de datos de personas desaparecidas.

—¿Qué tal si primero cenamos? Conozco un sitio no muy lejos de aquí. —Gabriel cruzó una mirada con Mijaíl—. Las vistas son espectaculares y la comida y el ambiente muy auténticos. Creo que te parecerá interesante.

—¿Más interesante que un centro de detención secreto en medio de la nada?

—Oh, sí —contestó Gabriel al tiempo que echaba mano de su teléfono—. Mucho más.

23

Tiberíades

La voz del otro lado de la línea móvil sonaba fuerte, clara y decidida.

—¿A qué hora te esperamos Gilah y yo?

—Dentro de unos veinte minutos.

—Más vale que te des prisa, hijo mío. Si no, puede que no esté vivo cuando llegues.

—Supongo que me lo merezco.

—Te lo mereces —gruñó la voz, y se cortó la llamada.

Pero ¿cómo retratar con precisión a un hombre como aquel ante una extranjera como Ingrid? Habría sido más fácil, pensó Gabriel, explicar la influencia de Bach en la evolución de la música occidental o el papel del agua en la formación y el sostenimiento de la vida en la Tierra. Ari Shamron, dos veces director general de la Oficina, había sido el encargado de la detención de Adolf Eichmann. Le había dado al servicio de inteligencia israelí su identidad, su credo, incluso su lenguaje propio. Era el Memuneh, el mandamás. Era eterno.

Su casa de color miel se alzaba en lo alto de un escarpe que dominaba el mar de Galilea. Gabriel se preparó para lo peor mientras el todoterreno subía por la empinada carretera —Shamron llevaba años luchando contra una ristra de dolencias graves—, pero el hombre que los esperaba en el patio delantero parecía gozar de buena salud. Vestía, como de costumbre, pantalones caqui bien planchados, camisa oxford y cazadora de cuero con un desgarrón sin zurcir en el hombro izquierdo. Su mano derecha, la que le había tapado la boca a Eichmann, empuñaba un hermoso bastón de madera de olivo. Su odiado andador de aluminio no se veía por ninguna parte.

—¿Cuánto tiempo llevas ahí de pie? —preguntó Gabriel.

—Para que lo sepas, no me he movido de aquí desde el día que te fuiste de Israel. —Miró a la mujer que acompañaba a Gabriel—. ¿Quién es esta joven?

—Se llama Ingrid.

—¿Ingrid qué más?

—Johansen.

—No es un nombre judío.

—Lógicamente.

—¿Piensa convertirse? —preguntó Shamron—. ¿O vuestra relación es puramente física?

—Ingrid estaba conmigo anoche en Dinamarca cuando...

—Cuando un asesino ruso intentó matarte.

—En realidad, estoy convencido de que el objetivo era ella.

—Me alegro. Pero ¿qué ha hecho para irritar a los rusos?

—Todavía estoy intentando averiguarlo.

—¿En la Alta Galilea? —Los ojos legañosos de Shamron se posaron en Mijaíl—. ¿Con él?

Gabriel sonrió, pero no dijo nada.

—Supongo que mi sobrina no sabe que estás aquí.

La sobrina de Shamron era Rimona Stern, la primera mujer nombrada directora general de la Oficina.

—Tiene la impresión de que estoy en Jerusalén —contestó Gabriel.

Shamron entornó los ojos.

—No estarás metido en alguna intriga palaciega, ¿verdad?

—Ni se me ocurriría.

—Nunca dejas de decepcionarme, hijo mío. —Shamron señaló la puerta de la casa con una mano salpicada de manchas—. Quizá deberíamos comer algo. Ha pasado mucho tiempo.

* * *

La cena que sirvió Gilah Shamron esa noche no era auténtica gastronomía israelí, sino comida china para llevar encargada a toda prisa. Su marido forcejeó unos segundos con los palillos de plástico, luego los dejó a un lado y acometió su ternera con brócoli con un tenedor. Poco amigo de la charla intrascendente y de desaprovechar a un público cautivo, pronunció un sombrío sermón sobre el estado del mundo. Para no faltar a su costumbre, estaba preocupado: preocupado porque el orden de posguerra se estuviera derrumbando, porque la democracia se hallara asediada, porque China y Rusia estuvieran desplazando a Estados Unidos como poderes hegemónicos en Oriente Medio con mucha más rapidez de la que nadie hubiera imaginado. Oía rumores de que Pekín estaba intentando negociar un acercamiento entre Irán y Arabia Saudí, una posibilidad inimaginable hacía apenas un año.

Preguntó a Gabriel por su nueva vida en Venecia y pareció encantado al saber que Chiara y los niños estaban de maravilla. Sin embargo, lo que más le intrigó fue la presencia de una recién llegada a su mesa, una bella joven danesa de nombre Ingrid Johansen que decía ser especialista en informática y trabajar por su cuenta. Resultaba evidente que Shamron, poblador de toda la vida del mundo de los secretos, no se creía ni una palabra. Reconocía a un operador clandestino en cuanto lo veía.

Finalmente, se puso en pie y, disculpándose con Ingrid y Mijaíl, llevó a Gabriel abajo, a la sala que le servía de despacho y taller. Las entrañas de una Grundig 3088 de 1958 estaban esparcidas sobre su banco de trabajo. Trastear con radios antiguas era el único pasatiempo de Shamron. Y cuando no tenía radios a mano, trasteaba con Gabriel.

Se sentó en un taburete y encendió la lámpara.

—Tú primero —dijo.

—¿Por dónde quieres que empiece?

—¿Qué tal por el principio?

—En el principio, Dios creó…

—Sáltate eso y pasa a la parte sobre Ingrid.

—Es una pirata informática y ladrona profesional.

—Ese es mi tipo.

—El mío también.

Shamron encendió su viejo mechero Zippo.

—Cuéntame el resto.

Esperó a que Gabriel terminara su exposición de cinco minutos para levantar la vista de la radio, con cara de profunda desaprobación.

—Podrían procesarte, ¿sabes?

—¿Por el desafortunado incidente con los mafiosos armenios de Amberes?

—Por llevar a tu amiga a una instalación secreta de la Oficina. Si yo hubiera hecho algo así, me habrían hecho la vida imposible.

—Ya sabes lo que dicen sobre la imitación, Ari.

—Yo soy inimitable, hijo mío. Pero tiene bastante gracia, ¿no crees? ¿Cuántas veces me has regañado por seguir metiendo baza? ¿Cuántas veces me has dicho que habías roto con todo esto? —Shamron se sonrió con satisfacción—. Y ahora, como suele decirse, han cambiado las tornas.

—¿Has terminado?

—No he hecho más que empezar. —Apagó el cigarrillo y encendió otro, con la seguridad de que Gabriel, que se había puesto a la defensiva, no se atrevería a rechistar—. ¿Y qué has concluido hasta ahora de esta investigación tuya?

—Un agente de inteligencia muy sabio me enseñó a no encajar nunca las piezas por la fuerza.

—Porque, cuando lo hacemos, a veces vemos lo que queremos ver en lugar de la verdad, ¿no es así?

—A veces —respondió Gabriel.

—Y luego, claro, está el problema de las piezas que faltan. Desconocemos lo que desconocemos. Y te puedo asegurar, hijo mío, que no tienes todas las piezas.

—¿Cuál me falta?

—El hombre que vivía en la hermosa villa junto al mar, en Amalfi.

—¿Lukas van Damme?

—En realidad —dijo Shamron—, solíamos llamarle Lucky Lukas.

—¿Van Damme era agente de la Oficina?

—Lo fue durante unos años.

—¿Por qué?

Shamron imitó con las manos un hongo nuclear y susurró:

—Bum.

24

Tiberíades

El programa de armas nucleares de Sudáfrica, uno de los más secretos de la historia, se inició en 1948, el mismo año en que Israel declaró su independencia y tres años después de que Estados Unidos pusiera fin expeditivamente a la Segunda Guerra Mundial lanzando dos bombas atómicas sobre las ciudades japonesas de Hiroshima y Nagasaki. Al principio, Sudáfrica buscaba la bomba de plutonio, pero en 1969 se pasó a un programa de enriquecimiento de uranio usando mineral de origen nacional. A finales de la década de 1980, el país había reunido un arsenal nuclear de seis bombas de tipo cañón, las últimas de esa clase que se fabricaron.

Una séptima bomba estaba en proceso de fabricación en 1989, cuando Sudáfrica aceptó voluntariamente renunciar a su programa de armas nucleares, en parte porque el asediado régimen de la minoría blanca, que por entonces tenía los días contados, no quería dejar su arsenal atómico en manos de un Gobierno dirigido por negros. Las seis bombas terminadas se desmantelaron bajo supervisión internacional y el uranio apto para armamento se almacenó en el Centro de Investigación Nuclear de Pelindaba, al oeste de Pretoria. La instalación sufrió al menos tres graves fallos de seguridad en la era *posapartheid*, el último en 2007. Al principio, el Gobierno restó importancia al suceso alegando que se trataba de un intento de robo corriente. Sin embargo, una investigación independiente llevada a cabo más adelante por un exempleado de la consultoría internacional de riesgo Kroll Inc. concluyó que el asalto fue obra de un equipo disciplinado de hombres fuertemente armados que entraron en las instalaciones con la intención de localizar y robar los explosivos nucleares.

Entre los aspectos mejor guardados del programa nuclear sudafricano figuraba el nombre de los científicos que se encargaron de enriquecer el uranio para su uso armamentístico y lo emplearon en la fabricación de bombas de tipo cañón. Uno de esos científicos era un físico nuclear llamado Lukas van Damme. Cuando vio arrumbado su trabajo y su país gobernado por negros, buscó una vía de salida. La encontró en la compañía naviera de su padre, con sede en Durban, que rebautizó como LVD Marine Transport y trasladó a Nasáu. Fue allí donde, una tarde soleada de agosto de 1996, conoció a un tal Clyde Bridges, director de *marketing* para Europa de una oscura empresa canadiense de *software* con sede en Londres. «Bridges» no era más que una bandera de conveniencia, en realidad. Su verdadero nombre era Uzi Navot.

—¿Cuál fue el motivo? —preguntó Gabriel.

—Pánico en King Saul Boulevard —respondió Shamron.

—¿Por qué?

—Resulta que Lucky Lukas tenía menos suerte de la que cabía esperar por su apodo;* sobre todo, en lo tocante al negocio naviero. Se mantenía a flote gracias a que había convertido la empresa en una red delictiva. Y además se juntaba con malas compañías.

—¿Con alguien en particular?

—Representantes de países que buscaban reproducir el exitoso programa nuclear sudafricano.

—Y eso no podíamos permitirlo.

—A los judíos no nos convenía, desde luego.

—Pero te has saltado una parte importante de la historia —dijo Gabriel—. La parte acerca de cómo supo la Oficina que Lukas van

---

* *Lucky*, «afortunado». *(N. de la T.)*

Damme, un ejecutivo naviero con problemas de ética, era el cerebro del programa nuclear sudafricano.

—¿Van Damme, el cerebro del programa? —Shamron meneó lentamente la cabeza—. Los sudafricanos jamás habrían podido construir esas bombas sin nuestra ayuda.

—¿De qué habló Uzi con Lucky Lukas aquella tarde?

—Le recordó amablemente los peligros a los que se enfrentaba si se le ocurría compartir la receta familiar con alguno de nuestros adversarios.

—¿Tratamiento negativo?

—No hacía falta entrar en detalles. Nuestra reputación hablaba por sí sola. Lukas prácticamente se ofreció voluntario.

—¿Cómo le utilizaste?

—Con mi consentimiento, vendía sus servicios a cualquiera que estuviera dispuesto a pagar por ellos, lo que nos dio acceso a las esperanzas y sueños nucleares de nuestros enemigos más acérrimos, incluidos el Carnicero de Bagdad y su colega baasista de Damasco. Además, convertí la empresa LVD Marine Transport de Nasáu, Bahamas, en una filial de las empresas internacionales de King Saul Boulevard, Tel Aviv.

—Brillante.

—Ya lo creo —convino Shamron—. La operación fue un éxito rotundo.

—Pero los vínculos de la Oficina con los sudafricanos no se limitaban a un solo físico nuclear, iban mucho más allá.

Shamron le miró a través de un velo de humo gris azulado.

—¿Mis vínculos con los sudafricanos, quieres decir?

Gabriel guardó silencio.

—Si lo que me estás preguntando es si ayudé a los sudafricanos a desarrollar armas nucleares, la respuesta es no. Bajo mi mando, la Oficina era capaz de muchas cosas, pero de eso no. Ahora bien, ¿estaba a favor de ayudar a los sudafricanos? ¿Aconsejé a los sucesivos jefes de Gobierno, tanto de izquierdas como de derechas, que continuaran con el programa? Desde luego que sí.

—¿Y cuando los sudafricanos decidieron renunciar a las armas nucleares que les habíamos ayudado a fabricar?

—Trabajé mano a mano con mi homólogo sudafricano para garantizar que no se producía ninguna fuga de uranio una vez desmanteladas las bombas. Incluso visité el Centro de Investigación Nuclear de Pelindaba.

—¿Y?

—Ni que decir tiene que estaba muy preocupado por la seguridad. Pero también me quedó la insidiosa sospecha de que los sudafricanos habían engañado al Organismo Internacional de la Energía Atómica y al resto de la comunidad internacional respecto al número de armas que habían construido.

—¿Por qué?

—Gracias a la ayuda que le habíamos prestado a Sudáfrica, pudimos inspeccionar el programa con especial cuidado. Y nuestros científicos llegaron a la conclusión de que seguramente había dos armas inacabadas, no una.

—Supongo que lo consultaste con tu homólogo.

—Varias veces —dijo Shamron—. Y siempre me aseguraba que solo había siete armas. Unos años después, sin embargo, supe por una fuente de confianza que me había mentido.

—¿Quién era esa fuente?

—Lukas van Damme. —Shamron siguió trabajando en la radio Grundig—. ¿Cómo crees que deberíamos planteárselo a mi sobrina? —preguntó distraídamente.

—Dado que tiene el temperamento volcánico de su tío, creo que deberíamos proceder con extrema cautela. —Gabriel hizo una pausa y luego añadió—: Tal vez incluso servirnos un poquitín del engaño.

—Mi palabra favorita. ¿Qué se te ocurre?

—Seguramente alguien debería decirle que he interrogado sin autorización a Serguéi Morosov.

—Sí —convino Shamron—. Seguramente.

25

Narkiss Street

La llamada de Shamron fue directa al buzón de voz y, cuando por fin le contestó, el interfecto estaba ya cerca de Jerusalén. Era tarde y ella estaba de mal humor, como siempre últimamente. Su famoso tío no tardó en ir al grano.

—Voy a matarle —respondió ella.

—También serías la primera en conseguir eso —dijo Shamron—. Pero sin duda dañaría irreparablemente tu carrera.

—No, si hago que parezca un accidente.

—Ten en cuenta que solo es un rumor. Deberías hacer averiguaciones, por si acaso te precipitas.

—¿Dónde has oído ese rumor?

—No puedo decírtelo.

—No te habrás metido en algo, ¿no, Ari?

—¿Yo? Nunca.

Llamó al jefe de la división de seguridad interna de la Oficina, que al instante levantó a los guardias del centro de detención secreto del bosque de Biriya. Sí, admitieron, la leyenda se había presentado sin previo aviso esa misma tarde. Y sí, había interrogado al prisionero por espacio de una hora, aproximadamente.

—¿Por qué le dejaron entrar?

—Es Gabriel Allon.

—Deberían haberme llamado.

—Nos ordenó que no lo hiciéramos.

—¿Iba solo?

—Mijaíl estaba con él.

—¿Alguien más?

—Una mujer.

—¿Nombre?

—No nos lo dijeron.

—Descríbamela.

—Desde luego, no era israelí.

La mujer en cuestión, una *hacker* y ladrona profesional llamada Ingrid Johansen, estaba en ese momento viendo Jerusalén por primera vez. Poco antes de medianoche, entró con Gabriel en un piso situado en el número 16 de Narkiss Street, en pleno corazón del barrio histórico de Nachlaot. El teléfono de Gabriel empezó a sonar mientras abría las puertas de la terraza al aire de la noche, perfumado de eucalipto. Quien llamaba era su sucesora.

—Te quiero en mi despacho mañana a las diez y media —dijo, y colgó.

Gabriel le enseñó a Ingrid el cuarto de invitados y se acostó. «Por medio del engaño», pensó, «harás la guerra».

Le despertó a las siete y cinco el tronar de una explosión. Pensó al principio que era solo un sueño, pero al oír el lamento lejano de las sirenas y ver a Ingrid de pie, nerviosa, en la puerta del dormitorio, comprendió que no era así. Vieron las noticias en la cocina mientras esperaban a que se hiciera el café. La bomba había estallado en una parada de autobús de Givat Shaul, en la entrada oeste de Jerusalén.

—Anoche pasamos por delante —comentó Gabriel.

—¿Hay heridos?

—Varios.

—¿Ha muerto alguien?

—Pronto lo sabremos.

Otra bomba estalló mientras Gabriel estaba en la ducha: otra parada de autobús, esta vez en el norte de Jerusalén, tan cerca que

141

hizo temblar el piso. Se puso uno de los trajes oscuros colgados en el armario y al volver a la cocina encontró a Ingrid encorvada sobre su portátil, con el ceño fruncido por la concentración.

Llenó de café un vaso isotérmico de acero inoxidable y le puso la tapa.

—Con un poco de suerte, volveré dentro de un par de horas. No salgas del piso bajo ningún concepto.

—No pensaba hacerlo —respondió ella mientras sus dedos tamborileaban en el teclado.

Un todoterreno blindado esperaba en la calle, con el motor al ralentí. Diez minutos después, tras sortear el atasco de Givat Shaul, enfiló la autopista 1 hacia Tel Aviv. Su redescubrimiento casi se había completado, pensó. Ahora lo único que necesitaba era el permiso de su sucesora. Ella era una de sus obras más logradas. Una chica con un temperamento volcánico. Y una voluntad de hierro.

Una de las primeras órdenes que dio Gabriel como jefe de la Oficina seguía estando en vigor después de tanto tiempo: la cancelación inmediata de un proyecto, ya aprobado y financiado por la Knesset, para trasladar la sede del servicio desde el centro de Tel Aviv a un solar junto a la autopista 2, a la altura de Ramat Ha-Sharon. El coste colosal del proyecto era razón más que suficiente para cancelarlo, pero a Gabriel le preocupaba también otra cosa: el lugar propuesto estaba muy cerca de un concurrido centro comercial con multicines. Y luego estaba el nombre del nudo de carreteras cercano por el que se conocía a la zona. «¿Y cómo vamos a llamarnos?», se había lamentado. «¿Glilot Junction? Seremos el hazmerreír del mundo del espionaje».

Además, el anodino edificio situado al final de King Saul Boulevard no carecía de encanto, empezando por el hecho de que era en realidad un edificio dentro de otro edificio, con su suministro eléctrico propio, su canalización de agua, su alcantarillado y su sistema de comunicaciones seguras. El personal de análisis y apoyo accedía a las instalaciones a través de una puerta del vestíbulo señalada con un rótulo engañoso, pero los jefes de división y los agentes operativos entraban y salían por el aparcamiento subterráneo. Lo mismo ocurría con los directores generales pasados y presentes, que disponían además de un ascensor privado para subir a la última planta. Mientras Gabriel ascendía lentamente hacia el cielo, aspiró el olor de la colonia de su sucesora: Ébène Fumé Eau de Parfum de Tom Ford. Chiara le había enviado un frasco por su cumpleaños, de cien mililitros porque con el de cincuenta no bastaba. Cuatrocientos y pico euros. Sin incluir gastos de envío.

El ascensor le depositó directamente en la recepción de la planta ejecutiva, donde un joven esbelto, con americana ajustada y pantalones elásticos, estaba sentado detrás de un árido escritorio. Le indicó un par de sillas y Gabriel se sentó.

—¿Qué ha sido de Orit?

—¿La Cúpula de Hierro? La directora Stern pensó que hacía falta un cambio.

¿De veras? Gabriel habría pagado una buena suma por ver aquello.

Justo entonces se abrió la puerta del despacho de dirección y salió Yaakov Rossman, el jefe de Operaciones Especiales, conocido también como el lado oscuro de un servicio oscuro. Con su pelo de lana de acero y su cara de piedra pómez, parecía un utensilio de limpieza para zonas difíciles. Para el este de Siria y el norte de Irán, por ejemplo, pensó Gabriel.

—¿Qué haces aquí? —preguntó en tono de reproche.

—Lo sabré dentro de un minuto o dos.

—Me encantaría quedarme a charlar, pero me temo que tenemos una pequeña crisis entre manos.

—¿En serio? ¿Dónde?

—Buen intento —dijo Yaakov, y se alejó a toda prisa, como si aquella crisis estuviera teniendo lugar en una sala al fondo del pasillo.

Gabriel miró al recepcionista, que contemplaba absorto el teléfono de encima de la mesa. Transcurrió un rato antes de que emitiera un tono de dos notas, la señal de que el paso al despacho de la directora estaba expedito.

—Ya puede pasar, señor Allon.

—Qué suerte la mía.

Se levantó y esperó unos segundos hasta que se oyó el chasquido de las cerraduras automáticas. La habitación en la que entró le pareció extrañamente ajena. El escritorio, la zona de asientos, la mesa de reuniones, todo estaba cambiado y reorganizado. Incluso el panel de monitores de vídeo, que había sufrido una importante actualización tecnológica, estaba en otro sitio. La decoración era moderna y sofisticada, más propia de altas finanzas que de intrigas a ras de tierra; la iluminación, tenue. Más allá de las persianas casi cerradas se extendían Tel Aviv y el Mediterráneo, aunque nadie lo habría adivinado. Aquel despacho podría haber estado en Londres, Manhattan o Silicon Valley.

Rimona estaba mirando algo en una tableta. Llevaba un traje oscuro de dos piezas, el uniforme oficioso del espiócrata israelí, y elegantes zapatos de tacón. Las exigencias del puesto parecían haberle restado unos kilos a su generosa figura. O quizá hubiera adelgazado a propósito, pensó Gabriel, como parte de un cambio general de imagen, igual que su nueva forma de peinarse el pelo de color arenisca o el sutil cambio en su maquillaje. En algún lugar bajo aquella armadura estaba la niña a la que Gabriel había vendado la cadera izquierda cuando se cayó del patinete al bajar a toda velocidad por el camino traicionero y empinado de la casa de su famoso tío. Pero eso tampoco lo habría adivinado nadie.

Su silencio era intencionado, una técnica usada por los agentes de la Oficina desde tiempos inmemoriales para incomodar a sus adversarios. Gabriel decidió tomar la iniciativa.

—Yaakov parecía bastante sorprendido de verme.

—No me extraña. —Levantó la vista de la pantalla y le miró a través de unas gafas de ojos de gato, otra novedad en su *look*—. Esperaba que nadie se enterara de tu visita, pero la reunión con Yaakov se ha alargado más de la cuenta.

—Por lo visto tenéis un buen lío entre manos.

Ella no picó el anzuelo.

—Yaakov jamás hablaría de una operación en curso con alguien que carezca de autorización. Semejante violación de los principios básicos de la Oficina provocaría su despido inmediato.

—¿Puedo preguntar si estáis en buenos términos o eso también es secreto?

—Como puedes imaginar, Yaakov y yo hemos tenido nuestros más y nuestros menos.

—Me aseguró que estaba encantado con tu nombramiento.

—Es un mentiroso profesional. Como todos nosotros —repuso ella.

—Espero no haberte creado un problema.

—Nada que no pueda manejar.

—¿Cuánto tiempo más piensa quedarse?

—Yaakov dejará la Oficina dentro de unas semanas para probar suerte en el sector privado.

—¿Quién se queda con Operaciones Especiales?

—Mijaíl. Voy a darle a Yossi mi antiguo puesto en Recopilación. Dina tomará el relevo como jefa de Investigación.

—Parece que ya tienes tu equipo formado.

—¿A quién queremos engañar? Es tu equipo —dijo Rimona—. Yo solo he hecho unos pequeños ajustes.

Gabriel recorrió con la mirada su antiguo despacho.

—No tan pequeños.

—Tu sombra es alargada. Durante un mes más o menos después de tu marcha, estuvimos mirándonos unos a otros, preguntándonos cómo íbamos a seguir adelante sin ti. La única forma de afrontarlo…

—Era fingir que yo no existía.

—Pero conservamos tu vieja pizarra. Todavía está abajo, en la 456C. Aquello es como la sala subterránea del gabinete de guerra de Churchill. —Rimona señaló los sillones—. ¿No quieres sentarte?

—Quizá convenga que me quede de pie.

Su expresión se ensombreció. Una chica de temperamento volcánico. Su voz tenía el filo de una navaja.

145

—¿Cómo supo mi tío que te reuniste con Serguéi Morosov?

—Se lo dije yo.

—¿Y también le dijiste que me lo contara?

—Sí, por supuesto.

—¿Por qué?

—Para que te enfadaras lo suficiente como para ordenar mi asesinato.

—Pues lo conseguiste. —Se llevó una mano a la frente como si se estuviera tomando la temperatura. Sin duda estaba ardiendo—. ¿Por qué no pediste autorización para reunirte con tu antiguo informante?

—Porque a veces es mejor suplicar perdón que pedir permiso. Ella bajó la mano.

—Suplica, pues.

—Quiero dirigir una operación para ti.

—Mm, puedes hacerlo mejor.

—Te ruego que me dejes dirigir una operación para ti.

—¿Qué tipo de operación?

—Preferiría tener mi vieja pizarra.

—¿Por qué no se me habrá ocurrido? —Rimona echó mano del teléfono—. Qué astuto eres, cabrón.

—Me entrenó el mejor.

—A mí también, Gabriel. No lo olvides.

26

Monte Herzl

La paciente sufría una mezcla de trastorno de estrés postraumático y depresión psicótica. Sin embargo, en ningún lugar de su voluminosa historia clínica se describía con precisión el terrible suceso que había originado su dolencia; solo se mencionaba de pasada un atentado terrorista ocurrido en una capital europea. Tampoco figuraba el nombre de la persona —su excónyuge— que seguía corriendo con los gastos sanitarios de la paciente. Como solía ocurrir, avisó al médico de su visita con muy poca antelación.

—Haré los preparativos —dijo el médico—. Pero antes me gustaría hablar contigo en privado unos minutos.

—¿Pasa algo?

—Un cambio esperanzador, de hecho.

El hospital estaba situado en lo que antaño había sido la aldea árabe de Deir Yassin, donde combatientes judíos de las organizaciones paramilitares Irgún y Lehi mataron a más de un centenar de palestinos, incluidos mujeres y niños, la noche del 9 de abril de 1948. Varios edificios de la aldea seguían en pie, entre ellos la antigua casa de época otomana en la que el médico —una figura de porte rabínico, con una portentosa barba de varios colores— tenía su despacho privado.

El exmarido de su paciente estaba sentado al otro lado del abarrotado escritorio. Hacía unos minutos que ninguno de los dos pronunciaba palabra. El despacho estaba en silencio, salvo por el ruido ocasional del pasar de una página. Una página por minuto, pensó el médico, que observaba el movimiento del segundero del reloj de pared. Ni cincuenta y ocho segundos ni sesenta y cuatro. Una página cada sesenta segundos. Aquel hombre debía de haber nacido con un cronómetro en la cabeza.

—Son extraordinarios —dijo Gabriel al fin.

—A mí también me lo parecen.

—¿De quién fue la idea?

—De ella.

—¿Tú no la animaste?

El médico negó con la cabeza.

—En realidad, teniendo en cuenta su trastorno mental, me daba miedo el resultado.

—¿Qué ocurrió?

—Un día, hará unos seis meses, entré en la sala de arte y allí estaba ella, con un carboncillo en la mano. Era como si de repente hubiera recordado que antes era pintora. Insistió en que te los enseñara. —Hizo una pausa y añadió—: A nadie más que a ti.

Volvió a hacerse el silencio. El médico se quedó mirando la taza de té tibio que tenía en la mano.

—Sigue perdidamente enamorada de ti, ¿sabes?

—Lo sé.

—La mayor parte del tiempo cree que seguís…

—Lo sé —repuso él con firmeza.

El doctor dirigió sus siguientes palabras a la ventana.

—Nunca te he juzgado, Gabriel. Pero a estas alturas de su vida…

—¿Y qué hay de la mía?

—¿Hay algo de lo que quieras que hablemos?

—¿De qué, por ejemplo?

—De lo que sea.

—Tengo mujer. Tengo dos hijos pequeños.

—¿Quieres llevar una vida normal? ¿Eso es lo que estás diciendo? Pues algunos no estamos destinados a llevarla. Tú no eres normal, Gabriel Allon. Nunca serás normal.

—Seguro que hay algo que pueda tomarme para eso.

El médico soltó una risa seca y apagada.

—Tu sentido del humor es un mecanismo de defensa. Impide que te enfrentes a la verdad.

—Me enfrento a la verdad cada vez que cierro los ojos. Nunca desaparece, ni un solo minuto.

—Eso es lo más sano que te he oído decir nunca. —El médico dejó la taza y el platito en el escritorio, vertiendo un poco de té—. Conviene que sepas que, cuando esta mañana estalló la bomba en Givat Shaul, el estruendo se oyó perfectamente en el hospital. Me temo que no reaccionó bien.

—¿Cómo está ahora?

—Hace cinco minutos, cuando le dije que venías a verla, se puso contentísima. Pero con Leah... —El médico sonrió con tristeza y se puso en pie—. En fin, uno nunca sabe a qué atenerse.

Estaba sentada en su silla de ruedas en el jardín soleado, con una manta sobre los frágiles hombros y los muñones retorcidos de las manos anudados sobre el regazo. Gabriel besó el tejido cicatricial, firme y frío, de su mejilla y se sentó en el banco, a su lado. Tenía la vista fija al frente y la mirada perdida, como si no advirtiera su presencia. Gabriel ya había soportado periodos de catatonia como aquel. El primero duró trece años: trece años sin una sola palabra ni un pestañeo de reconocimiento de sus ojos oscuros. Había sido como intentar comunicarse con una figura de un cuadro. Él ansiaba restaurarla, pero no podía. Mujer en silla de ruedas, aquel óleo sobre lienzo, no tenía arreglo.

Gabriel abrió el bloc de dibujo y se puso a hojearlo.

—¿Qué te parecen? —preguntó ella de repente.

Él levantó la vista, sobresaltado. «¿Qué te parecen?». Eran casi las primeras palabras que le había dicho hacía mucho tiempo, cuando estudiaban juntos en Bezalel. Entonces, como ahora, él estaba hojeando su bloc de dibujo con evidente admiración, puede que incluso con un ápice de envidia. Ella estaba ansiosa por saber qué opinaba de su trabajo. Al fin y al cabo, era Gabriel Allon, el talentoso hijo único de Irene Allon, quizá la mejor pintora israelí de su generación.

—¿Y bien? —insistió.

—Estoy emocionado.

—Me costó un poco acostumbrarme. —Levantó la deformada mano derecha—. A volver a sostener el lápiz, quiero decir.

—No se nota.

Siguió pasando las páginas. Paisajes, vistas urbanas de Jerusalén, naturalezas muertas, desnudos, retratos de sus compañeros de hospital, de su médico, de su exmarido a la edad de treinta y nueve años. Era la edad que tenía Gabriel la noche en que un terrorista palestino llamado Tariq al Hourani colocó una bomba bajo su coche, en Viena. Fue Leah quien, al girar la llave de contacto, detonó el artefacto. La explosión mató a su hijo de corta edad, Daniel, a quien Gabriel había sujetado a la silla de seguridad un momento antes. Leah, a pesar de sufrir quemaduras y heridas catastróficas, sobrevivió. Desde entonces, los últimos minutos de su vida juntos se reproducían incesantemente en su memoria, como una cinta de vídeo en bucle. Estaba atrapada sin escapatoria en el pasado. Con Gabriel como compañero constante.

Sus ojos le recorrieron como si buscara un objeto perdido en los desordenados armarios de su memoria.

—¿Eres real? —preguntó por fin—. ¿O estoy teniendo alucinaciones otra vez?

—Soy real —le aseguró él.

—¿Dónde estamos, amor mío?

—En Jerusalén.

Ella levantó los ojos hacia el cielo despejado.

—¿Verdad que es preciosa?

—Sí, Leah —respondió él, y esperó la cantinela de siempre.

—La nieve absuelve a Viena de sus pecados. Cae sobre Viena mientras llueven misiles en Tel Aviv. —Volvió a fijar la mirada en él—. Esta mañana oí una explosión.

—Fue en una parada de autobús en Givat Shaul.

—¿Ha muerto alguien?

Era absurdo mentirle. Además, con un poco de suerte, no lo recordaría.

—Un chico de quince años.

Se le ensombreció el semblante.

—Quiero hablar con mi madre. Quiero oír la voz de mi madre.

—La llamaremos.

—Asegúrate de que Dani va bien abrochado en su silla. Las calles están resbaladizas.

—Está bien abrochado, Leah.

Gabriel desvió la mirada cuando ella abrió la boca, horrorizada al revivir la explosión y el incendio. Pasaron cinco minutos antes de que el recuerdo la liberara al fin.

—¿Cuándo fue la última vez que viniste? —preguntó.

—Hace un par de meses.

Ella frunció el ceño.

—Puede que esté loca, Gabriel, pero no soy tonta.

—No estás loca, Leah.

—¿Qué estoy, entonces?

—Estás enferma.

—¿Y qué hay de ti, amor mío? ¿Cuál es tu estado últimamente?

Gabriel sopesó su respuesta.

—Satisfactorio, supongo.

—Podría ser peor, te lo aseguro. —Le pasó un dedo por el pelo—. Pero necesitas un buen corte de pelo.

—Es mi nuevo yo.

—Le tenía mucho cariño al de antes. —Deslizó la yema del dedo por el puente de su nariz—. ¿Estás trabajando en algo?

—Un retablo de Il Pordenone.

—¿Dónde?

—En Venecia, Leah. Chiara y yo vivimos otra vez en Venecia.

—Ah, sí. Sí, claro. Dime, ¿tenéis hijos Chiara y tú?

—Dos —le recordó él—. Raphael e Irene.

—Pero Irene se llamaba tu madre.

—Mi madre lleva muerta muchos años.

—Tienes que perdonarme, Gabriel. No estoy bien, ya lo sabes. —Levantó la cara hacia el cielo. Otra vez se estaba alejando—. ¿Es guapa tu mujer?

—Sí, Leah.

—¿Te hace feliz?

—Lo intenta —contestó él—. Pero cuando cierro los ojos…

—¿Ves mi cara?

Gabriel respondió.

—Parece que padecemos la misma aflicción. —Bajó la barbilla y le miró de reojo, con astucia—. ¿Lo sabe tu pobre esposa?

—Hago lo que puedo por ocultárselo, pero lo sabe.

—Debe de estar muy resentida conmigo.

—Te quiere mucho.

—¿De verdad? —Leah trató de sonreír, pero la luz de sus ojos iba apagándose lentamente—. Quiero oír la voz de mi madre —repitió.

—Yo también —respondió Gabriel en voz baja.

—Asegúrate de que Dani va bien abrochado en su silla.

—Conduce con cuidado.

—Dame un beso, amor mío.

Se arrodilló ante la silla de ruedas y apoyó la cabeza en su regazo. Sus lágrimas le empaparon la bata.

—¿Verdad que es precioso? —susurró ella—. Un último beso.

Estaba oscureciendo cuando Gabriel regresó a Narkiss Street. Encontró a Ingrid tal y como la había dejado, encorvada sobre su portátil en la mesita de la cocina. No se había cambiado de ropa ni se había peinado, y no había indicios de que hubiera probado bocado en todo el día. De hecho, Gabriel tuvo la impresión de que no había apartado la vista de la pantalla en las siete horas y media que había estado fuera.

Ahora sí la apartó.

—Tienes un aspecto horrible —dijo.

—Lo mismo digo.

—Pero yo al menos tengo algo que mostrar. —Giró el ordenador y ajustó la pantalla—. La he encontrado.

—¿A quién? —preguntó Gabriel.

—A la chica muerta del pasado de Magnus Larsen.

27

King Saul Boulevard

Volver al redil, aunque fuera temporalmente, no era tan sencillo como pulsar un interruptor. Había que firmar documentos, hacer declaraciones y resucitar autorizaciones de seguridad inactivas. A tal fin, Gabriel tuvo que someterse a una sesión con los sabuesos de Seguridad, que todavía estaban furiosos porque hubiera visitado sin permiso la dacha de Serguéi Morosov en la Alta Galilea.

—¿Contactos recientes con extranjeros sospechosos? —le preguntó el inquisidor.

—Tantos que no puedo contarlos.

—Inténtelo.

—Un ladrón de arte, un falsificador, unos cuantos marchantes, un corredor de diamantes de Amberes corrupto, el jefe de una familia mafiosa corsa, una periodista de *Vanity Fair*, el jefe de seguridad del hotel Pierre de Manhattan, una violinista suiza, la heredera de una cadena de supermercados británica que intentó asesinar a su marido y los parroquianos habituales del Harry's Bar de Venecia.

—¿Y agentes de inteligencia extranjeros?

—Un amigo del MI6 que antes trabajaba como asesino a sueldo para el jefe de una familia mafiosa corsa.

—Ha olvidado mencionar a la danesa.

—¿Ah, sí?

—Creemos que debería meterla en un avión, jefe.

—Descuide, eso pienso hacer.

Los restantes formulismos de su regreso a la disciplina del servicio fueron menos conflictivos. Los médicos de la Oficina le sometieron a un chequeo riguroso y, pese a las heridas de bala y las vértebras fracturadas, le encontraron en muy buen estado de salud. El departamento de Identidad le proporcionó dos nuevos pasaportes falsos —uno israelí y otro canadiense— y Tecnología le dio otro teléfono Solaris y un portátil con la última versión del *malware* Proteus. Contabilidad hizo lo que hacía siempre: implorarle que controlara los gastos de la operación. Él respondió solicitándoles el reembolso de los gastos en los que ya había incurrido y advirtiendo de que habría más.

Rimona puso a su disposición un despacho vacío en la cuarta planta, pero, como era de esperar, él se fue derecho a la sala 456C. Aquella mazmorra subterránea y sin ventanas, que antaño había servido para arrumbar ordenadores obsoletos y trastos viejos, era ahora conocida en todo King Saul Boulevard como la Guarida de Gabriel. Al llegar, se encontró allí a Dina Sarid, la futura jefa de Investigación. Tenía la vista fija en la pizarra, que estaba cubierta con la impecable letra de Gabriel.

—Se me da bastante bien encontrar conexiones —comentó— y tengo que reconocer que estoy totalmente perpleja.

—Ya somos dos.

—¿Quién es Magnus Larsen?

—El CEO de DanskOil.

—¿Y Lukas van Damme?

—Un excientífico nuclear sudafricano al que tuvimos unos años en nómina.

Dina apoyó la punta de un dedo junto al nombre del presidente ruso.

—Este nombre lo conozco, claro. Y este también. —Se refería al nombre de un pintor holandés del Siglo de Oro, originario de la ciudad de Delft—. Pero ¿cuál es el vínculo entre ellos?

—¿Hay alguna posibilidad de que me ayudes a descubrirlo?

—Ahora mismo estoy hasta arriba de trabajo.

—¿Pero?

Sus ojos oscuros examinaron los nombres de la pizarra.

—¿Por dónde empezamos?

El gigante energético danés DanskOil tenía su sede en el barrio de Frederiksstaden, en Copenhague. El imponente edificio era uno de los más seguros de Dinamarca; más seguro incluso que la mayoría de las oficinas ministeriales danesas. Aun así, la red informática de la empresa no podía medirse con los piratas informáticos de la Unidad 8200, el servicio de telecomunicaciones del espionaje israelí. Se colaron por la puerta trasera al amanecer y a mediodía ya lo tenían todo bajo su control. Gabriel los orientó hacia la empresa mixta DanskOil-RuzNeft y hacia el ordenador y los teléfonos de su consejero delegado, Magnus Larsen.

Con todo, bastaba una simple búsqueda en Internet para obtener una montaña de información acerca de aquel personaje público. Magnus Larsen era un coloso, un titán, un creador de tendencias, un visionario. Era brillante y erudito, además de increíblemente guapo. En los vídeos promocionales de la empresa aparecía representado como un hombre de acción, nunca en la sala de juntas, siempre sentado a horcajadas sobre un oleoducto o en lo alto de una plataforma petrolífera. Magnus, el de la mandíbula cincelada y los penetrantes ojos azules. Magnus, el del pelo rubio al viento. No había nada que Magnus no pudiera hacer, ni reto que no hubiera acometido.

Cuando un periodista adulador le preguntó cómo se describiría a sí mismo, respondió que era «un hombre de negocios con alma de poeta». Coleccionista de libros raros, de algún modo había conseguido hacer hueco en su apretadísima agenda para publicar cuatro libros propios. El más reciente, *El poder del mañana*, había cosechado gran éxito de ventas en Escandinavia y dado pie a especulaciones sobre la posibilidad de que tuviera intención de presentarse a las elecciones. Magnus desestimó esos rumores calificándolos de risibles. Él estaba por encima de la política. Habitaba en un plano superior.

Era, además, extraordinariamente rico. Su último paquete retributivo anual había ascendido a veinticuatro millones de dólares. Su enorme casa de Hellerup, el barrio más exclusivo de Copenhague, daba al mar Báltico. Su esposa, Karoline, era una *socialité* y una mecenas de las artes con un don especial para conseguir que su foto saliera en los periódicos. Sus dos hijos, Thomas y Jeppe, eran considerados los solteros más codiciados de Dinamarca y parecían decididos a seguir siéndolo.

Magnus tenía detractores, sin embargo, sobre todo entre la izquierda ecologista. De cara a la galería, se mostraba preocupado por el calentamiento del planeta y la necesidad de transicionar hacia fuentes de energía renovables, pero en privado se le conocía por ser un escéptico del cambio climático que bromeaba con la idea de extraer hasta la última gota de petróleo y gas de las aguas territoriales danesas antes de que fuera demasiado tarde. «Puro humo», así era como calificaba el compromiso del Gobierno danés, anunciado a bombo y platillo, de alcanzar las emisiones cero para 2050. «Sin ánimo de hacer un juego de palabras», añadía.

Y luego estaban los que criticaban su atracción, aparentemente inexplicable, por todo lo ruso. Era de dominio público que hablaba ruso con fluidez, que conocía al presidente ruso y que tenía una mansión en el opulento barrio moscovita de Rublyovka, donde se codeaba con los oligarcas y la flor y nata del Kremlin. A diferencia de la mayoría de las compañías energéticas occidentales, que habían deshecho sus acuerdos con Rusia tras la invasión de Ucrania, DanskOil se había negado tercamente a renunciar a su alianza con RuzNeft, que representaba casi un tercio del petróleo de la compañía. Magnus argumentaba que era simple cuestión de resultados: desvincularse de Rusia supondría unas pérdidas de doce mil millones de dólares. Sus detractores, no obstante, se preguntaban si no habría algo más.

Se sabía que era muy maniático con su agenda, que su asistente personal de toda la vida, Nina Søndergaard, le organizaba en intervalos de quince minutos. La Unidad 8200 localizó en el ordenador de Nina la agenda y los números de los seis teléfonos móviles de Magnus. Su dispositivo principal era un iPhone. Gabriel lo atacó sirviéndose del programa Proteus y a media tarde ya estaba exportando todos los datos almacenados en su memoria: correos electrónicos, mensajes de texto, historial de navegación, metadatos telefónicos y datos de localización GPS. El teléfono pasó a ser además un transmisor de audio y vídeo, lo que permitió a Gabriel y Dina asistir a distancia a una reunión de la junta directiva de DanskOil.

Como la mayoría de los directivos modernos, Magnus Larsen utilizaba continuamente servicios de correo electrónico y mensajes de texto cifrados; en concreto, Proton Mail y Signal. También era muy aficionado a hacer fotos. Gabriel encontró numerosas instantáneas de Moscú y del campo ruso. Había, además, fotos de la élite empresarial rusa y de celebridades del Kremlin tomadas en reuniones informales. Maxim Simonov el Loco, el rey del níquel. Oleg Lebedev, también llamado Míster Aluminio. Yevgeny Nazarov, el sibilino y falaz portavoz del Kremlin. Arkadi Akimov, el acaudalado empresario petrolífero fallecido recientemente al precipitarse desde la ventana de un piso de la calle Baskov, en San Petersburgo.

Gabriel accedió asimismo al teléfono móvil del difunto anticuario de Copenhague Peter Nielsen, que arrojó un géiser de información parecido. Pidió más personal a Rimona, que a regañadientes le prestó a Mijaíl y a su esposa, Natalie Mizrahi, la única agente de inteligencia occidental que había logrado infiltrarse en las cerradas filas del Estado Islámico. Aun así, pronto se vieron desbordados por la llegada de casi cien mil páginas de archivos relativos a DanskOil, lo que obligó a Gabriel a tomar medidas de emergencia. Necesitaba a alguien que supiera interpretar un balance, distinguir una transacción limpia de una sucia y seguir el rastro del dinero. Por esa razón, y por muchas otras, levantó el teléfono y llamó a su viejo amigo Eli Lavon.

* * *

Nadie sabía cuándo llegó exactamente ni cómo consiguió entrar en el edificio, pero ese era su talento peculiar. Era un hombre fantasma, fácil de pasar por alto y de olvidar. Ari Shamron dijo una vez que Lavon podía desaparecer mientras te daba la mano. Exageraba, claro, pero solo un poco.

Lavon, al igual que Gabriel, era un veterano de la Operación Ira de Dios. En la jerga hebrea del equipo, era un *ayin,* un especialista en seguimiento y vigilancia. Después de que la unidad se disolviera, Lavon sufrió numerosos trastornos relacionados con el estrés; entre ellos, un estómago extremadamente voluble. Se afincó en Viena, donde abrió una pequeña agencia de investigación llamada Reclamaciones y Pesquisas de Guerra. Con un presupuesto muy reducido, consiguió rastrear millones de dólares en bienes expoliados durante el Holocausto y desempeñó un papel importante en la consecución de un acuerdo de indemnización multimillonario con la banca suiza.

Pese a lo que le aconsejaba la prudencia, aceptó ser el jefe del Neviot, la división de vigilancia física y electrónica de la Oficina, durante los cinco intensos años en que Gabriel ocupó el puesto de director general. Y el día de su jubilación, él se jubiló también. Arqueólogo de formación, planeaba pasar los últimos años de su vida hurgando en el suelo de Israel, en busca de su pasado remoto.

—Y ahora —dijo al tiempo que encendía un cigarrillo, a pesar de la conocida aversión de su viejo amigo por el tabaco—, aquí estoy otra vez, en este horrible armario para las escobas, delante de una montaña de documentos.

La mujer responsable de la repentina reincorporación de Eli Lavon a la Oficina pasó aquel día sola en Narkiss Street, pues las personas ajenas al servicio tenían terminantemente prohibido entrar en King Saul Boulevard. Durante las cuarenta y ocho horas siguientes, Gabriel apenas la vio: unos minutos por la mañana temprano y unos minutos por la noche. Él iba y venía de King Saul Boulevard con la mayor discreción posible, pero la noticia de su regreso rebotaba por todo el edificio. Naturalmente, abundaban las especulaciones. ¿Se arrepentía de haber renunciado al trono tan pronto? ¿Se hallaba en apuros su sucesora? ¿Necesitaba que la ayudara a manejar el timón? ¿Tendría algo que ver Shamron con todo aquello? Tal vez sí lo hubiera tenido, pero hacía mucho tiempo, cuando reclutó a un díscolo físico nuclear sudafricano llamado Lukas van Damme.

Gabriel estaba convencido de que la solución al enigma se encontraba en algún rincón del pasado de Van Damme. A los tres días de empezar su investigación, Dina halló pruebas que corroboraban esa hipótesis en los datos de localización almacenados en el teléfono de Magnus Larsen y en las copias guardadas de su meticulosa agenda diaria. Al parecer, Larsen había pasado casi una semana en Johannesburgo en agosto, estudiando la compra de una empresa minera sudafricana por parte de DanskOil. Había llegado allí en un vuelo chárter y se había alojado en el hotel Four Seasons. No le acompañaba ningún otro directivo de la compañía.

A su regreso a Copenhague, no se dirigió a la central de DanskOil, sino a la librería del anticuario Nielsen, donde permaneció casi dos horas. Razón más que suficiente, en opinión de Gabriel, para mantener una charla extraoficial con el consejero delegado. Pero ¿dónde? Una vez más, encontraron la respuesta en la agenda de Magnus. Por lo visto, el CEO de DanskOil asistiría a la Cumbre de la Energía en Berlín, diez días después. De hecho, tenía previsto pronunciar un discurso acerca del futuro energético de Europa en el mundo posguerra de Ucrania, al que seguiría una firma de libros.

Gabriel incluyó los planes de viaje de Magnus Larsen en la solicitud de hoja de ruta operativa que le entregó a Rimona aquella tarde a las seis y cuarto. Ella, analista de profesión, leyó el documento dos veces.

—Que conste —dijo al fin— que no tienes ninguna prueba de que el asesinato de Lukas van Damme esté relacionado con esa presunta octava bomba fantasma de los sudafricanos.

—En efecto, ninguna —reconoció Gabriel—, pero estoy seguro de que no le mataron solo por un cuadro.

—¿Y por qué iba a meterse una potencia nuclear avanzada como Rusia en una conspiración para conseguir dos trozos de uranio sudafricano enriquecido que tienen treinta años de antigüedad?

—Se me ocurren varias posibilidades, ninguna de ellas tranquilizadora. Pero estoy convencido de que Magnus Larsen está implicado.

—¿Y qué te hace pensar que puedes traerle a nuestro terreno?

—La chica muerta de su pasado.

Rimona sacó de la carpeta una fotocopia del pasaporte de Ingrid.

—Solo vas a tener una oportunidad de conseguir tu objetivo. ¿Seguro que quieres usarla a ella?

—Es perfecta.

—Al menos deja que pase un tiempo con los instructores.

—Eli y yo la adiestraremos en Berlín.

Rimona exhaló lentamente.

—¿Quién más?

—Mijaíl, Natalie y Dina.

Rimona dejó la carpeta en la bandeja de su mesa.

—Mientras estés en Berlín, quiero que me informes de todo, hasta de si pides comida libanesa. Antes de que la pidas, no después. Pedirás autorización para todo lo que hagáis. Si no, me vas a oír. ¿De acuerdo?

—De acuerdo.

Gabriel se levantó y se dirigió a la puerta.

—¿Por qué no has dicho mi nombre? —preguntó Rimona de repente.

Gabriel se volvió.

—¿Perdona?

—Cuando te he preguntado por el personal que necesitabas, has nombrado a todos los del antiguo equipo menos a mí.

—Ahora eres la jefa, Rimona.

Ella esbozó una sonrisa.

—La jefa que se cayó del patinete.

Gabriel salió a la antesala y pulsó el botón de llamada del ascensor privado de la directora.

—¡Y otra cosa! —gritó ella desde el despacho que antes había sido suyo—. ¡Nada de ir a Moscú!

28

Vissenbjerg

Si alguna ventaja tenía el inesperado regreso de Gabriel al mundo de los secretos era sin duda la posibilidad de utilizar los servicios de Viajes y Transporte, las dos unidades de la Oficina que se encargaban del tránsito seguro de los agentes operativos por aeropuertos y estaciones de tren de todo el mundo y les proporcionaban vehículos irrastreables cuando llegaban a su destino. Un Audi A6 sedán esperaba a Gabriel en el segundo nivel del aparcamiento del aeropuerto de Copenhague, con la llave pegada con cinta aislante dentro del hueco de la rueda trasera izquierda. Sacó la llave y, agachándose, revisó los bajos.

—¿Buscas algo en concreto? —preguntó Ingrid.

—Mis lentillas.

—No sabía que usabas lentillas.

—No las uso.

Desbloqueó las puertas y se sentó al volante. Al deslizarse en el asiento del copiloto, Ingrid frunció el ceño.

—Podrías haber alquilado un coche híbrido, ¿sabes?

—Soy veneciano. Tengo derecho a emitir.

—¿Y eso?

—No tengo coche, voy a todas partes andando o en transporte público y mi mujer es alérgica al aire acondicionado. Además, mi hija es una especie de activista climática radical. Me echa la bronca hasta si enciendo una cerilla. Mi mayor temor es que se pegue con pegamento a un cuadro en la Accademia.

Abrió la guantera. Dentro, envuelta en un paño protector, había una Beretta 92FS.

—Está claro que ser socio del club tiene sus ventajas —comentó Ingrid.

—Tengo un montón de puntos acumulados.

—¿Y para mí no hay pistola?

—Me temo que el reglamento de la Oficina prohíbe estrictamente la entrega de armas de fuego a personas ajenas al servicio. Además —dijo Gabriel—, solo vamos a hablar, no a disparar.

Se encajó el arma en la cinturilla del pantalón y desaparcó marcha atrás. Cinco minutos después circulaba en dirección oeste por la E20, hacia la luz cegadora del sol otoñal. Bajó el parasol y se quedó mirando un momento por el retrovisor.

—¿Nos están siguiendo?

—Hay varias decenas de coches con matrícula danesa detrás de nosotros. Está por ver si alguno de ellos es de la policía danesa o del PET.

—¿Cómo es posible que no te hayan retenido en el aeropuerto?

—Puede que sea porque viajo con pasaporte canadiense.

—¿Y si descubren que has vuelto al país?

—Mi amigo Lars Mortensen me echará una buena bronca. Una bronca monumental. Un espectáculo inolvidable.

—¿Cuándo piensas decirle que estás investigando a uno de los ciudadanos daneses más destacados?

—Se lo diré en el momento y el lugar que yo elija.

La autopista los condujo hacia el sur siguiendo la suave curva de la bahía de Køge. Gabriel tomó un breve desvío atravesando la localidad costera de Karlstrup Strand, un desvío que incluía una serie de giros sucesivos a la derecha.

Mientras tanto, Ingrid vigilaba por el retrovisor lateral.

—¿Y cuál es exactamente mi relación con tu servicio?

—Eres una colaboradora temporal. Vamos a utilizarte para una tarea específica y luego cada uno seguirá su camino.

—Supongo que habrás hecho averiguaciones sobre mí para asegurarte de que no soy un personaje turbio.

—Con el debido respeto, Ingrid, eres un personaje turbio.

—¿Eso significa que no te has molestado en investigarme?

—¿He dicho yo eso?

—¿Encontraste algo interesante?

—Muy poco, a excepción de lo de Skagen CyberSolutions. De hecho, eres un poco como ese ruso que intentó matarnos en Kandestederne la otra noche. Se diría que no existes.

—Poner tu foto en las redes sociales no es buena idea si te dedicas a esto.

—¿Nunca te han detenido?

—Nunca.

—¿Y no te buscan en ningún sitio?

—Sí, claro. Pero la policía busca otra versión mía, una equivocada.

—¿Cuántas hay?

—Uso más de una docena de aspectos e identidades diferentes, pero no todas son mujeres.

—Entiendo.

—¿Tú nunca lo has hecho?

—¿Hacerme pasar por otro? Constantemente.

—Por una mujer —contestó Ingrid.

—Una vez me hice pasar por cura católico. Pero, por una mujer, no, nunca.

Ella lo miró detenidamente.

—La verdad es que un poco pinta de cura sí que tiene, señor Allon.

—No hay nadie que se llame así en este coche.

—¿Cómo debo llamarte?

—¿Qué tal *herr* Klemp?

—¿Klemp? —Pareció horrorizada—. No, no, imposible.

—¿Qué tal *herr* Frankel, entonces?

—Mucho mejor. Pero ¿y el nombre de pila?

—¿Qué te parece Viktor?

—Había un pintor expresionista alemán que se llamaba así —dijo Ingrid—. Su hija sobrevivió a la guerra y se instaló en

Israel. Vivía en el kibutz de Ramat David. También era pintora. Se llamaba Irene Allon.

—Conocí a su hijo —repuso Gabriel—. Era un personaje muy turbio.

El sol era un disco naranja cuando cruzaron el altísimo puente del Gran Belt. La localidad de Vissenbjerg, de tres mil habitantes, quedaba más al oeste, a noventa kilómetros de allí. Era de noche cuando llegaron a su destino, una gasolinera Q8 con tienda, en un tramo deshabitado de carretera al norte del pueblo. Junto a la gasolinera había una cafetería con cuatro mesas al aire libre. Estaban todas desocupadas, igual que las del interior del luminoso local. Detrás del mostrador había una mujer de unos treinta años, con el pelo de color magenta, los ojos fijos en el móvil y cara de aburrimiento.

—Quizá debería hablar yo con ella —dijo Gabriel.

—¿Por qué?

—Porque las otras dos veces que has visitado el Jørgens Smørrebrød Café, has cometido delitos graves, incluido el robo de un iPhone 13 Pro que pertenecía a un marchante de libros raros asesinado.

—No hay pruebas de que fuera yo.

—Pero hay una testigo que sin duda le habló a la policía de una clienta que estaba trabajando en su portátil cuando las grabaciones de las cámaras de seguridad desaparecieron como por arte de magia.

—Puedo arreglármelas —le aseguró Ingrid, y salió del coche sin decir nada más.

Cuando entró en la cafetería, la mujer del pelo magenta que atendía el mostrador levantó la vista del teléfono y sonrió amablemente. La conversación que siguió pareció cordial. Gabriel pensó que tal vez se equivocaba y que la mujer no se acordaría de ella ni la relacionaría con el día en que falló la grabadora de las cámaras de seguridad.

Al cabo de un momento, la mujer puso sobre el mostrador una taza de café y un *smørrebrød*, un tentempié danés. Ingrid pagó en efectivo y se sentó en la mesa más próxima a la ventana, la misma mesa, observó Gabriel, que había ocupado la noche en que Grigori Toporov, del SVR, asesinó a Peter Nielsen y robó *El concierto* de Johannes Vermeer por tercera vez. Pero ¿por qué Grigori no había esperado a que Nielsen entregara el cuadro a su cliente, Magnus Larsen? ¿Por qué se había arriesgado a cometer un asesinato en plena calle, en un barrio de moda de Copenhague?

Se reprendió a sí mismo por tratar de encajar otra vez las piezas a la fuerza. Era preferible esperar a que una mano capaz le guiara. Rimona tenía razón: solo tendría una oportunidad de conseguir su objetivo. Una oportunidad de convencer a Magnus Larsen de que había obrado mal. No bastaría con apelar a su conciencia; Magnus, al parecer, no tenía conciencia. Gabriel tendría que destrozarle, hacerle pedazos y ofrecerle después una posibilidad de redención. La chica sería su aliada. La chica muerta del pasado de Magnus Larsen.

«Volodia señaló a la chica y la chica desapareció sin dejar rastro...».

Las dos mujeres del Jørgens Smørrebrød Café miraban absortas sus respectivos teléfonos. Ingrid tecleaba con ahínco, como si estuviera escribiendo un mensaje. Hizo una pausa y miró hacia atrás, hacia la mujer de pelo magenta, que al instante levantó la vista, sobresaltada. Ingrid envió otro mensaje, al que la mujer de pelo magenta respondió de inmediato. Intercambiaron otros dos mensajes. Entonces, la mujer de pelo magenta salió de detrás del mostrador y se sentó a la mesa de Ingrid.

Ingrid envió rápidamente otro mensaje. Un par de segundos después, Gabriel lo recibió en su teléfono.

Sale a las siete. Vete.

Gabriel tenía ante sí casi una hora de espera. La pasó al volante, recorriendo una y otra vez el mismo tramo de diez kilómetros de carretera desierta. Pasó ocho veces por delante de la pequeña área de servicio y otras tantas vislumbró a Ingrid sentada a la mesa del escaparate del Jørgens Smørrebrød Café junto a Katje Strøm, hermana gemela de Rikke Strøm, desaparecida desde septiembre de 2013.

Cuando a las siete en punto entró en el área de servicio, las luces del café estaban apagadas y el letrero del escaparate avisaba de que el establecimiento estaba cerrado. Un momento después se abrió la puerta y salió un hombre de unos cuarenta años, seguido poco después por Ingrid y Katje Strøm. El hombre se dirigió a un viejo utilitario aparcado fuera; Ingrid y Katje Strøm se acercaron al Audi alquilado de Gabriel. Ingrid se sentó delante; Katje, detrás. Encendió un cigarrillo y murmuró algo en danés.

—Frankel —respondió Ingrid—. Se llama Viktor Frankel.

29

Helnæs

Su madre era una inuit groenlandesa y su padre un pescador que, poco después de nacer las niñas, compró un terreno en la isla de Møn y probó a dedicarse a la agricultura. Cuando el negocio fracasó, se dio a la bebida. La madre se marchó cuando las niñas tenían doce años y regresó a Groenlandia. El padre se mató un par de años después en un accidente de tráfico en el que solo estuvo involucrado un coche. Los primeros agentes en llegar al lugar de los hechos dijeron que su sangre apestaba a *akvavit*.

Como ninguna de las niñas quería reunirse con su madre en Groenlandia, el Estado se hizo cargo de ellas hasta que terminaron la educación secundaria. Katje se quedó en Møn, pero Rikke se marchó a Copenhague, donde encontró trabajo como dependienta y camarera. Pasado un tiempo, entró a trabajar en Noma, la meca culinaria de Copenhague, un restaurante de tres estrellas donde servía a los ciudadanos más ricos de Dinamarca. Una noche, mientras volvía a la mazmorra que compartía con otras cuatro chicas, un hombre muy guapo que conducía un coche caro bajó la ventanilla y le preguntó si podía hablar con ella.

—Le dijo que se llamaba Sten y que trabajaba para un hombre rico y poderoso. Y que ese hombre rico y poderoso estaba interesado en conocerla. Le dijo que podía serle de gran ayuda. Conseguirle un trabajo mejor, quizá. Ya sabe cómo son esas cosas, *herr* Frankel.

—¿Mencionó por casualidad Sten el nombre de ese hombre rico y poderoso que quería conocer a su hermana?

—No —respondió ella—. Esa noche, no.

Habían aparcado en una playa desierta de la isla de Helnæs, no muy lejos del faro. Ingrid y Katje estaban sentadas en el capó del Audi bebiendo Carlsberg. Katje fumaba un cigarrillo detrás de otro, usando la colilla de uno para encender el siguiente. Tenía la falsa impresión de que *herr* Frankel era un periodista de investigación alemán que llevaba tiempo interesado en el caso de su hermana.

—¿Cómo respondió ella a la generosa oferta de Sten?

—Le mandó a la mierda.

—¿Sí?

—No por mucho tiempo. Un par de noches después, volvió.

Esta vez Rikke accedió a encontrarse con el rico y poderoso jefe de Sten en un piso de Nørrebro, el barrio de moda de la capital. Al poco tiempo vivía allí sola, sin pagar alquiler. Cuando Katje visitó a su hermana, se quedó impresionada. Los armarios y cajones estaban llenos de ropa elegante, la nevera bien provista de vinos caros y la cartera de Rikke repleta de dinero. Su reloj de muñeca era un Cartier. Y el diamante que lucía en el dedo pesaba como poco dos quilates.

—¿Cómo explicó ese cambio repentino de nivel de vida?

—Un trabajo nuevo.

—¿Dijo en qué consistía ese trabajo?

—Asistente personal de un empresario rico.

—Es una forma de decirlo.

—Eso mismo dije yo, básicamente.

—¿Cómo reaccionó ella?

—Me contó la verdad.

—¿Le dijo quién era su patrón?

—No, nunca. Me dijo que eso formaba parte del acuerdo.

—¿Secreto absoluto?

Katje asintió y abrió otra Carlsberg.

—Le dije a Rikke que estaba cometiendo un terrible error. Que acabaría como nuestra madre. Que era poco menos que una prostituta. —Lanzó la colilla a la oscuridad—. ¿Y adivina qué me contestó mi hermana?

—Imagino que la mandó a paseo y le dijo que no se metiera donde no la llamaban.

—Más o menos.

—¿Lo hizo usted?

—Al final, sí. Pero antes tuvimos una bronca tremenda. Terminó cuando sonó su teléfono y me dijo que me fuera inmediatamente. Fue la última vez que la vi.

Rikke se había aislado tanto que pasó bastante tiempo antes de que alguien la echara en falta. Finalmente, una antigua compañera de Noma acudió a la policía al ver que no respondía a sus muchas llamadas y mensajes, y la policía se puso en contacto con Katje. No, les dijo, hacía varias semanas que no tenía noticias de su hermana. ¿Sucedía algo fuera de lo normal en su vida? Que la mantenía un hombre rico y poderoso. ¿Sabía Katje cómo se llamaba ese hombre? No, contestó, Rikke se negaba a decírselo. Era parte del acuerdo que tenían.

Al transcurrir otra semana sin que diera señales de vida, la policía la dio por desaparecida y abrió una investigación. La noticia salió en televisión y en los periódicos, y se pusieron carteles por todo el país. Katje no podía ir a ningún sitio sin que la confundieran con su gemela desaparecida. Se puso mechas de color carmesí y púrpura en el pelo negro y empezó a maquillarse para ocultar sus ojos de inuit.

—Por primera vez en mi vida —dijo—, dejé de recibir insultos racistas.

Abandonada por su madre, huérfana de padre, perdida sin su hermana gemela, decidió empezar de cero en un lugar donde nadie hubiera oído hablar de ella. Eligió Vissenbjerg porque vio un anuncio de empleo para trabajar de camarera en el Jørgens. Tenía otros tres trabajos a tiempo parcial y colaboraba como voluntaria con un grupo llamado Enough, una asociación feminista dedicada a la prevención de la violencia contra mujeres y niños. Compartía una vieja granja con otras cinco mujeres. Todas ellas chicas extraviadas. Desechadas. Repudiadas por su familia. Jóvenes maltratadas por sus maridos y parejas. Violadas. Con cicatrices. Con marcas en los brazos. Entre sí nunca se decían una mala palabra. Nunca levantaban la voz. Nunca se peleaban. Formaban una familia. No tenían otro sitio adonde ir.

Katje, sin embargo, nunca se olvidó de Rikke ni se perdonó el no haberla sacado de aquel piso de Nørrebro. Llamaba a la policía cada viernes a las cinco de la tarde, sin falta, para preguntar si había alguna novedad en la investigación. La mayoría de esas llamadas no duraban más que un minuto o dos. Rikke parecía haber desaparecido sin dejar rastro.

—¿Y el hombre con el que se veía? —preguntó Gabriel.

—La policía me decía que no habían podido averiguar quién era.

—¿Cómo podía ser tan difícil averiguarlo?

—Eso mismo les decía yo, se lo aseguro.

Cuando se cumplía el décimo aniversario de la desaparición de Rikke, la policía danesa pidió por última vez la colaboración ciudadana para intentar encontrarla. Y, al no surgir nuevas pistas, le entregaron a Katje las últimas pruebas materiales que habían retirado del piso. Curiosamente, entre ellas no había joyas ni dinero. De hecho, el único objeto de valor era un libro antiguo.

—Eso me extrañó —explicó Katje—, porque mi hermana nunca había sido muy aficionada a la lectura.

—¿Por casualidad no lo tendrá aún?

—¿El libro? —Asintió—. Pensé en venderlo y donar el dinero a Enough, pero al final me lo quedé. La verdad es que es precioso.

—¿Qué libro es?

—*Romeo y Julieta*. —Katje Strøm sacudió despacio la cabeza—. Qué patético, ¿no?

No era en realidad una granja, sino una casa de campo escondida entre una densa arboleda, en la carretera entre Vissenbjerg y

Ladegårde. Ingrid esperó en la puerta mientras Katje entraba a buscar el libro. Otras dos mujeres esperaron con ella. Chicas extraviadas, pensó Gabriel. Desechadas. Violadas y maltratadas. Chicas con cicatrices.

Katje reapareció por fin llevando un libro encuadernado en piel. Se lo entregó a Ingrid, que le dio algo a cambio, algo que ella aceptó a regañadientes. Luego se abrazaron e Ingrid volvió al Audi. Esperó a que se alejaran de la casa para encender la luz del techo y abrir la cubierta de *Romeo y Julieta,* de William Shakespeare.

—Hodder and Stoughton, publicado en 1912.

—Supongo que no habrá recibo de compra.

—No, pero sí que hay un bonito marcapáginas de la tienda donde lo compraron. —Ingrid lo levantó y sonrió—. Nielsen Antiquarian, Strøget, Copenhague. —Metió el marcapáginas entre las hojas del volumen centenario y apagó la luz.

—¿Cuánto le has dado? —preguntó Gabriel.

—Todo lo que tenía.

—Ha sido muy generoso por tu parte.

—Ojalá hubiera podido darle más.

—Lo mismo digo —repuso Gabriel—. Empezando por el nombre del individuo que hizo desaparecer a su hermana sin dejar rastro.

—¿Cuándo piensas decírselo?

—En realidad, pensaba encargarle esa tarea a otra persona.

—¿En serio? ¿A quién?

—A Magnus Larsen.

30

Berlín

La casona daba a Branitzer Platz, en el frondoso barrio berlinés de Westend. Era maciza y señorial y estaba oculta tras un alto muro recubierto de hiedra. Tenía dos grandes salones, un comedor formal y cuatro dormitorios. Intendencia, la división de la Oficina que se dedicaba a adquirir y administrar los pisos francos, la había reservado para un día lluvioso. Y Gabriel, antes de salir de King Saul Boulevard, había informado de que se preveían aguaceros.

Dina Sarid llegó al día siguiente, cuando pasaban unos minutos de las nueve de la mañana. Había tomado el primer vuelo de El Al que salía de Ben Gurión con destino a Brandemburgo y, medio dormida, entró en la cocina en busca de café. Ingrid estaba apoyada en la encimera, taza en mano, mirando las noticias en el móvil.

Dina señaló la jarra vacía que descansaba sobre el calentador de la cafetera Krups.

—Se supone que tienes que hacer más café.

—¿Quién lo dice? —preguntó Ingrid sin apartar los ojos de la pantalla.

—El protocolo de los pisos francos. Todo el mundo lo sabe.

Ingrid sacó un paquete de Tchibo del armario y lo dejó en la encimera.

—Solo tienes que poner agua hasta el tope que marca la máquina y pulsar el botoncito.

Mijaíl y Natalie hicieron escala en Fráncfort y llegaron a primera hora de la tarde. Eli Lavon, tras pasar tres horas esperando en la pista del aeropuerto de Ginebra por culpa de una luz de cabina que fallaba, apareció por fin a las seis de la tarde. Dejó la maleta en la única habitación que quedaba libre —la más pequeña y oscura de la casa, como era de esperar— y se presentó a la nueva recluta.

—Tú debes de ser Ingrid.

—Debo de serlo —respondió ella.

—Gabriel me ha dicho que eres bastante buena en lo tuyo.

—Lo mismo dice de ti.

—Quiere que te enseñe algunos de nuestros métodos.

—La verdad es que prefiero hacer las cosas a mi manera.

Mientras cenaban comida tailandesa para llevar, empezaron a conocerse un poco mejor. Gabriel contó algunas anécdotas acerca de las muchas operaciones que habían compartido, todas ellas de dominio público, y dejó entrever los horrores de los que habían sido testigos y los peligros a los que se habían enfrentado. Quedó claro que no juzgaban a Ingrid por la vida que había escogido. La naturaleza de su trabajo los obligaba a menudo a infringir la ley y a recurrir de vez en cuando a los servicios de delincuentes profesionales, ladrones incluidos.

—Posees unas cuantas habilidades que te hacen especialmente idónea para la tarea que tenemos entre manos, pero ahora formas parte de un equipo operativo. Un equipo que se ha infiltrado en Berlín sin alertar al servicio homólogo. Por lo tanto, tienes que atenerte a ciertas reglas.

—¿Como cuáles?

—No debes salir de la casa sola o sin decirnos a dónde vas. Ni beberte nunca la última taza de café sin preparar otra cafetera. Hay cosas —añadió Gabriel con una sonrisa— que son sencillamente inadmisibles.

Ingrid se volvió hacia Dina.

—¿Podrás perdonarme alguna vez?

—Tráenos a Magnus Larsen y me lo pensaré —respondió Dina.

Magnus permaneció en la central de DanskOil en Copenhague hasta las siete y media de la tarde, con su iPhone intervenido siempre a mano. Llegó a su casa en la exclusiva zona residencial de Hellerup tras un trayecto de quince minutos por la costa del Báltico en un coche con chófer. Los perros se alegraron de verle, pero su esposa, Karoline, apenas se dio por aludida. Apenas hizo falta que Ingrid tradujera su tensa conversación durante la cena. El matrimonio Larsen no marchaba nada bien.

Estuvo trabajando hasta tarde y envió y recibió numerosos correos electrónicos y mensajes de texto. Solo uno estaba relacionado con Rusia, un misil teledirigido al vicepresidente de comunicaciones de DanskOil para que formulara una nueva estrategia con la que defenderse de la presión pública y política que les exigía disolver su acuerdo con RuzNeft. Se acostó a medianoche —sin decirle ni una palabra a Karoline— y a las cuatro de la mañana ya estaba otra vez en pie para su sesión de ejercicio matutino. Quince minutos en la cinta de correr. Quince minutos en la máquina de remo. Quince minutos de pesas. Quince minutos de paseo con los perros.

A las ocho estaba de vuelta en la sede de DanskOil, donde su jornada se desarrollaba en perfectos intervalos de quince minutos, programados y cronometrados por la diligente Nina Søndergaard. Poco antes de la hora de la comida, Nina le envió un borrador del itinerario de su inminente viaje a la Cumbre de la Energía de Berlín. Llegaría el martes por la mañana y se marcharía el jueves por la noche. Su discurso y su firma de libros estaban previstos para el miércoles a las cuatro de la tarde. Como muchos de los asistentes, se alojaría en el hotel Ritz Carlton de Potsdamer Platz. Cenaría con otros directivos del sector energético las dos noches y mantendría doce reuniones individuales, cada una de ellas de quince minutos de duración.

Como era de esperar, en todo el documento no había ni un solo minuto libre. Había, no obstante, un asunto personal del que Magnus quería ocuparse durante su breve estancia en Berlín: una visita a la tienda de antigüedades Lehmann, en Fasanenstrasse, el miércoles a las dos de la tarde. Una búsqueda en su cuenta de correo privada reveló que *herr* Lehmann había encontrado hacía poco una rara primera edición de *Muerte en Venecia y otros relatos* de Thomas Mann, Alfred A. Knopf, 1925. En muy buen estado, con la sobrecubierta original y una ligera restauración en la parte superior del lomo.

La cumbre se celebró en el Centro de Congresos de Berlín, en Alexanderplatz, en lo que antaño fue Berlín Este. La entrada costaba cinco mil euros y daba acceso a todas las conferencias y mesas redondas, así como al pabellón de *marketing* de la planta baja, que era donde de verdad se trabajaba en tales reuniones. Tres socios de LNT Consulting, una empresa de reciente creación con sede en Berlín, se inscribieron a ultimísima hora. Tecnología creó el sitio web de la empresa e Identidad se encargó de las tarjetas de visita. Mijaíl se haría pasar por el director general de la empresa, de origen ruso, y Natalie por su mano derecha. Las credenciales y la tarjeta de visita de Ingrid la identificaban como Eva Westergaard, la experta en tecnología de la información de la empresa.

También era una ladrona profesional a la que había que aleccionar antes de enviarla a una misión de campo con un equipo de agentes de inteligencia. La sometieron a un curso intensivo sobre los rudimentos del oficio, un oficio perfeccionado en los campos de batalla secretos de Oriente Medio y Europa y transmitido de generación en generación. Le enseñaron cómo caminar y cómo sentarse, cómo hablar y cuándo conservar la calma, cuándo contenerse y cuándo entrar a matar. Ella respondía que todo lo que le enseñaban era inútil o, peor aún, erróneo. Y cuando Mijaíl le llevó la contraria, le robó el reloj. Eli Lavon diría más adelante que había sido uno de los mejores juegos de despiste y prestidigitación que había visto en mucho tiempo.

Gabriel, que no dejaba nada al azar, la obligó a soportar varias horas de ensayo general con sus dos compañeros de LNT Consulting. Después, Eli Lavon la llevó a dar una vuelta por las calles de

Berlín para que aprendiera a escabullirse por las aceras. A los cinco minutos, le despistó en Friedrichstrasse e, incumpliendo el mandato de Gabriel, desapareció el resto de la tarde. Cuando por fin volvió al piso franco, llevaba varias bolsas llenas de ropa nueva.

—Unas cosillas para ponérmelas en el congreso —explicó.

También llevaba regalos para todos los miembros del equipo: pañuelos de Hermès para las mujeres y jerséis de cachemira para Gabriel, Mijaíl y Lavon, cada prenda con su caja y envuelta en papel de regalo. Aun así, Gabriel insistió en ver los tiques de compra.

—Me siento insultada.

—Eres una cleptómana.

—Soy una ladrona profesional, que es distinto. —Le dio los recibos—. ¿Satisfecho?

El viernes, Tecnología tenía el sitio web en marcha. Las tarjetas de visita llegaron al piso franco el sábado por la mañana, al igual que tres entradas con sus respectivas acreditaciones para asistir a la Cumbre de la Energía de Berlín 2023, una de ellas a nombre de Eva Westergaard, especialista en tecnología de la información de LNT Consulting. La señorita Westergaard opinaba que debía acercarse a su objetivo en la tienda de antigüedades Lehmann a las dos de la tarde del miércoles, pero Gabriel lo descartó. Había veinte minutos en coche desde Alexanderplatz a Fasanenstrasse. Era casi seguro que Magnus iría escaso de tiempo. De hecho, podía estar hablando por teléfono cuando llegara a la tienda y, de ser así, no podría entablar conversación con una desconocida.

No, el mejor momento sería la firma de libros. Ingrid dispondría como mínimo de uno o dos minutos para hablar con el objetivo, tiempo más que suficiente para que impresionara a un hombre con el historial de Magnus Larsen. Sin duda, al directivo le sería difícil resistirse a su encanto y su belleza. Quizá hiciera un hueco en su apretada agenda para invitarla a una copa o incluso a cenar. Y si cometía la imprudencia de ir a su casa en el barrio berlinés de Westend, se hallaría con una espantosa sorpresa. La chica muerta de su pasado. O, al menos, un facsímil casi perfecto.

31

Vissenbjerg-Berlín

El mensaje llegó mientras Katje Strøm preparaba un ramo de tulipanes y lirios en la floristería Blomsten de Vissenbjerg, el que más le gustaba de sus cuatro trabajos a tiempo parcial. Esperó a que el cliente saliera de la tienda para sacarse el teléfono del bolsillo de atrás de los vaqueros. El mensaje era de Ingrid Johansen, la amiga del periodista alemán que estaba investigando la desaparición de su hermana Rikke. Al parecer, había hecho un descubrimiento importante y quería saber si Katje estaba dispuesta a ir a Berlín para corroborar sus hallazgos.

Empezó a escribir un mensaje de texto, pero, llevada por un impulso, acabó llamando a Ingrid. Contestó al instante.

—¿Cuándo? —preguntó.

—Inmediatamente.

—No puedo.

—¿Por qué?

Porque era lunes y tenía turno de tarde en el Jørgens. Y porque el día siguiente era martes y a las ocho de la mañana tenía que estar en Spar para hacer el turno de mañana.

—Diles a tus jefes que te ha surgido una emergencia familiar.

—No tengo familia.

—Diles lo que sea, Katje, pero, por favor, ven a Berlín.

—¿Y cómo voy a llegar allí?

—Te recogerá un coche cuando salgas del trabajo.

178

Solo después cayó en la cuenta de que Ingrid no le había preguntado dónde estaba ni a qué hora acababa su turno en Blomsten. Y, sin embargo, cuando salió de la tienda a las dos de la tarde, había un coche esperándola junto a la acera de Østergade. Dentro había dos mujeres. Ambas eran morenas, pero la que conducía tenía la piel aceitunada de una inmigrante. La que ocupaba el asiento del copiloto la saludó en un inglés con acento alemán.

—Soy Dina —dijo—. Y esta es mi amiga Natalie. Trabajamos con Viktor.

—¿Qué quiere enseñarme?

—Es mejor que te lo explique él.

Pararon en su casa el tiempo justo para que hiciera una maleta y agarrara el pasaporte, y llegaron al aeropuerto de Copenhague en tiempo récord. Tenían asientos de primera clase en el vuelo de una hora a Berlín. En la terminal las esperaba un hombre alto, larguirucho y con la piel como de alabastro.

—Este es Mijaíl —dijo Dina—. Mijaíl, saluda a Katje.

Sonriendo, él las condujo al aparcamiento de corta estancia, donde esperaba su Mercedes sedán. Treinta minutos después, se detuvieron frente a una imponente casona rodeada por un muro. Katje supuso que estaban en Berlín, aunque no estaba segura. Era la primera vez que visitaba la ciudad.

—La casa de Viktor —explicó Dina.

—No sabía que los periodistas ganaran tanto dinero.

—Su padre era un industrial muy rico. Viktor eligió el periodismo para expiar los pecados de su padre.

Recorrieron los cuatro el camino del jardín hasta la entrada de la casa. Ingrid les abrió la puerta y, besando a Katje en la mejilla, la hizo pasar. El hombre al que ella conocía como Viktor Frankel esperaba en el salón. Le acompañaba un hombrecillo arrugado que parecía llevar toda su ropa puesta a la vez.

El hombrecillo desvió la mirada cuando su compañero se puso lentamente en pie. Los ojos de Frankel eran de un verde asombroso. Katje no se había fijado en ese detalle la noche en que estuvieron aparcados en la playa de la isla de Helnæs. Su acento, cuando

179

por fin habló, ya no parecía alemán. Sonó tan difuso e indistinto que Katje no consiguió ubicarlo.

—Perdóname —dijo—, pero me temo que te he engañado. No me llamo Viktor Frankel, sino Gabriel Allon. Y mis amigos y yo necesitamos tu ayuda.

A Katje aquel nombre no le decía nada.

—¿Qué queréis? —preguntó.

Él se lo explicó.

—¿Estás seguro de que es él?

—Tengo la sensación de que lo sabremos en cuanto entre por la puerta.

Katje se pasó la mano por su pelo de color magenta.

—Pero ya no me parezco a Rikke.

—No te preocupes —contestó Gabriel—. De eso se encarga tu amiga Ingrid.

Fue Katje quien le dio a la policía la foto que utilizaron para el cartel de persona desaparecida. La hizo impulsivamente el día que vio a su hermana por última vez. Rikke estaba de pie en la puerta del piso de Nørrebro. Tenía una sonrisa forzada, que no se reflejaba en sus ojos, y era evidente que estaba molesta con la persona que manejaba la cámara. Esa era la imagen que se había difundido en vallas publicitarias y farolas de toda Dinamarca. Así era como recordaba Katje el rostro de su hermana.

Pegaron una copia impresa de la foto en el espejo del cuarto de baño de arriba. Ingrid devolvió a Katje su color de pelo natural, negro azabache, y se lo cortó más o menos como lo llevaba su hermana. Para deshacer los cambios de su rostro solo tuvo que quitarle el espeso maquillaje de los ojos. Aunque habían pasado diez largos años, el parecido era sorprendente. Era la chica en la que Magnus Larsen se fijó una noche en Noma. La chica muerta de su pasado.

Aquella noche, la chica compartió una cena agradable con Ingrid y sus amigos del servicio de inteligencia israelí. Sus risas tranquilas y su relajada camaradería contrastaban vivamente con el ambiente que se respiraba en la mesa de Magnus Larsen cuatrocientos cincuenta kilómetros al norte de allí, en la acomodada zona residencial de Hellerup, en Copenhague. Magnus se quedó trabajando hasta tarde y a las cuatro de la mañana estaba otra vez en pie para cumplir con su rutina de ejercicio matutino. Cinco horas después se hallaba cómodamente sentado a bordo de un vuelo chárter, precipitándose sin saberlo hacia su perdición.

Los manifestantes partieron en columna desde la Puerta de Brandeburgo, encabezados por la adolescente sueca que era la nueva mascota del movimiento. Cuando llegaron a Alexanderplatz, eran ya cincuenta mil. Los dioses del petróleo y el gas, con sus abultadas cuentas bancarias y sus cotizaciones bursátiles estratosféricas, pasaban a su lado en cochazos de gasolina fingiendo que no los veían. Se hallaban en medio del año más rentable de la historia de su sector, un golpe de buena suerte propiciado por la guerra en la no tan lejana Ucrania. Como suele ocurrir, la desgracia humana les había procurado grandes beneficios.

Los estadounidenses acudieron en masa; los franceses, con estilo. Los saudíes vestían atuendo occidental; los británicos iban encapotados de gris. Había canadienses y brasileños, mexicanos e iraquíes, pero ni un solo ruso. Por primera vez desde que se celebraba la cumbre, no había representantes de las empresas estatales rusas de petróleo y gas. Todos coincidían en que el congreso salía ganando con ello.

La asistencia no se limitaba a los gigantes del sector, como Chevron y Shell. Había también delegaciones de centenares de empresas de servicios petrolíferos, perforadoras, prospectoras y fabricantes de plataformas y oleoductos. Y luego estaban los peces más pequeños de aquel mar, las empresas de consultoría que se promocionaban como observadoras de tendencias y solucionadoras de problemas, como LNT Consulting de Berlín, una empresa *boutique* que se dedicaba a asesorar a los productores de petróleo tradicionales sobre cómo efectuar la transición de los combustibles fósiles a las energías renovables.

Su delegación estaba formada por tres personas de maneras desenvueltas y aspecto llamativo: un hombre alto de ojos grises, de ascendencia rusa, una mujer que quizá fuera árabe y una bella danesa llamada Eva Westergaard. Eva deslumbró a la concurrencia en el café de la mañana, iluminó los *stands* del pabellón de *marketing* y fue el único tema de conversación tras el discurso inaugural del ministro de Energía alemán.

—Westergaard —dijo al poner una tarjeta en la zarpa que le tendía el exxonita de pelo cromado que se le acercó después del discurso—. Eche un vistazo a nuestra página web. Y avísenos si cree que podemos ayudarle.

La comida se sirvió en el patio acristalado. Mientras estaba en la cola del bufé, pasó a uno o dos metros de Magnus Larsen, el prestigioso consejero delegado de DanskOil. Magnus, al parecer, era la única persona en la sala que no se había fijado en ella. Estaba enfrascado en una áspera conversación con el presidente de BP PLC, que quería saber por qué DanskOil no había tenido la decencia de abandonar su alianza empresarial con RuzNeft.

—Y no me vengas con esa bobada de que tienes una responsabilidad para con tus accionistas —dijo el directivo de BP—. Nosotros perdimos veinticinco mil millones cuando dejamos plantada a Rusia.

—Pero a ti te salió bastante bien la jugada, ¿verdad, Roger? Te llevaste una buena prima.

—Vete a tomar por culo, Magnus.

El punto culminante de la sesión de la tarde fue el alarmante discurso acerca de las perspectivas económicas mundiales que pronunció un exsecretario del Tesoro estadounidense. El equipo de LNT Consulting se sentó en la quinta fila, dos por detrás del consejero delegado de DanskOil. Una vez concluida la jornada, salieron del centro de congresos y cada uno tiró por su lado. El CEO de DanskOil se fue a un cóctel que se celebraba en el histórico hotel Adlon; el equipo de LNT Consulting, a una casa señorial que daba a Branitzer Platz, en el barrio berlinés de Westend. Allí pasaron una velada apacible con la chica muerta del pasado del consejero delegado. Y volvieron a debatir la mejor manera de abordarle. La mujer que se hacía llamar Eva Westergaard estaba empeñada en hacerlo a las dos de la tarde en la tienda de antigüedades Lehmann de la calle Fasanenstrasse. Sus compañeros, en cambio, insistieron en que se atuviera al plan que habían trazado, guiados por sus muchas décadas de experiencia. El consejero delegado llegaría a la librería apurado de tiempo y sin duda se distraería con el volumen de Thomas Mann. La firma de libros posterior a su intervención sería el momento más propicio.

Así pues, la mujer que se hacía llamar Eva Westergaard pasó el resto de la tarde leyendo el nuevo libro del consejero delegado, que —tuvo que reconocerlo— no estaba nada mal. Lo llevaba en el bolso, con las páginas marcadas con etiquetas adhesivas, cuando a las nueve de la mañana siguiente llegó con sus compañeros a la Cumbre de la Energía de Berlín. Asistió con cara de póquer a una mesa redonda llamada «El petróleo como motor del cambio global», volvió a causar sensación durante el café de media mañana y escuchó con interés una ponencia acerca de la eficacia de la captura de carbono.

La comida comenzó en el patio a la una en punto. El exxonita de pelo cromado la invitó a acompañarle, pero ella prefirió sentarse con sus compañeros de LNT Consulting. Aproximadamente a la una y cuarto, se excusó y se fue sola en dirección a los aseos. Era casi la una y media cuando sus dos colegas, ambos veteranos agentes de inteligencia, se dieron cuenta de su error. Llamaron inmediatamente a la casona de Branitzer Platz y explicaron la situación.

—¿Qué quieres decir con que la habéis perdido?

—Que no está entre los presentes. Que ha desaparecido sin dejar rastro.

—No habrá sido capaz.

—Creo que sí, jefe.

Las llamadas frenéticas a su móvil no obtuvieron respuesta, pero a las dos y cuatro de la tarde se aclaró su paradero. Eli Lavon diría más adelante que había sido una de las captaciones más encantadoras que había oído en mucho tiempo.

32

Fasanenstrasse

El suelo estaba abombado y desgastado, la iluminación era tenue. Había libros en las estanterías, libros encima de las mesas, libros dentro de vitrinas y un solo libro —*Muerte en Venecia y otros relatos,* de Thomas Mann— sobre el escritorio de Günter Lehmann, único propietario de Antigüedades Lehmann. El anticuario miró a Ingrid sin pestañear a través de sus gafas montadas al aire. Llevaba un jersey de punto y un pañuelo de color burdeos. Tenía las mejillas coloradas por el roce del viento.

—¿Buscaba algo en concreto?

—La verdad es que quería echar un vistazo, si es posible.

—Por supuesto.

Ella posó la mirada en el volumen que descansaba sobre el escritorio.

—Está en muy buen estado.

—Lo siento, pero ya está vendido.

—Es una lástima. —Se acercó a una de las vitrinas—. Santo cielo.

Era una primera edición de *La casa de atrás*, la obra que más tarde se conocería como *El diario de Ana Frank.*

—Mire el que está al lado —sugirió Günter Lehmann.

Una primera edición del *Ulises* de James Joyce.

—¿De verdad está firmado? —preguntó Ingrid.

—Por *Jim* —respondió el librero.

Junto al libro de Joyce había un ejemplar de *La rebelión de Atlas,* de Ayn Rand. Y, al lado, uno de *Hermosos y malditos,* de F. Scott Fitzgerald.

—Uno de mis libros favoritos —comentó Ingrid.

Lehmann se levantó y abrió la vitrina.

—La cubierta está totalmente restaurada. —Puso el libro sobre el cristal—. ¿Tiene las manos limpias?

—Impecables. —Ingrid levantó la cubierta con suavidad—. Me da miedo preguntar el precio.

—Podría dejárselo en treinta y cinco. —Señaló el ejemplar de *Ulises*—. Ese cuesta millón y medio.

Sonó un timbre.

—Discúlpeme —dijo Lehmann, y volvió a su escritorio.

Se oyó el chasquido de una cerradura y a continuación el tintineo de una campanilla. Alguien entró en la tienda. Ingrid no se inmutó; estaba mirando la primera edición firmada del *Ulises.* Un millón, quizá, pensó. Pero solo un tonto pagaría un millón y medio.

De repente, la persona que acababa de entrar se puso a hablar con Lehmann. Algo acerca del asesinato de un marchante de libros raros en Copenhague. Una conmoción terrible para todos nosotros, decía. Peter era un amigo. Hice muchos tratos con él a lo largo de los años.

Ingrid abrió *Hermosos y malditos* por la primera página y se puso a leer sobre Anthony Patch. No levantó la vista hacia el recién llegado ni pareció percatarse de su presencia. Esperó a que se fijara en ella. Así era como se jugaba a aquel juego.

De momento, el recién llegado estaba embelesado con *Muerte en Venecia y otros relatos.* Las fotografías no le hacían justicia, dijo. Sí, claro que se lo llevaba. No podría vivir sin él.

Ingrid siguió hojeando las páginas del libro de Fitzgerald.

—Tengo una primera edición de *Gatsby* —dijo una voz retumbante detrás de ella.

Era la del recién llegado. Se había dirigido a Ingrid en alemán. Ella contó despacio hasta cinco y luego se volvió. Magnus, el de la mandíbula cincelada y los penetrantes ojos azules. Parecía demasiado grande para aquella sala.

—¿Cómo dice? —preguntó ella en el mismo idioma.

—*Gatsby* —repitió—. Tengo una primera edición. Fue una tirada muy pequeña, ¿sabe? Dos mil quinientos ejemplares, si no me equivoco.

—Qué suerte la suya.

Él señaló el ejemplar de *Hermosos y malditos*.

—¿Vas a comprar ese?

—Por treinta y cinco mil, no. —Cerró el libro—. Es demasiado caro para mí.

—Eres danesa —le informó él.

—Eso me temo, sí —respondió ella cambiando de idioma.

—Quizá debería presentarme. Me llamo…

—Sé quién es, señor Larsen. —Se sacó del bolso el ejemplar de *El poder del mañana*—. De hecho, voy a asistir a su conferencia de esta tarde.

—¿Estás en Berlín por la Cumbre de la Energía?

—La verdad es que vivo aquí.

—¿A qué te dedicas?

—Trabajo en una consultoría, una *startup* —contestó, y luego entró en más detalles.

—Estamos haciendo cosas increíbles con la eólica —afirmó Magnus Larsen el visionario—. Ahora mismo supone el diez por ciento de nuestro negocio, y va en aumento.

—Sí, lo sé. Siempre ponemos a DanskOil como ejemplo para el resto del sector. —Le tendió el libro—. Quizá pueda firmármelo ahora y así ahorrarme la molestia de hacer cola.

—No creo que tengas que esperar mucho.

—¿Significa eso que no va a firmármelo?

—Sí, si así puedo verte más tarde.

Ingrid volvió a guardarse el libro en el bolso y se dirigió a la puerta.

—No me has dicho tu nombre —dijo Magnus.

Ella se detuvo y se volvió.

—Eva.

—¿Eva qué más?

—Westergaard.

—Dame un momento para que pague esto, Eva Westergaard, y te llevo de vuelta al Centro de Congresos.

—No es necesario, de verdad, señor Larsen.

—Claro que sí. —Él señaló el ejemplar de *Hermosos y malditos*—. Ese también, Günter.

Ingrid intentó disuadirle, pero fue inútil. El indomable Magnus Larsen no quiso ni oír hablar del asunto. Ya estaba hecho, declaró. No había vuelta atrás.

—Pero son treinta y cinco mil euros.

—¿Te sentirías mejor si te dijera que lo cargo a mi cuenta de gastos de DanskOil?

—No, por Dios.

El libro descansaba sobre sus rodillas, envuelto en polipropileno, mientras cruzaban a toda velocidad el Tiergarten en el Mercedes alquilado de Magnus. Cuando llegaron al Centro de Congresos, Ingrid intentó marcharse de nuevo, pero él insistió en que le acompañara a la sala verde donde iba a prepararse para su intervención. Esta tuvo lugar, como estaba previsto, a las cuatro de la tarde, no en la enorme sala principal del Centro de Congresos, sino en un auditorio más pequeño de la primera planta. El público era respetable. Las observaciones de Magnus fueron bien acogidas. Ingrid se sentó en primera fila. Sus dos compañeros de LNT Consulting no asistieron.

Cuando llegó la hora de la firma de libros, esperó a que se acortara la fila para acercarse a la mesa. La dedicatoria de Magnus era amable pero no sugerente, nada que pudiera volverse en su contra más adelante.

—¿Adónde vas ahora? —le preguntó mientras enroscaba el capuchón de su pluma Montblanc.

—A casa.

—¿Con tu marido?

—Con mi gato.

—¿Puede tu gato arreglárselas solo una o dos horas?

—¿Tienes algo en mente?

El cóctel de la segunda noche de la cumbre, que se celebraba en la nueva y futurista sede del mayor conglomerado de medios de comunicación de Alemania. Se quedaron allí una hora.

—¿Tienes hambre? —preguntó él cuando se marchaban.

—Seguro que tienes planes.

—Los he cancelado. ¿Qué te apetece?

—Elige tú.

Eligió el Grill Royal. Ensaladas perfectas, filetes perfectos, una perfecta estrella de cine americana en la mesa de al lado. Mientras tomaban el café, llegaron las bromas juguetonas, el roce de manos, las delicadas negociaciones.

—No puedo —dijo ella.

—¿Por qué no?

—Porque la mitad de los asistentes a la cumbre se alojan allí. Pensarán que me acuesto contigo para conseguir unas migajas de negocio para mi empresita.

—¿Y es así?

—La verdad es que fueron los treinta y cinco mil que pagaste por la primera edición del Fitzgerald. —Sacó el libro del bolso y lo puso sobre la mesa, entre los dos—. ¿Cuál de las dos cosas eres tú? —preguntó.

—¿Hermoso o maldito? Algo intermedio, imagino. —Miró pensativamente su copa de vino. El hombre de negocios con alma de poeta—. Como todos, ¿no?

Branitzer Platz no era en realidad una plaza, sino una rotonda con un parquecito verde en el centro. Ingrid le indicó la casa al chófer de la limusina y Magnus la siguió cuando cruzó la verja. Ella tenía la llave en la mano cuando llegaron a la puerta. En el vestíbulo a oscuras, le permitió besarla una sola vez.

Luego le condujo a la penumbra del salón, donde una joven vestida de blanco estaba leyendo un ejemplar de *Romeo y Julieta* de William Shakespeare, Hodder and Stoughton, 1912. En bastante buen estado, con ligeros desperfectos en el lomo y algo desgastado.

33

Branitzer Platz

Se quedó paralizado un momento, callado y boquiabierto, mirando horrorizado la aparición que tenía ante sí. Por fin, giró sobre sus talones y vio a Mijaíl cortándole el paso hacia la puerta.

—¿Quién cojones eres tú? —preguntó en su tono más imperioso.

—Soy tu pasado, que por fin te ha dado alcance.

La enorme mano derecha de Magnus Larsen se cerró con fuerza.

—Yo que tú no lo haría —dijo una voz a su espalda—. Te aseguro que no saldrás bien parado.

Magnus se giró de nuevo y vio a Gabriel de pie junto al sillón donde Katje Strøm, hermana gemela de Rikke Strøm, desaparecida en septiembre de 2013, estaba sentada leyendo *Romeo y Julieta* de William Shakespeare.

El consejero delegado retrocedió asustado.

Gabriel sonrió con frialdad.

—Supongo que eso significa que no hace falta que me moleste en presentarme.

Magnus se quedó inmóvil y cuadró los hombros.

—¿No tienes nada que decir, Magnus? ¿Se te ha comido la lengua el gato?

Los penetrantes ojos azules centellearon de ira.

—No te saldrás con la tuya, Allon.

—¿Salirme con qué?

—Con este jueguecito que has montado, sea el que sea.

—Créeme, Magnus, no es un juego.

El danés miró a Ingrid.

—¿Quién es?

—Eva Westergaard. Trabaja para una consultoría energética llamada…

—¿Quién es? —repitió Magnus.

—Da igual quién sea —respondió Gabriel—. Lo que importa es lo que representa.

—¿Y qué es?

—La oportunidad de que hagas frente a esto como un asunto de espionaje y no como un proceso penal. Pero, si no aprovechas la ocasión que se te ofrece, saldrán a la luz todas las aguas residuales de tu vida despreciable. —Gabriel bajó los ojos hacia Katje—. Incluida ella.

—Sé quién es. Y no tuve nada que ver con la desaparición de su hermana.

—Eso es porque tu amigo Vladímir Vladímirovich te hizo el favor de encargarse del asunto. Eras tan importante para él que te asignaron un nombre en clave. Te llaman el Coleccionista. —Gabriel retiró de las manos de Katje el volumen de Shakespeare—. Sin duda, en referencia a tu pasión por los libros raros.

—¿Sabes cuántas veces me han tachado de agente ruso por mi amistad con Vladímir?

—Pero yo tengo los recibos —contestó Gabriel—. Incluido el de tu habitación en el hotel Metropol en 2003, cuando estabais negociando el acuerdo con RuzNeft.

Magnus se quedó callado un momento.

—¿Qué quieres de mí?

—Quiero que le cuentes a Katje qué fue de su hermana. Y luego vas a explicarnos tu reciente interés por comprar una empresa minera sudafricana. —Gabriel hizo una pausa y luego añadió—: Eso por no hablar de *El concierto* de Johannes Vermeer.

Magnus pareció incrédulo.

—¿Se puede saber de qué estás…?

—Te aconsejo que no sigas por ese camino —dijo Gabriel con calma.

Otro silencio, más largo que el anterior.

—¿Por qué voy a confiar en ti, nada menos?

—Porque soy tu única esperanza.

Magnus se miró la muñeca y frunció el ceño.

—Me falta el reloj.

Gabriel cruzó una mirada con Ingrid.

—Espero que no fuera muy caro.

—Un Piaget Altiplano Origin. Pero además tiene valor sentimental.

—¿Te lo regaló tu mujer?

—¿Karoline? No, por Dios. Fue un regalo de Vladímir. —Volvió a mirar a Ingrid—. ¿Quién es la chica, Allon?

—Tal vez debería dejar que sea la propia señorita Westergaard quien responda a esa pregunta.

Ingrid le devolvió el reloj a Magnus.

—Ah, ya —dijo él—. Eso lo explica todo.

34

Branitzer Platz

Cuando se hablaba del origen de Magnus Larsen, siempre se pasaba de puntillas por su infancia. Por sus maneras y su apariencia, se daba por sentado que era fruto de algún antiguo y próspero clan de Copenhague. Pero lo cierto era que había nacido en el seno de una familia de clase obrera en la localidad de Korsør, en la costa oeste de la isla de Selandia. Su padre hacía chapuzas y su madre no trabajaba. Ninguno de los dos abrió jamás un libro, y mucho menos lo leyó. De hecho, en casa de los Larsen no había ni un solo libro, salvo la guía telefónica y una Biblia vieja.

De algún modo, el joven Magnus se sobrepuso a las circunstancias de su nacimiento gracias a que tenía la cabeza formidablemente amueblada. Lector voraz y estudiante dotado, consiguió que le admitieran en la Universidad de Copenhague, donde estudió Ciencias Políticas e Historia Rusa. Luego se fue a Harvard a estudiar Gestión de Empresas. Entró en DanskOil en 1985 y quince años después, a los cuarenta, ascendió a consejero delegado.

La empresa era en aquel entonces rentable, pero distaba mucho de ser una de las principales del sector. Magnus decidió aumentar el volumen de negocio de DanskOil. Para ello necesitaba más petróleo, más del que podía extraerse de las aguas territoriales danesas. Encontró ese petróleo en Moscú en la primavera de 2003, cuando llegó a un acuerdo con el Kremlin para colaborar con la empresa estatal rusa RuzNeft.

—Y fue entonces cuando se me complicó la vida.

Estaba mirando el vaso de vodka que Ingrid le había puesto en la mano tras devolverle el reloj. Se habían sentado juntos en el feo sofá del salón. La primera edición de *Hermosos y malditos* descansaba sobre la mesa baja, delante de ellos. Natalie y Dina, que habían llegado tarde a la reunión, miraban a lo lejos, como figurantes en una escena de café. Eli Lavon parecía contemplar un tablero de ajedrez visible solo para él. Mijaíl se paseaba despacio de un lado a otro, como si esperara la hora de embarcar en un avión. Gabriel estaba de pie junto a Katje, que actuaba como testigo mudo de los acontecimientos.

—¿Recuerdas por casualidad su nombre? —preguntó Gabriel.

El CEO levantó la vista de su copa.

—¿Es necesario, Allon?

—Somos todos adultos, Magnus. Además, aquí estamos curados de espanto.

—Se llamaba Natalia. Era muy bella. Cometí un terrible error.

—Me han dicho que te enseñaron un vídeo en el cuartel general del FSB en Lubianka.

—Digamos que los rusos me informaron de lo que tenían en su poder. Si se hubiera hecho público, todo lo que había conseguido se habría esfumado en un instante.

Esperaba que todo acabara al cerrarse el desigual acuerdo entre DanskOil y RuzNeft, que su vida volviera a la normalidad, que no volvieran a recordarle el error que había cometido en la habitación 316 del hotel Metropol. Pero, durante un viaje a Rusia en el invierno de 2004, le dejaron claro que no iba a ser así.

—¿Quién te lo dejó claro?

—Konstantin Gromov. Por lo menos, así dijo que se llamaba. Pero estoy seguro de que era un seudónimo.

—¿Konstantin era el agente que te serviría de enlace con el SVR?

Magnus asintió.

—¿Qué te propuso?

—Una relación a largo plazo.

—Y tú aceptaste, por supuesto.

—¿Acaso tenía elección?

Se le encomendó la tarea de suministrar al SVR información empresarial y política sensible, así como nombres de posibles reclutas, y de favorecer los intereses rusos sobre los occidentales. Se convirtió en el flautista de Hamelin de una nueva *Ostpolitik,* siguiendo el guion que le escribía Moscú Centro. Se deshacía en elogios hacia el presidente ruso cada vez que tenía ocasión, incluso después del cruel asesinato de Alexander Litvinenko en Londres en noviembre de 2006. Varios amigos dejaron de hablarle. Su esposa, Karoline, que ignoraba lo sucedido en el hotel Metropol, pensaba que había perdido el juicio.

La presión de llevar una doble vida tensó más aún su matrimonio, que llevaba algún tiempo en crisis. Y cuando una noche Magnus se fijó en una hermosa mujer medio inuit en Noma, le encargó a su escolta de DanskOil que contactara con ella en su nombre.

—Al principio, ella se negó en redondo. Con bastante vehemencia —añadió con una sonrisa fugaz—. Pero finalmente accedió a verme y entablamos una relación. Yo le pagaba el alquiler y sus gastos, le compraba todo lo que quería y procuraba que siempre tuviera dinero de sobra. No le exigía exclusividad. Al contrario, la animaba a ver a otros hombres. Pero sí le exigí que nunca le dijera a nadie que estábamos juntos. Y ella aceptó no hacerlo.

—¿Cuánto duró esa relación?

—Casi un año. Yo trataba a Rikke con cariño y amabilidad, y creía que estaba contenta con nuestro acuerdo económico. Por eso me sorprendió tanto que de pronto me exigiera una suma importante por guardar silencio.

—¿Cuánto le diste?

—Un millón de coronas, unos cien mil dólares. Unas semanas después, me exigió otro pago, al que también accedí.

—¿Y cuando volvió a por más?

—Dio la casualidad de que yo estaba en San Petersburgo para asistir a una reunión en la sede de RuzNeft. Estando allí, tomé una copa con Konstantin Gromov. Se dio cuenta de que estaba preocupado por algo e insistió en que se lo contara.

—Y se lo contaste.

—No tenía nadie más a quien recurrir.

—¿Le diste el nombre de Rikke?

—No fue necesario.

—Porque la *rezidentura* del SVR en Copenhague ya sabía que te veías con ella.

—Sí.

—¿Y cuando desapareció?

—Supuse que estaría tumbada en alguna playa, disfrutando del dinero que le había dado. Pero cuando pasaron unas semanas sin que diera señales de vida, empecé a sospechar lo peor.

—Y, por supuesto, acudiste directamente a la policía danesa —dijo Gabriel.

—¿Y qué debería haberles dicho según tú, Allon?

—La verdad.

—No sabía la verdad. —Miró a Katje—. Debe creerme, señorita Strøm. Yo le tenía mucho cariño a su hermana, incluso después de que empezara a chantajearme. No tuve absolutamente nada que ver con su muerte.

—Con su desaparición —dijo Gabriel.

—No, Allon. Ella tiene derecho a saber la verdad. Sé que Rikke está muerta porque me lo dijo alguien que sabía de lo que hablaba.

—¿Quién?

Magnus tocó la esfera de su reloj Piaget.

—El jefe supremo.

Seis meses después de que su joven amante desapareciera del mapa, Magnus invirtió otros cinco mil millones de dólares en Ruz-Neft. De ese modo, su participación en la empresa aumentó hasta el veinticinco por ciento y se aseguró un puesto en el consejo de administración de la compañía rusa. Casi quinientos millones de esa inversión extra fueron a parar directamente al bolsillo del presidente ruso. Vladímir Vladímirovich recompensó a su preciado colaborador con una casa de seis millones de dólares en el opulento barrio moscovita de Rublyovka.

La esposa de Magnus fue de visita una vez, declaró que aquel lugar era grotesco y se negó a volver. Para Magnus, en cambio, la vida de oligarca ruso era embriagadora: las fiestas fastuosas, los aviones privados, los yates, las mujeres bellas... Sus amigos rusos empezaron a apodarle «camarada Larsenov». Igual que sus detractores occidentales. Inició una relación sentimental con una reportera de la NTV. Su matrimonio se vino abajo definitivamente.

—Karoline y yo tenemos lo que yo describiría como un matrimonio muy europeo. Ella hace su vida, que es bastante buena, debo añadir, y yo hago la mía. Por extraño que parezca, no fueron mis muchos devaneos y aventuras lo que acabó por alejarla de mí, sino mi amistad con Vladímir. Volodia fue la gota que colmó el vaso.

Magnus veía con frecuencia al presidente ruso cuando estaba en Moscú, normalmente en compañía de otros oligarcas y a veces solo. Uno de esos encuentros privados tuvo lugar en Novo-Ogaryevo, la dacha oficial del mandatario, el día en que firmó una ley que le permitiría permanecer en el cargo hasta 2036, lo que le convertía de hecho en presidente vitalicio.

—Al concluir la reunión, me dio un estuche envuelto en papel de regalo. —Levantó el brazo izquierdo—. *Para Magnus, de Vladímir.* Y luego me preguntó, como quien no quiere la cosa, si se sabía algo de mi joven amiga desaparecida. A mí no se me había ocurrido en ningún momento que pudiera estar al tanto de mi situación. Me llevé tal sorpresa que apenas conseguí articular palabra.

—¿Te dijo que Rikke había muerto?

—¿Vladímir Vladímirovich? Por supuesto que no. No hizo falta que me lo dijera. Solo me dedicó una sonrisa que parecía decir «Descuida, Magnus, ya nos ocupamos nosotros de tu problemilla por ti». No para protegerme, claro, sino para comprometerme tan completamente que estuviera dispuesto a hacer cualquier cosa con tal de que no me retirara su favor. Me estaba recordando que algún día me pediría que le prestara un servicio, una misión secreta extremadamente delicada. —Magnus bajó la voz y añadió—: Algo que nadie en su sano juicio haría jamás.

Lo que les condujo, poco antes de la medianoche, a *El concierto* de Johannes Vermeer, óleo sobre lienzo de 72,5 por 64,7 centímetros.

35

Branitzer Platz

Fue Konstantin Gromov, del SVR, y no Vladímir Vladímirovich, quien le dio la orden el 2 de agosto de 2022, seis meses después de la invasión rusa de Ucrania. El día anterior, Estados Unidos había anunciado el envío de ayuda militar a Ucrania por valor de otros quinientos cincuenta millones de dólares, incluida munición adicional para los lanzamisiles ligeros HIMARS que habían causado estragos en las líneas de abastecimiento y los puestos de mando rusos. El Kremlin había aplastado en gran medida el movimiento interior de oposición a la guerra, pero los oligarcas del círculo íntimo del presidente empezaron a mostrar su descontento a medida que el conflicto iba haciendo mella en la economía y en su lujoso tren de vida. La mayoría de las grandes compañías energéticas occidentales —entre ellas, ExxonMobil, Shell y BP— habían declarado su intención de abandonar sus acuerdos con empresas rusas. DanskOil, en cambio, se negó a sumarse a ese éxodo.

—¿Cómo se puso en contacto contigo Gromov?

—Igual que siempre, con un *email* informal que envió a mi cuenta privada hablándome de un libro que creía que me interesaría.

—¿Dónde os reunisteis?

—En Oslo.

—¿Y el encargo?

—Konstantin quería que viajara a Sudáfrica para negociar la

compra de una pequeña empresa minera infravalorada que estaba especializada en la extracción de tierras raras. Pensaba que sería interesante añadirla al balance anual de DanskOil.

—¿Cuál era el nombre de la empresa?

—Excelsior.

—¿Qué encontraré si la busco en Internet? —preguntó Gabriel.

—Un montón de referencias variadas, pero ninguna acerca de una empresa minera sudafricana. No fue más que una tapadera que inventó Konstantin para justificar mi viaje.

—¿Y cuál era el verdadero propósito de tu visita a Sudáfrica?

—Eso no me lo dijeron.

—Pero alguna idea tendrías, seguramente.

—No soy tonto del todo, Allon. —Magnus miró a la chica de blanco y dio un largo trago a su bebida—. No siempre, por lo menos. En todo caso, no tuve elección. Konstantin puso a mi disposición un presupuesto de mil millones de dólares y me ordenó que lo hiciera.

Una semana después voló a Johannesburgo y se registró en el Four Seasons. Había un mensaje esperándole. Llamó al número y un hombre que dijo llamarse Hendrik Coetzee le propuso quedar para tomar algo esa misma noche.

—¿Dónde?

—En el bar del hotel.

—Descríbele.

—Era el típico afrikáner. Alto, rubio, quemado por el sol.

—¿Edad?

—Unos sesenta y cinco.

—¿Un exmilitar?

—Espía, diría yo.

—¿Era el presunto propietario de esa empresa minera inexistente?

—Su representante.

—¿Sabía que actuabas como testaferro de los rusos?

—Desde el principio deduje por su actitud que sabía perfectamente quién me enviaba.

—¿Cuánto quería?

—Dos mil millones de dólares.

Sin embargo, en el transcurso de varias sesiones maratonianas, Magnus consiguió reducir el precio a mil millones, pagaderos a una empresa fantasma anónima registrada en Liechtenstein. El dinero procedería de las islas Caimán, de una cuenta controlada en secreto por el SVR. Tras recibir los fondos, Coetzee llevaría un contenedor al aeropuerto internacional de Pilanesberg, en la provincia sudafricana del Noroeste, donde estaría esperándolo un avión privado. Magnus ignoraba los pormenores relativos a la ruta o el destino del avión. Tampoco conocía la naturaleza exacta del material almacenado en el contenedor. El trato no incluía nada relacionado en modo alguno con él ni con su empresa. Tenía las manos limpias y la conciencia tranquila.

Pero, como era un negociador avezado, preveía algún escollo de última hora. Nada, sin embargo, podía haberle preparado para la asombrosa exigencia que le planteó el sudafricano.

—Quería un cuadro —dijo Gabriel.

—Pero no un cuadro cualquiera. Quería el cuadro robado más famoso del mundo.

—¿Qué le respondiste?

—Me reí en su cara. Y cuando dejé de reírme, le pregunté cómo se suponía que iba a encontrar un cuadro que llevaba más de treinta años desaparecido. Y entonces me dijo dónde podía estar.

—En la villa amalfitana de un acaudalado naviero y coleccionista de arte sudafricano llamado Lukas van Damme.

Magnus asintió.

—Si Coetzee lo deseaba tanto, ¿por qué no lo robó él mismo?

—Me dio a entender que era amigo íntimo de Van Damme desde hacía muchos años y que Van Damme sospecharía automáticamente de él si el cuadro desaparecía. Por eso no podía haber nada que vinculara el robo con Sudáfrica.

—¿Y cuando le contaste a tu supervisor del SVR lo que exigía?

—Me asignó mi siguiente misión.

—¿Organizar el robo de *El concierto* de Johannes Vermeer?

Magnus asintió.

—Lo que le permitiría al Kremlin afirmar con toda seriedad que no había tenido nada que ver con ese espantoso acuerdo.

—Yo no soy un profesional como tú, Allon, pero creo que la expresión que se usa en el oficio es «negación plausible».

—Pero ¿por qué iba a pensar Konstantin Gromov que un respetado directivo europeo del sector energético como tú tenía los medios para robar el cuadro desaparecido más valioso del mundo?

—Porque Gromov sabía que padezco un trastorno conocido como bibliomanía. Y sabía también que solía utilizar los servicios de un anticuario de Copenhague para hacerme con los libros que no podía obtener por medios legales.

—Un anticuario llamado Peter Nielsen.

—Creo que Peter se quedó aún más asombrado que yo —añadió Magnus—. También se mostró reacio a aceptar el encargo. Dijo que una cosa era birlar un ejemplar de Hemingway o Heller y otra muy distinta implicarse en el robo de un cuadro en territorio italiano.

—¿Cómo le convenciste para que cambiara de idea?

—Con treinta millones de euros. La mitad por adelantado, la otra mitad a la entrega. Le dije que contratara al mejor ladrón que encontrara. Que no podía haber absolutamente ningún error. —Lanzando una mirada a Ingrid, añadió—: Me dijo que conocía a alguien capaz de cumplir el encargo.

—¿Cuándo fue la siguiente vez que hablaste con él?

—La noche que llamó para decirme que el cuadro estaba en Dinamarca.

—Supongo que sabías que Van Damme había muerto.

—Sí, por supuesto.

—Debiste de alarmarte un poco.

—Es una manera de decirlo. Como te puedes imaginar, estaba ansioso por concluir la transacción.

—¿Cómo pensabas recoger el cuadro?

—No pensaba recogerlo. Le dije a Peter que un mensajero iría a buscarlo a su tienda.

—¿Y dónde tenía que llevarlo el mensajero?

—A la Embajada rusa. Se suponía que desde allí llegaría a Sudáfrica por valija diplomática.

—¿Y cuando te enteraste de que habían matado a Peter?

—Comprendí que Konstantin Gromov y el SVR estaban matando a cualquiera que tuviera relación con el cuadro.

—¿Y por qué harían algo así?

—No soy un profesional, pero… —Posó la mirada en el ejemplar de *Hermosos y malditos*.

—¿Cuál de las dos cosas eres, Magnus?

—Eso dejaré que lo juzgues tú. —Apuró lo que quedaba del vodka—. ¿Y ahora qué, Allon?

36

Berlín-Langley

Esa misma mañana, dos ciudadanos daneses —un hombre y una mujer— informaron a sus compañeros de trabajo y allegados de que iban a prolongar su estancia en Berlín cuarenta y ocho horas más. Él era el consejero delegado del mayor productor de petróleo y gas natural del país; ella vivía en el pueblecito de Vissenbjerg y tenía cuatro trabajos a tiempo parcial. Ambos mintieron en cuanto al motivo de su cambio de planes, y ninguno de los dos reveló su paradero: una casa señorial de Branitzer Platz, en el barrio berlinés de Westend.

El responsable de su confinamiento, el exespía israelí Gabriel Allon, resucitado desde hacía poco, salió del piso franco poco antes de que amaneciera y tomó un taxi para ir al aeropuerto de Brandeburgo. Unas doce horas y media después, un comité de la CIA le recibió en el aeropuerto internacional de Dulles. Eran casi las seis de la tarde cuando cruzó escoltado la emblemática entrada del primer cuartel general de la Agencia. Arriba, en la sexta planta, el director le miró con recelo unos instantes, como si tratara de decidir si era él de verdad o era un nuevo e ingenioso invento de la tecnología israelí.

—¿Se puede saber qué haces aquí? —preguntó por fin.

—Yo iba a preguntarte lo mismo.

—Mi presidente no me ha dejado muchas alternativas. ¿Cuál es tu excusa?

—Lo sabrás dentro de un minuto.

El director miró la hora.

—He quedado con mi mujer en McLean a las siete y media para cenar. ¿Hay alguna posibilidad de que llegue?

—No —contestó Gabriel—. Ninguna en absoluto.

Con su pelo revuelto, su bigote anticuado y su voz carente de energía, Adrian Carter no parecía el agente de inteligencia más poderoso del mundo. De hecho, se le podía confundir con un psicoterapeuta que se pasara el día escuchando confesiones de escarceos amorosos y frustraciones, o con un profesor de alguna facultad de humanidades de Nueva Inglaterra, de esos que defendían causas nobles y eran un incordio constante para el rector. Su apariencia inofensiva y su facilidad para los idiomas habían sido bazas muy valiosas a lo largo de su dilatada carrera, tanto en misiones sobre el terreno como en Langley. Sus adversarios y sus aliados tendían a subestimar por igual a Carter, un error que Gabriel nunca había cometido.

Habían trabajado juntos por primera vez durante una operación conjunta contra Zizi al Bakari, un multimillonario saudí que se dedicaba a financiar a terroristas. Su colaboración fue tan fructífera que a partir de entonces se repitió muchas veces. Gabriel había actuado voluntariamente como una especie de delegación clandestina de la Agencia, llevando a cabo operaciones que, por razones políticas o diplomáticas, Carter no podía acometer por su cuenta. De paso, se habían hecho grandes amigos. Nadie se alegró más que Gabriel de que Adrian Carter fuera nombrado al fin director de la Agencia. Solo hubiera deseado que hubiera ocupado antes el puesto. De ser así, su mandato de cinco años como director de la Oficina habría sido mucho menos problemático.

Aquella tarde, sin embargo, Gabriel llegó al cuartel general de la CIA como un ciudadano corriente con una historia extraordinaria que contar, una historia que comenzaba cuando aceptó emprender la búsqueda del cuadro robado más famoso del mundo y terminaba la noche anterior con el alarmante interrogatorio a un agente ruso apodado el Coleccionista. Adrian Carter, que no se asombraba fácilmente, le escuchó embelesado.

—¿Dónde está Larsen ahora? —preguntó cuando Gabriel concluyó su relato.

—Sigue en Berlín.

—¿Y no ha tenido contacto con el SVR?

—No, como no sea telepático.

—¿Y la tal Johansen?

A Gabriel le extrañó la pregunta, pero aun así contestó. La tal Johansen, dijo, también estaba a buen recaudo en Berlín.

—¿Qué piensas hacer con ella? —preguntó Carter.

—Le hice una promesa que pienso cumplir.

—¿Nada de policía italiana?

Gabriel asintió.

—¿Y Larsen?

—Magnus será pronto problema de los daneses. —Gabriel hizo una pausa y luego añadió—: Y tuyo, imagino.

Carter no le llevó la contraria.

—La cuestión es si le crees —dijo.

—Ha reconocido haber comprado uranio enriquecido sudafricano por orden de sus amos de Moscú. Un directivo danés no diría algo así en broma.

Carter juntó la punta de los dedos formando un triángulo y se acercó las manos a los labios con gesto pensativo.

—Cuando el Organismo Internacional de la Energía Atómica certificó que Sudáfrica había renunciado a sus armas nucleares, especificó que no tenía motivos para sospechar que el inventario de material fisible estuviera incompleto.

—Si el OIEA se hubiera molestado en interrogar a un físico nuclear llamado Lukas van Damme, quizá hubiera llegado a otra conclusión. Deberías dar por sentado que los rusos tienen en su poder la bala y la diana de un bomba rudimentaria de tipo cañón. Y luego deberías preguntarte por qué un país con seis mil cabezas nucleares modernas se toma la molestia de hacerse con ese material.

—Porque el material no puede rastrearse hasta los arsenales

rusos. Lo que significa que sería ideal para llevar a cabo una operación de bandera falsa en Ucrania que Vladímir Vladímirovich podría utilizar como pretexto para zanjar rápidamente la guerra con un ataque nuclear. —Carter frunció el ceño y añadió—: Si eso le interesara, claro.

—¿Y le interesa?

—La comunidad de inteligencia estadounidense ha llegado en general a la conclusión de que Vladímir Vladímirovich, pese a su decisión irracional de invadir Ucrania, es un individuo racional que no tiene intención de utilizar armas nucleares. Nuestros primos del Servicio Secreto de Inteligencia británico son de la misma opinión.

—¿Y qué opina el director de la CIA?

—Le preocupa el constante runrún nuclear que oye en la televisión rusa. Y le alarman algunas de las cosas que los asesores de seguridad e inteligencia más cercanos al presidente ruso, los llamados *siloviki,* le susurran al oído. Calificar a los hombres que rodean al presidente ruso de partidarios de la línea dura es quedarse muy corto, y eso es peligroso. El actual director del SVR es un sociópata inestable, o eso aseguran nuestros psiquiatras. Pero el verdadero problema es Nikolái Petrov, el secretario del Consejo de Seguridad ruso. Nikolái está completamente tarado. Es un ultranacionalista radical y un paranoico. Piensa que la guerra de Ucrania forma parte de una pugna más amplia entre los valores cristianos tradicionales y el Occidente decadente y homosexual. Cree que los ucranianos no son humanos y que Vladímir debería haber lanzado la bomba sobre Kiev hace mucho tiempo. Opina que Rusia puede ganar una guerra nuclear contra Estados Unidos. Nikolái, en definitiva —concluyó Carter bajando la voz—, me pone los pelos de punta.

—¿Y cómo sabe el director de la Agencia Central de Inteligencia lo que Nikolái Petrov le susurra al oído al presidente ruso?

—Fuentes y métodos —respondió Carter.

—¿Cuál de las dos cosas, Adrian?

El director de la CIA sonrió.

—Un poco las dos.

37

Langley

Carter levantó su teléfono y pidió un par de expedientes. Uno era el de Nikolái Petrov. El otro, el de un tal Komarovski. Se los llevó al cabo de un rato un joven agente muy formal, vestido con traje de Brooks Brothers y corbata a rayas. Las tapas de ambos dosieres tenían un reborde naranja característico y llevaban la etiqueta TOP SECRET/SCI, que indicaba que contenían información confidencial compartimentada, el grado más alto del sistema de clasificación estadounidense.

Carter abrió primero el expediente de Petrov.

—Nikolái empezó su carrera en el KGB, como todos, eso no es ninguna sorpresa. Pero lo que diferencia a Nikolái es que se formó en la oficina de Leningrado en los años setenta, junto con quien tú ya sabes.

—Vladímir Vladímirovich.

Carter asintió.

—Nikolái lleva con Vladímir desde el principio. Asumió el mando del Consejo de Seguridad en 2008, el mismo año en que su esposa, por razones que nunca se hicieron públicas, decidió suicidarse. Tiene su despacho en el Palacio del Kremlin, no muy lejos del de Vladímir. Teóricamente, desempeña más o menos la misma función que nuestro consejero de seguridad nacional. Pero en la práctica tiene mucho más poder. Los ministros de Asuntos Exteriores y Defensa dependen directamente de él, al igual que los directores de los tres principales servicios de inteligencia rusos. Nikolái Petrov es el segundo hombre más poderoso de Rusia y se le considera el sucesor más probable de Vladímir. Solo de pensarlo, no pego ojo por las noches.

Carter le entregó una fotografía, una imagen de satélite de una imponente mansión de estilo inglés rodeada de jardines cuidados con esmero. Los árboles estaban en plena floración. En la glorieta de entrada había aparcada una comitiva de tres vehículos.

—No está mal para un hombre que nunca ha trabajado en el sector privado —comentó Carter—. La casa está al oeste de Moscú, en Rublyovka, el barrio residencial de los oligarcas rusos y las élites del Kremlin.

—Y de algún directivo petrolero danés —añadió Gabriel.

—¿Has estado allí alguna vez?

—No he tenido ese placer.

—No es un municipio, en realidad —explicó Carter—. Es un conjunto de urbanizaciones cerradas, un poco como Florida, pero a orillas del Moscova. Petrov vive en una urbanización llamada Somerset Estates. La mayoría de sus vecinos son *siloviki,* así que las medidas de seguridad son muy estrictas.

—¿Y cómo se explica que un humilde funcionario público como Nikolái Petrov se pueda permitir una mansión que imita a una casa solariega inglesa en el barrio más caro del mundo?

—Porque Nikolái es un miembro destacado del círculo íntimo del presidente. De ahí que tenga acceso a oportunidades de inversión muy rentables que les están vedadas a los ciudadanos rusos de a pie. Le impusimos sanciones después de que los rusos entraran en Ucrania. Sus cuentas bancarias en Europa están congeladas y los franceses confiscaron su chalé en Saint-Jean-Cap-Ferrat. El resto de su fortuna se cuenta en rublos. La mayor parte está depositada en el TverBank, que también está sancionado. El pobre Nikolái estará pasando apuros.

—¿Cuánto dinero se calcula que tiene el pobre Nikolái?

—¿Al cambio de hoy? Cerca de tres mil millones. —Carter le pasó otra fotografía de satélite: la misma mansión de estilo inglés, desde otro ángulo. Señaló una ventana del primer piso—. Ese es su despacho. Es un poco adicto al trabajo, nuestro Nikolái. Suele salir del Kremlin sobre las nueve de la noche y luego trabaja desde casa hasta bien pasadas las doce.

—¿Quién lo dice?

—Su ordenador personal. —Carter extrajo otra fotografía del expediente de Petrov. Era un primer plano poco favorecedor de un hombre de unos setenta años con las mejillas hundidas. Las bolsas que tenía bajo los ojos indicaban que no dormía bien últimamente—. Cortesía de nuestros amigos de Fort Meade —explicó Carter.

Fort Meade, en la periferia de Maryland, era la sede de la Agencia de Seguridad Nacional.

—El ordenador en sí no contiene nada de valor —prosiguió Carter—. Pero la cámara y el micrófono nos permiten escuchar las llamadas que hace Nikolái a través de su teléfono seguro, incluidas las conversaciones con su amigo Vladímir Vladímirovich. La cámara también nos permite hacer fotos y vídeos del despacho. Este es el aspecto que tiene cuando Nikolái no está en medio.

La fotografía mostraba una silla y un diván, una lámpara de pie, una mesa auxiliar de hojas abatibles y una caja fuerte de aspecto ministerial.

—¿La combinación? —preguntó Gabriel.

—Veintisiete, once, cincuenta y cinco. O algo así —añadió Carter.

—¿Qué hay en la caja fuerte?

—Un día cualquiera, contiene numerosos documentos oficiales del Consejo de Seguridad, algunos de ellos confidenciales, otros bastante prosaicos. Ahora mismo, sin embargo, la caja fuerte de la mansión de Nikolái Petrov en Rublyovka contiene la única copia existente de la directiva 37-23\VZ del Consejo de Seguridad.

—¿Asunto?

—Resumiendo, es el plan de Rusia para utilizar armas nucleares con el fin de ganar la guerra en Ucrania.

—¿Quién lo dice? —preguntó Gabriel.

Adrian Carter abrió el segundo expediente.

Komarovski no era su nombre real. Era un nombre en clave, sacado de las páginas de *Doctor Zhivago,* la épica novela que Borís Pasternak publicó en 1957. Víktor Ippolitovich Komarovski, un lascivo abogado moscovita, era el antagonista de la novela. El hombre que se ocultaba tras aquel apodo era, en cambio, el agente ruso más importante de la CIA, tan importante que ni siquiera el presidente estadounidense, que aguardaba con impaciencia cada información que enviaba Komarovski, conocía su identidad.

En el argot de los servicios de inteligencia, Komarovski era un agente «acoplado», o sea, que era él quien había hecho el primer acercamiento. Carter no dijo dónde ni cómo se puso en contacto el ruso con la Agencia, solo comunicó que no había sido en Moscú. De hecho, el jefe de la delegación moscovita de la CIA desconocía su existencia. En Langley, solo cuatro personas conocían su identidad, y la lista de distribución de los datos que suministraba estaba formada por solo doce nombres. Gabriel, por razones que aún no comprendía, acababa de conseguir acceso a un club muy exclusivo.

El club al que pertenecía Komarovski era el círculo íntimo del presidente ruso, formado por oligarcas y altos funcionarios del Kremlin. Afirmaba ser el líder de una red de miembros de las élites rusas que se oponían a la guerra y a la perpetuación del presidente en el cargo. Solo pedía a Estados Unidos firmeza. Era esencial, dijo, que Estados Unidos y la OTAN proporcionaran a los ucranianos el armamento avanzado necesario para liberar cada palmo de suelo ucraniano, incluida la península de Crimea. Una derrota rusa en el campo de batalla, predijo, daría lugar a un malestar generalizado y obligaría al presidente ruso a dimitir.

Carter se mostró escéptico ante las predicciones de Komarovski, pero le impresionó la información que puso a su disposición y que permitió a Langley conocer cómo operaban el presidente ruso y los miembros de su círculo de confianza. A medida que la guerra se alargaba y que el número de bajas rusas en Ucrania se elevaba hasta niveles insospechados, a Komarovski empezó a alarmarle la posibilidad de que el líder ruso y los partidarios de la línea dura que le rodeaban estuvieran considerando usar armas nucleares tácticas para cambiar las tornas. El ataque, le aseguró Komarovski a su agente de enlace, no sería sorpresivo. Iría precedido por una crisis orquestada por el Kremlin, una crisis que serviría de pretexto a Rusia para utilizar armas nucleares por primera vez desde que Estados Unidos lanzara bombas atómicas sobre las ciudades japonesas de Hiroshima y Nagasaki en agosto de 1945.

—¿Un ataque de bandera falsa? —preguntó Gabriel.

Carter asintió.

—Al principio Komarovski pensó que sería algo pequeño. Algo que diera a los rusos una excusa para lanzar un par de obuses con cabeza nuclear contra el frente ucraniano y obligar a Zelenski a reconsiderar su postura. Pero cambió de opinión cuando oyó hablar de la directiva 37-23\VZ del Consejo de Seguridad.

Fue un miembro del personal del Consejo quien le informó de la existencia del documento. La fuente no había podido leer la directiva —solo había una copia y estaba en poder del secretario Petrov—, pero conocía su contenido. Era la planificación de una operación bautizada con el nombre en clave de Aurora, en recuerdo del crucero ruso que dio el pistoletazo de salida al asalto contra el Palacio de Invierno de San Petersburgo en noviembre de 1917. La directiva contemplaba múltiples escenarios acerca de cómo podía evolucionar la crisis nuclear prefabricada y cómo respondería Rusia, paso a paso, si Estados Unidos atacaba. El paquete de medidas de represalia incluía un ataque nuclear preventivo contra el territorio estadounidense.

—Fue en ese momento —prosiguió Carter— cuando Komarovski hizo su primera petición a la CIA.

—Robar la única copia existente de la directiva 37-23\VZ del Consejo de Seguridad.

Carter asintió.

—Incluso se ofreció a echarnos una mano.

—¿Cómo?

—Ayudándonos a acceder a la casa de Nikolái Petrov. Como puedes imaginar, me lo pensé muy seriamente. A fin de cuentas, ¿qué director de la CIA no querría saber exactamente cómo responderían los rusos si, pongamos por caso, destruyéramos sus fuerzas en Ucrania con un ataque convencional arrollador?

—¿Y?

—Komarovski dijo que necesitaba un equipo operativo que no llamara la atención en Rublyovka. Insistió mucho en que no enviáramos a americanos que parecieran americanos a simple vista.

—No es una petición descabellada, teniendo en cuenta que estáis ayudando a los ucranianos a matar hasta al último soldado del ejército ruso.

—Pero era un obstáculo muy difícil de superar, aun así. —Carter hizo una pausa—. Hasta que has aparecido tú y nos has puesto en bandeja el equipo operativo perfecto.

—¿Un directivo danés prorruso y una ladrona profesional? Carter sonrió.

—En este oficio uno se esfuerza por evitar la exageración, pero es posible que sean las dos únicas personas en el mundo que podrían lograrlo. Bajo tu supervisión, por supuesto.

—Mi intención era encasquetarte este asunto y volver a casa con mi mujer y mis hijos.

—Y ahora yo te lo estoy encasquetando a ti.

—Komarovski es agente tuyo. O sea, que eres tú quien debe dirigir la operación.

—Pero Magnus Larsen es tuyo.

—Se lo cedo a la Agencia. Es todo tuyo, Adrian.

—Has sido tú quien le ha atrapado. Y eres el único que puede conseguir que cambie de bando. Además, si no me falla la memoria, a tu servicio y a ti se os da bastante bien robar documentos secretos relacionados con la energía nuclear.

Gabriel guardó silencio. Se había quedado sin argumentos en contra.

—¿Cómo vas a dejar pasar la oportunidad de ayudarnos a evitar la Tercera Guerra Mundial? —insistió Carter.

—¿Y dices que no te gusta exagerar?

—No estoy exagerando, te lo aseguro.

Gabriel miró la fotografía de la caja fuerte del despacho de Nikolái Petrov.

—¿Sabes lo que ocurrirá si los pillan?

—Que pasarán los próximos años en una colonia penal rusa. Si tienen suerte.

—Lo que significa que uno de nosotros tiene que decirles la verdad a los daneses.

—Eso lo dejo en tus manos.

—¿Qué pasa con Komarovski?

—Esperaremos a tener noticias suyas.

—¿Y después?

—Dejaremos que él haga el siguiente movimiento.

38

Berlín

—Dile a Adrian que se busque a otro.

—Ya lo intenté. Dice que no hay nadie más.

—Es imposible hacer eso.

—Hay que hacerlo, Eli. No tenemos elección.

Se dirigían al centro de Berlín en medio de una lluvia torrencial. Lavon conducía el Mercedes Clase C. Gabriel iba a su lado, bien sujeto al asiento y con el cinturón puesto. Si Ari Shamron había convertido a Lavon en un artista de las aceras, era por un buen motivo: Eli era uno de los peores conductores del mundo.

—Quizá deberías encender el limpiaparabrisas, Eli. De verdad, hace maravillas con este tiempo.

El coche se desvió hacia el carril contrario de la carretera mientras Lavon buscaba el mando del limpiaparabrisas. Gabriel estiró el brazo y ajustó el rumbo.

—Prueba a girar la rueda del extremo del mando del intermitente.

Lavon le hizo caso y las luces del horizonte de Berlín cobraron nitidez de repente.

—¿Se te ha olvidado que fue Magnus Larsen quien negoció la compra del combustible nuclear para ese ataque de bandera falsa?

—Por eso precisamente es la persona ideal para arreglar el asunto.

—Es un agente ruso. Y no uno cualquiera, además —añadió Lavon—. Es el juguete privado de Vladímir.

—Ya no.

—¿Estás seguro?

—¿Escuchaste su interrogatorio?

—Con mucha atención. Y me pareció capaz de decir cualquier cosa con tal de salvar el pellejo.

—A mí me pareció un hombre que se está ahogando y que busca un salvavidas. Y yo tengo la intención de lanzarle uno.

—¿Qué te hace pensar que lo agarrará?

—*Kompromat* —repuso Gabriel.

—¿Y si acepta?

—Todos sus pecados le serán perdonados.

—Creo que yo aceptaría ese trato.

—Yo mataría por un trato así.

—Ese comentario no es muy acertado. —Lavon tomó la salida de Spandauer Damm—. La pregunta es si los daneses estarán dispuestos a aceptarlo.

—¿Por qué no iban a estarlo?

—Una chica muerta, un anticuario muerto y un destacado directivo que lleva veinte años trabajando para los rusos.

—Has olvidado mencionar al ruso que maté en Kandestederne.

—Delante de la casa de la ladrona profesional a la que pretendes enviar a Rusia.

—¿Adónde quieres ir a parar, Eli?

—A que hay ciertos escándalos que son demasiado grandes para barrerlos bajo la alfombra.

—Dime uno.

—El asesinato de un directivo de una compañía energética.

—Una cosa es cargarse a un oligarca disidente y otra muy distinta matar al consejero delegado de una compañía occidental de petróleo y gas.

—Pero ¿por qué va a viajar de repente a Rusia el consejero delegado?

—Porque ocupa un puesto en el consejo directivo de la petrolera estatal rusa RuzNeft. Al menos, de momento.

—¿Y la guapa joven que le acompañará?

—Esas cosas pasan, Eli.

—¿Qué le decimos a la señora Larsen?

—Lo menos posible.

Lavon se pasó el desvío de Branitzer Platz.

—Eres consciente de que el plan tiene un fallo grave.

—¿Solo uno?

—Komarovski.

—Los americanos parecen pensar que es capaz de andar sobre el agua —dijo Gabriel.

—Seguro que tienes alguna idea de quién puede ser.

—Por la descripción que me hizo Adrian, yo diría que es un empresario inmensamente rico.

—Lo que reduce considerablemente las posibilidades. Pero si realmente está conspirando contra Vladímir y trabajando para la CIA, ¿por qué sigue vivo?

—¿Quién dice que lo esté?

—¿Y si no es así?

—Vladímir Vladímirovich, acorralado y humillado, ordenará el uso de armas nucleares tácticas en Ucrania. Y entonces…

Lavon levantó el pie del acelerador.

—Creo que me he pasado el desvío.

—Sí, Eli. Tres calles más atrás.

Gabriel empezó su carrera como asesino, pero muchos de sus mayores triunfos no los había conseguido con un arma, sino mediante el poder de su voz. Había convencido a esposas de que traicionaran a sus maridos, a padres de que traicionaran a sus hijos, a agentes de inteligencia de que traicionaran a su país y a terroristas de que traicionaran sus ideales y hasta los preceptos de su dios. Comparado con todo eso, conseguir que Magnus Larsen, consejero delegado de DanskOil, traicionara a sus titiriteros rusos fue una tarea mucho menos ardua.

Las negociaciones tuvieron lugar en el comedor del piso franco, con Eli Lavon como único testigo. Magnus abordó el asunto como si se tratara de un simple acuerdo comercial. Quería garantías por escrito de que no se enfrentaría a imputaciones penales y de que no habría ninguna filtración a la prensa relativa a su conducta pasada. Gabriel no accedió a ninguna de las dos peticiones. Le correspondía al Gobierno danés, explicó, determinar si el consejero delegado debía responder ante la justicia. No obstante, confiaba en poder convencer al director del PET de que hiciera la vista gorda. En cuanto a las filtraciones a la prensa, Magnus podía estar seguro de que no las habría por su parte ni por parte de la CIA, a menos, claro está, que obedecieran a algún propósito operativo.

—¿Y el acuerdo DanskOil-RuzNeft?

—Ha llegado la hora, Magnus.

—Renunciar a doce mil millones de dólares dañará gravemente mi cuenta de resultados. Y el precio de mis acciones.

—Eso deberías haberlo pensado antes de invertir ese montón de dinero en una empresa petrolera propiedad del Kremlin.

—No fue decisión mía.

—Y esta vez tampoco lo será.

Acto seguido, Gabriel le recitó una serie de reglas básicas inviolables. Debía llevar su teléfono encima en todo momento e informar inmediatamente de cualquier contacto con su enlace del SVR o con cualquier otro ciudadano ruso. Además, debía reservar dos horas cada noche para dedicarlas al entrenamiento y la planificación. No debía decirles nada sobre sus actividades ni a su mujer ni a sus hijos. Cualquier intento de ocultar sus comunicaciones, interpersonales o electrónicas, sería interpretado como una señal de que su lealtad se había inclinado nuevamente del lado de Moscú.

—Por mi lealtad no tienes que preocuparte, Allon. Ahora estoy contigo.

—Pero durante los últimos veinte años has estado con ellos. Lo que significa que siempre dudaré de con quién estás de verdad. —Gabriel señaló la esfera del reloj Piaget—. Y, además, resulta que eres muy amigo del presidente ruso.

—Igual que varios miembros de su círculo de confianza, incluido Nikolái Petrov. Por eso soy la única persona en el mundo que puede llevar a cabo esta operación.

—¿Le conoces bien?

—¿A Petrov? Dudo que nadie le conozca realmente, a excepción de Vladímir, claro. Pero nos tuteamos y él me llama «camarada Larsenov».

—¿Se supone que eso debe tranquilizarme?

—Pues sí, de hecho. Nikolái no se fía de nadie, y menos aún de los occidentales. Pero de mí desconfía menos que de la mayoría.

—¿Y eso por qué?

Magnus sonrió con amargura.

—*Kompromat*.

El consejero delegado regresó a Copenhague a primera hora del día siguiente a bordo de un vuelo chárter, acompañado por Mijaíl y Natalie. Katje Strøm hizo el viaje en un avión comercial con Dina y Eli Lavon, y a mediodía ya estaba detrás del mostrador del Jørgens Smørrebrød Café, esquivando amablemente las preguntas de compañeros y clientes sobre su nuevo peinado. Gabriel, en cambio, decidió quedarse un día más en Berlín. Tenía una tarea que proponerle a la nueva agente de su peculiar equipo operativo. Una misión extremadamente secreta y peligrosa que la llevaría al oscuro corazón de una Rusia enloquecida. Algo que nadie en su sano juicio haría jamás.

39

Dübener Heide

—Teníamos un trato, señor Allon.

—¿Ah, sí?

—Inmunidad absoluta a cambio de información conducente a la recuperación de *El concierto* de Johannes Vermeer. Puedo mostrarte la carta, si quieres.

—No es por ponerme quisquilloso, pero en realidad no hemos recuperado el Vermeer.

Se acercaban a Potsdam por la B1. Gabriel conducía con una mano apoyada en el volante, mirando de tanto en tanto por los retrovisores por si veía algún indicio de que los seguían los alemanes o los rusos. Ingrid miraba por la ventanilla.

—Soy una ladrona. Robo joyas y dinero, y antes, hace mucho mucho tiempo, robaba algún que otro libro raro para mi amigo Peter Nielsen. Pero no robo documentos secretos del Gobierno ruso.

—En realidad, solo queremos que los fotografíes.

—¿En el despacho de Nikolái Petrov? ¿Mientras está en el piso de abajo?

—Hace poco, te introdujiste en una cámara acorazada oculta y protegida por una cerradura biométrica y le quitaste tranquilamente el bastidor al cuadro desaparecido más valioso del mundo.

—Pero llevaba una Glock 26 en el bolso y el dueño de la finca estaba dormido como un tronco. Además, si por algún motivo me hubiera pillado, no estaba en condiciones de denunciarme a las autoridades italianas. Era un trabajo de bajo riesgo.

—Con consecuencias potencialmente catastróficas.

—Pero yo eso no lo sabía cuando acepté el encargo. Pensé...

—Que sería una forma fácil de ganar diez millones de euros.

Ingrid frunció el ceño.

—Para que lo sepas, me quedé solo con un millón del adelanto que me dio Peter. Los otros cuatro millones los doné anónimamente a obras benéficas.

—Entonces, ¿por qué lo haces?

—¿Robar? Porque disfruto haciéndolo.

—Conque eres de ese tipo de ladrones, ¿eh?

—Supongo que sí.

—¿Cómo empezaste?

—Como suele empezarse. Golosinas en la tienda del barrio. Dinero del bolso de mi madre.

—¿Nunca se dio cuenta?

—Sí, claro. Por desgracia, me encerró en mi habitación con la única compañía de mi ordenador portátil. Ella pensaba que estaba haciendo deberes. Y en cierto modo así era.

—Te estoy ofreciendo una salida, Ingrid.

—Muy considerado por tu parte. Pero no te la estoy pidiendo.

Gabriel tomó el desvío hacia la autopista E51 y puso rumbo al sur.

—Puede que esté planteando mal este asunto —dijo.

—Desde luego que sí.

—¿Y cuál sería la forma correcta de plantearlo?

Ella le miró de reojo.

—Explícame cómo me comunicaría contigo sin que se enteraran los rusos.

—Mediante Génesis.

—¿Qué es eso?

—Lo creó la misma empresa israelí que diseñó Proteus. La versión actual funciona casi igual que un iPhone 14 Pro Max normal y corriente y tiene prácticamente la misma apariencia. Pero el Génesis actúa además como un transmisor satelital seguro.

—¿Cómo?

—Solo hay que redactar un mensaje de texto dirigido a un número de teléfono concreto grabado en la lista de contactos, y el teléfono lo incorpora a la última fotografía que has hecho y lo envía de forma segura al satélite. Cuando el mensaje sale de tu Génesis, el *software* elimina cualquier rastro de su existencia y así no tienes que preocuparte de limpiar después.

—¿Qué pasaría si los rusos se hicieran con él?

—Lo sometimos a un examen brutal y ninguno de nuestros técnicos fue capaz de detectar el *software*.

—¿Y si los rusos decidieran abrir el chasis?

—Encontrarían gran cantidad de tecnología israelí que sin duda intentarían replicar mediante ingeniería inversa. Por lo tanto, es fundamental que nunca pierdas de vista tu Génesis.

—Todavía no he aceptado. —Se estaba quitando el esmalte de la uña del pulgar—. Los rusos saben qué aspecto tengo.

—Qué aspecto tiene una de tus versiones —puntualizó Gabriel—. Pero me han dicho que hay varias más. Además, el último sitio donde esperarían encontrarte es al lado del camarada Larsenov.

—También saben mi nombre.

—Eso se arregla con una identidad y un pasaporte nuevos.

—¿Dónde voy a conseguir un pasaporte danés nuevo?

—Del director del PET, ¿dónde va a ser?

—¿Y cuando el director de la inteligencia danesa pregunte cómo es que nos conocemos?

—No tendré más remedio que contárselo todo.

—Si haces eso…

—Tu carrera como ladrona se habrá acabado oficialmente. Pero no te preocupes, te espera un nuevo comienzo en DanskOil.

—¿En una empresa de combustibles fósiles? Prefiero la cárcel.

Gabriel exhaló un profundo suspiro.

—En serio, hay que hacer algo con tus convicciones políticas.

—Mis convicciones políticas no tienen nada de malo.

—Eres una socialdemócrata *woke* y una ecologista radical.

—Igual que tú, por lo que estoy viendo.

—Pero yo no me acuesto con Magnus Larsen.

—Ni yo tampoco, que quede claro.

—Aun así, Magnus nunca se liaría con alguien como tú. Y mucho menos te presentaría a sus amigos rusos. Tienes que convertirte en un miembro con carné de la extrema derecha europea partidaria del Kremlin.

—¿En una cretina, quieres decir? —Hizo como que se lo pensaba—. ¿Sabes?, no estaría metida en este lío si no le hubiera robado el dichoso teléfono a Peter.

—O si no hubieras robado el Vermeer —añadió Gabriel.

—O las joyas y el dinero de tu casa en Kandestederne. Pero fue divertido, ¿verdad? —Se quedó callada un rato. Luego preguntó—: ¿Cómo funciona la cámara del Génesis?

El bosque y los brezales de Dübener Heide se hallaban a cien kilómetros al sur de Potsdam, en el estado alemán de Sajonia-Anhalt, entre los ríos Elba y Mulde. En el centro de la reserva natural había un hotelito. Gabriel e Ingrid almorzaron en el comedor y luego tomaron una senda que se adentraba en un espeso hayedo.

—¿Vienes aquí a menudo? —preguntó Ingrid.

—Antes sí, hace un siglo.

—¿Por qué?

—Pronto lo verás.

Siguieron el camino por espacio de unos dos kilómetros y tomaron luego una vereda que desembocaba en un pequeño claro. Gabriel se quedó inmóvil un momento, aguzando el oído. A su alrededor, el bosque guardaba silencio. Estaban solos.

Se adentró unos veinte pasos en el claro y se detuvo frente a un haya de tronco grueso. En el bolsillo de la chaqueta llevaba una ficha de cartulina y una chincheta que había traído del piso franco. Apoyó la ficha en la corteza blanca, a la altura del corazón, y la clavó con la chincheta.

Ingrid le observaba con curiosidad desde el otro lado del claro. Gabriel regresó a su lado y le entregó su Beretta.

—¿Un disparo desde esta longitud entra dentro de tu repertorio?

Ingrid frunció el ceño, dejó el bolso sobre la tierra húmeda y empuñó el arma con las dos manos, a la altura de los ojos, como si cumpliera las instrucciones de un manual. Disparó un solo tiro, que fue a dar en la esquina superior derecha de la ficha.

—No está mal —comentó Gabriel—. Pero esto no es una práctica de tiro. Estás intentando matar al hombre que está al otro lado del claro.

—Es un árbol, no un hombre.

—Nunca aprietes el gatillo una sola vez. Siempre dos veces. Sin vacilar y sin demora. Bang, bang.

Ella hizo lo que le decía. Erró ambos tiros.

—Inténtalo otra vez.

Esta vez ambos disparos dieron en el árbol, pero ninguno en la ficha.

—Una vez más. Bang, bang.

Levantó el arma a la altura de los ojos y apretó el gatillo dos veces. Ambos disparos perforaron la ficha.

—Mucho mejor. —Gabriel se sacó de la cinturilla del pantalón una pistola Jericho del calibre 45 descargada y le apoyó el cañón en la sien derecha—. A ver qué tal ahora.

Los dos disparos dieron en el blanco. Gabriel bajó la Jericho.

—Impresionante.

—Le toca a usted, señor Allon.

—No creo que sea necesario que haga una demostración.

—La ficha es un poco más pequeña que un hombre montado en una moto.

—Pero el hombre de la moto estaba en movimiento. Y la fichita azul está quieta.

—Me parece que te da miedo fallar.

Él suspiró.

—¿La Beretta o la Jericho?

—A elección del competidor.

Gabriel le dio la Jericho descargada y metió un cargador nuevo de quince balas en la Beretta.

—¿A qué cuadrante de la ficha quieres que le dé?

—¿Qué tal a los cuatro?

Gabriel levantó el brazo y sonaron cuatro disparos.

—Dios mío —murmuró Ingrid.

Disparó un último tiro apuntando a la chincheta y la ficha cayó a tierra.

—Ha sido…

—Un truco de salón —la atajó él—. Como tu habilidad para robar un reloj de pulsera sin que su dueño se dé cuenta. El problema es que el mundo real no es como una galería de tiro. Se parece más a esto.

Sin previo aviso, echó a correr a través del claro con el brazo en alto, disparando mientras avanzaba. Diez disparos en rápida sucesión. Los diez fueron a incrustarse en la pulpa del haya. En el mismo punto. Uno encima del otro. Respirando agitadamente, Gabriel se dio la vuelta y vio que Ingrid le miraba como si estuviera loco. Recogieron entre los dos los cartuchos gastados y regresaron al hotel.

40

Cuartel general del PET

La sede del Politiets Efterretningstjeneste, el Servicio de Seguridad e Inteligencia de Dinamarca, estaba situada al noroeste de Copenhague, en la zona residencial de Søborg. La vista desde el despacho de Lars Mortensen en el último piso era tranquila y apacible. En el mundo de Mortensen, muy pocas cosas iban mal. Salvo cuando aparecía Gabriel, claro está.

—Seguro que teníais al menos alguna sospecha sobre él —dijo.

—¿Nos preocupaba su relación con el presidente ruso? Sí, por supuesto. ¿Creíamos que debía abandonar su alianza empresarial con RuzNeft? Sin duda. Pero ¿esto? —Mortensen sacudió la cabeza, perplejo—. ¿Quién iba a imaginar que estaba implicado en algo tan despreciable?

—¿Nunca le habéis vigilado? ¿Nunca habéis escuchado sus llamadas o habéis abierto su correo?

—Esto es Dinamarca, Allon. Y Magnus Larsen...

—Lleva veinte años actuando como agente de los rusos.

Mortensen dejó pasar un momento antes de hablar.

—Supongo que habrá una grabación de su interrogatorio en Berlín.

Gabriel se encogió un poco de hombros para indicar que así era.

—¿Lo confesó todo?

—Todo.

—¿También lo de Rikke Strøm?

Gabriel asintió.

—¿Crees lo que cuenta?

—¿Que no tuvo nada que ver con su muerte? Si no lo creyera, le habría entregado a tus colegas de la policía nacional y me habría desentendido de este asunto.

—Yo debería haber estado en Berlín, Allon. No tenías derecho a interrogar a un ciudadano danés sin mi presencia.

—Tienes razón, Lars —repuso Gabriel fingiéndose contrito—. Fue un error por mi parte.

—Uno de tantos. —El jefe del espionaje danés miró las dos fotografías que Gabriel le había puesto sobre la mesa. Una mostraba a un asesino del SVR entrando en una cafetería apartada en la isla de Fionia. En la otra se veía al mismo asesino muerto en una callejuela, cerca del extremo norte de la península de Jutlandia—. Tenía cuatro disparos en el centro del pecho e, inexplicablemente, uno a un lado de la rodilla.

—Eso le pasa por intentar matarme.

—Delante de la casa más cara de Kandestederne.

Gabriel no dijo nada.

—¿Dónde está ella? —preguntó Mortensen.

—En un piso franco, a poca distancia de la sede de DanskOil.

—La quiero.

—No me extraña, Lars. Pero no puede ser.

—¿Por qué no?

—Porque la necesitamos. Y a Magnus también.

—¿Quién los necesita?

—Adrian Carter y yo. Estamos colaborando otra vez. Puedes unirte a nosotros, si quieres. Será como en los viejos tiempos.

—¿Qué tenéis pensado?

—El golpe del siglo.

—¿Más grande que el que diste en Teherán?

—Habrá menos papeleo —respondió Gabriel—. Pero lo que está en juego es mucho más importante.

—Te escucho —dijo Mortensen.

Gabriel le hizo un breve resumen de la operación que pensaba planificar y poner en marcha desde territorio danés.

—Es arriesgado —comentó Mortensen—. ¿Qué le has prometido a Magnus para que accediera?

—Le di a entender que verías su caso con buenos ojos si nos ayudaba.

—¿Y a la tal Johansen?

—Más de lo mismo. Si tienes algo de sentido común, la contratarás cuando esto acabe.

—El PET forma parte del Ministerio de Justicia. No contratamos a delincuentes. —Mortensen le devolvió las dos fotografías—. Insisto en ser socio de pleno derecho. Adrian y tú no podéis ocultarme nada.

—Dalo por hecho.

—También quiero que me prometas que el vídeo del interrogatorio de Magnus Larsen nunca saldrá a la luz.

—Nunca —repitió Gabriel.

—¿Qué puedo ofrecerte?

—Contravigilancia para mí y para mi equipo operativo. Protección para Katje Strøm. Y vigilancia física constante de Magnus Larsen.

—¿Y electrónica?

—No te molestes. De eso nos ocupamos nosotros.

—¿Qué más?

Gabriel puso cuatro copias de la misma fotografía sobre la mesa. Eran fotos de pasaporte de una mujer de unos treinta y cinco años, con pelo corto de color rubio platino y gafas de ojos de gato.

—¿La Johansen?

—Una de sus versiones.

—¿Nombre?

—Astrid Sørensen.

—¿Fecha de nacimiento?

—Finales de los ochenta. Elige tú la fecha.

—¿Dirección?

—Eso da igual, Lars. Pero procura que sea algo que yo pueda pronunciar.

La operación comenzó tres días más tarde con un apasionado discurso en el Parlamento danés de Anders Holm, fundador de la Coalición por una Dinamarca Verde y estrella emergente del Partido Socialdemócrata. El ferviente ecologista pronunció su soflama a instancias de una vieja amiga de la Universidad de Aalborg que se negó a explicarle el motivo, pero le dio a entender que estaba relacionado con la seguridad nacional danesa. La llamada telefónica que Holm recibió del director general de la PET confirmó que así era.

El prestigioso diario *Politiken* se sumó a sus exigencias publicando a mediodía un durísimo editorial que incluía las palabras «vergüenza» e «indignación», y por la tarde el ministro de Economía, por lo general tan cauto, dejó claro que había llegado el momento. Sí, reconoció, las apariencias podían ser engañosas, pero, según todas las apariencias, el mayor productor de petróleo y gas natural de Dinamarca estaba ayudando a financiar la guerra de Rusia en Ucrania. La situación, dijo, era intolerable además de inmoral. Cuanto antes acabara, mejor.

Como era de esperar, los comentarios en las redes sociales fueron mucho menos moderados. El consenso general parecía ser que el CEO de DanskOil, Magnus Larsen, era responsable directo de la tragedia que sufría el pueblo ucraniano. Esa noche, cuando salía de la sede de DanskOil, un pequeño pero ruidoso grupo de manifestantes salpicó su coche con pintura roja. La protesta la había organizado un grupo hasta entonces desconocido que se hacía llamar Federación por la Libertad de Ucrania. Curiosamente, la policía danesa no efectuó detenciones.

Si a Magnus le preocupaba ese rebrote repentino de las críticas sobre los vínculos de DanskOil con Rusia, no dio señales de ello. Tampoco mostró síntomas de ceder a la presión. Al contrario, parecía disfrutar con la perspectiva de una confrontación. Al día siguiente de que los manifestantes atacaran su coche, les aseguró a sus colaboradores más cercanos que la empresa continuaría funcionando con normalidad y que no preveía ningún cambio inminente respecto a la alianza con RuzNeft.

Había, no obstante, una nueva incorporación a su equipo: Astrid Sørensen, una mujer atractiva, de unos treinta y cinco años, con el pelo rubio platino y gafas de ojos de gato. Esa necesidad repentina de una nueva asistente personal era un misterio, sobre todo para Nina Søndergaard, que llevaba más de una década sirviéndole fielmente. Pero Magnus le asignó un nuevo título y un sustancioso aumento de sueldo, y todo quedó perdonado.

El resto de DanskOil tampoco puso reparos. El departamento de RR. HH. tramitó el contrato de la señorita Sørensen en tiempo récord y el jefe de seguridad le entregó una acreditación y una tarjeta de acceso. Cuando el departamento de informática le ofreció una visita guiada por el sistema informático de la empresa, ella la rechazó. Magnus, dijo, ya le había enseñado lo básico. A los informáticos, no obstante, les pareció poco creíble su historia, teniendo en cuenta que el hombre de negocios con alma de poeta ni siquiera dominaba el delicado arte de poner papel en su impresora.

La mesa de Ingrid estaba situada delante del despacho-pecera del consejero delegado. Su trabajo consistía en atender el teléfono, recibir a las visitas, leer y responder a sus correos electrónicos y llevar su estricta agenda diaria; en resumidas cuentas, todas las funciones de secretaria ejecutiva que antes había desempeñado Nina Søndergaard.

Como era inevitable, empezó a especularse sobre la naturaleza exacta de la relación entre el asediado consejero delegado de la mayor empresa energética de Dinamarca y su nueva y atractiva asistente personal. Los que la buscaron en Internet encontraron fotos de una mujer elegante y extravertida, de orientación sexual y situación sentimental indefinidas, lo que, según afirmaban algunos, demostraba que mantenía una relación con un hombre casado. Por lo demás, el único aspecto digno de mención de sus redes

230

sociales era la clara inclinación hacia la derecha de sus convicciones políticas. Esto la situaba en gran medida entre el grueso de la plantilla de DanskOil: siendo como eran extractores de combustibles fósiles en un país de ciclistas, en lo político formaban un grupo aparte.

Vivía, o eso decía, en un apartamento de Nørrebro, pero pasaba la mayor parte de su tiempo libre en un piso franco del barrio de Emdrup, al norte de Copenhague. El hombre para el que presuntamente trabajaba también visitaba con frecuencia aquel piso, aunque sus estancias eran más cortas: una hora más o menos cada noche, antes de regresar a su mansión junto al mar en Hellerup. Ni su mujer ni sus empleados conocían sus extraños movimientos, solo su leal chófer, que dio por sentado que su jefe tenía otra aventura extramatrimonial, nada más.

Lars Mortensen, del PET, se dejaba caer por allí casi todas las tardes para observar las sesiones de entrenamiento. Para bien o para mal, ninguno de los dos reclutas necesitaba mucha instrucción en lo referente a los rudimentos del oficio. Una era una ladrona y estafadora profesional; el otro, un ejecutivo de alto nivel que llevaba veinte años trabajando a la fuerza como agente ruso. Embusteros y farsantes por naturaleza, formaban una pareja de ensueño.

Fue Gabriel, con ayuda de Natalie y Dina, quien escribió el guion de su idilio intermitente. Al parecer, la joven y enérgica Astrid ansiaba casarse con el rico y apuesto Magnus y, a diferencia de muchas de sus amistades, no sentía ningún rechazo por su caída en la infamia prorrusa, en gran medida porque ella también era rabiosamente prorrusa. Por desgracia, aquella era la menos ofensiva de sus opiniones políticas. Creía, además, que Dinamarca debía expulsar a su minoría musulmana, que la vacuna contra la COVID era letal, que el calentamiento global era un engaño, que la homosexualidad era una elección personal y un estilo de vida, y que un conciliábulo de pederastas liberales bebedores de sangre controlaba el sistema financiero mundial, Hollywood y los medios de comunicación.

Carterista consumada, poseía la digitación de un músico virtuoso. Aun así, practicó la combinación de la caja fuerte de Nikolái Petrov mil veces como mínimo: con las luces encendidas, en plena oscuridad, con los ojos abiertos y los ojos vendados. En todos los casos, solo necesitaba diez segundos para marcarla.

Pero, para llegar a la caja fuerte, primero tendría que forzar la cerradura de la puerta del despacho de Petrov. El oficial cerrajero del PET le proporcionó un juego de llaves *bumping* profesionales e instaló una serie de cerraduras europeas corrientes en las puertas interiores del piso franco. Para efectuar los golpes y amortiguar el ruido, Ingrid prefirió usar el mango de un destornillador envuelto en cinta aislante, en lugar de un martillo. No hizo falta que practicara mucho. Al primer intento, consiguió abrir cualquier puerta del piso franco en cinco segundos o menos, una fracción del tiempo que tardó el cerrajero del servicio de seguridad danés.

Demostró la misma habilidad para manejar el dispositivo de comunicaciones seguras de la Oficina conocido como Génesis. Tres mensajes de prueba llegaron simultáneamente a King Saul Boulevard y al teléfono seguro de Gabriel a los pocos segundos de que los enviase. La fotografía en la que estaba inserto el mensaje final mostraba a una Ingrid sonriente, con los brazos alrededor del cuello de Magnus Larsen, que parecía encantado.

La cámara del Génesis parecía la de un iPhone corriente y funcionaba igual, pero el sistema operativo del dispositivo tenía la capacidad de ocultar y cifrar automáticamente las fotografías recién tomadas. Langley envió una maqueta de ochenta páginas de la directiva del Consejo de Seguridad, con letras y números cirílicos. A pesar de que lo intentó muchas veces, Ingrid no fue capaz de fotografiar el documento entero en menos de cinco minutos.

—Una eternidad —comentó Lars Mortensen.

—Pero es necesario hacerlo así —replicó Gabriel—. No puede robar el documento bajo ningún concepto. Si eso ocurriera…

—Yo tendría que negociar con Nikolái Petrov la liberación de dos ciudadanos daneses detenidos por los rusos.

—Mejor tú que yo, Lars.

Gracias a una conexión encriptada de la Agencia de Seguridad Nacional, Gabriel y su equipo podían observar a Petrov dos veces al día, con bastante puntualidad: una a las cinco y media de la madrugada y otra sobre las diez de la noche, cuando llegaba del Kremlin. En varias ocasiones, el ruso se apartó del escritorio mientras la puerta de la caja fuerte estaba abierta. Dentro había dos compartimentos. El de abajo estaba repleto de lingotes de oro y fajos de billetes. Los documentos secretos estaban guardados en el de arriba, dispuestos verticalmente, como libros en una estantería. Parecían ser catorce, todos ellos con encuadernación del Consejo de Seguridad.

Las imágenes transmitidas por la cámara permitieron a Gabriel y Lars Mortensen crear una réplica a escala del despacho de Petrov en el cuartel general del PET. Daba igual qué tipo de cerradura usasen en la puerta exterior: en menos de treinta segundos, Ingrid sacaba la directiva falsa de la caja fuerte y la colocaba debajo de la lámpara del escritorio. Sin embargo, solo una vez consiguió fotografiar las ochenta páginas en menos de cinco minutos. Fue el mismo día en que Adrian Carter informó a Gabriel de que se dirigía hacia Copenhague. Al parecer, el tiempo de los preparativos estaba a punto de agotarse. El agente ruso llamado Komarovski había movido ficha.

41

Delegación de la CIA
en Copenhague

La Embajada estadounidense, quizá el edificio más espantoso de todo Copenhague, estaba situada en Dag Hammarskjölds Allé, más o menos a un kilómetro de la sede de DanskOil. Carter recibió a Gabriel en la sala segura de reuniones de la delegación de la CIA, vestido con americana y pantalones de gabardina arrugados. El vuelo nocturno desde Washington no le había sentado bien. Parecía agotado y estresado, lo que nunca es buena combinación.

Se sirvió café de un termo con dosificador.

—El presidente te manda recuerdos. Quiere agradecerte que hayas emprendido esta peligrosa operación en nuestro nombre.

—No soy yo quien va a hacerlo, Adrian.

—¿Ella está lista?

—Tan lista como puede estarlo.

—¿Cuánto tiempo tardará?

—Más del que me gustaría.

—¿Puedes concretar un poco más?

—Si la directiva del Consejo de Seguridad tiene ochenta páginas, tardará aproximadamente seis minutos, de principio a fin.

—¿Y sabe que no puede sacarla del despacho de Petrov?

—Lo sabe, Adrian.

Carter se sentó a la cabecera de la mesa de reuniones.

—Me ha encantado tu campaña pública contra DanskOil. La limusina salpicada de pintura roja fue un toque precioso.

—Pues aún hay más.

—¿Se está portando bien el camarada Larsenov?

—Eso parece.

—¿Le vigilan los rusos?

—No, según dicen mis compañeros del PET.

—¿Estamos listos para lanzar la operación? ¿Eso es lo que estás diciendo?

—¿Acaso tengo alternativa?

—La verdad es que no.

—¿Hay algo que no me estés contando, Adrian?

—Uno de los nuevos submarinos rusos armados con misiles balísticos salió de la bahía de Kola anteanoche, y parece que a sus bombarderos Tupolev les está costando no meterse en nuestro espacio aéreo en Alaska.

—¿Alguna otra buena noticia?

—Creemos que pueden estar acercando armas nucleares tácticas a la frontera ucraniana.

—¿Lo creéis?

—Grado de certeza entre bajo y moderado —respondió Carter.

—¿Qué hay del uranio enriquecido sudafricano?

—Calculamos que está en algún punto entre la frontera occidental de Rusia y la península de Kamchatka, en su extremo oriental. En todo caso, el agente apodado Komarovski está casi seguro de que en la directiva 37-23\VZ del Consejo de Seguridad no solo descubriremos dónde está el material, sino adónde se dirige y cómo piensan utilizarlo los rusos.

—¿Cuándo contactó con vosotros?

—Preferiría no decírtelo.

—Y yo preferiría estar en Venecia con mi mujer y mis hijos.

—Hace dos días. Pero no preguntes dónde —agregó Carter—. No te lo voy a decir.

—En realidad, pensaba preguntarte directamente el verdadero nombre de Komarovski.

—No te molestes.

—¿Cómo va Magnus a ponerse en contacto con él si no sabe quién es?

—Será Komarovski quien se ponga en contacto con Magnus.

—¿Cómo?

—Con esto. —Carter puso sobre la mesa un viejo libro de bolsillo, muy pequeño. El título y el autor estaban en ruso—. *Doctor Zhivago,* de Borís Pasternak. La CIA se encargó de publicarlo en 1958, y circuló por Moscú y por todo el Pacto de Varsovia. Lo he pedido prestado del museo de la CIA. Komarovski también tiene un ejemplar, que le entregará a Magnus si considera que se puede llevar a cabo la operación con garantías. —Carter abrió la novela—. Este pasaje estará claramente marcado.

—¿Qué dice?

—«Y recuerda: nunca hay que desesperar, en ninguna circunstancia. Confiar y actuar, ese es nuestro deber en la desgracia».

—Qué apropiado.

—Komarovski se ve a sí mismo como un hombre llamado por el destino a cumplir una misión. —Carter volvió a guardar el libro de Pasternak en su maletín—. Dile a Magnus que acepte todas las invitaciones que reciba, aunque sea una invitación a su propia ejecución. Podría ser de Komarovski.

—¿Puede introducirlos en casa de Petrov?

—Grado de certeza entre moderado y alto.

—¿Y puede volver a sacarlos?

—Supongo que eso depende totalmente de la chica.

—Necesita seis minutos para fotografiar un documento de ochenta páginas, Adrian.

—¿Cuándo pueden salir para Rusia?

—En cuanto mis colegas daneses y yo terminemos de volar el acuerdo DanskOil-RuzNeft.

—Daos prisa. —Carter cerró el maletín—. Esta vez tengo un mal presentimiento.

* * *

La primera ministra empleó un tono despreocupado e indefectiblemente cortés. Quería saber si podía pasarse por su despacho del Borgen a las cinco de la tarde para hablar de la situación de DanskOil en Rusia.

—Y no te preocupes, Magnus. Quince minutos serán más que suficientes.

Aunque le aseguró que no se daría publicidad a la visita, varios cientos de manifestantes furiosos y un gran contingente de periodistas daneses le recibieron a su llegada. La reunión duró exactamente tres minutos. La primera ministra le dio un ultimátum y un plazo, y le despachó sin contemplaciones. Fuera, Magnus encontró su limusina cubierta de pintura azul y amarilla, los colores de la bandera ucraniana. El vídeo de su partida causó sensación en todo el mundo.

A la mañana siguiente, comunicó a los ejecutivos de la empresa que no le quedaba más remedio que poner fin a las actividades de DanskOil en Rusia. Informó al consejo de administración esa misma tarde, pero esperó un día más para llamar al presidente de RuzNeft, Igor Kozlov, a la central de la compañía en San Petersburgo.

—¿De verdad no hay forma de resistir la presión? —preguntó Kozlov en ruso.

—Lo siento, Igor, pero me temo que me han puesto una pistola en la cabeza.

—¿Por qué no vienes a San Petersburgo? Seguro que daremos con una solución.

—No la hay.

—¿Qué hay de malo en intentarlo, Magnus?

—¿Cuándo?

—¿La semana que viene?

—No sé si podré aguantar tanto.

—Entonces, ¿qué tal pasado mañana?

—Hasta entonces —dijo, y colgó.

Su nueva asistente esperaba junto a la mesa del despacho, con un bloc de notas en la mano. Magnus le pidió que organizara un viaje en avión privado de Copenhague a San Petersburgo y reservara dos *suites premium* con vistas a la catedral en el hotel Astoria, en la plaza de San Isaac.

—¿Dos *suites*? —preguntó ella con énfasis.

—Me acompañará usted, señorita Sørensen. Estaremos fuera varios días.

—Sí, por supuesto —contestó con una sonrisa, y volvió a su escritorio.

Esa tarde, Gabriel y el equipo la sometieron a la sesión de entrenamiento más dura de las que había tenido hasta entonces. Pasó treinta minutos forzando cerraduras, otros treinta dándole vueltas a la rueda de la combinación de la caja fuerte y casi dos horas fotografiando las ochenta páginas de la directiva. Después, Mijaíl la llevó arriba para someterla a un simulacro de interrogatorio con acento ruso, mientras Gabriel y Eli Lavon aleccionaban a Magnus sobre los aspectos básicos de la toma de contacto con un colaborador clandestino. El consejero delegado miró varias veces su costoso reloj Piaget Altiplano Origin.

—¿Te esperan en algún sitio, Magnus? —preguntó Gabriel, molesto.

—Puede que esto te sorprenda, Allon, pero conozco bastante bien el protocolo de los espías rusos. Y no me sorprende en absoluto que ese tal Komarovski quiera mantener su identidad en secreto. Está jugando a un juego muy peligroso.

—¿Algún candidato?

—Yo iba a preguntarte lo mismo.

—Será la última persona que te esperes.

—El mismísimo Nikolái Petrov, entonces. —Magnus se distrajo al oír de repente las voces que daba Mijaíl en el piso de arriba—. ¿De verdad es necesario?

—Por tu bien, espero que no.

—¿Ahora viene cuando me amenazas con acabar conmigo si le pasa algo?

—Dado que en la práctica eres un agente doble, Magnus, me cuestiono continuamente tu verdadera lealtad. —Gabriel señaló la esfera del Piaget—. Además de que eres amigo personal del presidente ruso.

—Por eso precisamente soy la única persona en el mundo que puede llevar a cabo esta misión. —Magnus miró hacia el techo—. Y no tienes que preocuparte por la señorita Sørensen, Allon. Haré lo que haga falta para asegurarme de que salga viva de Rusia.

A la mañana siguiente, un portavoz de DanskOil anunció que el consejero delegado Magnus Larsen viajaría a San Petersburgo para iniciar las conversaciones que culminarían con la liquidación del acuerdo con la petrolera rusa RuzNeft, propiedad del Kremlin. Aun así, esa noche su salida de la sede de DanskOil se vio empañada de nuevo por un desagradable encontronazo con los manifestantes. Después se pasó por el piso franco para una última sesión de entrenamiento y una cena conjunta a la que asistieron varios funcionarios del PET, entre ellos el director general. Saltaba a la vista que Ingrid estaba inquieta por lo que la aguardaba en Rusia. Ocultó su miedo bajo la fachada ultraderechista de su nueva identidad y, para deleite de su público, se lanzó a una diatriba incendiaria sobre distintos temas polémicos.

—Es científico, está demostrado —dijo tomando prestada una frase de Tom Buchanan—. La tesis es que, si no nos andamos con ojo, la raza blanca quedará totalmente aplastada.

Después de la cena, Magnus regresó a casa de Hellerup e Ingrid subió a hacer el equipaje. Se fue a la cama en torno a medianoche y a las cinco de la mañana siguiente ya se había ido. Gabriel esperó a que el avión que habían alquilado despegara y luego entró en su habitación en busca de pistas sobre su verdadero estado anímico. Su nota de despedida estaba en la pared, escrita a mano en una ficha de cartulina y clavada con una chincheta.

No te defraudaré, era lo único que decía.

TERCERA PARTE

EL CONTACTO

42

San Petersburgo

En la ancha plaza frente a la antigua Casa de los Sóviets, Lenin permanecía erguido sobre su pedestal, con el brazo derecho tendido hacia el oeste. Los rusos solían decir en broma que el fundador de la Unión Soviética parecía estar eternamente intentando parar un taxi, pero una valerosa disidente que actuaba en las redes sociales había dado con una nueva teoría: según ella, Lenin estaba en realidad exhortando a sus compatriotas jóvenes y sanos a huir de Rusia antes de que los llamaran a filas para la esperada ofensiva de finales de invierno en Ucrania. El vídeo de la disidente no había sentado bien a las autoridades rusas, que, tras la pantomima de un juicio sumario, la mandaron a una colonia penitenciaria en los montes Urales. Su marido y sus hijos no habían vuelto a saber de ella.

Ingrid sacó una foto de la enorme estatua de bronce con su teléfono nuevo mientras la limusina Mercedes estaba parada en el atasco de Moskovski Prospekt, a última hora de la mañana. El coche los estaba esperando en la pista del aeropuerto de Púlkovo a su llegada, y el comité de recepción de RuzNeft les había facilitado los trámites en el aeropuerto. Nadie se había molestado en inspeccionar el pasaporte de Ingrid, y mucho menos su dispositivo móvil.

Envió la fotografía en un mensaje de texto corriente a un amigo de Copenhague —un amigo que en realidad no existía— e incluyó un par de comentarios mordaces sobre la izquierda europea, acordes con su nueva imagen populista. Se la mandó también al apuesto Magnus, que iba sentado a su lado en la parte de atrás del Mercedes. En su caso, el comentario fue de índole sexual, lo que le hizo sonreír.

—Nada me gustaría más —murmuró él en danés—. Pero me esperan en RuzNeft.

—¿Seguro que no quieres que vaya contigo?

Su respuesta estaba bien ensayada.

—Dadas las circunstancias, probablemente es mejor que no.

—¿Y qué voy a hacer yo sola toda la tarde?

—San Petersburgo es una de las ciudades más bellas del mundo. Puedes dar un largo paseo.

—Hace mucho frío.

—Eres danesa. —El alegre apretón que le dio en la mano no le pasó desapercibido al gorila de RuzNeft que ocupaba el asiento del copiloto—. Creo que sobrevivirás.

—Eso espero —comentó Ingrid en voz baja, y contempló por la ventanilla los orwellianos bloques de pisos de la era soviética agrupados en torno al Parque de la Victoria.

Allá donde mirara, en los escaparates de las tiendas y en los laterales de los coches, veía la letra Z, el símbolo de apoyo a la guerra de Ucrania. En ninguna parte se veían señales de oposición, porque ya no se toleraba ni el más leve signo de disidencia: una camiseta o un gesto con la mano. El presidente ruso había tachado recientemente a los activistas contra la guerra de «escoria» e «insectos», lo que no era nada comparado con los Dos Minutos de Odio que emitía todas las noches la televisión pública.

Llegaron por fin a la plaza Sennaya, donde la estruendosa Moskovski Prospekt daba paso a la elegancia importada de Europa del casco viejo de época zarista. Magnus estaba al teléfono con la central de DanskOil cuando se detuvieron delante de los toldos rojos del histórico hotel Astoria. Silenció la llamada cuando Ingrid salió del coche.

—Con un poco de suerte, volveré a tiempo para la cena. Te iré dando noticias si tengo un minuto libre.

—Sí, por favor —contestó ella, y entró en el vestíbulo siguiendo al portero.

La recepcionista examinó su pasaporte danés con una mueca de desprecio ensayada antes de entregarle dos juegos de llaves. Como habían pedido, sus *suites premium* eran contiguas. Ingrid hizo una foto de las vistas desde su ventana y pidió consejo a su amigo de Copenhague sobre cómo pasar unas horas en una de las ciudades más bellas del mundo. Le aconsejó que visitara el Hermitage. La Sala Monet, añadió, no había que perdérsela.

Tomó un café y un pastel en el Café Literario, el mítico lugar de reunión de escritores e intelectuales rusos, y luego pasó bajo el altísimo Arco de Triunfo y llegó a la plaza del Palacio, donde un contingente de la Policía del Pensamiento vestidos de negro estaba deteniendo a unos pocos jóvenes que habían desplegado una pancarta a los pies de la Columna de Alejandro para protestar contra la guerra. Varios transeúntes que contemplaban el espectáculo exhibían el símbolo Z y gritaban consignas a favor del Kremlin mientras la policía se llevaba a los manifestantes.

Inquieta por lo que acababa de presenciar, Ingrid pasó las dos horas siguientes recorriendo las infinitas salas y galerías del Hermitage, incluida la sala 67 o Sala Monet. Después, mientras paseaba por delante de los llamativos palacios de la calle de los Millonarios, llegó a la conclusión, basada únicamente en su instinto profesional, de que la estaban siguiendo.

No intentó localizar ni eludir la vigilancia, pues no habría sido propio de su personaje. Presentó sus respetos ante la llama eterna del Campo de Marte y visitó luego el Palacio de Mármol que Catalina la Grande le había regalado a su amante, Grigori Orlov, cabecilla del golpe de Estado que en 1762 derrocó a su marido y la instaló en el trono como emperatriz de Rusia.

Salió del palacio convencida de que, de haber nacido en Rusia a finales del siglo xix, sin duda se habría contado entre la muchedumbre de obreros hambrientos que asaltó el Palacio de Invierno en noviembre de 1917 tras oír la salva del crucero Aurora. Tenía además la certeza de que la seguían al menos dos hombres y una mujer de unos treinta y cinco años y pelo corto, que vestía un abrigo acolchado azul oscuro con capucha con reborde de piel.

Fue la mujer quien la acompañó en su visita a la catedral de San Isaac, donde vio ponerse el sol sobre el mar Báltico desde la linterna que remataba la cúpula dorada. De vuelta en su *suite* del Astoria, envió un mensaje a su amigo de Copenhague comentando su visita al Hermitage y las detenciones que había presenciado en la plaza del Palacio. Luego, como no tenía nada mejor que hacer, puso la televisión y estuvo viendo la programación de tarde de RT, la cadena rusa en lengua inglesa. La guerra es paz. La libertad es esclavitud. La ignorancia es fortaleza. Dos Minutos de Odio.

Eran casi las nueve cuando Magnus volvió por fin al hotel. Subió a su *suite* el tiempo justo para quitarse la chaqueta y la corbata y ponerse un jersey de lana. Ingrid había reservado mesa en el restaurante italiano del vecino hotel Angleterre. El decrépito pensionista que atendía la barra parecía tener edad suficiente para recordar el sitio de Leningrado. El resto del personal eran mujeres. Miraban lánguidamente el televisor, sintonizado en la NTV.

—Dimitri Budanov —comentó Magnus, y añadió sombríamente—: Vecino mío en Rublyovka.

—¿Qué está diciendo?

—Que, evidentemente, las fuerzas rusas están avanzando en todos los frentes. Que el régimen nazi de Kiev pronto estará liquidado y que Ucrania será borrada del mapa como… —Se quedó callado—. Si no te importa, prefiero no traducir el resto. Dimitri comparte el gusto del presidente por la retórica política escatológica.

Estaban sentados a una mesa junto al escaparate. Fuera, la nieve caía sin cesar sobre la plaza de San Isaac. No había nadie más en el restaurante. Aun así, Ingrid mantuvo su personaje. Puso la mano sobre la de Magnus y le miró con adoración.

—Temía que no te dejaran marchar.

—Yo también —respondió él en voz baja—. Como puedes imaginar, ha sido una tarde bastante tensa. En cuanto me retire del pacto con RuzNeft, el aislamiento internacional de Rusia será total. Y por más que hable de un nuevo orden mundial, Vladimir no quiere que eso ocurra. Está presionando mucho a Igor Kozlov, el presidente de RuzNeft, para que encuentre algún modo de salvar el acuerdo.

—¿Personalmente?

Magnus asintió.

—E Igor Kozlov me está presionando a mí.

—¿A qué clase de presión te refieres?

—A una que puede llegar a ser bastante desagradable. Pero también me ha ofrecido un incentivo económico importante para que no abandone el acuerdo. Si lo acepto, me convertiré en uno de los hombres más vilipendiados del planeta. Y también seré bastante rico, igual que los principales accionistas de DanskOil.

—Ya eres rico, Magnus.

—Pero seré rico al estilo ruso. Es distinto, te lo aseguro.

—¿Te lo estás pensando?

—Sería un tonto si no me lo pensara. Igor quiere que me quede en Rusia un par de días mientras hacen números.

—¿Y qué pasa con el ultimátum de la primera ministra?

—Es un escollo, pero no insuperable. Tiene mucho menos poder del que ella cree.

—La prensa está exigiendo un comunicado oficial.

—Tal vez deberíamos dárselo.

Magnus agarró su teléfono y redactó un tuit. Ingrid lo pulió un poco para quitarle asperezas, pero dejó casi intacto el texto original. El primer día de conversaciones entre DanskOil y RuzNeft acerca del futuro de su acuerdo empresarial había sido fructífero e iba a prolongarse. Pulsó el pajarito azul y esperó las reacciones.

—¿Y bien? —preguntó Magnus al cabo de un momento.

—Los *twitteratos* no dan su aprobación.

La camarera llegó con el vino. Ingrid le dio el Génesis y le pidió que les hiciera una foto, que envió a su amigo de Copenhague.

—¿Vamos a quedarnos aquí, en San Petersburgo? —preguntó.

—La verdad es que estaba pensando que deberíamos pasar un par de días en Moscú. Me encantaría que vieras mi casa de Rublyovka.

Ingrid volvió a recoger el teléfono.

—¿Avión o tren?

—Tren.

—¿A qué hora? —preguntó, pero no recibió respuesta.

Magnus miraba fijamente el televisor. Se había puesto pálido.

—¿Qué está diciendo tu vecino?

—Les está recordando a sus muchos millones de seguidores que Rusia tiene el mayor arsenal nuclear del mundo. Y se pregunta por qué el Estado ruso se molesta en fabricar y mantener esas armas si luego le da miedo usarlas.

Ingrid se hizo otro selfi y se lo mandó a su amigo, junto con un comentario parlanchín acerca de su itinerario. Luego abrió la carta y preguntó:

—¿Qué me recomiendas?

—Los *linguini* con carne de cangrejo y tomates cherri. Están absolutamente divinos.

43

Cuartel general del PET

—Un comienzo prometedor.

—Aún es pronto, Lars.

—Siempre he creído en el poder del pensamiento positivo.

—Eso es porque eres danés —contestó Gabriel—. A mí me resulta reconfortante prepararme para una calamidad y llevarme una grata sorpresa si al final resulta ser un desastre normal y corriente.

Estaban sentados en la última fila de la sala de operaciones del PET. Llevaban allí, codo con codo, desde el instante en que el vuelo chárter en el que viajaban Ingrid y Magnus Larsen había aterrizado en San Petersburgo. Mortensen había pasado buena parte del día embelesado con la magia de Proteus, que les permitía vigilar de forma segura cada palabra y cada paso de Ingrid y Magnus, incluida la reunión, de muchas horas de duración, que había tenido lugar en la central de RuzNeft en el muelle de Makarov. Mijaíl y Eli Lavon se habían encargado de la traducción simultánea. Lars Mortensen, horrorizado por la conducta de uno de los hombres de negocios más destacados de Dinamarca, ordenó a sus técnicos borrar de inmediato la grabación del encuentro de los ordenadores de la PET.

En ese momento, el destacado hombre de negocios estaba cenando tranquilamente en Borsalino, uno de los mejores restaurantes de San Petersburgo, con su atractiva asistente personal. Al terminar la cena, regresaron a sus *suites* contiguas en el vecino hotel Astoria. Como se les había ordenado, dejaron sus teléfonos encendidos. Su conversación juguetona e íntima dejaba bien claro que mantenían una tórrida, aunque totalmente ficticia, relación extramatrimonial.

A medianoche, hora de San Petersburgo, ambos dormían a pierna suelta. Lars Mortensen se fue a casa con su mujer, y Eli Lavon y Mijaíl regresaron al piso franco en el cercano barrio de Emdrup. Gabriel, en cambio, decidió pasar la noche en un sofá del cuartel general del PET, por si surgía alguna emergencia.

Poco después de las siete de la mañana, mientras tomaba café en la cantina de personal, recibió un mensaje de texto de la asistente del destacado directivo danés. Adjunta iba una fotografía de un aerodinámico tren bala ruso que esperaba su salida de la estación Moskovski de San Petersburgo. La siguiente fotografía llegó a las 11:20 de la mañana y mostraba el mismo tren en la terminal ferroviaria de Leningradski, en Moscú. Dos horas más tarde llegó una fotografía del destacado directivo y su asistente en la puerta de una mansión del opulento barrio moscovita de Rublyovka.

—¿De verdad la casa fue un regalo del presidente ruso? —preguntó Lars Mortensen.

—Te aseguro que era lo menos que podía hacer Vladímir.

—¿Cuánto vale?

—Gracias a la guerra, bastante menos que antes.

Mortensen contempló la fotografía.

—Hay que reconocer que hacen buena pareja.

—Esperemos que los amigos rusos de Magnus sean de la misma opinión.

—¿Por qué tienes que ser siempre tan fatalista, Allon?

—Así me evito decepcionarme después.

La urbanización privada se llamaba Balmoral Hills, un nombre curioso teniendo en cuenta que el terreno sobre el que se levantaban las cuarenta viviendas era tan llano como la gran llanura rusa. La casa era la más pequeña de la calle, una chocita como la de Nick Carraway en medio de los palacios de quienes amasaban una riqueza grotesca. Aun así, era de una opulencia de escala zarista. Ingrid, agarrotada e inquieta tras el largo viaje en tren, pasó tres horas en el espléndido gimnasio. Después subió en busca de Magnus. Le encontró en su despacho, manteniendo una videoconferencia con los directivos de RuzNeft. Él quitó el volumen y recorrió con la mirada el cuerpo tonificado y sudoroso que se apoyaba en el quicio de la puerta. Estaba actuando, poniéndose en su papel. La casa, indudablemente, estaba llena de cámaras y micrófonos ocultos.

—¿Qué tal el entrenamiento? —preguntó.

—Podría haber estado mejor. —Ingrid le dedicó una sonrisa seductora—. ¿Cuánto tiempo más vas a estar reunido?

—Una hora, por lo menos.

Ella hizo un mohín juguetón.

—¿Por qué no te das un baño caliente? —dijo Magnus.

—Solo si prometes venir a verme después.

Subió la escalera de cuento de hadas hasta la primera planta. Una vez más, sus habitaciones, cada una con su baño, eran contiguas. Ingrid abrió el grifo de la gran bañera de hidromasaje y se quitó la ropa sudada. Se demoró en tomar el albornoz con las iniciales de Magnus grabadas que colgaba detrás de la puerta. Confiaba en que los mirones del FSB estuvieran disfrutando del espectáculo.

Cuando la bañera estuvo llena, encendió los chorros y dejó que el albornoz se deslizara de sus hombros hasta el suelo. El agua en la que se metió estaba hirviendo. La enfrió unos grados y cerró los ojos. Poco a poco, el miedo que la atenazaba desde el instante en que había pisado suelo ruso fue remitiendo. Había estado tentada de darse un capricho en el tren para relajarse un poco —una mujer adinerada, un bolso sin vigilancia—, pero se había refrenado por el bien de la operación. Además, ella ya no era esa persona, se recordó a sí misma. Ahora trabajaba para la división de contrainteligencia del PET, el pequeño pero eficiente servicio de seguridad y espionaje de Dinamarca, y se hacía pasar por la asistente personal y amante de Magnus Larsen, el consejero delegado de DanskOil, que en ese momento estaba de pie en la puerta.

Se sobresaltó al verle y una ola de agua se vertió por el borde de la bañera. Magnus extendió una toalla en el suelo de mármol y la tocó en varios sitios con la punta del zapato.

—Perdona —dijo desviando la mirada—. No quería asustarte.

—No pasa nada, es solo que estaba soñando despierta.

—¿Con qué?

—Contigo, por supuesto. —Sonrió—. ¿Qué tal la videoconferencia?

—Más de lo mismo. RuzNeft está tan desesperada por mantener el acuerdo que están subiendo la oferta.

—¿Qué ofrecen?

—Otro sitio en el consejo y un porcentaje significativamente mayor de los beneficios. Les he dicho que tengo las manos atadas.

—Ojalá —contestó Ingrid, y salió de la bañera.

Magnus desvió la mirada hacia el suelo al darle el albornoz. Ella se lo puso sin prisas.

—Estoy muerta de hambre, Magnus. ¿Qué vamos a hacer con la cena?

—La verdad es que hemos recibido una invitación de última hora, de un amigo del barrio.

—¿Tenemos que ir? —preguntó con fingida apatía—. Me apetece pasar un rato a solas contigo.

—Va a dar una pequeña cena en su casa —explicó Magnus, volviendo rápidamente hacia la puerta—. Solo unos pocos vecinos. Todo muy informal.

44

Rublyovka

El amigo del barrio era Yuri Glazkov, el sancionadísimo presidente del banco VTB, controlado por el Kremlin, y orgulloso propietario de dos aviones privados. Su superyate de sesenta y cinco metros de eslora, el Sea Bliss, era sin embargo bastante modesto para los parámetros rusos. Poco después de la invasión de Ucrania, el Gobierno italiano había confiscado el barco en Capri, donde Yuri tenía no una, sino tres villas multimillonarias, de las que los italianos también se habían incautado alegando su bien fundada sospecha de que el verdadero propietario de las fincas no era Yuri, sino su amigo Vladímir Vladímirovich.

Dado que le era imposible viajar a Occidente, Yuri se hallaba varado en su Versalles en miniatura, en Rublyovka. Magnus decidió ir hasta allí en su Range Rover, porque el Bentley Continental GT no era apto para la intensa nevada prevista para esa noche. Debajo del abrigo llevaba una americana de cachemira y un jersey de cuello vuelto. Su teléfono descansaba junto al de Ingrid en la consola central del Range Rover.

—¿De verdad tenemos que volver a hablar de esto? —preguntó cansinamente en danés.

—Me hiciste una promesa.

—Y pienso cumplirla.

—¿Cuándo?

—¿Una fecha concreta? ¿Eso es lo que quieres? Por Dios, Astrid. Empiezas a hablar como la primera ministra. —Se calló

cuando pasaron por delante de las luces azules de un control poli-
cial—. ¿Sabes cuánto tiempo llevamos casados Karoline y yo?
Treinta y tres años. Será más fácil deshacer el acuerdo con Ruz-
Neft que desenmarañar nuestros bienes gananciales.

—No quiero seguir siendo tu amante.

—Eso suena a ultimátum.

—Puede que lo sea.

—Obviamente, esto ha sido un error.

—Sí, obviamente —repitió ella.

—Traerte a Rusia, quiero decir. Puedes irte mañana, si quieres.

—Quiero quedarme contigo, Magnus. —Luego agregó—: A
solas.

—¿Crees que podrás comportarte esta noche?

—No lo veo muy factible —respondió ella, y se quitó una pe-
lusa imaginaria de la pernera de su traje negro de diseño.

Pasaron junto a otros dos controles policiales antes de llegar
por fin a la tapia exterior de la urbanización privada de Yuri Glazkov,
cuyo nombre evocaba el esplendor de la aristocracia francesa. De
la flotilla de coches y todoterrenos lujosos que bordeaban la glorieta de entrada —y del batallón de escoltas armados que los vigilaban— cabía deducir que la cena a la que los habían invitado no
era tan informal. Magnus encontró un sitio donde aparcar y apagó el motor. Ingrid dudó antes de abrir la puerta.

—¿Quién quieres que sea esta noche?

—Astrid Sørensen, imagino.

—¿Asistente personal o novia, Magnus?

—Ambas cosas.

—¿Eso no está mal visto?

—Aquí no. Te aseguro que mi vida amorosa es la menos complicada de Rublyovka.

Ingrid acercó los labios a su oído.

—Entonces, quizá deberías mirarme la próxima vez que salga
de la bañera.

* * *

Fue Anastasia, la tercera esposa de Yuri Glazkov, de veintinueve años, quien les abrió la imponente puerta dorada. La mano que le tendió a Ingrid era larga, esbelta y enjoyada. Ingrid se la estrechó con suavidad por miedo a romperle algún hueso. La joven Anastasia no comía mucho.

Tampoco hablaba otra lengua que no fuera el ruso. Magnus se encargó de las presentaciones y Anastasia asintió con la cabeza amablemente y luego centró su atención en los invitados que acababan de llegar: el portavoz del Kremlin, Yevgeni Nazarov, y su esposa, Tatiana. La señora Nazarova, exvelocista olímpica convertida en cleptócrata, abrazó a Magnus como si fuera un pariente al que hacía mucho tiempo que no veía, mientras su marido políglota le dirigía unas palabras a Ingrid en su inglés de Radio Moscú. Funcionario del Estado de toda la vida, lucía un reloj Richard Mille edición limitada valorado en más de medio millón de dólares. El reloj aún estaba en su muñeca cuando se llevó a Magnus a un aparte para hablar de la situación de RuzNeft, pero solo porque Ingrid había dejado pasar una oportunidad perfecta para robárselo.

Anastasia no era la esposa más joven de la velada. Ese honor le correspondía a la mujer del barón cleptócrata cuya estrecha relación con el presidente ruso le había costado su equipo de fútbol español. Su flamante esposa, hija de un oligarca, se lanzó a una invectiva desaforada contra los ucranianos y la OTAN al minuto de estrecharle la mano a Ingrid, todo ello en el inglés con acento americano que había aprendido mientras estudiaba en la soleada San Diego. Ingrid le correspondió con una diatriba de su cosecha, que obtuvo la aprobación de la chica. Le sugirió que se dieran el número de teléfono y ambas sacaron el móvil. El de la chica estaba chapado en oro. Ingrid consiguió resistirse a duras penas.

Se hizo un selfi con ella y, al girarse, se dio cuenta de que se había separado de Magnus. Le vio al otro lado del concurrido salón, charlando con el también sancionadísimo Gennadi Luzhkov, fundador y presidente de TverBank. Muy cerca de ellos estaban Oleg Lebedev, el magnate del aluminio, y Borís Primakov, el propietario de la mayor empresa química de Rusia, ambos sancionados también.

De hecho, a Ingrid le costó encontrar a un oligarca que no hubiera sido sancionado por Estados Unidos y la Unión Europea a causa de la guerra de Ucrania. A menos de setecientos kilómetros al sur de allí, los soldados rusos, forzados a ir al frente y mal equipados, morían horriblemente en las trincheras congeladas del Donbás. Pero allí, en Rublyovka, los cleptócratas que habían amasado inmensas fortunas gracias a sus vínculos con el nuevo zar de Rusia bebían champán francés y comían canapés de caviar. Las comparaciones con noviembre del 17 eran demasiado suculentas para pasarlas por alto.

Magnus le hizo una seña e Ingrid se acercó discretamente. Gennadi Luzhkov, un hombre de figura esbelta, rostro afilado y cabello blanco peinado cuidadosamente sobre la coronilla, estaba hablando en ruso con vehemencia. Se paró en seco y esperó a que Magnus le presentara a la bella joven que acababa de unirse a la conversación. Magnus lo hizo en inglés.

—¿Qué te trae por Rusia en plena guerra? —preguntó Luzhkov.

Ingrid pasó el brazo por la cintura de Magnus.

—Ya veo —dijo Luzhkov. Luego miró a Magnus y murmuró algo en ruso.

—¿Qué ha dicho? —quiso saber Ingrid.

Fue el propio Luzhkov quien contestó:

—Le decía a Magnus que hay hombres que han nacido con estrella.

—¿Has visto mi último vídeo viral? —preguntó Magnus.

—Aun así, tienes del brazo a una joven que te adora —replicó Luzhkov—. Y también tienes una oferta bastante lucrativa a cambio de mantener tu alianza con RuzNeft. —El ruso hizo una pausa y luego añadió—: Al menos, eso se rumorea.

—¿Hay algo que tú no sepas, Gennadi?

La sonrisa de Luzhkov era inescrutable. Claro que no había nada en él que no lo fuera. Era uno de los exfuncionarios del KGB que habían urdido el ascenso al poder del presidente ruso, por lo que había recibido una sustanciosa recompensa. Su banco era la cuarta entidad financiera privada más grande de Rusia y una de las más corruptas. El Departamento del Tesoro de Estados Unidos había impuesto sanciones aplastantes a TverBank el día en que Rusia invadió Ucrania, y Luzhkov había perdido tres cuartas partes de su patrimonio neto casi de la noche a la mañana, junto con su avión privado, su superyate y sus propiedades en Suiza y Francia. Sin embargo, sus lazos con el presidente ruso seguían siendo tan fuertes como siempre.

—Llevas mucho tiempo siendo un gran amigo y socio de Rusia, Magnus. Nadie lo sabe mejor que Volodia.

—Espero que entienda que me están sometiendo a una enorme presión para que ponga fin a la relación con RuzNeft.

—Lo sabe, créeme.

—¿Cuándo has hablado con él?

—Hoy mismo hemos comido juntos en Novo-Ogaryovo. Soy una de las pocas personas a las que aún acepta ver en persona. Ahora mismo está bastante aislado. —Luzhkov hizo una pausa y añadió—: Quizá demasiado.

Le interrumpió una repentina oleada de aplausos que recorrió el salón. La había provocado la llegada de Dimitri Budanov. Vestía una chaqueta de diseño de corte militar y color caqui, con una gran Z en el hombro izquierdo, el que daba a la cámara durante sus alocuciones nocturnas en televisión.

—Cualquiera diría que acaba de volver de las trincheras de Bajmut —comentó Luzhkov en voz baja—. Si no fuera por el maquillaje, claro. Supongo que no ha tenido tiempo de quitárselo después de grabar la arenga de esta noche al pueblo ruso.

—Su programa de anoche fue bastante inquietante.

—¿Su empeño en que usemos nuestro enorme arsenal nuclear contra nuestros primos ucranianos? Desgraciadamente, no es tan descabellado como podría parecer.

—No pensarás que puede llegar a ocurrir, ¿verdad?

—Me temo que ni siquiera yo estoy al tanto de esa información, pero tengo la sensación de que quizá él sí lo esté.

Luzhkov señaló al hombre envuelto en un abrigo que acababa de entrar en el salón. Era Nikolái Petrov, el secretario del Consejo de Seguridad de Rusia.

A la hora de la cena, el tintineo de una campana convocó a los invitados al salón de banquetes iluminado con lámparas de araña. La mesa en torno a la que se reunieron era tan larga como un vagón de tren y refulgía, alumbrada por un centenar de velas. Los camareros, vestidos con la tradicional *kosovorotka*, llenaron las copas de vino con Château Margaux y el anfitrión hizo un apasionado brindis sobre la guerra de Ucrania que Magnus tradujo en voz baja para Ingrid.

La suerte quiso que se sentara al lado de la novia anglófona del barón cleptócrata, que pasó el resto de la velada lamentándose de los apuros que estaba pasando su familia. En torno a la mesa se oían otras historias de desgracias motivadas por las sanciones: casas y yates confiscados, cuentas bancarias congeladas, vetos para viajar a Occidente y permisos de residencia revocados sin contemplaciones. Nadie se atrevía a culpar al presidente ruso. Una docena de personas de su posición que habían criticado la guerra habían muerto en circunstancias misteriosas. «Presunto suicidio» era la explicación más común. Un desliz en una cena en Rublyovka podía tener consecuencias fatales.

A Dimitri Budanov, sin ir más lejos, lamentarse de los lujos perdidos le parecía una indecencia. Budanov, uno de los periodistas de televisión más ricos del mundo, había perdido un yate y sus dos mansiones en el lago Como por culpa de las sanciones. Pero era un precio pequeño que pagar, afirmaba, a cambio del restablecimiento de la grandeza rusa y de la destrucción de la OTAN y del Occidente decadente y degenerado.

—Todo lo cual puede lograrse —añadió—, si tomamos las medidas necesarias para imponernos en Ucrania.

—¿Y qué medidas son esas, Dimitri Serguéyevich? —preguntó una voz masculina desde algún lugar de la mesa.

—Las medidas de las que hablo todas las noches en mi programa.

—¿La opción nuclear?

Budanov asintió con gravedad.

—¿Y cuando los americanos destruyan nuestro ejército en Ucrania? —repuso el magnate de la industria química, Borís Primakov.

—Entonces no tendremos más remedio que responder de la misma manera.

—¿Y cuando tomen represalias?

—No harán tal cosa.

—¿Cómo puedes estar tan seguro, Dimitri Serguéyevich?

—Porque son unos cobardes.

—¿Una ruleta rusa? —preguntó Gennadi Luzhkov—. ¿Eso es lo que propones? —Al no recibir respuesta, se volvió hacia Nikolái Petrov—. ¿Y qué tiene que decir al respecto el secretario del Consejo de Seguridad? ¿Comparte la opinión de nuestro querido presentador de que los americanos no utilizarían su arsenal nuclear para atacarnos?

—Lo que creo —dijo Petrov poniéndose lentamente en pie— es que ha llegado el momento de que me despida.

—Quizá podrías informarnos brevemente sobre la marcha de los combates antes de irte —sugirió Yuri Glazkov.

La escueta respuesta de Petrov provocó otra salva de aplausos entusiastas. Ingrid, sin embargo, no sabía por qué; Magnus había dejado de traducir para responder a un mensaje que acababa de recibir.

—¿Qué ha dicho? —preguntó entre el estruendo de los aplausos.

Magnus se guardó el teléfono en el bolsillo de la pechera de la americana antes de contestar.

—Por lo visto, las fuerzas rusas avanzan en todos los frentes.

Era más de medianoche cuando la fiesta terminó por fin, y las carreteras de Rublyovka estaban resbaladizas por la nieve recién caída. Magnus conducía a velocidad moderada, sujetando el volante con las dos manos. Ingrid desbloqueó su teléfono y leyó los últimos mensajes que había recibido. Luego puso el teléfono en reposo y observó la nieve que caía sobre las hayas que flanqueaban la carretera.

—¿A quién escribías durante la cena? —preguntó con indiferencia.

—A nadie importante.

—¿A tu mujer, Magnus?

—A una amiga, nada más.

—¿Cómo se llama tu amiga?

—No es asunto tuyo, Astrid.

La pelea que siguió comenzó con bastante cortesía, pero cuando llegaron a casa de Magnus había adquirido intensidad rusoucraniana. Dentro, la joven y enérgica Astrid subió furiosa la escalera de cuento de hadas y se encerró en su habitación. Esperó a estar en la cama, enterrada bajo dos gruesos edredones, para enviar un mensaje a un número concreto guardado en sus contactos. El director general de DanskOil, Magnus Larsen, había recibido otra invitación. Esta vez, para comer en el famoso Café Pushkin de Moscú, a la una de la tarde del día siguiente. Su anfitrión sería el presidente de TverBank, Gennadi Luzhkov.

Eso decía el mensaje. O algo por el estilo.

45

Café Pushkin

Aunque siguió nevando toda la noche, a media mañana el tráfico discurría con normalidad por la A106, la arteria de dos carriles que conectaba Rublyovka con la autovía de circunvalación de Moscú. Aquella autopista de treinta kilómetros era la más corta de Rusia, pero sin duda la más cuidada. Entre los viajeros que la usaban a diario se encontraban los ciudadanos más ricos y poderosos del país, muchos de los cuales viajaban con escolta y trabajaban tras los muros del Kremlin. Mantener la carretera despejada de nieve y hielo era prioritario, a pesar de que la escasez de mano de obra era cada vez más acuciante.

Cuando Magnus salió de Rublyovka, ya había pasado la hora punta de la mañana. Llegó a la concurrida Kutuzovski Prospekt a las doce y media y al Café Pushkin, situado en el Anillo de los Bulevares del histórico distrito de Tverskói, en el centro de Moscú, con quince minutos de adelanto. Al entrar, le condujeron a una pequeña sala de la primera planta del restaurante. La decoración y el ambiente del local recordaban a la Rusia prerrevolucionaria. Solo había una mesa ocupada: la de Gennadi Luzhkov, fundador y presidente de TverBank, amigo y confidente del presidente de la Federación Rusa y excoronel del Comité de Seguridad del Estado, también conocido como KGB.

Magnus ocupó la silla de enfrente y dejó su teléfono sobre el mantel blanco, a plena vista. Gennadi llamó al camarero, que les llenó las copas con champán Dom Pérignon.

—¿Qué celebramos? —preguntó Magnus.

—¿Desde cuándo un ruso rico como yo necesita excusas para beber champán?

—¿Sigues siendo rico, Gennadi?

—No tanto como antes, pero a estas alturas de mi vida el dinero ya no me importa tanto como antes. —Se llevó un puño pálido a la boca y tosió suavemente—. Cuéntame más sobre esa mujer encantadora llamada Astrid Sørensen.

Magnus repitió la historia que había memorizado en el piso franco de Emdrup: que Astrid y él llevaban algún tiempo manteniendo una aventura intermitente.

—Evidentemente, ahora volvéis a estar juntos —comentó Gennadi.

—Evidentemente —repitió Magnus.

—¿Cuáles son tus intenciones?

—Anoche, camino de la cena, me dio un ultimátum.

—¿Y qué vas a hacer?

—Tomar el único camino sensato.

—No te lo reprocho. Es muy guapa.

El camarero puso sobre la mesa un surtido de aperitivos y se retiró. Magnus se sirvió un *pelmeni* relleno de carne.

—¿Y Raisa? —preguntó, cambiando de tema—. ¿Cómo se encuentra?

—Ahora vive en Dubái, como todos los rusos que tienen medios suficientes para escapar. Le compré una casa en Palm Jumeirah. Solo me costó veinte millones.

—¿Vas a verla con frecuencia?

—Una o dos veces al mes. De hecho, estuve allí hace unos días. Dubái es cada día más rusa. Es un poco como Moscú con el termostato a tope.

—¿Cuánto tiempo va a poder soportar la economía rusa las sanciones y la fuga de trabajadores jóvenes y con talento?

—No tanto como se ha hecho creer al pueblo ruso. Por eso, entre otros motivos, es tan importante salvar tu alianza empresarial con RuzNeft.

—¿Para eso me has invitado a comer, Gennadi? ¿Para presionarme para que no rompa el acuerdo?

—¿Esperabas otra cosa? —El banquero hizo girar su copa de champán entre el dedo pulgar y el índice. El traje hecho a medida le quedaba como un guante, pero había un hueco antiestético entre su garganta y el cuello de la camisa a medida. Su piel era tan blanca como el mantel. Parecía enfermo.

—No —contestó Magnus en voz baja—. Supongo que no.

—Si te sirve de consuelo, no ha sido idea mía.

—¿De quién ha sido idea?

—¿Tú qué crees?

—¿De Vladímir?

Gennadi asintió.

—Salvar la alianza empresarial entre DanskOil y RuzNeft es de la máxima importancia para él. Quiere que sepas que habrá repercusiones muy serias si te echas atrás.

—¿Qué repercusiones?

—No entró en detalles. Claro que casi nunca lo hace.

—¿Pretende destruirme? ¿Qué ganaría con eso?

—Por si no te has dado cuenta, a Volodia no le preocupan en exceso los daños colaterales últimamente. Te convendría tener en cuenta su advertencia y hacer todo lo humanamente posible por salvar el acuerdo.

—Mensaje recibido. —Magnus cogió el teléfono y se levantó bruscamente—. Ha sido estupendo volver a verte, Gennadi. Por favor, dale recuerdos de mi parte a Raisa.

—Pero no hemos terminado de comer.

—Perdóname, pero se me ha quitado el apetito.

—Al menos permíteme darte esto. —Gennadi abrió su maletín y sacó un pequeño objeto rectangular envuelto en papel dorado—. Es un detallito de parte de Vladímir. Una muestra de su afecto.

—Gracias, pero no —dijo Magnus, e hizo amago de marcharse.

—Cometes un grave error, Magnus. —Gennadi puso el objeto sobre la mesa—. Ábrelo.

Magnus volvió a sentarse y quitó el envoltorio dorado. Debajo había una caja de regalo azul oscura y, dentro de ella, una edición en miniatura, en ruso, de *Doctor Zhivago* de Borís Pasternak. Abrió el libro por la página marcada y leyó el pasaje indicado con una flecha roja.

Confiar y actuar, ese es nuestro deber en la desgracia.

—¿No estás de acuerdo? —preguntó Gennadi.

Magnus cerró el libro sin decir palabra.

—Aquí, en Rusia, es costumbre dar las gracias a alguien cuando te hace un regalo. —Gennadi empujó el plato de *pelmeni* hacia el otro lado de la mesa—. Y, en serio, deberías comer algo, Magnus. Perdona que te lo diga, pero tienes peor aspecto que yo.

Justo enfrente del Café Pushkin había una plazuela donde los soldados de Napoleón habían levantado sus tiendas y quemado los limeros para calentarse, tras entrar en Moscú en el otoño de 1812. La mujer sentada en el banco frente a la fuente apagada sentía tentaciones de hacer lo mismo. Había llegado a Moscú el día anterior y aún no se había acostumbrado al gélido clima ruso. El teléfono que sostenía en la mano derecha, sin enguantar, era como un bloque de hielo. Parecía un iPhone 14 Pro Max normal y corriente, pero no lo era.

Dos compañeros suyos estaban dentro del emblemático restaurante moscovita, dándose un festín de ternera *stroganoff* y pato criollo salteado. Lo sabía porque había recibido una fotografía de aquellos manjares a las 12:47, cuando Magnus Larsen había llegado para su cita con el oligarca ruso Gennadi Luzhkov. El *maître* había conducido inmediatamente al ejecutivo danés a un salón privado de la primera planta, y los dos compañeros de la mujer no le habían vuelto a ver desde entonces.

Por fin, a la una y cuarto, recibió otra fotografía —blinis con helado y un café bien caliente—, acompañada de un comentario. Gennadi Luzhkov se había puesto en marcha. La mujer, que se llamaba Tamara, vio salir al oligarca por la puerta del restaurante un momento después. Le seguían dos guardaespaldas que le ayudaron a subir a la parte trasera de un Mercedes blindado y a continuación montaron en un todoterreno. Ambos vehículos giraron rápidamente a la derecha para tomar la calle Tverskaya, y Tamara los perdió de vista.

Cinco minutos después, Magnus Larsen salió del restaurante. Al volante de un llamativo Range Rover negro, dobló también la esquina hacia la calle Tverskaya, seguido un momento después por un Škoda de cinco puertas. El conductor era otro compañero de Tamara, un joven especialista en vigilancia llamado Noam. Le habían elegido para la operación de Moscú porque, lo mismo que Tamara, hablaba ruso con fluidez.

Veinte minutos más tarde, Noam le envió una foto. Ella la reenvió al instante a King Saul Boulevard, que a su vez se la mandó a Gabriel al cuartel general del PET en el barrio de Søborg, en Copenhague. Sonriendo, Gabriel se la mostró a Lars Mortensen, su socio en aquella operación.

—¿Dónde están? —preguntó el danés.

Fue Mijaíl Abramov, criado en Moscú, quien contestó. El Coleccionista y Komarovski habían ido al cementerio de Novodévichi, a pasear entre los muertos.

46

Cementerio de Novodévichi

—Fue todo culpa suya, ¿sabes?

—No todo, Gennadi. Tus amigos del KGB y tú tampoco ayudasteis.

Estaban delante de la tumba de Borís Yeltsin. Dos escoltas de Gennadi los habían seguido a través de la entrada de ladrillo rojo del cementerio y rondaban por allí, a distancia prudencial. Aparte de eso, se hallaban solos.

—Occidente adoraba a Yeltsin porque prometió transformar Rusia como por arte de magia y convertirla en una democracia al estilo occidental —respondió Gennadi—. Luego hicieron la vista gorda cuando él y los miembros de su círculo de confianza comenzaron a saquear Rusia y a quedarse con todo. Yeltsin eligió a Volodia como sucesor únicamente porque prometió no procesarle. Y después Volodia elevó la corrupción a una forma de arte.

—A ti te fue bastante bien, si no recuerdo mal.

—A todos nos fue bien. Pero hoy en día no hace falta montar un negocio para hacerse rico en Rusia. Lo único que hay que hacer es asegurarse un puesto en las altas esferas de nuestro Gobierno. El portavoz del Kremlin tiene cientos de millones de dólares, y es un mendigo comparado con el secretario del Consejo de Seguridad. Nikolái Petrov lleva toda la vida trabajando en la Administración del Estado y, a pesar de eso, tiene una fortuna de unos tres mil millones de dólares. Si lo sabré yo. El grueso de su dinero está escondido en mi banco.

Se quedaron callados un rato, contemplando el monumento funerario. Era, sin lugar a dudas, el más feo del cementerio: una ondulante bandera tricolor rusa que los críticos con el régimen describían como una gigantesca y tambaleante porción de tarta de cumpleaños.

—Es horrendo —declaró por fin Gennadi.

—Bastante, sí.

—¿Dónde está tu teléfono?

—Parece que me lo he dejado en el coche.

—Por lo visto, yo he cometido el mismo error.

Tomaron un sendero cubierto de nieve, bordeado de olmos y abetos altísimos. Había tumbas a izquierda y derecha, pequeñas parcelas rodeadas por vallas bajas de hierro. Poetas y dramaturgos, asesinos y monstruos yacían codo con codo tras los muros de Novodévichi.

Gennadi se tosió en la mano enguantada.

—¿Cuánto tiempo te queda? —preguntó Magnus.

—Tengo libre el resto de la tarde.

—De vida, Gennadi.

—¿Tan evidente es?

—Hoy sí, pero anoche lo disimulaste bastante bien.

—Tengo días buenos y malos.

—¿Cáncer de pulmón?

—E insuficiencia cardiaca, además. Mi médico me ha informado de que estoy ya en tiempo de descuento.

—Por eso has propuesto que viniéramos aquí.

—Este sitio me resulta tranquilizador en días como hoy. Me da la oportunidad de pensar en cómo quiero que me recuerden. ¿Seré un héroe de la historia rusa o solo un villano más? ¿Seré celebrado por mi valentía o vilipendiado por mi codicia y mi corrupción?

—¿Cuál es la respuesta?

—Si me muriera ahora mismo, me despreciarían como a un

villano codicioso. Un hombre que aprovechó su cercanía al poder para enriquecerse. Un leal perrillo faldero que no hizo nada cuando centenares de adolescentes rusos eran masacrados cada día en los campos de batalla de Ucrania. Pero no sería un retrato del todo justo.

—Porque eres Komarovski.

—Y tú eres el Coleccionista —repuso Gennadi—. Tu agente de enlace es Konstantin Gromov, del SVR, pero tu reclutamiento fue un asunto interno que gestionó el FSB. Ni que decir tiene que no te ofreciste voluntario para convertirte en peón del Gobierno ruso. Había una chica de por medio. Se llamaba...

—Me queda claro lo que quieres decir, Gennadi.

Siguieron caminando en silencio un momento.

—No hay por qué avergonzarse, Magnus. En Rusia estas cosas pasan constantemente. Es el mayor logro del Gobierno de Volodia: haber convertido a Rusia en un estado de *kompromat*. En esta cleptocracia nuestra, nadie tiene las manos limpias. Todo el mundo está comprometido. Unos más que otros.

—¿Y tú no, Gennadi?

—Mis pecados son en su mayoría financieros —reconoció—. Pero el peor error que he cometido fue ayudar a Volodia a convertirse en presidente de la Federación Rusa. Nos ha llevado al borde del desastre y hay que detenerle antes de que pueda hacer más daño. —Bajó la voz—. Por eso le hablé a la CIA de la directiva del Consejo de Seguridad sobre el uso de armas nucleares en Ucrania, una directiva tan alarmante que de ella solo existe una copia.

—La que Nikolái Petrov guarda en su caja fuerte.

Gennadi asintió.

—Es esencial que los americanos y el resto del mundo civilizado sepan lo que planean Volodia y Nikolái Petrov. Les dije a los americanos que los ayudaría a conseguir el documento. Y que para ello solo necesitaba un equipo de agentes experimentados. —Dirigió sus siguientes comentarios a la tumba del compositor Shostakóvich—. Imagina mi sorpresa cuando me dijeron que enviaban al consejero delegado de DanskOil y a su joven y guapa asistente.

—Para mí también fue una sorpresa —dijo Magnus.

—¿Quién es ella?

—Una ladrona profesional.

—¿Y tú? —preguntó Gennadi—. ¿Cómo te metiste en esto?

—*Kompromat.*

—¿Suyo o nuestro?

—Ambas cosas.

—Santo cielo, ¿qué has hecho?

—Hay una bomba, Gennadi. Eso es lo único que importa. Es un dispositivo de baja potencia comprado en el mercado negro y fabricado con uranio sudafricano altamente enriquecido. Volodia va a usarlo como pretexto para lanzar un ataque nuclear contra los ucranianos.

—Todo lo cual está detallado en la directiva.

—¿Puedes introducirnos en casa de Petrov?

—La verdad es que nos esperan mañana por la noche, a las diez.

—¿Cómo demonios lo has conseguido?

Gennadi sonrió.

—Soy un profesional.

Tamara fue a Novodévichi en un taxi pirata conducido por un chico de dieciocho o diecinueve años y mejillas peludas. Su Kia viejo y maltrecho apestaba a tabaco ruso barato y estaba adornado con la letra Z, lo mismo que el propio chico, que llevaba una sudadera, un colgante y un gorro de lana calado casi hasta los ojos, todo ello con la Z. Los ucranianos, afirmaba, eran nazis infrahumanos a los que había que exterminar. Su hermano mayor había muerto en la guerra, igual que muchos amigos suyos. Su deseo más profundo, decía, era morir también por la madre patria.

Tamara le puso un fajo de rublos grasientos en la mano —tatuada con la letra Z— y le deseó mucha suerte.

Al otro lado de la calle, frente a la entrada del cementerio, se alzaban dos enormes bloques de pisos con un patio y un aparcamiento entre ellos. Noam estaba sentado en el capó del Škoda, charlando con un par de matones en monopatín. Acerca de la guerra, claro, ¿de qué iban a hablar, si no? Tamara se negó a participar y le reprochó a Noam que no hubiera ido a buscarla al piso de su madre. (Aunque en realidad su madre vivía en Ashdod, en el sur de Israel).

En la acera de enfrente, los mismos dos guardaespaldas volvieron a ayudar a Gennadi Luzhkov a subir a su Mercedes blindado. Parecía frágil y vencido por el cansancio, no como el alto escandinavo que salió del cementerio cinco minutos después. Magnus Larsen era la viva imagen de la salud. Y además estaba de buen humor, observó Tamara. Al parecer, su reunión con el oligarca ruso había ido bien.

Su Range Rover estaba a la vuelta de la esquina, aparcado junto a la acera. Se dirigió a Kutuzovski Prospekt y se sumó al río de tráfico de última hora de la tarde que discurría en dirección oeste. Tamara y Noam tenían prohibido seguirle hasta el barrio fortificado de Rublyovka, pero el complejo comercial Barvikha Luxury Village, situado a unos cientos de metros del primer control de la policía, era otro cantar. Magnus se pasó un momento por una de las pocas joyerías occidentales que aún seguían dispuestas a hacer negocios en Rusia. El anillo de diamantes de cuatro quilates y talla cojín por el que pagó seis millones de rublos le pareció una ganga.

Tamara pensó que era una compra lo bastante significativa como para enviar un mensaje vía satélite a King Saul Boulevard, mensaje que unos segundos después llegó también al teléfono de Gabriel, en la sede del PET. Al poco rato, recibió una fotografía del anillo de diamantes en cuestión, enviada por la mujer que lo llevaba puesto en ese momento. El mensaje de texto que lo acompañaba, de tono eufórico, daba una explicación de lo más imprecisa.

Al parecer, el acaudalado y apuesto Magnus había pedido por fin matrimonio a la joven y enérgica Astrid. Ella había aceptado, por supuesto, siempre y cuando Magnus se divorciara de su esposa, cosa que él se había comprometido a hacer. Pensaban celebrar su compromiso esa misma noche en casa del presidente del Tver-Bank, Gennadi Luzhkov.

Ya te contaré con más detalle, añadió. *Soy muy muy feliz.*

47

Rublyovka

Gennadi vivía en Mayendorf Gardens, una subdivisión de Rublyovka exclusiva para ultrarricos. Su casa de doce habitaciones —un chalé de cristal y madera valorado en más de ochenta millones de dólares— era una de las menos ofensivas de la urbanización. Les abrió la puerta el propio Gennadi, vestido con pantalones de franela hechos a medida y jersey de cachemira. A Magnus le estrechó la mano con tibieza, pero a Ingrid, en cambio, la saludó efusivamente besándola en las mejillas, al estilo ruso.

A la luz del vestíbulo de altos techos, admiró el anillo que ella lucía en la mano izquierda.

—Es nuevo, si no me equivoco.

—No se le escapa nada, señor Luzhkov.

—A usted tampoco, señorita Sørensen, o eso me han dicho. —Miró a Magnus—. ¿Por qué un anillo tan pequeño para una mujer tan hermosa?

—Es de cuatro quilates.

—Aquí, en Rublyovka, a esas piedras las llamamos «diamantes de acento».

El interior de la casa era muy moderno. Gennadi los condujo al salón y, con pulso tembloroso, sirvió tres copas de Domaine Ramonet Montrachet Grand Cru, uno de los vinos blancos más caros del mundo. Los temas de los que hablaba eran intrascendentes, a beneficio de los dispositivos de escucha que el FSB —o quizá alguno de sus rivales— pudiera haber introducido en la casa eludiendo sus defensas. No parecía tener prisa por entrar en materia.

—Espero que sepas, Magnus, que lo del anillo era una broma. Es realmente precioso.

—Hubiera preferido comprarlo en Tiffany o Harry Winston, pero han cerrado sus tiendas en Moscú.

—Igual que Hermès, Louis Vuitton y Chanel —repuso Gennadi—. Otra consecuencia inesperada de nuestra así llamada operación militar especial en Ucrania.

—Me temo que DanskOil será la siguiente.

—Según me han dicho, esta tarde has tenido una conversación bastante desagradable con tu ministro de Economía.

—¿Quién te lo ha dicho? —preguntó Magnus—. ¿Volodia?

—Nikolái Petrov, en realidad.

—¿Petrov?

Gennadi cerró los ojos y asintió con la cabeza en silencio.

—¿Por qué vigila mis llamadas el secretario del Consejo de Seguridad?

—Porque necesita tu ayuda en un asunto personal muy delicado y quiere asegurarse de que eres de fiar. —Se volvió hacia Ingrid y la miró detenidamente un momento—. ¿Juega usted al billar, señorita Sørensen?

—Me temo que no.

—No la creo.

Ella sonrió.

—Hace bien, señor Luzhkov.

La sala de juegos estaba en la planta baja del chalé. La puerta, al cerrarse, hizo un ruido seco y contundente, como de ataúd. Ingrid miró su teléfono y comprobó que no había cobertura.

Aquella habitación era una sala segura insonorizada.

Gennadi estaba colocando las bolas en la mesa de billar, un precioso modelo Guillermo IV de caoba con revestimiento de bayeta roja, de principios del siglo XIX, quizá.

—¿De verdad esto es necesario? —preguntó Ingrid.

—Imprescindible.

—¿Por qué?

—Porque no tengo intención de poner mi vida en sus manos sin saber si está a la altura de lo que se espera de usted.

—¿Y qué tiene que ver el billar con robar un documento de una caja fuerte?

—Todo. —Gennadi levantó con cuidado el triángulo de madera antiguo—. ¿Quiere que pongamos las cosas un poco más interesantes?

—Ya son lo bastante interesantes tal y como están, se lo aseguro, señor Luzhkov.

—Económicamente hablando —añadió él.

—¿Alguna idea en concreto?

—Si consigue meter todas las bolas sin fallar ni una sola vez, le pagaré un millón de dólares.

—¿Y si no?

—Magnus me pagará a mí la misma cantidad.

—No me parece justo. Ni interesante —repuso Ingrid—. ¿Qué tal tres triángulos por diez millones?

—Hecho —contestó Gennadi, y se sentó junto a Magnus.

Ingrid eligió un taco y metió tres bolas con el saque. Siguieron otras seis, vertiginosamente.

—¿Dónde la encontraste? —preguntó Gennadi.

—Me encontró ella a mí —respondió Magnus.

—¿Va a fallar?

—Lo dudo mucho.

Metió el resto de la primera piña cantando tranquilamente cada bola antes de ejecutar el tiro, y preparó luego otro triángulo que despachó con la misma rapidez e idéntico aplomo. Gennadi no se molestó en pedirle un tercero. Ya había visto bastante.

Abrió un armario y sacó una pistola.

—Tiene bastante pericia con el taco, señorita Sørensen, pero

¿qué tal maneja esto? —Puso el arma sobre la bayeta roja de la mesa—. Es una SR-1 Vektor de fabricación rusa, el arma de fuego reglamentaria del FSB, el GRU y el Servicio de Seguridad Presidencial. Tiene un alcance efectivo de cien metros y puede perforar varias capas de blindaje corporal. El cargador tiene capacidad para dieciocho proyectiles. A pesar de su enorme potencia, el supresor es bastante eficaz.

Ingrid recogió la Vektor y, sin inmutarse, la preparó para disparar. Gennadi se quedó impresionado.

—Supongo que nunca ha matado a nadie.

—Me temo que no. —Ingrid puso el seguro y dejó la Vektor sobre la mesa de billar—. Y tampoco tengo intención de matar a nadie mañana por la noche.

—Quizá no le quede otro remedio, si quiere seguir viva al día siguiente. —Devolvió la pistola al armario y sacó un reluciente folleto de la delegación moscovita de Sotheby's International, la agencia inmobiliaria—. Poco después de fallecer su esposa, Nikolái puso su casa a la venta, anónimamente, claro. Pedía noventa millones y la oferta despertó poco interés. El folleto de Sotheby's incluye planos y fotos de todas las habitaciones de la casa, excepto del despacho de Nikolái, que está situado...

—En la primera planta de la mansión, con vistas al jardín trasero.

Gennadi abrió el folleto y señaló un punto del plano.

—La puerta está aquí, en lo alto de la escalera principal, unos pasos a la derecha.

—¿Qué puede decirme de la cerradura?

Gennadi señaló la puerta de la sala de juegos.

—Nikolái y yo contratamos al mismo constructor. Todas las cerraduras y los herrajes de las dos casas son iguales. Es un modelo alemán. Bastante difícil de forzar, o eso me dijeron en su momento.

Ingrid echó mano a su bolso.

—¿Le importa que pruebe?

—Adelante.

Salió y cerró la puerta. Gennadi giró el pestillo por dentro.

—Cuando quiera, señorita Sørensen.

Se oyeron dos chasquidos muy leves y, un momento después, volvió a entrar.

—Y eso que era una cerradura difícil de forzar —comentó Gennadi.

—Algunas sí lo son —repuso Ingrid—. Pero la mayoría no.

—¿Y las cajas fuertes?

—Las cajas fuertes de la mayoría de las habitaciones de hotel son de risa, pero la del despacho de Nikolái Petrov es de las de verdad.

—¿Cómo va a abrirla?

—Con la combinación. ¿Cómo, si no?

—¿Cómo…?

—Fuentes y métodos, señor Luzhkov.

—Aprende usted rápido. Pero ¿seguro que tiene la combinación correcta?

—Con un margen de uno o dos dígitos a la izquierda o la derecha de cada número. No me llevará más de un minuto averiguarlo.

—¿Cuál cree que es el número?

Ella respondió con sinceridad.

—No se moleste en probar otra combinación. Estoy seguro de que esa es la correcta.

—¿Por qué?

—Porque las cifras se corresponden con el cumpleaños de su difunta esposa. Pero abrir la caja fuerte solo resuelve la mitad del problema. Una vez la haya abierto, tiene que elegir la directiva correcta del Consejo de Seguridad. Es probable que haya copias de varias más.

—La última vez que lo comprobamos, había catorce. Pero descuide, que conseguiré la correcta. Directiva del Consejo de Seguridad de Rusia sesenta y siete guion veintitrés barra VZ, fechada el veinticuatro de agosto y reservada al presidente de la Federación Rusa.

—Me han dicho que tiene unas cincuenta páginas. Cuando termine de fotografiarlas, vuelva abajo y espere a que Magnus y yo concluyamos nuestro asunto.

—¿Qué asunto? —preguntó Magnus.

—Por lo visto, al secretario del Consejo de Seguridad le preocupa la estabilidad de sus activos aquí, en Rusia. Está ansioso por transferir el grueso de su fortuna a Occidente y quiere hacerlo lo antes posible.

—Está en la lista de sanciones del Departamento del Tesoro. Si intenta mover su dinero, se lo confiscarán los americanos y los europeos.

—Por eso te está tan agradecido porque tú, un fiel amigo del pueblo ruso, hayas accedido a guardarle ese dinero en secreto.

—¿De cuánto estamos hablando?

—De unos dos mil quinientos millones de dólares. Al término de nuestra reunión, la señorita Sørensen y tú saldréis enseguida hacia el aeropuerto de Púlkovo, en San Petersburgo. Un avión privado os estará esperando en el FBO por la mañana. Deja tu coche en el aparcamiento. No volverás a necesitarlo.

—¿Adónde se dirigirá ese avión?

—Debido a las sanciones y a las restricciones de desplazamiento, las alternativas son bastante limitadas. Supongo que podríamos enviaros a Uzbekistán o Kirguizistán, pero Estambul parecía bastante más atractivo. Tus amigos de la CIA pueden recogeros allí.

—¿Y qué hay de ti, Gennadi?

—Daré otro paseo por Novodévichi para pensar cómo quiero que me recuerden.

—Hagas lo que hagas —dijo Magnus—, no te lo pienses demasiado.

Gennadi sonrió tristemente.

—No, claro, eso está descartado.

48

Copenhague

Las transmisiones de audio de los teléfonos de Ingrid y Magnus Larsen se interrumpieron a las 19:36, hora de Copenhague, y se reanudaron cuarenta y nueve minutos después. Su ubicación no cambió durante ese lapso de tiempo: seguían en casa del presidente del TverBank, Gennadi Luzhkov, en la exclusiva urbanización privada de Rublyovka conocida como Mayendorf Gardens. Se estaba celebrando una cena. La conversación, trivial y vacía de contenido, no dio ninguna pista sobre lo ocurrido un rato antes. Ingrid envió por fin una fotografía en abierto del vino con el que estaban acompañando la comida. Era un Château Le Pin Pomerol. En el centro de operaciones de la sede central del PET, a más de uno se le hizo la boca agua.

Ingrid esperó a salir de casa de Luzhkov para enviar otro mensaje, usando esta vez la función satelital de su dispositivo Génesis. El mensaje decía que Magnus y ella debían presentarse a las diez de la noche siguiente en la residencia del secretario Nikolái Petrov en Rublyovka y que abandonarían Rusia al día siguiente, a primera hora de la mañana, a bordo de un avión privado fletado por Gennadi Luzhkov. El avión no saldría de Moscú, sino del aeropuerto de Púlkovo, en San Petersburgo. Su destino, según el mensaje, sería Estambul.

Era un logro notable por parte de Luzhkov. El oligarca había cumplido su promesa de conseguirles acceso al domicilio de

Nikolái Petrov. Pero ¿cuáles eran las circunstancias que rodeaban aquella visita nocturna? Gabriel no lo sabía. ¿Y cómo se proponía Luzhkov distraer al secretario del Consejo de Seguridad mientras Ingrid abría la caja fuerte y fotografiaba la directiva? Ni idea. Por otra parte, ¿tenía Luzhkov algún plan, en caso de que las cosas se torcieran? Con toda probabilidad, no. Y tampoco lo tenía él, lo que significaba que la vida de la mujer a la que había enviado a Rusia se hallaba en manos de un hombre al que no conocía.

Gabriel permaneció en el centro de operaciones del PET hasta medianoche y luego se marchó a la Embajada estadounidense, donde pasó unas horas conferenciando con Langley a través de una línea segura. Eran las cuatro y media cuando volvió al piso franco de Emdrup. Consiguió dormir unas horas —le hacía mucha falta— y a las dos de la tarde ya estaba duchado y vestido y se paseaba por las habitaciones, aquejado de un ataque agudo de nerviosismo preoperacional.

En condiciones normales, le habría tranquilizado la solidez de su plan y el cuidado con que lo había preparado y ensayado. Pero el plan de esa noche —si es que había tal plan— dependía por completo de Gennadi Luzhkov. Él solo podría observarlo desde lejos. No podría influir en el discurrir de los acontecimientos. Para un maestro de la planificación como él, aquello equivalía a intentar conducir un coche sin volante ni acelerador.

Consciente de que no podía pasarse el resto de la tarde deambulando por las habitaciones del piso franco, llamó a Lars Mortensen y pidió que le enviara un equipo de seguridad del PET. A las cuatro y media, cuando la luz de la tarde ya se desvanecía, los dos escoltas le seguían por Strøget, la famosa calle peatonal de Copenhague. Eli Lavon, con sombrero de fieltro y abrigo de lana, caminaba a su lado. Los ojos del vigilante se movían sin descanso.

—Los daneses son el pueblo más feliz del mundo. ¿Lo sabías?

—El segundo más feliz —dijo Gabriel.

Lavon pareció incrédulo.

—¿Quiénes son más felices que los daneses?

—Los finlandeses.

—Yo creía que los finlandeses eran los más deprimidos.

—Y lo son.

—¿Cómo van a ser a la vez el pueblo más feliz del mundo y el más deprimido?

—Es una anomalía estadística.

Gabriel se detuvo delante de una tienda de deportes. En la primera planta del edificio, con las ventanas a oscuras, estaba Nielsen Antiquarian.

Miró a Lavon y sonrió.

—¿Qué decías de que algunos escándalos son demasiado grandes para barrerlos debajo de la alfombra?

—Nos espera una noche muy larga.

Entraron en una cafetería, en la acera de enfrente. Gabriel pidió dos cafés en un inglés con acento alemán mientras Lavon hacía inventario de los clientes de las mesas de alrededor.

—¿Buscas algo? —le preguntó Gabriel.

—A algún asesino ruso dispuesto a matarte.

—Eso ya lo han intentado.

—Ya conoces el dicho: a la cuarta va la vencida.

—El dicho no es así, Eli.

Se llevaron los cafés a una mesa de fuera. Los dos escoltas montaban guardia allí cerca.

Lavon encendió un cigarrillo.

—¿Cuánto crees que tardarían en sacar el arma de debajo del abrigo?

—Varios segundos más de lo que tardaría yo en sacar la mía. Bueno, eso si no me ciega el humo, claro.

Lavon apagó sin prisa el cigarrillo.

—Supongo que te das cuenta de que esto que estás haciendo es una conducta de desplazamiento.

—¿Ah, sí?

—Es un mecanismo psicológico de defensa que…

—Sé lo que es la conducta de desplazamiento, Eli. Estaba prestando atención ese día, en la academia.

—Entonces, ¿qué es lo que te preocupa de verdad? Y no me digas que es mi único vicio.

—Me preocupa Ingrid.

—Ingrid sabe lo que hace —contestó Lavon—. Y la hemos entrenado casi hasta la extenuación. También le hemos recordado una y otra vez que desista, si es necesario.

—Es muy obstinada.

—Pero también es más disciplinada de lo que tú crees. Y tiene un talento que solo puede otorgar la naturaleza.

—O un trastorno mental —repuso Gabriel.

—Tú tienes un trastorno muy parecido, solo que se manifiesta de forma diferente.

—Continúe, por favor, doctor Lavon.

—Tu infancia te produjo un caso típico del síndrome de superviviente del Holocausto de segunda generación, que a su vez generó en ti una necesidad casi incontrolable de reparar las cosas.

—O de evitar que los rusos desaten el armagedón.

—Estuve allí hace unas semanas.

—¿En la excavación de Tel Megiddó?

Lavon asintió con la cabeza.

—Es un alivio poder decir que no vi nada que indique que se acerca el fin de los tiempos.

—Será que no has mirado bien.

El teléfono de Gabriel vibró. Ingrid iba a pasar un rato en el gimnasio para prepararse para los festejos de esa noche en casa del secretario del Consejo de Seguridad de Rusia. La fotografía que acompañaba el mensaje mostraba su mano izquierda agarrando una mancuerna.

—Bonito anillo —comentó Lavon.

—Bonita chica.

—Es una ladrona.

—Yo también soy un ladrón —dijo Gabriel—. Me he pasado la vida entera robando secretos y vidas.

—Por tu país, no por dinero.

—El dinero lo dona.

—Menos el que usó para comprar su chalé de la playa en Dinamarca y su casa de vacaciones en Mikonos.

—Donde va a pasar los próximos años escondida gracias a lo que va a hacer esta noche.

—Me da que no es el tipo de persona capaz de pasar mucho tiempo escondida. Huelga decir —añadió Lavon— que tú también padeces ese trastorno.

—El médico de Leah me informó de que no soy una persona normal ni lo seré nunca.

—Una observación muy perspicaz. Pero, claro, él fue a la Facultad de Medicina. —Lavon observó a los peatones que pasaban junto a ellos por la calle—. Parecen felices, desde luego.

—Pero no tanto como los finlandeses.

—¿Has estado alguna vez allí?

—¿En Finlandia? —Gabriel negó con la cabeza—. ¿Y tú?

—Una vez.

—¿Por algún asunto de la Oficina?

—Una conferencia de arqueología, en Helsinki. La verdad es que la gente no me pareció especialmente alegre.

—Seguro que era porque su ciudad estaba plagada de arqueólogos.

Lavon encendió otro cigarrillo.

—¿Qué te pasa ahora?

—La nota que me dejó Ingrid la mañana que se marchó a Rusia.

—¿Esa en la que decía que no te defraudaría?

Gabriel asintió.

—No lo hará —dijo Lavon.

—Eso es precisamente lo que temo, Eli.

49

Rublyovka

Cuando acabó de entrenar, Ingrid hizo unos largos en la piscina cubierta de Magnus y luego subió a ducharse y vestirse. Su ropa estaba extendida sobre la cama. Pantalones vaqueros elásticos, chaqueta y jersey negros y botas de ante de tacón bajo. El bolso negro de Givenchy, que había comprado ese mismo día en Barvikha Luxury Village, era lo bastante grande como para guardar en él un llavero, un destornillador con el mango envuelto en cinta aislante y una pistola Vektor de fabricación rusa con supresor.

En ese momento, la pistola estaba guardada en el armario de la sala de juegos de Gennadi Luzhkov. El banquero los esperaba a las ocho para tomar una cena ligera y hacer un último repaso. A Ingrid no le apetecía en absoluto. No le gustaban los ensayos de última hora y nunca comía antes de dar un golpe. La comida la amodorraba, apagaba su llama. Una llama que llevaba toda la tarde creciendo dentro de ella. Notaba la piel febril y un hormigueo en la yema de los dedos. No hizo nada por aliviar esos síntomas. Desaparecerían en cuanto tuviera el documento en su poder.

Las tareas prosaicas como secarse el pelo y maquillarse solían calmarla, pero esa noche no fue así. Esa noche estaba poseída. Después, contempló en el espejo el producto acabado. Tenía los hombros y los muslos tensos y duros. La piel de color miel, impecable. No había ni una gota de tinta por ningún lado. Nada que pudiera servir para identificarla. Era la chica invisible.

En la habitación contigua, se vistió sin hacer ruido. Luego recogió el bolso y bajó las escaleras. Encontró a Magnus con el abrigo de lana puesto, recorriendo por última vez las habitaciones de su palacio ruso. Le temblaba la mano cuando miró la hora en el Piaget que le había regalado el presidente ruso.

Se acordó de decir unas palabras para que las oyera la Policía del Pensamiento.

—¿Estás lista, Astrid? Gennadi estará preguntándose dónde nos hemos metido.

Ya había cargado las maletas en la parte de atrás del Range Rover y llenado el depósito de gasolina. Unos cuantos copos de nieve atravesaron el resplandor de los faros durante el trayecto hasta el chalé de madera y cristal de Gennadi. Al llegar, los condujo directamente a la sala de juegos y cerró la gruesa puerta. La pistola Vektor descansaba sobre la superficie roja de la mesa de billar, con el supresor enroscado en el extremo del cañón. A su lado había un maletín de aluminio.

—Ábralo —dijo Gennadi.

Ingrid abrió los cierres y levantó la tapa. Estaba lleno de fajos de billetes de cien dólares bien apretados.

—Un anticipo de medio millón de dólares, del dinero que le debo —explicó Gennadi—. Le enviaré el resto al banco que elija.

—La apuesta no iba en serio, señor Luzhkov.

—Eso es lo que debe decir quien pierde una apuesta de diez millones de dólares, no quien la gana. Por favor, acepte el dinero como pago por lo que está a punto de hacer. Se merece hasta el último centavo.

—En mi oficio, nos suelen pagar al terminar el trabajo. Y solo si conseguimos llevarlo a cabo.

—Aun así, una apuesta es una apuesta, señorita Sørensen.

—Banca Privada d'Andorra. Mi gestor de cuentas es un tal Estevan Castells.

Gennadi sonrió.

—Le conozco bien.

Ingrid cerró el maletín y comprobó la combinación de los cierres. La del cierre de la izquierda era 2-7-1. La del de la derecha, 1-5-5.

—¿Reconoce los números? —preguntó Gennadi.

Eran los seis dígitos de la combinación de la caja fuerte de Nikolái Petrov. Veintisiete, once, cincuenta y cinco. Ingrid cerró el maletín y giró las ruedecillas. Luego desenroscó el supresor de la pistola y guardó ambas cosas en su bolso.

—Por favor, cuélguese el bolso del hombro —dijo Gennadi—. Quiero echarle un vistazo.

Ingrid obedeció. El arma pesaba casi un kilo, pero la estructura del bolso era lo bastante sólida como para disimular su presencia.

—Hay muy poca gente a la que se le permita acercarse a Nikolái Petrov con un arma —comentó Gennady—. Pero como se trata de una visita de cortesía y como irá usted conmigo, un miembro de confianza del círculo íntimo del presidente, confío en que el equipo de seguridad de Nikolái no la ofenda exigiendo registrar su bolso.

—¿Él me espera?

—En realidad, ha insistido en que vaya. A pesar de sus fanfarronadas ultranacionalistas, Nikolái puede ser encantador, especialmente si está en compañía de mujeres jóvenes y atractivas. Pero bajo ningún concepto hablará de negocios delante de usted. Ni yo tampoco. Después de unos minutos de conversación intrascendente, propondré que vayamos a hablar a un lugar tranquilo y usted podrá escabullirse para subir a su despacho.

—¿Y está seguro de que no hay cámaras?

—¿Dentro de su residencia privada? A Nikolái ni se le ocurriría.

—¿Y qué hay de su equipo de seguridad?

—Los guardias estarán fuera de la casa, incluido el jardín trasero. Por eso es esencial que se asegure de que las persianas del despacho estén cerradas antes de encender la lámpara del escritorio para fotografiar el documento.

—Directiva del Consejo de Seguridad de Rusia sesenta y siete guion veintitrés barra VZ, fechada el veinticuatro de agosto y reservada al presidente de la Federación Rusa.

—Esa misma. —Gennadi miró la hora—. Tenemos que irnos a casa de Nikolái dentro de media hora, más o menos. ¿Por qué no comemos algo y procuramos relajarnos?

El servicio de la casa había dejado en la cocina una bandeja con ensaladas y canapés tradicionales rusos. Ingrid tomó café solo, nada más. Sintió la tentación de robar algo, lo que fuese, para relajarse. Los dedos de su mano derecha hacían girar la rueda imaginaria de la caja fuerte de Nikolái Petrov. Cuatro giros a la derecha, tres a la izquierda, dos a la derecha. Veintisiete, once, cincuenta y cinco. Magnus y Gennadi no notaban el fuego que la consumía. Estaban viendo la perorata nocturna de Dimitri Budanov en la NTV, cada vez más alarmados.

Magnus juró en voz baja.

La mano de Ingrid se detuvo.

—¿Pasa algo?

Fue Gennadi quien respondió.

—Dimitri Serguéyevich está recibiendo noticias preocupantes de sus fuentes en la inteligencia rusa. Por lo visto, le han asegurado que los ucranianos han logrado hacerse con un arma nuclear rudimentaria de baja potencia. Dimitri Serguéyevich parece opinar que Rusia debería lanzar un ataque preventivo contra los ucranianos.

—¿Sabe algo?

Antes de que Gennadi pudiera contestar, sonó su teléfono. Se acercó el auricular a la oreja, pronunció unas pocas palabras en ruso, en voz baja, y cortó la conexión.

—Nikolái va con retraso. Está con Volodia en Novo-Ogaryovo. Un asunto de la máxima urgencia. Nos avisará cuando acabe la reunión.

Ingrid envió rápidamente un mensaje por vía satélite a través de su teléfono Génesis avisando al destinatario de que viera la NTV. Luego volvió a poner la mano en la rueda imaginaria de la caja fuerte de Nikolái Petrov. Cuatro giros a la derecha, tres a la izquierda, dos a la derecha.

Veintisiete, once, cincuenta y cinco.

50

Rublyovka

Cuando pasaron otros cuarenta y cinco minutos sin que tuvieran noticias de Petrov, Ingrid se coló en la sala de juegos de Gennadi usando su llave *bumping* y se puso a jugar al billar para calmar los nervios. Jugó cinco partidas seguidas y le quedaba una sola bola de la sexta cuando Magnus la avisó por fin de que era hora de irse. La última bola era la temida número trece, pero estaba colocada de tal forma que se iría derecha a una tronera cercana. Nueve de cada diez veces, era capaz de encajar aquel tiro con los ojos cerrados, pero, en vez de tentar a la suerte, dejó el taco sobre la mesa y subió las escaleras.

Magnus y Gennadi la esperaban en el vestíbulo, con el abrigo y los guantes puestos. Ingrid entró rápidamente en la cocina para recoger sus cosas. Hizo un último repaso innecesario, solo para asegurarse. La llave *bumping* estaba en el bolsillo delantero derecho de sus vaqueros. El destornillador con el mango envuelto en cinta aislante, en su bolso, junto con la pistola y el supresor. El teléfono lo llevaría a la vista. La función de cámara clandestina estaba activada. Esperaría hasta estar camino de San Petersburgo para enviarle las fotos a Gabriel.

Se puso el abrigo, levantó el maletín lleno de dinero y salió a la noche gélida siguiendo a Magnus y Gennadi. La nieve arreciaba; grandes copos esponjosos caían a plomo del cielo negro.

Gennady, con la cabeza gacha, se dirigió a la puerta trasera del Mercedes. Ingrid dejó el maletín en el asiento trasero del Range Rover y subió al asiento del copiloto. Magnus se sentó al volante y encendió el motor.

—Petrov estaba saliendo de Novo-Ogaryovo cuando ha llamado. Deberíamos llegar a su casa más o menos a la misma hora.

—¿De qué crees que han estado hablando?

—¿Nikolái y Volodia? ¿Por qué no se lo preguntas a él?

—Puede que lo haga.

—Es broma. —La miró de reojo—. ¿Puedes fingir al menos que estás un poco nerviosa?

—Yo no me pongo nerviosa.

—Yo sí —dijo Magnus—. Estoy bastante nervioso, de hecho.

—Pues no lo estés. —Le apretó la mano para tranquilizarle—. Todo va a salir bien.

Pero solo si ella era capaz de forzar la cerradura de la puerta del despacho de Nikolái Petrov, abrir la caja fuerte, encontrar la directiva del Consejo de Seguridad de Rusia, fotografiarla y devolverla a la caja fuerte sin que Petrov o sus matones se dieran cuenta. Eran todos exmiembros de las Spetsnaz, las fuerzas especiales rusas, e irían armados con el mismo tipo de pistola que Ingrid llevaba oculta en el bolso, una SR-1 Vektor capaz de atravesar treinta capas de blindaje Kevlar. Su chaqueta y su jersey negros le servirían de poco. Si se veía obligada a sacar el arma, pensó, podía darse por muerta. Lo mismo que Gennadi y Magnus, solo que su muerte sería mucho más lenta y dolorosa.

Siguieron a la comitiva de Gennadi por las tranquilas calles privadas de Mayendorf Gardens y salieron por la puerta principal de la urbanización. El complejo residencial de alta seguridad conocido como Somerset Estates estaba situado en el extremo oeste de Rublyovka, a orillas del río Moscova. Los residentes lo llamaban coloquialmente el Kremlin. Su muralla defensiva exterior era del color de la terracota y medía como mínimo seis metros de altura. La única entrada estaba flanqueada por dos torres de reloj de estilo gótico, rematadas por chapiteles verdes. Lo único que faltaba, pensó Ingrid, eran las estrellas rojas luminosas.

Magnus aminoró la marcha hasta detenerse detrás del todoterreno Mercedes en el que viajaban los guardaespaldas de Gennadi. El oligarca les había asegurado que el control de seguridad a la entrada del complejo sería superficial. Pero cuando transcurrió un minuto sin que nada se moviera, Ingrid sacó la pistola y el supresor del bolso y los deslizó bajo su asiento.

Pasó un minuto más antes de que Gennadi y sus escoltas pudieran acceder al recinto. Un guardia de seguridad con un subfusil PP-2000 terciado sobre el pecho hizo señas a Magnus de que se acercara y luego levantó una mano enguantada. Magnus frenó en seco y, bajando la ventanilla, le dio las buenas noches.

Siguió una conversación de la que Ingrid no entendió ni una sola palabra. Después, el guardia dio lentamente una vuelta alrededor del vehículo. El haz de su potente linterna se detuvo un instante en la cara de Ingrid y en el maletín de aluminio que descansaba en el asiento trasero. Al volver a la ventanilla abierta de Magnus, preguntó qué contenía el maletín. De eso Ingrid estaba segura. Al oír la respuesta de Magnus, el guardia les hizo señas de que avanzaran.

Ingrid volvió a guardar la pistola en su bolso.

—¿Te ha preguntado qué hay en el maletín?

—Sí, claro.

—¿Qué le has dicho?

—La verdad.

—¿No le ha parecido extraño?

—¿En Rublyovka? Será una broma.

Los dos coches de la comitiva de Gennadi esperaban unos metros más allá de la verja, con el tubo de escape humeando suavemente. Magnus los siguió. Pasaron junto a una serie de reproducciones de palacios bañadas de luz: aquí, Buckingham y Blenheim; más allá, el Elíseo y Schönbrunn. Había también un palacio de Kensington en miniatura, con una recargada verja sobredorada por la que los tres vehículos pudieron pasar sin inspección previa.

El dueño de la finca salía en ese momento de la parte de atrás de una elegante limusina Aurus Senat de fabricación rusa. Era una versión más pequeña del coche que usaba el hombre con el que acababa de reunirse en Novo-Ogaryovo. Llevaba el teléfono pegado a la oreja y un maletín. Como nevaba copiosamente, se apresuró a cruzar la puerta de la casa sin saludar antes a sus tres invitados nocturnos.

La limusina se alejó con la lentitud de un coche fúnebre, pero varios miembros del equipo de seguridad de Petrov se quedaron en el patio delantero. Uno de ellos se puso a charlar con Gennadi, que llevaba un maletín en la mano. Este contenía documentos financieros relacionados con la reunión de esa noche. El guardia de seguridad no lo sabía, pero no mostró ningún interés en mirar dentro del maletín. El hombre que lo sostenía era un exagente del KGB y un miembro de confianza del círculo íntimo del presidente. Era, además, el banquero de Nikolái Petrov y el gestor de una parte importante de la fortuna que había amasado por medios ilícitos. Estaba fuera de toda sospecha, al igual que su amigo Magnus Larsen.

Magnus apagó el motor del Range Rover y abrió la puerta.

—Espera aquí —le dijo a Ingrid—. Solo tardo un momento.

Se apeó y cruzó la glorieta en dirección a Gennadi. Ingrid, fingiéndose irritada, bajó el parasol y se retocó el maquillaje mirándose al espejo. Un guardia vestido con ropa de abrigo la observaba desde su puesto en el césped blanqueado por la nieve.

Dándose por satisfecha con su aspecto, subió el parasol y vio que Magnus volvía al Range Rover. Él le abrió la puerta y dijo en voz baja:

—Vamos.

Sujetó su bolso y salió. Magnus le pasó un brazo por los hombros mientras se acercaban a Gennadi, que lucía una sonrisa cortés. Los guardias no pusieron impedimentos para que se aproximaran a la casa. El que vigilaba la entrada les abrió la puerta y se hizo a un lado.

Estaban dentro.

Gennadi los condujo al vestíbulo y la puerta se cerró tras ellos. Ingrid miró rápidamente a su alrededor para orientarse. El recargado vestíbulo central de la mansión era exactamente como aparecía en el folleto de Sotheby's. Sendos pasillos arqueados a izquierda y derecha, y la curvilínea escalera principal de frente. El suelo de mármol era del color de los lingotes de oro, al igual que la horrenda pintura de las paredes. La luz de la araña de cristal era de un blanco quirúrgico.

Siguieron el sonido de la voz de Nikolái Petrov por el pasillo de la izquierda, hasta un enorme salón decorado con mucho lujo y ningún gusto. Petrov, que seguía hablando por teléfono, aún no se había quitado el abrigo. Había dejado su maletín sobre un aparador. Era un modelo de cuero bonito, de color negro, con dos cierres de combinación.

Petrov miró a Gennadi y le señaló la bandeja de bebidas plateada que descansaba sobre una de las grandes mesas bajas. Gennadi destapó una botella de Johnnie Walker Blue Label y sirvió tres copas. Ingrid aceptó la suya con una sonrisa relajada.

Gennadi sirvió otro *whisky* y se lo dio a Nikolái Petrov. Pasaron otros dos minutos antes de que colgara por fin. Sus ojos se posaron de inmediato en Ingrid. Se dirigió a ella en un inglés excelente:

—Discúlpeme, por favor, señorita Sørensen, pero, como puede imaginar, estoy bastante ocupado en este momento. —Se guardó el teléfono en el bolsillo de la pechera de la chaqueta y le tendió la mano—. Es un placer conocerla por fin. Lamento que no nos presentaran en la cena de Yuri Glazkov. Podría haber evitado que cometiera usted un terrible error.

—¿Qué error, secretario Petrov?

—Casarse con Magnus, por supuesto. Una mujer como usted podría conseguir un partido mucho mejor.

A instancias de Petrov, se quitaron los abrigos y se sentaron. Ingrid se acomodó junto a Magnus, con el bolso de Givenchy a su lado. Nikolái Petrov la miraba por encima de su vaso.

—Me han dicho que trabaja con Magnus en DanskOil.

—Así es, secretario Petrov.

—¿Y no puede usted convencerle de que no disuelva su alianza con RuzNeft?

—Lo estoy intentando, pero nuestra primera ministra, esa *woke,* está ejerciendo una enorme presión sobre el pobre Magnus para que abandone nuestras inversiones en Rusia.

Petrov sonrió.

—Gennadi me ha dicho que es usted algo populista.

—¿Populista, yo? Oh, no, secretario Petrov. Soy una auténtica extremista.

—Por favor, no empieces —dijo Magnus en tono de queja—. Al lado de Astrid, yo parezco un luchador por la justicia social y el medioambiente.

—Qué maravilla —dijo Petrov—. Dígame una cosa, señorita Sørensen. ¿Cuántos géneros hay?

—Dos, secretario Petrov.

—¿Puede uno elegir su género?

—Solo en el mundo de fantasía en que la izquierda ha convertido a Occidente.

—¿Y de qué género es usted? ¿O le parece una microagresión que se lo pregunte?

—Soy mujer.

—Quizá todavía haya esperanza para Occidente, después de todo.

—Solo si Rusia gana la guerra de Ucrania.

—Por eso no tiene que preocuparse, señorita Sørensen. —Petrov echó un vistazo a su reloj TAG Heuer y se puso en pie—. Me encantaría continuar esta conversación, pero se hace tarde y tengo asuntos que tratar con mi banquero y con su futuro marido.

—Lo entiendo —dijo Ingrid.

—¿Le importa esperar aquí? —preguntó Petrov—. Prometo no entretener mucho a Magnus.

Ingrid sonrió.

—Tómese el tiempo que necesite.

Gennadi y Magnus se levantaron a la vez y, tras una breve conversación en ruso, siguieron a Nikolái Petrov a la sala contigua. La biblioteca revestida de paneles de madera, pensó Ingrid recordando el folleto de Sotheby's. Elegancia artesanal, estilo y delicadeza del Viejo Mundo. Fue Gennadi quien, con un guiño travieso, cerró la puerta tras ellos, dejándola completamente a solas. Notaba la piel febril y un hormigueo en la yema de los dedos.

51

Rublyovka

Para ser una operación rusa de blanqueo de dinero, en realidad no era tan complicada. Gennadi, aun así, ofreció una explicación alambicada y llena de detalles.

El proceso comenzaría, dijo, con una serie de transferencias bancarias a una entidad financiera de reputación dudosa en Dubái con la que TverBank hacía cada vez más negocios. Para evitar que la FinCEN y otros organismos internacionales de control las detectaran, las transferencias serían de poca cuantía, unos cientos de millones de rublos, nada más. El banco corrupto con sede en Dubái convertiría los rublos en dírhams y los dírhams en dólares en un abrir y cerrar de ojos. A continuación, los dólares se enviarían al Argos Bank de la ciudad de Limasol, al sur de Chipre, donde quedarían depositados en la cuenta de un *holding* cuyo dueño secreto era Magnus Larsen, consejero delegado de la mayor empresa productora de petróleo y gas natural de Dinamarca.

—Yo supervisaré las operaciones desde la sede de TverBank —continuó Gennadi—. Pero Magnus tendrá que volar a Chipre a primera hora de la mañana para firmar el papeleo necesario en Argos Bank. Se quedará en Limasol hasta que se haya completado la transferencia de fondos. Espero que no tarde más de cuarenta y ocho horas.

—¿Y cuando termine? —preguntó Nikolái Petrov.

—Magnus controlará en secreto una parte importante de tu riqueza. La invertirá sabiamente en tu nombre sirviéndose de una serie de empresas fantasma anónimas. Puesto que es ciudadano danés y actualmente no pesa sobre él ninguna sanción, ni estadounidense ni europea, no pueden incautarse del dinero ni congelarlo. Es el monedero ideal para un hombre en tu situación.

—Yo debo dar luz verde a todas las inversiones.

—Imposible, Nikolái. Es esencial que no tengas ningún contacto con Magnus. A todos los efectos, el dinero estará depositado en un fideicomiso ciego. Piensa en Magnus como tu gestor de inversiones secreto.

—¿El gerente de un fondo de cobertura de dos mil quinientos millones de dólares?

—En cierto modo, sí.

Estaban sentados en sendos sofás de cuero, frente a frente: Gennadi y Magnus en uno, Nikolái Petrov en el otro. En la mesa baja que los separaba había un reloj de bronce dorado del siglo XIX. Marcaba las once y media. Habían pasado siete minutos desde que habían dejado a Ingrid para entrar en la biblioteca.

Petrov contemplaba su *whisky*.

—¿Y qué honorarios piensa cobrarme mi gerente por sus servicios? ¿El dos con veinte habitual?

—Los banqueros de Dubái y Chipre se llevarán su tajada —dijo Gennadi—. Pero Magnus ha dejado claro que no aceptará ninguna remuneración.

—Qué generoso de su parte. Aun así, necesito garantías.

—¿Qué tipo de garantías?

—Del tipo que uno suele recibir cuando le confía a otra persona dos mil quinientos millones de dólares.

—Magnus ha sido un gran amigo y defensor de Rusia. Y nunca ha traicionado nuestra confianza.

—Eso es porque Magnus es un hombre muy comprometido. —Petrov miró el maletín de Gennadi—. Supongo que querrás que firme algunos papeles.

—Eso es quedarse muy corto.

—Tengo intención de leer cada documento palabra por palabra.

—Y yo no querría que fuera de otro modo.

Gennadi sacó una gruesa carpeta del maletín y la dejó sobre la mesa, junto al reloj de bronce dorado.

Eran las 23:35 de la noche.

La puerta estaba donde Gennadi afirmaba que estaría: en lo alto de la escalera central, unos pasos a la derecha. Ingrid introdujo la llave *bumping* en la cerradura de fabricación alemana y le dio un solo golpe con el mango del destornillador. No fue necesario que la golpeara por segunda vez, cedió de inmediato. Giró el pomo y la puerta se abrió hacia dentro sin hacer ruido.

Entró y cerró a su espalda. De abajo le llegaba un murmullo de voces masculinas, pero por lo demás no se oía nada. Tampoco había luz. Petrov había dejado las persianas bajadas, un golpe de buena suerte que le ahorraría tiempo.

Guardó la llave y el destornillador en el bolso y sacó el teléfono Génesis. Alumbrándose solo con el resplandor de la pantalla de inicio, miró a su alrededor. La habitación le resultó familiar al instante. Había entrado en una réplica de aquel despacho centenares de veces, en un edificio de oficinas de las afueras de Copenhague. El escritorio, la silla y el diván, la mesa abatible.

La caja fuerte...

Se agachó ante ella y apoyó la mano en la rueda. La última vez que la había usado, Petrov la había dejado marcando el número cuarenta y nueve. Giró la rueda cinco veces en sentido contrario a las agujas del reloj para reajustar el mecanismo de cierre y luego se detuvo en el veintisiete. Marcó con naturalidad el resto de la combinación. El último paso del proceso consistía en volver a girar la rueda en el sentido de las agujas del reloj hasta que se detuviera. El cierre se retrajo con un suave chasquido.

La combinación era la acertada.

Abrió la pesada puerta y alumbró el interior con la linterna del Génesis. Lingotes de oro, fajos de billetes, documentos del Consejo de Seguridad de Rusia colocados en vertical, como libros en una estantería.

Sacó el primero, examinó la portada y lo devolvió a la caja fuerte. Hizo lo mismo con el siguiente, el siguiente y el otro, y así sucesivamente, documento tras documento, hasta que llegó al final de la fila. Entonces cerró la puerta y volvió a girar la rueda para que marcara el cuarenta y nueve.

La directiva 37-23\VZ del Consejo de Seguridad de Rusia no estaba en la caja fuerte de Nikolái Petrov.

El plano del folleto de Sotheby's mostraba cuatro habitaciones grandes en la primera planta de la mansión, todas con baño privado. Al salir del despacho de Petrov, Ingrid torció a la derecha y se acercó a una puerta de doble hoja. El pestillo cedió y entró. La luz de los focos de fuera entraba a raudales por los ventanales sin persianas. Ingrid reconoció el mobiliario: había fotografías de aquella habitación en el folleto de la inmobiliaria. Parecía ser un cuarto de invitados. No había nada fuera de su sitio, nada personal, y tampoco rastro alguno de una directiva del Consejo de Seguridad fechada el 24 de agosto de 2022 y reservada al presidente de la Federación Rusa.

Cuando salió de la habitación, se acercó a la puerta del otro lado del rellano. Era la del dormitorio de Nikolái Petrov. Aquella habitación también estaba iluminada en parte por la luz que entraba de fuera. Se asomó por el borde de una ventana y divisó la silueta de dos guardias apostados en el jardín nevado. Su búsqueda fue rápida pero minuciosa, como correspondía a una ladrona profesional: las mesitas de noche, el vestidor, el baño y la cómoda. La directiva del Consejo de Seguridad no estaba por ninguna parte.

No se molestó en mirar en las demás habitaciones; no había tiempo. Bajó con sigilo la escalera central y volvió a ocupar su sitio en el salón. Una de las voces masculinas que llegaban de la biblioteca estaba profiriendo lo que parecía ser una amenaza de violencia, un elemento indispensable de cualquier reunión en la que hubiera rusos y dinero de por medio. Sin dejar de sentir aquel hormigueo en los dedos, apuró su copa de Johnnie Walker Blue

Label y se quedó mirando el maletín que descansaba sobre el aparador. El maletín que Nikolái Petrov había llevado esa noche a su reunión con el presidente ruso. Un bonito modelo de cuero, de color negro, con dos cierres de combinación.

Nikolái Petrov no cumplió su promesa de leer los documentos palabra por palabra, pero los revisó a fondo y hasta eliminó algunos pasajes que le parecieron inadecuados. Gennadi había procurado incluir unas cuantas declaraciones innecesarias para que las firmase. Todas ellas requerían, además, su propio refrendo, igual de innecesario. Magnus complicó aún más las cosas al mostrar su desacuerdo con una cláusula relativa a su responsabilidad por las posibles pérdidas que produjeran las inversiones. Estaba más que dispuesto a guardarle gratuitamente su dinero al cliente, pero en ningún caso aceptaría indemnizarle por una mala apuesta.

Eran las 23:52 cuando Petrov firmó el último papel. Gennadi le entregó una copia de los documentos a Magnus. Los necesitaría para activar las cuentas del Argos Bank. Al menos esa fue la explicación que le dio Gennadi a Nikolái Petrov, toda ella incierta. Igual que era incierta su descripción del itinerario de viaje de Magnus: un vuelo de madrugada de Moscú a El Cairo en EgyptAir, y otro a Lárnaca a media tarde.

Petrov exigió saber dónde se alojaría Magnus en Chipre.

—En el Four Seasons de Limasol —mintió él.

—¿Solo?

—Astrid viene conmigo.

—Es una mujer realmente extraordinaria —comentó Petrov al ponerse en pie—. Sería una pena que le pasara algo.

—Descuida, Nikolái. Cuidaré muy bien de tu dinero.

—Eso espero, desde luego. De lo contrario, tendrás una muerte lenta y dolorosa. Una muerte a la rusa. Y la diferencia es importante, te lo aseguro, Magnus —dijo Petrov.

* * *

Se pusieron el abrigo y los guantes, y Nikolái Petrov, que hacía un momento había amenazado con recurrir al asesinato, los acompañó amablemente fuera. En la glorieta cubierta de nieve, ante la mirada de los guardias de seguridad, Gennadi le estrechó la mano a Magnus y se demoró un instante al darle a Ingrid el último de los tres besos tradicionales rusos en la mejilla izquierda.

—¿Estaba ahí? —le preguntó en voz baja.

—Huye, Gennadi. —Fue lo único que contestó ella.

Sin inmutarse, él subió a la parte de atrás del Mercedes, y Magnus e Ingrid montaron en el Range Rover. Dos minutos después, tras pasar entre las torres neogóticas de la entrada principal, pusieron rumbo al este a toda velocidad por la autopista más mimada de toda Rusia. Sus teléfonos móviles descansaban entre ellos, en la consola central. Ingrid habló como si el FSB estuviera escuchando:

—¿Qué tal ha ido la reunión? —preguntó afectando una profunda indiferencia.

—Mejor de lo que esperaba. Nikolái solo ha amenazado con matarme una vez. Tú, en cambio, le has impresionado. Opina que eres una mujer extraordinaria.

—Es verdad que lo soy.

—¿Por qué? ¿Qué has hecho ahora?

—Te he comprado un cosita para nuestro viaje a Chipre.

Metió la mano en el bolso y sacó el único ejemplar existente de la directiva 37-23\VZ del Consejo de Seguridad de Rusia. Magnus echó un vistazo al documento y luego fijó la vista al frente, agarrando el volante con las dos manos.

—Es precioso —dijo con calma—. Pero no tendrías que haberlo hecho.

—No pude resistirme. —Ingrid se puso el documento sobre el regazo y echó mano a su teléfono—. ¿A qué hora sale nuestro avión mañana por la mañana?

—A las cinco y media, me temo.

Ingrid gruñó con fastidio al tiempo que fotografiaba la portada del documento.

—Más vale que vayamos directamente a Sheremétievo.

—La verdad es que estoy deseando pasar unos días junto al mar en Limasol.

—No tanto como yo —respondió Ingrid, y fotografió la página siguiente.

52

Rublyovka-Copenhague

Nikolái Petrov se sirvió otros dos dedos de *whisky* Johnnie Walker Blue Label, agarró su maletín del aparador y subió las escaleras hasta la puerta de su despacho. La habitación estaba a oscuras. Dejó el maletín sobre la mesa y encendió la lámpara. Luego se acercó el auricular del teléfono de seguridad a la oreja y marcó de memoria el número del oficial de guardia del cuartel general del FSB en Lubianka.

La voz que contestó parecía enturbiada por el cansancio, o quizá por el alcohol. Su tono cambió bruscamente al identificarse Petrov.

—Buenas noches, secretario Petrov. ¿En qué puedo ayudarle?

Petrov le dijo lo que quería: una comprobación rutinaria de la lista de pasajeros de una compañía aérea.

—¿Qué vuelo?

—EgyptAir 725, mañana por la mañana.

Petrov oyó el ruido de un teclado. Cuando el ruido se detuvo, el oficial dijo:

—Están en primera clase. Asientos 2A y 2B.

A continuación, Petrov llamó al hotel Four Seasons de Limasol desde su teléfono móvil privado.

—Larsen —le dijo a la operadora de la centralita—, Magnus Larsen.

—Lo siento, pero no hay nadie con ese nombre alojado en el hotel.

—¿Está segura? Me dijeron que estaba allí.

—Un momento, por favor. —La operadora le dejó en espera. Volvió a ponerse unos segundos después—. El señor Larsen y su esposa llegan mañana.

—Me he equivocado, entonces —dijo Petrov, y colgó.

Su esposa...

A Magnus le habían ido bastante bien las cosas. Y pensar que veinte años antes estaba sentado en una sala de Lubianka viendo un vídeo en el que aparecía con una chica rusa desnuda a la que le doblaba la edad... Nunca se había enfurecido ni había llorado, nunca había suplicado que le dejaran en paz. Había hecho todo lo que le habían pedido, por degradante o turbio que fuera, incluido el recadito al que le habían mandado en Sudáfrica. Petrov tenía que reconocerlo: había sabido sacar partido a sus cartas, a pesar de lo malas que eran. Y había que verlo ahora, con su palacio en Rublyovka y una novia joven y guapa.

Y dos mil quinientos millones de dólares de Nikolái Petrov...

Un giro sorprendente del destino, desde luego. Aun así, Petrov estaba seguro de que seguía teniendo la sartén por el mango. La chica era su póliza de seguro. Magnus nunca haría nada que pusiera su vida en peligro.

Tomó un largo sorbo de *whisky* y luego, quizá con imprudencia, se bebió el resto de un trago. Dejó el vaso vacío sobre la mesa de hojas abatibles, junto a su sillón de lectura, y comprobó la rueda de la combinación de la caja fuerte. Marcaba el número cuarenta y nueve, igual que esa mañana. Los fuertes cierres de su maletín también marcaban los números correctos. Nunca variaban. El izquierdo marcaba 9-3-4; el derecho, 8-0-6.

Marcó las dos combinaciones (2-7-1 en el de la izquierda, 1-5-5 en el de la derecha) y abrió los cierres. Estaba a punto de levantar la tapa cuando sonó su teléfono de seguridad. Era Semenov, uno de sus principales ayudantes. Llamaba desde el Kremlin para notificarle, como cada noche, la cifra de víctimas en Ucrania. La cifra auténtica, no las patrañas que Dimitri Budanov y otros como él le servían al pueblo ruso. Ese día los combates habían sido especialmente cruentos. Otros seiscientos muertos y heridos, la mayoría de ellos reclutas y expresidiarios, despedazados por las ametralladoras ucranianas en Bajmut y Soledar.

Aquello no podía continuar mucho más tiempo, se dijo al colgar. Y si todo iba conforme a lo previsto, así sería. El documento que llevaba en el maletín lo explicaba con todo detalle. La provocación resultado de una operación de bandera falsa, la calculada represalia táctica, la probable respuesta de Estados Unidos y la OTAN, la escalada inevitable que pondría al mundo al borde de la aniquilación nuclear por primera vez desde la crisis de los misiles de Cuba.

Petrov había simulado cada escenario y calculado la probabilidad matemática de cada resultado potencial. Confiaba en que los americanos no utilizarían su armamento nuclear contra Rusia, porque, de hacerlo, se arriesgaban a la destrucción de sus grandes ciudades y a la muerte de millones de personas inocentes. No darían ese paso en defensa de un país que la mayoría de los ciudadanos estadounidenses era incapaz de situar en el mapa. La crisis concluiría, pues, con una victoria rusa en Ucrania que a su vez provocaría un desorden civil y político generalizado en Occidente y el derrumbe de la OTAN. El resultado final de esa convulsión histórica sería un nuevo orden mundial liderado no por Estados Unidos, sino por Rusia.

Y todo empezaría dentro de unas horas con una sola palabra, pensó Petrov al apagar la lámpara del despacho. Solo cuando estuvo tumbado en la cama cayó en la cuenta de que había olvidado guardar la directiva del Consejo de Seguridad en la caja fuerte. Daba igual; su casa estaba en el complejo residencial más seguro de Rusia, rodeada por un pequeño ejército de asesinos entrenados. El documento no iba a ir a ninguna parte. O eso se dijo Nikolái Petrov a las 12:38 de la noche, hora de Moscú, cuando cerró los ojos para sumirse en un sueño profundo.

La llegada de la primera fotografía sacudió el centro de operaciones del cuartel general del PET como el impacto de un misil balístico ruso. Las letras y los numerales cirílicos 37-23\VZ se distinguían con claridad. Era casi con toda certeza la portada de la directiva del Consejo de Seguridad ruso. Pero, por razones aún desconocidas, el documento parecía descansar sobre las rodillas de la mujer que lo había fotografiado. Lo más preocupante, sin embargo, era su ubicación y su rumbo, que aparecían indicados por una luz azul parpadeante en el ordenador portátil de Eli Lavon.

—Por favor, dime que no lo ha hecho —dijo Lavon, muy serio.

—Parece que sí —respondió Gabriel—. Pero quizá deberías comprobar los datos del GPS para asegurarnos.

Lavon extrajo las coordenadas incrustadas en la imagen.

—Lo ha hecho —dijo—. No hay duda.

Gabriel maldijo en voz baja. Ingrid había sacado la directiva del Consejo de Seguridad de la mansión de Nikolái Petrov en Rublyovka.

—¿Cuánto tiempo crees que tenemos hasta que descubra que ha desaparecido?

—¿Y si lo sabe ya?

—Ingrid lo habrá hecho por un buen motivo.

—¿Como cuál?

—Lo sabremos dentro de un minuto, Eli.

Justo entonces llegó la siguiente fotografía a sus pantallas. Era la primera página de la directiva: un breve resumen de lo que seguía a continuación. Lavon y Mijaíl lo tradujeron para Gabriel y Lars Mortensen.

—Dios mío —dijo el jefe de la inteligencia danesa.

—Y aún no ha llegado a lo mejor —añadió Gabriel en tono sombrío.

—No —dijo Lavon mientras aparecía la siguiente página en su ordenador—. Pero está claro que esto se está calentando.

—¿Qué dice?

—Dice que Ingrid necesita enviarnos el resto del documento antes de que Petrov la encuentre.

Las imágenes empezaron a llegar a intervalos regulares: una página cada diez o quince segundos. Gabriel las enviaba por vía segura a Langley, donde las recibían los analistas y traductores de la Casa Rusia. A los pocos minutos, el poco pelo que le quedaba a Adrian Carter estaba oficialmente en llamas. Y con razón: la directiva no dejaba nada a la imaginación. Era un plan meticulosamente detallado para desatar una guerra nuclear en Ucrania, una guerra que comenzaría con una operación de bandera falsa cuyo nombre en clave era Plan Aurora. Las manecillas del Reloj del Juicio Final, pensó Gabriel, marcaban un minuto para la medianoche. Menos, quizá.

Nueve minutos después de recibir la primera fotografía, recibieron la última. Para entonces, la luz azul que parpadeaba en la pantalla del ordenador de Eli Lavon había llegado a la carretera de circunvalación de Moscú. Cinco minutos más tarde, a las doce y media hora local, se dirigía hacia el norte por la M11, la autopista Moscú-San Petersburgo. Según Google Maps, el trayecto hasta el aeropuerto de Púlkovo duraba siete horas. La probabilidad de que encontraran tormentas de nieve por el camino, según la última previsión meteorológica, era del cien por cien. La de que Ingrid y Magnus Larsen salieran vivos de Rusia, calculó Gabriel, casi nula.

Y estaba a punto de empeorar.

—¿Y ahora qué? —preguntó Eli Lavon.

—Adrian quiere que vaya a la Embajada americana para que hablemos en privado usando la red de Langley.

—¿Hablar de qué?

—De la página treinta y seis de la directiva.

—¿Está pasando ya?

—Puede ser.

—No creerás que los americanos…

—Sí, Eli. Creo que sí.

Salvo por un breve desvío para circunvalar la ciudad de Tver y un zigzag por los lagos del Parque Nacional Valdaysky, el camino era prácticamente una línea recta que empezaba a las once en punto del reloj que formaba la carretera de circunvalación de Moscú y terminaba en las puertas del sur de San Petersburgo. Esconderse era imposible: había peajes que pagar y cámaras que vigilaban el flujo del tráfico, que a la 01:20 de la madrugada de una cruda noche de invierno era solo un goteo. Magnus circulaba a ciento quince kilómetros por hora, un promedio excelente.

Ingrid apagó el teléfono de Magnus y le quitó la tarjeta SIM.

—Para un momento.

—¿Por qué?

—Porque no puedes leer mientras conduces.

—¿Te parece prudente?

—Tu teléfono está desactivado.

—¿Y el tuyo?

—No está conectado a la red móvil.

Magnus se desvió al arcén y detuvo el Range Rover. Luego miró por el espejo retrovisor, con la mano izquierda en el tirador de la puerta.

—¿Se puede saber a qué esperas?

Un gigantesco camión pasó tronando por su lado, envuelto en una nube de nieve y sal para carreteras.

—¿Responde eso a tu pregunta? —preguntó Magnus, y se bajó del coche.

Ingrid se deslizó por encima de la consola central y se sentó al volante. Magnus, tras cruzar el resplandor de los faros del Range Rover, ocupó su lugar en el asiento del copiloto.

—Creo que me gustabas más cuando eras mi amorosa secretaria —comentó frunciendo el ceño.

Ella ajustó rápidamente el asiento y los espejos y pisó a fondo el acelerador. La carretera estaba vacía y muy iluminada. Al menos de momento, no había nieve ni hielo.

Magnus encendió la luz de lectura del coche y levantó la directiva del Consejo de Seguridad.

—Lo primero es lo primero.

—No estaba en la caja fuerte.

—¿Dónde estaba?

—En su maletín.

—¿Por qué no la fotografiaste?

—No me dio tiempo.

—Tenías instrucciones muy precisas, si no recuerdo mal.

—Si Nikolái Petrov se llevó ese documento a su reunión con el presidente, es por algo.

—Y no te quepa duda de que se estará preguntando dónde está ahora.

—A menos que no se dé cuenta de que ha desaparecido.

—Se enterará muy pronto. —Magnus abrió la directiva del Consejo de Seguridad y empezó a leer. Pasado un momento, murmuró—: Dios bendito.

—¿Qué dice?

—Dice que ha hecho usted lo correcto esta noche, señorita Sørensen.

53

Delegación de la CIA
en Copenhague

Por lo general, se tardaban quince minutos en recorrer los diez kilómetros que separaban la sede del PET de la Embajada estadounidense en Dag Hammarskjölds Allé, pero el chófer de Gabriel hizo el trayecto en menos de diez. Paul Webster, el jefe de la delegación de la CIA en Copenhague, estaba esperando en el vestíbulo. Sus zapatos de piel chirriaron cuando condujo a Gabriel por un pasillo desierto hasta la entrada de sus dominios insonorizados. Dentro, activó una conexión de vídeo encriptada con Langley. Adrian Carter apareció en la pantalla unos minutos después. Tenía el semblante crispado por la tensión.

—¿Qué decías? —preguntó Gabriel.

—Página treinta y seis —repitió Carter—. La parte acerca de cómo esos putos tarados planean borrar del mapa uno de sus propios pueblos mediante un ataque nuclear de bandera falsa. Es un pueblecito de nada, a un paso de la frontera ucraniana. Se llama Maksimov.

—Pero esos putos tarados no dicen cuándo va a ser el ataque.

—Es verdad, pero son muy concretos respecto al punto de partida.

—Sokolovka.

—Un verdadero vergel —dijo Carter—. Paul puede enseñarte una imagen de satélite.

El jefe de la delegación estaba sentado delante de un ordenador, fuera del encuadre de la cámara. Con unos pocos clics de ratón, abrió la foto.

—¿Qué tengo que mirar? —preguntó Gabriel.

—Esa pequeña granja en la esquina inferior izquierda de la imagen.

—Parece una granja normal y corriente.

—Así era el día que empezó la guerra. Y así estaba ayer.

Webster abrió otra imagen en su ordenador. Esta vez había dos enormes camiones militares Kamaz aparcados delante de la casa, en el patio lleno de baches. A su alrededor había una docena de hombres fuertemente armados.

—Ahora ya no parece tan corriente, ¿verdad?

—No —convino Gabriel—. Y esos hombres tampoco parecen soldados rusos corrientes.

—Mis chicos opinan lo mismo. Creen que podrían ser Spetsnaz GRU. —La Spetsnaz GRU era la unidad de operaciones especiales del servicio de inteligencia militar ruso—. Si te fijas bien, verás que han delimitado un perímetro alrededor de esa caseta de chapa. Dentro hay otro camión Kamaz. Curiosamente, parece un camión comercial normal. Ese es el que nos preocupa.

—Si atacáis ese edificio…

—Ese no es el plan —le interrumpió Carter.

—¿Y cuál es?

—Lo estamos vigilando muy de cerca.

—¿Qué tal es la cobertura del satélite?

—Baste decir que tenemos más agentes en la región de los que hemos reconocido públicamente. Si ese camión sale de la granja, vamos a estar vigilándolo. Y si hace parada en Maksimov, los ucranianos lo atacarán con varios misiles HIMARS. Con nuestra ayuda, por supuesto.

—¿Tiempo de trayecto entre Sokolovka y Maksimov?

—Dos horas, aproximadamente. Lo que significa que estaremos prevenidos.

—¿Cuánto tardarán los misiles en alcanzar el objetivo?

—Diez minutos. Confiamos en que destruyan el arma sin provocar una detonación nuclear secundaria.

—Pero desencadenaréis una respuesta de los rusos. Y esa respuesta incluirá una evaluación de cómo se enteraron los ucranianos del complot.

—Razón de más para que tus amigos salgan del país lo antes posible.

—Eso intentan, Adrian.

—¿Dónde están ahora?

—Más o menos a mitad de camino entre Moscú y San Petersburgo.

—¿Cómo está el tiempo en el aeropuerto?

—Eres el director de la CIA. Tú sabrás.

—Creo que hay al menos un cincuenta por ciento de posibilidades de que tengan que buscar una vía de salida alternativa.

—Yo diría que se acerca más al setenta y cinco.

—¿Opciones?

—Pedir a los ucranianos que hagan saltar por los aires la casa de Nikolái Petrov en Rublyovka, a ser posible antes de que se dé cuenta de que la directiva ha desaparecido.

—Ten cuidado con lo que deseas —repuso Carter, y la pantalla se oscureció.

Gabriel se quedó mirando la foto del satélite. Una granja destartalada en medio de la nada. Dos camiones Kamaz gigantescos en el patio lleno de baches y otro dentro de la caseta. Ese era el camión que preocupaba a Langley. El que contenía la bomba.

Los dieciséis hombres apostados en la granja de la aldea de Sokolovka pertenecían a la 3.ª Brigada de Guardias Spetsnaz, la unidad de reconocimiento de las fuerzas especiales del GRU. Su comandante era el capitán Anatoli Kruchina, veterano de las guerras de Chechenia y Siria y uno de los misteriosos «hombrecillos verdes» que se habían apoderado de Crimea en 2014. Hasta el momento, la contribución más notable de Kruchina a la llamada

310

«operación militar especial» se había producido en Bucha, donde había ayudado al 234.º Regimiento de Asalto Aéreo a masacrar a varios cientos de civiles inocentes. Había sido una pesadilla, la peor atrocidad que había presenciado nunca. Pero la guerra era la guerra; sobre todo, si intervenían los rusos.

Kruchina y su unidad habían recibido la orden de instalarse en la granja a finales de noviembre. El camión Kamaz blanco había llegado dos días después. La trasera contenía un objeto cilíndrico de unos tres metros de longitud, montado sobre un bastidor de acero y conectado mediante un cable enrollado a una fuente de alimentación externa. A Kruchina no le habían explicado qué era aquel objeto de aspecto peculiar, solo le habían dicho que no debía permitir que le ocurriera nada y que nunca, bajo ningún concepto, accionara el interruptor de la fuente de alimentación. Tal y como le habían ordenado, había metido el camión en la caseta de chapa de la granja y había cerrado la puerta con candado. Y allí permanecía desde hacía casi dos semanas, vigilado por dieciséis de los agentes mejor entrenados del GRU.

La monotonía solo se había roto una vez, la tarde anterior, cuando recibieron por sorpresa la visita del mismísimo director del GRU, el general Igor Belinski. Vestía uniforme de coronel y le acompañaban dos ingenieros con ropa de paisano. Habían inspeccionado el objeto de la trasera del camión y comprobado el nivel de batería de la fuente de alimentación externa. Después, el director del GRU había informado a Anatoli Kruchina de que había sido elegido para llevar a cabo la misión más importante de la operación militar especial en Ucrania, quizá la más importante de la historia del GRU.

No era una misión complicada. Solo tenía que llevar el camión hasta el pueblo de Maksimov, dejarlo en una gasolinera Lukoil y accionar el interruptor de la fuente de alimentación. La detonación se produciría treinta minutos después, pero para entonces Kruchina ya estaría lejos de allí. Otro agente del GRU le estaría esperando para sacarle de la zona de la explosión sano y salvo. Una vez completada con éxito su misión, Kruchina sería ascendido al rango de coronel y se le otorgaría la máxima condecoración del GRU. Su futuro, le aseguró el director, era espléndido.

—¿Cuánta gente morirá?

El general Belinski se había encogido de hombros. Al fin y al cabo, solo eran seres humanos.

—Pero son ciudadanos rusos.

—También lo eran los vecinos de aquellos bloques de pisos en el noventa y nueve. Hubo trescientos muertos solo para garantizar que Volodia ganaba las primeras elecciones.

Al terminar su reunión, el general Belinski le había entregado un paquete con ropa de civil. Debía permanecer en la granja hasta recibir la orden de proceder con el plan. Se la daría el propio general Belinski e iría precedida de la palabra clave «Aurora». Belinski preveía que la transmisión se produciría pasadas las seis de la mañana. Le sugirió que intentara dormir un poco. Era esencial que nada saliera mal. Tenía que estar en plena forma.

Pero eran ya casi las cinco de la mañana y Anatoli Kruchina no había dormido ni un solo minuto. Estaba sentado delante del hule de la endeble mesa de la cocina, vestido de paisano y con una papirosa hedionda consumiéndose entre el dedo índice y el corazón de la mano derecha. Tenía los ojos fijos en su radio satelital, que estaba encima de la mesa, junto a la llave del candado de la caseta metálica. Sus pensamientos se centraban en una sola pregunta.

¿Por qué el general Igor Belinski le había elegido a él, el capitán Anatoli Kruchina, el carnicero de Grozni, el terror de Bucha, para esa misión tan delicada? ¿Qué había hecho para merecer ese honor? La respuesta era evidente. Le habían elegido porque siempre había cumplido las órdenes y llevado a cabo todas las misiones de mierda que le habían encasquetado. Y sin embargo estaba seguro —tan seguro como podía estarlo uno— de que el director le había mentido. No habría ningún ascenso ni ninguna condecoración, igual que no habría ningún agente del GRU esperándole en un coche aparcado en la gasolinera Lukoil, ni un lapso de treinta minutos antes de la detonación. La guerra era la guerra, se dijo Anatoli Kruchina. Sobre todo, si intervenían los rusos.

54

El Kremlin

No hubo nada de anormal en cómo empezó la mañana: ningún presagio, ningún indicio de lo que iba a suceder. El jefe de gabinete del presidente entró en el Gran Palacio del Kremlin a su hora de siempre, las seis en punto, y haciendo gala de su malevolencia habitual. El portavoz del Kremlin, el sibilino Yevgeni Nazarov, llegó unos minutos después con aspecto de no tener ni una sola preocupación, lo que distaba de ser cierto. Se había pasado el trayecto de cuarenta minutos desde su mansión en Rublyovka desmintiendo la noticia de que Rusia había secuestrado a miles de niños ucranianos para encerrarlos en una red de campos de reeducación. La funcionaria a cargo del programa —que casualmente era la comisionada rusa para los derechos de la infancia— ya estaba trabajando con ahínco en su despacho de la segunda planta.

Nikolái Petrov, el secretario del Consejo de Seguridad, llegaba con unos minutos de retraso, pero solo porque había un atasco en la Torre Borovitskaya, la entrada ministerial del Kremlin. Normalmente, Petrov habría abroncado a su chófer, pero, como el Plan Aurora exigía que aparentara serenidad, siguió leyendo su resumen diario de la prensa mundial como si el retraso no le preocupara lo más mínimo. Su maletín descansaba en el otro extremo del asiento trasero. La tapa estaba abierta, pero la cremallera del compartimento interior donde guardaba los documentos importantes se hallaba cerrada.

Por fin se despejó el atasco y la limusina de Petrov atravesó el pasadizo de la Torre Borovitskaya y entró en el patio del Gran Palacio del Kremlin. Con el maletín en la mano, Petrov subió las escaleras hasta su despacho, de tamaño y grandeza presidenciales. Pavel Semenov, su edecán, le ayudó a quitarse el abrigo. Como siempre, le esperaba un desayuno tradicional ruso. Semenov, siempre tan atento, le sirvió el primer café.

—¿Ha dormido bien, secretario Petrov?

—Sí, Semenov. ¿Y usted?

—No muy bien. Mi hijo tiene una tos espantosa.

—Cuánto lo siento. —Petrov puso el maletín sobre su escritorio y abrió los cierres—. Nada grave, espero.

—No creo, pero Yulia está bastante preocupada. —Semenov se colgó el abrigo de Petrov del brazo—. ¿Necesita algo para la reunión de personal de esta mañana?

—Desayunar y estar un rato tranquilo para ordenar mis ideas.

—Por supuesto, secretario Petrov.

Semenov se retiró y cerró la puerta al salir. Al quedarse solo, Petrov se sentó a su escritorio y descolgó su teléfono de seguridad. Pulsando una sola tecla, llamó al general Igor Belinski. El director del GRU respondió con su monosílabo habitual.

—¿Qué tal el viaje ayer? —preguntó Petrov.

—Estaba deseando salir de ese agujero asqueroso.

—¿Ha encontrado al hombre indicado para que se encargue de la entrega?

—A uno perfecto, sí. Está esperando la orden.

—Entonces tal vez debería dársela.

—¿Está seguro, secretario Petrov?

—Estoy seguro.

—¿Y el presidente del Estado?

—Dio su consentimiento anoche.

—En tal caso, secretario Petrov, dígame por favor la palabra clave, para que no haya malentendidos más adelante.

—Aurora.

—¿Cómo ha dicho?

—Aurora —repitió Nikolái Petrov, y colgó el teléfono.

En la aldea de Sokolovka, arreciaba el viento y el aire arrastraba ásperos perdigones de nieve. Con la cabeza gacha, Anatoli Kruchina cruzó corriendo el barro helado del patio hasta la puerta de la caseta de chapa. Los dos hombres que la custodiaban estaban medio muertos de frío. Kruchina los informó de que quedaban relevados del servicio y metió la llave en el candado.

El maldito chisme estaba tan congelado que tardó un minuto en abrirlo y otro más en mover la puerta oxidada. La cabina chata del KamAZ-43114 ocupaba casi por completo el vano de la puerta. Kruchina se dio un golpe en el ojo izquierdo con el retrovisor al bordear el recio parachoques y abrió la puerta del conductor.

Había un escalón en la parte delantera de la cabina, a unas tres cuartas partes de la altura del volante. Apoyó el pie izquierdo en él y, maldiciendo con rabia en voz baja, se encaramó a la cabina. Le dolía el ojo. Su primera herida en lo que llevaban de campaña. No era un comienzo prometedor para su misión histórica. ¿Qué sería lo siguiente? ¿Estaría vacío el depósito de combustible? ¿Se habría descargado la batería?

Consiguió cerrar la puerta de la cabina sin hacerse más daño y dejó su radio satelital en el asiento del copiloto. La llave estaba en el contacto. Kruchina la giró a la derecha y el motor se puso en marcha con un rugido. Un momento después se dirigía hacia el oeste por una carretera helada de un solo carril, rumbo a la frontera ucraniana.

En el centro de operaciones del PET a las afueras de Copenhague, Gabriel solo tardó cinco minutos en enterarse de que el camión se había puesto en marcha. Fue Adrian Carter quien, usando un lenguaje velado, le dio la noticia. El camión había salido de la granja a las 06:12 de la mañana. Si su destino era la localidad

315

fronteriza de Maksimov, llegaría entre las ocho y las ocho y cuarto. En cuanto se detuviera, los misiles HIMARS levantarían el vuelo. Y diez minutos después volverían a bajar.

—Momento en el cual Nikolái Petrov y su amigo Vladímir Vladímirovich se pondrán como fieras —le dijo Gabriel a Lars Mortensen tras la llamada de Carter.

—Quizá piensen que ha sido un fallo del dispositivo.

—A no ser que las defensas aéreas rusas detecten el lanzamiento de los misiles ucranianos. Entonces sabrán exactamente lo que ha pasado.

Eli Lavon miraba fijamente la luz azul que parpadeaba en la pantalla de su ordenador.

—¿Dónde están? —preguntó Gabriel.

—A una hora y quince minutos al sur de Púlkovo.

—O sea, que embarcarán antes de que los misiles alcancen el camión.

—Lo dudo mucho. —Lavon señaló la pantalla. Púlkovo acababa de decretar parada completa en tierra—. ¿Puedo sugerir una alternativa?

—No la hay, Eli.

Lavon miró a Lars Mortensen.

—Podríamos usar el Consulado danés de San Petersburgo como bote salvavidas.

—Podemos meterlos en el consulado —dijo Mortensen—, pero tardaríamos años en poder sacarlos.

—Entonces, creo que solo nos queda una opción. —Lavon amplió el mapa en la pantalla y señaló un punto al noroeste de San Petersburgo.

Gabriel miró a Mortensen.

—Necesito un avión.

55

Maksimov

La gasolinera Lukoil estaba aproximadamente a un kilómetro de la ahora difuminada frontera entre Rusia y el óblast ucraniano de Donetsk. Anatoli Kruchina llegó a las 08:19 de la mañana. Teniendo en cuenta el pésimo estado de las carreteras, no iba mal de tiempo, se dijo, aunque llevara unos minutos de retraso. Aparcó el camión al borde de la ancha explanada de asfalto y, al apagar el motor, se deleitó en el silencio repentino. No era la primera vez que daba gracias a Dios por no ganarse la vida conduciendo un camión.

Encendió una papirosa y observó el panorama. Dos clientes estaban llenando el depósito en los surtidores. Uno era un viejo curtido; el otro, una adolescente que mascaba chicle. Había un tercer coche aparcado delante de la entrada de la tienda, con un par de niños en el asiento trasero. Kruchina también tenía dos hijos. Vivían con su madre en Volgogrado. No los veía desde el comienzo de la guerra. Sus hijos pensaban que era un héroe. Un defensor de la madre patria, un combatiente del tío Vova. Kruchina le había rogado a la madre que rompiera el televisor.

Miró la hora. Eran las 08:22. Salió de la cabina y entró en la tienda. La madre de los dos niños estaba en la caja. Parecía tener veintitantos años, una viuda de guerra, seguramente. Las había por todas partes. Miró a Kruchina con reproche, como preguntándose por qué no iba de uniforme. Kruchina, por su parte, se preguntó si la mujer y sus dos hijos estarían muertos al cabo de un rato.

Pasó unos minutos recorriendo los pasillos, acumulando comida y bebida, luego volvió a la caja. La mujer del otro lado del mostrador tenía cara de no haber dormido en un mes.

—¿A qué hora sales? —le preguntó.

—Cuando acabe la guerra —bromeó ella, y escaneó sus artículos.

Kruchina pagó en efectivo y salió. Los dos niños del asiento trasero del coche le sacaron la lengua cuando su madre arrancó. Al salir de la gasolinera, se dirigió hacia el este, hacia Rusia. «Sigue conduciendo», pensó Kruchina. «Pase lo que pase, no pares».

Abrió la puerta del Kamaz y subió a la cabina. Su radio emitió un chirrido mientras abría la primera bolsa de patatas fritas. El hombre del otro lado de la conexión no se molestó en identificarse.

—¿Ha llegado a su destino? —preguntó el general Igor Belinski, director del GRU.

—Sí.

—¿Está armado el dispositivo?

—Todavía no.

—¿Por qué?

—Mi transporte debe de haberse perdido.

—Llegará de un momento a otro. Arme el dispositivo inmediatamente.

—Claro —respondió Kruchina—. Enseguida.

Dejó a un lado la radio y miró hacia el este, carretera abajo. No vio acercarse ningún coche. Ni lo vería, pensó. Al menos, no uno destinado a él.

Miró una última vez la hora. Eran las 08:28 de la mañana. Luego desenroscó el tapón de un refresco americano y, llevándose la botella a los labios, dejó de existir.

A las afueras de San Petersburgo, Ingrid volvió a conectar su teléfono Génesis a la red de telefonía móvil rusa MTS el tiempo justo para consultar el tablón de salidas de la página web del aeropuerto de Púlkovo. Como cabía suponer por las malas condiciones meteorológicas del otro lado de su ventanilla, no había ningún vuelo a punto de despegar o aterrizar. Unos minutos más tarde, Gabriel se lo confirmó mediante un mensaje de texto enviado por satélite. Le indicaba que siguiera viaje hasta la frontera con Finlandia. Estaba cerrada a los ciudadanos rusos sin visado válido de la UE, pero Ingrid y Magnus eran daneses y podían cruzarla. Siempre y cuando sus anfitriones rusos les permitieran salir, claro.

Bordearon el centro de San Petersburgo por la autopista de peaje y se dirigieron a la E18. Magnus iba al volante. Llevaba conduciendo unas cuatro horas, desde su última parada para repostar y tomar café, en una gasolinera abierta toda la noche de un lugar infecto llamado Myasnoi Bor. Ingrid tenía pensado meter la directiva nuclear rusa en la papelera del aseo de mujeres, pero huyó horrorizada al abrir la puerta.

El documento estaba ahora guardado en el maletín de Gennadi Luzhkov, en el asiento trasero, junto con el medio millón en efectivo. La potente pistola Vektor de Gennadi seguía en su bolso. En cuanto al paradero de Gennadi, Ingrid y Magnus no sabían nada de él. Ignoraban si le habían detenido o si estaba vivo o muerto. Si no había muerto aún, pensó Ingrid, moriría muy pronto, y todo porque ella había robado la directiva del Consejo de Seguridad.

Miró el teléfono desactivado de Magnus.

—Ni se te ocurra —dijo él en voz baja.

—Tengo que saberlo.

—Da por sentado lo peor.

—¿Sabes lo que van a hacerle?

—Lo mismo que me harán a mí si nos detienen. Además, Gennadi sabía a lo que se arriesgaba. Solo espero que, cuando se escriba la historia de este asunto, se le reconozcan sus méritos.

—¿Y qué dirán de nosotros? —preguntó Ingrid.

—Supongo que eso depende de si los guardias fronterizos rusos nos dejan salir. —Magnus limpió la luna empañada con la manga del abrigo—. Estoy pensando que tú sabes muchas cosas sobre mí y yo no sé casi nada de ti.

—Sí.

—Cuéntame algo, al menos.

—Me crie en un pueblecito de Jutlandia, cerca de la frontera alemana.

—Buen comienzo. ¿A qué se dedica tu padre?

—Es maestro de escuela.

—¿Y tu madre?

—Una santa.

—Está claro que eres inteligente. ¿Por qué te hiciste ladrona?

—¿Por qué te hiciste tú directivo de una petrolera?

—No me digas que eres ecologista.

—Ecologista convencida.

—Serás muy respetuosa con el medioambiente. Cero emisiones y esas cosas.

—¿Y si lo fuera?

—Te aconsejaría que buscaras ayuda profesional.

—¿Porque es todo un montaje?

Magnus indicó el parabrisas.

—Mira la nieve que cae a tu alrededor.

—Estamos en el norte de Rusia, idiota.

—Admito que el clima se está calentando, pero la quema de combustibles fósiles no tiene nada que ver.

—No es eso lo que decías en un informe interno de DanskOil en 1998. De hecho, decías todo lo contrario.

Él giró la cabeza hacia la derecha.

—¿Cómo es posible que sepas eso?

—¿A qué crees que me dediqué todo el tiempo que estuve sentada delante de tu despacho?

—¿Encontraste más cosas interesantes?

—Numerosas infracciones de seguridad en vuestras plataformas de perforación y varios vertidos no declarados.

—Son cosas que pasan cuando se extrae petróleo del fondo del mar del Norte. —Se quedó mirando al frente. Los limpiaparabrisas funcionaban a toda potencia. El desempañador rugía—. ¿Qué vas a hacer cuando esto termine?

320

—Creía que nos íbamos a casar.

—La verdad es que tengo que decirte una cosa.

—Qué cara más dura —murmuró ella.

—Tienes razón. Pero tengo que intentar salvar mi matrimonio antes de que sea demasiado tarde.

—¿Crees que te aceptará de nuevo?

—Cuando le diga lo que hemos hecho tú y yo aquí en Rusia, tengo el presentimiento de que sí.

Ingrid se quitó el anillo del dedo.

—Quédatelo —dijo Magnus—. Así te acordarás de mí.

El tiempo empeoraba por momentos. Ingrid encendió la radio. Los locutores del programa parecían indignados.

—¿De qué están hablando? —preguntó.

—Los ucranianos acaban de disparar varios misiles contra un pueblecito ruso, cerca de la frontera.

—¿En serio? —Ingrid volvió a ponerse el anillo de diamantes—. Qué vergüenza.

56

El Kremlin

La noticia de que los ucranianos habían atacado con misiles la localidad fronteriza rusa de Maksimov sorprendió más que a nadie al secretario del Consejo de Seguridad de Rusia, Nikolái Petrov. Al principio pensó que la información era errónea. Cambió de opinión, sin embargo, al ver en la NTV un vídeo grabado con un teléfono móvil. Era evidente que aquellos daños eran resultado del uso de armas convencionales y no del estallido de una bomba nuclear de baja potencia fabricada hacía décadas con uranio sudafricano altamente enriquecido.

Lo que más alarmó a Petrov fue el objetivo aparente del ataque: una gasolinera Lukoil situada a unos mil metros de la frontera ucraniana, el lugar exacto donde debía comenzar el Plan Aurora esa mañana. Dedujo de inmediato que se había producido un fallo de seguridad, que había habido una filtración. Pero ¿cómo? El Plan Aurora se había mantenido en absoluto secreto, hasta el punto de que solo un puñado de *siloviki* de alto rango conocían su existencia. Y él había tenido en su poder en todo momento la única copia de la directiva que autorizaba la operación.

Estaba guardada en su maletín, abierto sobre la mesa. Abrió la cremallera del bolsillo interior donde guardaba los documentos secretos y miró dentro.

La directiva 37-23\VZ del Consejo de Seguridad de Rusia había desaparecido.

***

La Real Fuerza Aérea Danesa disponía de una flotilla de cuatro aviones Bombardier Challenger para uso de la primera ministra y otros altos cargos del Gobierno, pero Lars Mortensen prefirió alquilar un avión ejecutivo Dassault Falcon. El aparato salió del aeropuerto de Copenhague a las seis y media de la mañana y noventa minutos más tarde aterrizaba en Helsinki. Mijaíl y Eli Lavon entraron en Finlandia como ciudadanos polacos; Gabriel, como canadiense. Si los agentes de inmigración finlandeses le hubieran registrado, cosa que no hicieron, habrían descubierto que llevaba una Beretta 92FS cargada y dos cargadores de repuesto. Mijaíl llevaba la Jericho del calibre 45.

Un agente de la CIA llamado Tom McNeil se reunió con ellos en la sala de espera del FBO. McNeil parecía más finlandés que los propios finlandeses y hablaba el idioma como un nativo. Se dirigió a Gabriel en un inglés con acento neoyorquino:

—Tres misiles HIMARS han impactado directamente en el objetivo. No ha habido detonación secundaria del material fisible y el número de víctimas colaterales es limitado.

—¿Han reaccionado los rusos?

—Todavía no.

El FBO les tenía preparado un coche, un Audi Q5 SUV. Mijaíl se sentó al volante; Tom McNeil, en el asiento del copiloto. Gabriel ocupó el asiento trasero junto a Eli Lavon. Cinco minutos después se dirigían hacia el este por la E18. La velocidad a la que circulaba Mijaíl era totalmente inadecuada para las condiciones meteorológicas, que no podían ser peores.

Tom McNeil comprobó su cinturón de seguridad.

—¿Tiene mucha experiencia conduciendo con nieve? —le preguntó.

—Nací en Moscú.

—Ahora pregúntele si sus padres tenían coche —dijo Gabriel.

—¿Lo tenían? —inquirió McNeil, pero Mijaíl no respondió.

Gabriel miró a Lavon, que tenía la vista fija en la pantalla de su ordenador portátil.

—¿Dónde están?

—Al norte de San Petersburgo.

—¿Cuánto tardarán en llegar a la frontera?

—¿Con este tiempo? Tres horas por lo menos.

—¿Y nosotros?

—Eso depende de que Mijaíl no se salga de la carretera.

Gabriel miró por la ventanilla. Eran casi las nueve y media de la mañana, pero parecía medianoche.

—¿Crees que amanecerá hoy, Eli?

—No —respondió—. Hoy no.

La Torre TverBank, que antaño había sido el rascacielos más alto de Moscú y ahora ocupaba el cuarto lugar, se cernía sobre la calle Bolshaya Spasskaya, pasado el Anillo de los Jardines. De forma cilíndrica y ápice cónico, semejaba un falo gigante. O eso dijeron las voces más críticas cuando el presidente del TverBank, Gennadi Luzhkov, desveló una maqueta del edificio en un opulento acto para la prensa al que asistieron varias personalidades del Kremlin, incluido el presidente.

El despacho de Gennadi se hallaba en la última planta, la 54.ª. Estaba sentado a su mesa poco después de las nueve de la mañana cuando su asistente le informó de que el secretario Nikolái Petrov le llamaba por teléfono. Gennadi, por diversos motivos, estaba esperando su llamada.

—¡Traidor hijo de puta! —gritó Petrov—. ¡Estás muerto! ¿Me entiendes? ¡Muerto!

—Pronto lo estaré —contestó Gennadi con calma—. Pero ¿se puede saber qué pasa?

—Anoche me robó un documento del maletín.

—¿Quién, Nikolái?

—La mujer que trajiste a mi casa.

—¿La señorita Sørensen? ¿Te has vuelto loco?

—El documento estaba en mi maletín cuando llegué a casa y había desaparecido esta mañana cuando llegué al Kremlin.

—Dime una cosa, Nikolái. ¿Estaba bien cerrado ese maletín?

—Por supuesto que sí.

—Entonces, ¿cómo crees que pudo robarlo la señorita Sørensen?

—Debió de forzar los cierres de alguna manera.

Gennadi soltó un fuerte suspiro.

—En serio, tienes que calmarte, Nikolái. El país depende de ti. ¿No has visto las noticias? Los ucranianos acaban de atacar un pueblo cerca de la frontera. Aunque a saber para qué desperdician misiles atacando una gasolinera.

—¿Dónde están, Gennadi?

—¿Los ucranianos? Están en Ucrania, Nikolái. Si es que queda alguno, claro.

—Magnus Larsen y la mujer —dijo Petrov.

—En la cama durmiendo, imagino.

—¿Por qué no han ido al aeropuerto?

—Porque tuvieron la sensatez de no hacerlo. ¿Has visto el tiempo? Ahora, si me disculpas, nuestro hombre en Dubái espera ansioso la primera transferencia.

—Ese dinero no va a ir a ninguna parte. Excepto a otro banco —añadió Petrov—. Se lo voy a dar a Yuri, del VTB.

—Ya has firmado las órdenes de transferencia. Me temo que es demasiado tarde. La bala está en la recámara, por decirlo así.

—Rompe esas órdenes de transferencia, cabrón.

—Si insistes —dijo Gennadi—, pero tendrás que firmarme la orden de cancelación. Solo tardarás unos minutos. ¿A qué hora te espero?

Tras soportar otro torrente de improperios, Gennadi colgó y llamó de inmediato a Magnus Larsen. Saltó directamente al buzón de voz. Magnus, al parecer, había tenido la prudencia de apagar su teléfono móvil.

El director del FBO del aeropuerto de Púlkovo, en cambio, respondió al instante. Las noticias no auguraban nada bueno. El tiempo había obligado al aeropuerto a decretar la parada total en tierra. El FBO esperaba que las condiciones mejoraran hacia el mediodía, pero los vuelos comerciales tendrían prioridad. Hasta primera hora de la tarde no se preveía que pudieran despegar los aviones privados.

Lo que significaba que Magnus e Ingrid estaban atrapados en Rusia. Gennadi les había conseguido unos minutos más, pero aun así no tendrían tiempo de escapar. Lo que necesitaban era un salvoconducto emitido por un miembro poderoso del círculo de los *siloviki*, por ejemplo, el secretario del Consejo de Seguridad de Rusia. Gennadi confiaba en poder llegar a un acuerdo con él. Solo tenía que presionarle un poco.

De ahí que, con un sola llamada a un subordinado situado muchos pisos más abajo, transfiriera el grueso de la fortuna personal de Nikolái Petrov —doscientos cinco mil millones de rublos, ninguno de ellos suyo por derecho— a una cuenta a nombre de Raisa Luzhkova en el Royal GulfBank de Dubái. Petrov recibió al instante una notificación por correo electrónico avisándole de que se había efectuado la enorme transacción. Segundos después, llamó a Gennadi.

—¿Dónde está mi dinero, cabrón?

—¿No has visto el correo, secretario Petrov? Tu dinero está en el Royal GulfBank. Pero no se quedará allí mucho tiempo. Y cuando desaparezca, no volverás a verlo. A mí se me da muy bien esconder cosas, no como a ti.

—¿Qué es lo que quieres?

—Que me prometas que tú y tus amigos del FSB no intentaréis impedir que Magnus Larsen y la señorita Sørensen abandonen el país.

—Supongo que no están en la cama, en Rublyovka.

—No.

—¿Adónde se dirigen?

—No tengo ni idea.

—Pero ¿si tuvieras que apostar por un sitio?

—Kazajstán —respondió Gennadi.

—Yo apuesto por Finlandia.

—Tú no tienes dinero para apostar, Nikolái.

Se hizo un largo silencio.

—Transfiere el dinero al VTB Bank —dijo Petrov por fin— y dejaré que se vayan.

—Mejor al revés. Deja que se vayan y te transferiré el dinero. Y luego podrás hacer conmigo lo que quieras.

—Descuida, eso pienso hacer.

Se cortó la conexión.

Gennadi volvió a marcar el número de Magnus, pero no obtuvo respuesta. Tenía que avisarlos de que podían cruzar la frontera. Solo le quedaba una opción.

Buscó el número principal en Internet y marcó.

—Embajada de Estados Unidos —contestó alegremente en inglés una mujer con acento americano.

—Soy Gennadi Luzhkov, presidente de TverBank y colaborador la Agencia Central de Inteligencia con nombre en clave Komarovski. Escúcheme con atención.

57

Sur de Finlandia

Sonaba demasiado descabellado para no ser cierto. Al menos, esa fue la conclusión a la que llegó la operadora de la Embajada, que desde el comienzo de la llamada operación militar especial en Ucrania había oído un montón de sandeces con acento ruso a través de las líneas telefónicas. Pasó el mensaje de inmediato a su superior —más o menos una transcripción palabra por palabra de lo que había dicho el señor Luzhkov— y su superior lo llevó al despacho del jefe adjunto de la misión diplomática. Aunque a este el mensaje no le decía nada, tuvo la prudencia de informar al jefe de la delegación de la CIA, que lo envió por vía urgente a la Casa Rusia de Langley, que a su vez lo reenvió a través del Atlántico, hasta Helsinki.

Pasaron otros cinco minutos antes de que Tom McNeil recibiera la noticia mediante un correo electrónico cifrado. El mensaje afirmaba que Gennadi Luzhkov, fundador y presidente de TverBank y colaborador de la CIA con el nombre en clave de Komarovski, había conseguido —corriendo sin duda un enorme riesgo personal— un salvoconducto para que Ingrid y Magnus Larsen pudieran salir de Rusia. McNeil se entusiasmó con la noticia; Gabriel, no tanto. Sabía por experiencia que los tratos con los rusos se torcían invariablemente, a menudo como consecuencia de su colosal incompetencia. Por lo tanto, se abstendría de cualquier celebración o expresión de alivio hasta que sus dos agentes estuvieran a salvo al otro lado de la frontera.

Aun así, les notificó la alentadora noticia mediante un mensaje clandestino enviado por satélite al dispositivo Génesis de Ingrid. Su respuesta fue instantánea.

—¿Y bien? —preguntó Eli Lavon.

—Pregunta si debe intentar pasar la directiva a través de la frontera.

—Eso podría estropearlo todo.

—Pero estaría bien tener el original, ¿no crees?

—Es demasiado arriesgado —repuso Lavon.

Gabriel mandó el mensaje. Un instante después, su teléfono emitió un leve pitido al recibir una respuesta.

—Se inclina por quedársela.

—Menuda sorpresa.

Se oyó otro leve pitido.

—¿Y ahora qué pasa? —preguntó Lavon.

—Al parecer, también tiene medio millón de dólares en efectivo.

—¿En serio? ¿De dónde crees que lo ha sacado?

Gabriel se guardó el teléfono en el bolsillo.

—Me da miedo preguntar.

McNeil tenía el número de móvil privado del director del servicio de seguridad e inteligencia de Finlandia. Lo marcó cuando faltaba una hora para que llegaran a la frontera e informó al director de que se dirigían hacia allí dos agentes secretos de la CIA cuya tapadera se había descubierto.

—¿Son rusos esos agentes?

—Daneses, en realidad.

—¿Nombre?

—Prefiero no identificarlos a través de una conexión insegura.

—Dado que se ha descubierto su tapadera, señor McNeil, no creo que eso sea problema.

McNeil le dio los dos nombres.

—¿Ese Magnus Larsen?

—En todo su esplendor.

El jefe de la inteligencia finlandesa, cuyo nombre era Teppo Vasala, deseaba ayudarlos, pero también quería evitar a toda costa que su país se enzarzara en una escaramuza bélica con los rusos. Últimamente, esa era su principal obsesión.

—¿Y están seguros de que les han concedido un salvoconducto? —preguntó.

—Tan seguros como podemos estarlo.

—Lo creeré cuando lo vea, pero, si el Servicio de Fronteras ruso les permite cruzar los puestos de control de su lado de la raya, por supuesto que les permitiremos entrar en Finlandia.

—Se lo agradecemos —dijo McNeil.

—¿A qué distancia están Larsen y la mujer de Finlandia?

—A noventa minutos.

—Supongo que querrán ustedes recibirlos cuando crucen la frontera.

—Han pasado una noche larga y difícil.

—Tendré que arreglarlo con la Guardia Fronteriza. ¿Cuántos son ustedes?

—Cuatro.

—¿Quiénes son los otros tres?

—Persona A, Persona B y Persona C.

—¿Estadounidenses?

—Eso decídalo usted, director Vasala.

El jefe del espionaje finlandés dio a McNeil la ubicación de un lugar a unos diez kilómetros de la frontera y le ordenó que esperaran allí hasta nuevo aviso. Resultó ser un aparcamiento compartido por un supermercado y un *bed and breakfast*. McNeil entró en el hotel en busca de café caliente y comida, y cuando regresó al Audi unos minutos después encontró a Mijaíl metiendo un cargador en la culata de una pistola Jericho.

—¿Para qué es eso? —preguntó el americano.

—Para matar rusos.

—Que quede claro —dijo McNeil— que hoy no se va a matar a ningún ruso.

—A no ser que hagan alguna tontería.

—¿Como qué?

—Como fijarse en el hombre sentado justo detrás de mí —respondió Mijaíl.

—El objetivo de la operación de esta mañana, señor McNeil —explicó Eli Lavon sin apartar los ojos de su portátil—, es doble. Nuestra prioridad es recuperar a Ingrid y Magnus Larsen sanos y salvos. Pero igual de importante es que Gabriel Allon, el hombre al que más odia el presidente ruso, permanezca en Finlandia. Francamente, ya está demasiado cerca de Rusia.

—Estamos a diez kilómetros de la frontera.

—Precisamente —añadió Lavon—. Y dentro de unos minutos, estaremos a diez metros. Por eso Gabriel y Mijaíl irán armados.

—¿Y usted no?

—No, no —dijo Lavon—. A mí nunca me ha gustado el jaleo.

McNeil entregó a Gabriel un vaso de papel con tapa y una bolsita. El vaso contenía café con leche finlandés. La bolsita, una cosa crujiente y oscura que Gabriel miró con recelo.

—Es un pastel de Carelia —explicó McNeil—. Masa de centeno rellena con gachas de arroz. Muy tradicional.

Gabriel, que estaba muerto de hambre, probó el pastel.

—¿Qué le parece?

—Me parece que debería usted contestar el teléfono.

Era Teppo Vasala, que llamaba desde Helsinki. McNeil escuchó en silencio un momento y luego colgó.

—Vamos.

Mijaíl se guardó la Jericho en el bolsillo del abrigo y torció hacia la carretera. Un cartel azul y blanco, apenas visible entre la nieve que seguía cayendo, indicaba la distancia hasta el puesto fronterizo de Vaalimaa.

—Que conste —dijo Eli Lavon— que estás ya nueve kilómetros más cerca de Rusia de lo que deberías estar.

***

Pasaron sin detenerse por un par de controles y a continuación los dirigieron hacia el puesto de mando de la Guardia Fronteriza. Fuera esperaba un gigante nórdico llamado Esko Nurmi. Llevaba una Glock a la altura de la cadera y en la cara una expresión de desdén por los seres inferiores. Después de charlar un momento en finés con Tom McNeil, le tendió a Gabriel una enorme manaza.

—¿Usted quién es? —preguntó el altísimo finlandés—. ¿Persona A, Persona B o Persona C?

—¿Es que importa?

—Solo si algo sale mal.

—En ese caso, soy Persona A.

—¿A de Allon, por casualidad?

—Podría ser, sí.

La expresión desdeñosa del finlandés se transformó en un gesto de admiración.

—Es un honor tenerle aquí, en Vaalimaa, director Allon. Sígame, por favor.

Entraron en el puesto de mando, donde un funcionario vestido con un jersey elegante estaba sentado delante de una serie de monitores de vídeo. Las cámaras de vigilancia a las que estaban conectados apuntaban hacia el complejo de Torfyanovka, en el lado ruso de la frontera. Una de las cámaras enfocaba a un grupo de vehículos del Servicio de Fronteras ruso estacionados en la explanada de asfalto, frente a los carriles de inspección.

—Llegaron hace cosa de una hora —explicó Nurmi—. No son los típicos inspectores de pasaportes que solíamos ver cuando estaba abierta la frontera. Son miembros de una unidad de las fuerzas especiales. Y van bastante bien armados.

—¿A qué distancia estamos de la frontera?

—Alrededor de kilómetro y medio. —El finlandés condujo a Gabriel hasta una ventana cercana y señaló un par de luces amarillas que brillaban a lo lejos—. Tenemos una subestación a unos ciento cincuenta metros de la frontera.

—¿Hay alguien de guardia?

—Un agente.

—Me gustaría reunirme con él, si no le importa.

—Lo siento, director Allon, pero no puede acercarse más.

Volvieron a la sala de control. En el lado ruso de la frontera todo seguía igual. Esko Nurmi miró la hora en su reloj de pulsera.

—Según mis cálculos, sus dos agentes están a unos quince minutos.

Gabriel miró a Eli Lavon, que asintió con la cabeza.

—¿Es la Persona B o la C? —preguntó Esko Nurmi.

—La C, creo.

El finlandés miró a Mijaíl.

—La Persona B parece problemática.

—Desde luego que sí.

—¿Va armado?

—Bolsillo derecho del abrigo.

—¿Y usted?

Gabriel se dio unas palmaditas a la altura de los riñones.

—¿Cómo ha entrado con eso en el país?

—No estoy en el país.

—¿Ha disfrutado de su estancia?

Gabriel miró los camiones rusos que esperaban en el asfalto, al otro lado de la frontera.

—Se lo diré dentro de quince minutos.

58

Torfyanovka

El pueblo de Chulkovo fue el último lugar donde vieron un par de faros que circulaban en sentido contrario. Medio kilómetro más al oeste, se toparon con un coche patrulla del Servicio de Fronteras ruso aparcado en la cuneta bordeada de árboles, con las luces encendidas y los limpiaparabrisas oscilando parsimoniosamente. El agente sentado al volante estaba hablando por radio. No intentó impedirles el paso.

—Buena señal —dijo Magnus—. Está claro que nos esperan.

Ingrid miró hacia atrás, pero no había nada que ver; la luna trasera estaba cubierta de nieve y suciedad.

—Seguro que no van a dejar que crucemos la frontera sin más.

—Pronto lo sabremos.

—¿Cómo crees que nos han conseguido ese salvoconducto?

—Conociendo a los rusos, seguro que el dinero ha tenido algo que ver.

—El de Nikolái Petrov.

Magnus asintió.

—Gennadi debe de haberlo movido al extranjero. Supongo que lo devolverá en cuanto crucemos la frontera.

—¿Y después?

—Se caerá misteriosamente desde lo alto de la Torre TverBank.

Vieron un segundo coche patrulla aparcado frente a una tienda de neumáticos usados en el pueblecito de Kondratevo, y un tercero frente al lúgubre motel Medved. De nuevo, ninguno de los agentes intentó impedirles llegar a una frontera internacional que llevaba muchos meses cerrada y militarizada.

Con Magnus al volante, el coche describió una última serie de curvas suaves y el enorme puesto fronterizo de Torfyanovka surgió de repente detrás de un velo de nieve. Antes de que empezara la guerra, por allí pasaban anualmente dos millones de turismos y camiones. Ahora estaba desierto, salvo por unos pocos vehículos militares del Servicio de Fronteras y una veintena de hombres uniformados que montaban guardia en la explanada bien iluminada, frente al puesto de inspección.

Mediante gritos y gestos, los guardias fronterizos rusos ordenaron a Magnus que se detuviera y rodearon rápidamente el Range Rover. Uno de ellos miró con lascivia a Ingrid por la ventanilla, pero ella siguió mirando al frente, hacia las luces lejanas del complejo fronterizo finlandés de Vaalimaa.

Sí, pensó angustiada, sin duda los estaban esperando.

Cuatro kilómetros al oeste de allí, en el puesto de mando finlandés, Gabriel observaba con creciente alarma las imágenes de vídeo que llegaban del lado ruso de la frontera. Uno de los rusos se paseaba por la pista con la radio junto a la mandíbula. Los demás permanecían quietos como estatuas en torno al Range Rover parado. Esko Nurmi tenía razón: no eran simples selladores de pasaportes.

—Parece que hay algún problema —comentó el finlandés.

—Suele haberlo cuando hay rusos de por medio.

Pasaron un minuto más observando la transmisión de vídeo.

—Quizá deberíamos bajar a la subestación —dijo Nurmi—. Solo por si acaso.

—Sería buena idea que viniera también la Persona B —repuso Gabriel—. Solo por si acaso.

* * *

El de la radio parecía estar al mando. Por fin, se acercó a la puerta del conductor del Range Rover y golpeó dos veces la ventanilla con el lateral de la mano enguantada.

Magnus la bajó un par de centímetros.

—¿Hay algún problema? Nuestros amigos de Moscú nos han asegurado que podíamos cruzar la frontera.

El ruso del otro lado del cristal respondió a su comentario con una diatriba indignada. Magnus le tradujo al danés a Ingrid lo que decía.

—Dice que nadie en Moscú puede habernos dado esas garantías porque el paso fronterizo está cerrado. Que hemos entrado en una zona militar restringida y que estamos detenidos.

—Prueba a enseñarle tu pasaporte.

Magnus deslizó su pasaporte danés rojo oscuro por la abertura de la ventanilla.

—Me llamo Magnus Larsen. Soy el consejero delegado de DanskOil.

El ruso aceptó el pasaporte y lo hojeó torpemente, sin quitarse los gruesos guantes. Luego le pasó el documento a un colega y le dijo algo a Magnus en ruso.

—Quiere ver también tu pasaporte —tradujo él.

Ingrid se lo entregó y Magnus lo deslizó por el hueco. El ruso le echó un breve vistazo. Luego se retiró de la puerta y pronunció unas palabras más en ruso, ásperamente. No hizo falta traducción. El guardia fronterizo quería que Magnus saliera del Range Rover.

—Ni se te ocurra abrir esa puerta —dijo Ingrid—. Si sales, estás muerto.

Y entonces la matarían a ella también, no sin antes divertirse un poco con ella. Pensó que el que estaba junto a su ventanilla se pondría el primero en la fila. Estaba accionando el tirador, intentando abrir la puerta. Pero Ingrid no le miraba. Estaba observando un par de faros que bajaban por la cuesta, del lado finlandés de la frontera.

Sacó el teléfono Génesis del bolso y volvió a conectarlo a la red MTS mientras el hombre de la ventanilla le gritaba en ruso.

—Quiere que guardes el teléfono —dijo Magnus.

—Ya me he dado cuenta.

El Génesis tenía cobertura, escasa pero suficiente para hacer una llamada. Marcó un número de sus contactos y se llevó el teléfono a la oreja. Gabriel contestó de inmediato.

—¿El del otro lado de la frontera eres tú? —preguntó.

—¿Dónde iba a estar si no?

—¿Eres consciente de nuestra situación?

—A esta distancia no veo bien lo que ocurre.

—Dicen que no hay ningún acuerdo para dejarnos salir de Rusia. Quieren que salgamos del coche para detenernos. Puede que me equivoque, pero creo que tienen otros planes.

—No te equivocas, Ingrid.

—¿Algún consejo?

La conexión se interrumpió antes de que pudiera contestar.

Ingrid volvió a guardar el Génesis en su bolso y agarró la culata de la pistola Vektor. Luego miró a Magnus y dijo:

—Arranca.

Gabriel se metió el teléfono en el bolsillo del abrigo y sacó la Beretta de la cinturilla del pantalón. Mijaíl sacó también su pistola y miró a Esko Nurmi.

—¿A qué espera?

Nurmi entró en la subestación y salió un momento después con un fusil de asalto Heckler & Koch G36. Recorrieron a pie los ciento cincuenta metros que los separaban de la frontera. Nurmi trazó una línea en la nieve con el cañón del HK.

—Si alguno de ustedes pone un pie al otro lado, no cuenten conmigo.

Mijaíl puso la punta del pie en suelo ruso y luego la retiró al lado finlandés de la frontera.

—Es problemático —dijo Esko Nurmi.

—Sí —coincidió Gabriel—. Y aún no ha visto nada.

* * *

Teniendo en cuenta la actuación catastrófica de las tropas rusas en Ucrania, quizá no fuera una sorpresa que los dieciséis agentes del Servicio de Fronteras que rodeaban el Range Rover en el puesto fronterizo de Torfyanovka cometieran el error de dispersar sus fuerzas colocando a cuatro hombres en la popa del vehículo y solo a dos en la proa. El acelerón repentino de Magnus Larsen pilló desprevenidos a los dos hombres, quienes al instante se encontraron bajo casi tres toneladas de maquinaria automotriz de fabricación británica.

Sus colegas no se molestaron en ordenarle verbalmente a Magnus que parase. Abrieron fuego de inmediato con sus fusiles de asalto rusos, destrozando la luna trasera del Range Rover. Ingrid se giró hacia su izquierda y empezó a disparar con la Vektor. Los rusos, sorprendidos, se arrojaron al suelo para ponerse a cubierto.

—Conviene que te agarres a algo —le gritó Magnus.

Ingrid se volvió y vio que iban derechos hacia el puesto de inspección del paso fronterizo. Magnus enfiló el carril central y se llevó por delante la barrera bajada.

Era el último obstáculo que los separaba de la frontera finlandesa, situada dos kilómetros al oeste. Magnus pisó a fondo el acelerador. Aun así, no pudieron pasar de sesenta kilómetros por hora. La carretera estaba cubierta de nieve compacta.

—¡Más rápido! —gritó Ingrid—. Tienes que ir más rápido.

—Voy todo lo rápido que puedo, joder.

El Range Rover se estremeció al recibir el impacto de varias balas de gran calibre. Ingrid se giró en el asiento y vio acercarse dos vehículos todoterreno. El cargador doble de la Vektor contenía dieciocho balas. Calculó que le quedaban unas diez. Repartió los disparos por igual entre los dos vehículos, pero no sirvió de nada. Seguían acercándose.

Otra ráfaga de disparos atravesó el Range Rover. Ingrid sacó el cargador gastado y, dándose la vuelta, buscó a tientas en su bolso el de repuesto, pero abandonó la búsqueda al notar que se estaban desviando de la carretera en ángulo de cuarenta y cinco grados.

—¡Magnus! —gritó, pero no hubo respuesta.

Desplomado sobre el volante, los arrastraba hacia la derecha, con el pie apoyado como un ladrillo en el acelerador.

Se metieron en una hondonada y se estrellaron contra un bosquecillo de abedules de tronco blanco. El airbag se infló delante de Ingrid.

—Más rápido, Magnus —murmuró mientras perdía la consciencia—. Tienes que ir más rápido.

Posteriormente, una investigación secreta del Gobierno finlandés estableció sin lugar a dudas que Gabriel Allon, el recién jubilado director general del servicio secreto de inteligencia israelí, entró en territorio ruso a las 10:34 de la mañana, hora estándar de Europa del Este, en el mismo instante en que el Range Rover viraba irreversiblemente hacia los abedules que flanqueaban la E18. Le seguían Mijaíl Abramov, que no tardó en adelantarle, y Esko Nurmi, de la Guardia Fronteriza finlandesa.

Los dos vehículos rusos llegaron primero al lugar del accidente y de ellos salieron nueve hombres, sin percatarse de que Mijaíl se les echaba encima armado con una pistola Jericho del calibre 45. Abatió a dos de los rusos desde una distancia de unos treinta metros y a otros dos a corta distancia. Quedaban cinco para Gabriel. Fue un poco como aquella mañana en el bosque de Alemania central: uno en cada esquina de la cartulina y otro en la chincheta. Cinco rusos muertos en un abrir y cerrar de ojos.

Esko Nurmi no disparó ni un tiro. Abrió la puerta del conductor del Range Rover y sacó a Magnus Larsen como si fuera de cartón piedra. Gabriel se acercó al otro lado y abrió de un tirón la puerta. Ingrid estaba encogida en el suelo, semiinconsciente y empapada de sangre. Gabriel buscó una herida de bala, pero no encontró ninguna. La sangre era de Magnus.

Mijaíl se acercó a Gabriel y miró dentro del Range Rover.

—Qué puto desastre.

—Ayúdame a sacarla.

Sacaron a Ingrid del coche y la sostuvieron de pie en la nieve.

—La directiva —murmuró ella.

—¿Dónde está?

No contestó.

—¿Dónde, Ingrid?

—Maletín.

Mijaíl la encontró en el suelo del asiento trasero. El peso del maletín indicaba que contenía algo más que un documento del Gobierno ruso.

—¿Y el Génesis? —preguntó Gabriel.

—En mi bolso.

Estaba tirado en el suelo, delante, junto a la pistola con la que Ingrid había luchado por su vida, una SR-1 Vektor de fabricación rusa.

—¿De dónde narices ha sacado eso? —preguntó Mijaíl.

—Gennadi —respondió ella.

Mijaíl levantó el maletín.

—¿Y el medio millón en efectivo?

Ella logró esbozar una media sonrisa.

—Siete en la tronera de la esquina.

Gabriel sacó el bolso del Range Rover. El Génesis estaba dentro. Se guardó el dispositivo en el bolsillo del abrigo y miró a Mijaíl.

—Llévala en brazos hasta la frontera.

—No —dijo ella—. Puedo ir andando.

Gabriel y Mijaíl la enlazaron por la cintura con un brazo y echaron los tres a andar ladera arriba. El puesto fronterizo de Vaalimaa estaba inundado de luces azules de emergencia. Esko Nurmi, que cargaba a Magnus Larsen sobre los hombros enormes, estaba a punto de cruzar la frontera. Iba dejando a su paso un reguero de sangre.

Mijaíl llevaba el maletín en la mano libre.

—¿Sabes? —dijo—, en todos los años que llevo trabajando para la Oficina, nunca he salido de una operación llevando medio millón de dólares en efectivo.

—Asegúrate de que sigues llevando el reloj cuando lleguemos a Finlandia.

Ingrid se rio a su pesar.

—¿Cómo puedes bromear en un momento así?

—Cuestión de práctica —respondió Gabriel.

Ella se tambaleó.

—Pobre Magnus. Esto no habría pasado si yo no me hubiera llevado la directiva.

—Hemos podido impedir el ataque. Anoche salvaste a decenas de miles de personas.

—Pero los rusos van a matar a Gennadi. —Se miró las manos manchadas de sangre—. Va a tener una muerte horrible por mi culpa.

—Gennadi sabía a lo que se arriesgaba.

Ella apoyó la cabeza en el hombro de Gabriel. Las punteras de sus botas de ante iban dejando surcos paralelos en la nieve.

—¿Todavía estoy andando? —preguntó.

—Lo estás haciendo de maravilla.

—¿Dónde estamos?

—Todavía en Rusia.

—¿Cuánto falta para llegar a Finlandia?

Gabriel miró las luces azules.

—Solo unos pasos más.

59

Cementerio de Novodévichi

Cuando Gabriel y Mijaíl llegaron por fin al otro lado de la frontera llevando a Ingrid casi a rastras, eran las 10:42 de la mañana en Finlandia. Tom McNeil alertó de inmediato a Helsinki, que a su vez transmitió la noticia a Langley, que la reenvió a Moscú. El jefe de la delegación moscovita de la CIA pidió a la misma telefonista que llamara a Gennadi Luzhkov. La mujer le contó una versión muy expurgada de lo ocurrido en el paso de Torfyanovka: lo justo para que supiera que las cosas no habían salido como les había prometido.

Gennadi, como era de esperar, escuchó una versión muy distinta de los hechos cuando el secretario Nikolái Petrov le telefoneó veinte minutos después. Según Petrov, el cruce de la frontera se había efectuado de manera totalmente normal, salvo por su cordialidad. A continuación exigió que Gennadi le devolviera el dinero que había transferido a Dubái esa misma mañana. Gennadi le respondió que su dinero había desaparecido para siempre.

—Habíamos hecho un trato.

—Y no lo has respetado, Nikolái.

—Lograron cruzar la frontera. Eso es lo que importa.

—¿Dónde se torcieron las cosas?

—Seguro que puedes hacerte una idea.

—Imagino que llamaste al director del FSB y que el director del FSB llamó a Volodia. Y que Volodia ordenó que los mataran.

—No está mal, Gennadi. Por cierto, tú eres el siguiente.

—¿Cuánto tiempo tengo?

—Volodia ha accedido a no matarte hasta que me devuelvas mi dinero.

—Qué amable de su parte. ¿Qué tajada se lleva?

—Quinientos millones.

—¿Solo valgo eso? ¿Y para qué diablos quiere Volodia otros quinientos millones de nada?

—No es por el dinero, ya lo sabes. Volodia lo quiere todo.

—Incluida Ucrania —repuso Gennadi—. ¿O la culpa de esta pesadilla la tienes tú?

—¡Quiero que me devuelvas mi dinero! —gritó Petrov de repente.

—Y te lo devolveré, Nikolái. Con una condición.

—No estás en situación de poner condiciones.

—*Au contraire.*

—¿Qué quieres?

Gennadi se lo dijo.

—Qué apropiado —contestó Petrov, y colgó el teléfono.

Llevaba ya algún tiempo poniendo en orden sus asuntos —Dios, cómo odiaba esa frase—, así que le quedaba muy poco por hacer: unos cuantos papeles que firmar, un par de cartas que echar al correo y media docena de llamadas telefónicas que tenía pendientes. Escogió con mucho cuidado a quién llamaba y lo que decía; no quería que nadie más contrajera su enfermedad. Incluso mintió a Raisa y le prometió que se reuniría con ella en el exilio a tiempo para las vacaciones de invierno. ¿Cómo estaba de salud? Mejor que nunca.

Dio una última vuelta por su despacho circular, con sus vistas panorámicas de Moscú, y luego sacó de su ridículo escritorio un objeto que se guardó en el bolsillo del abrigo. Sus escoltas estaban en la antesala del despacho, tonteando con la más joven de sus tres secretarias personales. La chica le puso en la mano un montón de mensajes telefónicos y le recordó que a las tres tenía una videoconferencia con varios de los principales inversores de TverBank. Gennadi le dijo que la cancelara, pero no le explicó por qué. Mientras iba hacia el ascensor, tiró los mensajes a una papelera. Los muertos no devolvían las llamadas, pensó.

El último trayecto en su berlina Mercedes fue bastante agradable, pero la arrugada señora que atendía la taquilla de Novodévichi aceptó sus rublos con indiferencia soviética. Detrás de las tapias de ladrillo rojo del cementerio, el bullicio incesante de Moscú remitía. La nieve que cubría los senderos estaba intacta. Mientras caminaba entre los muertos, pensó en su frase favorita de *Zhivago,* la frase que le había impulsado a tomar aquel camino tan traicionero.

«Confiar y actuar, ese es nuestro deber en la desgracia».

Llegó a la tumba de Gorbachov, el destructor de la Unión Soviética, y a las tres en punto oyó un alboroto que le recordó vagamente al batir de unas alas. Al volverse despacio, vio a Nikolái Petrov y a sus escoltas acercándose por entre los árboles de hoja perenne. Detrás de ellos venía un contingente de matones del FSB vestidos de negro, de los que se ocupaban de los traidores como él.

Petrov se detuvo a unos diez metros de donde estaba. Sus guardias de seguridad aguardaron con el abrigo abierto. Los matones del FSB se contentaron con permanecer en un segundo plano, de momento. Como chacales, pensó Gennadi. Tenía las manos metidas en los bolsillos del abrigo. A fin de cuentas, hacía mucho frío y estaba enfermo. Con la mano derecha agarraba el objeto que había sacado de su escritorio.

«Confiar y actuar, ese es nuestro deber en la desgracia».

Petrov, el cerebro de la invasión de Ucrania, el facilitador de los peores instintos del presidente ruso, miraba fijamente su reloj de pulsera.

—Acabemos con esto de una vez, ¿quieres, Gennadi? Tengo que volver al Kremlin.

—¿Sigues buscando ese documento que has perdido, secretario Petrov? —Gennadi consiguió sonreír—. La directiva del Consejo de Seguridad de Rusia 37-23\VZ.

Petrov bajó el brazo.

—¿Por qué lo has hecho? ¿Por qué has tirado tu vida por la borda de esta manera?

—Porque era una locura. Y yo era la única persona en Rusia que podía detenerte.

—No has detenido nada, idiota. Haré lo que sea necesario para ganar esta guerra.

—Igual que yo, Nikolái.

Era a Volodia a quien Gennadi quería matar, pero Volodia estaba ya fuera de su alcance, así que tendría que conformarse con Petrov. Habría sido muy fácil dispararle a través del abrigo —como un gánster de película, pensó—, pero sacó el arma y apuntó a su presa. No llegó a saber si le había dado; ni siquiera si había podido apretar el gatillo. Pero no importó; durante un instante de gloria fue un héroe ruso, en vez de un villano ruso.

No supo cuántas veces le dispararon —debieron de ser cien, al menos—, pero no sintió nada. Se desplomó sobre las losas del suelo, ante la tumba de Gorbachov, y al apoyar la mejilla en la nieve por un instante le pareció ver a Petrov tendido a su lado. Luego todo se oscureció y una parte de él se levantó y se fue a pasear entre las tumbas. Ahora era un ciudadano de Novodévichi; se había ganado un puesto allí. Había elegido confiar y actuar. Su desgracia no exigía menos.

CUARTA PARTE

LA CONCLUSIÓN

60

Moscú-Venecia

Comenzó, como la mayoría de los asuntos de importancia en Rusia, con un rumor. Pasado un tiempo, llegó a oídos de dos periodistas del diario independiente *Moskovskaya Gazeta* que se habían exiliado en Riga, la capital de Letonia, cuando el Kremlin convirtió el periodismo en un delito penado con la muerte. Su artículo —cuatro párrafos de especulaciones redactadas con sumo cuidado— provocó de inmediato un ataque de denegación de servicio que dejó inoperativo el sitio web de la *Gazeta*. Los periodistas no tenían ninguna duda de quién estaba detrás del ataque..., ni de que habían puesto el dedo en la llaga.

Nada, sin embargo, podía haberles preparado para la noticia de que Nikolái Petrov, el poderoso secretario del Consejo de Seguridad de Rusia, había sido asesinado mientras visitaba el cementerio moscovita de Novodévichi. También había muerto Gennadi Luzhkov, presidente del cuarto banco más grande de Rusia. Los dos hombres, miembros del círculo de confianza del presidente ruso, habían sido abatidos a tiros. Según el Kremlin, los asesinos eran agentes de los servicios de inteligencia ucranianos.

Dado que la declaración procedía de Yevgeni Nazarov, uno de los mayores embusteros del mundo, los periodistas independientes rusos y sus colegas occidentales dieron por sentado automáticamente que se trataba de una invención. Los medios estatales rusos, sin embargo, la reprodujeron palabra por palabra y con la debida indignación. Dimitri Budanov, el propagandista de la NTV, lloró al leerles la noticia a sus millones de telespectadores y exigió represalias inmediatas. En cuestión de minutos, cayó una lluvia de misiles sobre objetivos civiles de Kiev. El bombardeo duró poco. Rusia, al parecer, se estaba quedando sin munición.

Por la mañana, hasta los dóciles medios estatales rusos habían empezado a hacerse preguntas. ¿A qué habían ido los dos hombres al cementerio? ¿Y cómo sabían los asesinos ucranianos que estarían allí? A Dimitri Budanov, por su parte, lo que más le preocupaba era que hubieran sido asesinados junto a la tumba de Mijaíl Gorbachov, a cuyo funeral el actual presidente ruso no había tenido a bien asistir. También resultaba sospechoso el momento en que se había producido el asesinato, el mismo día en que cayeron varios misiles —inexplicablemente, al parecer— en el pueblecito fronterizo de Maksimov.

Otra cuestión que vino a complicar aún más aquel enredo fue la información publicada por el prestigioso *Helsingin Sanomat* acerca de un tiroteo entre guardias fronterizos rusos y finlandeses en el paso de Vaalimaa-Torfyanovka. El presidente finlandés se apresuró a desmentir la información y llegó al extremo de tacharla de peligrosa e irresponsable. Pero, pese a todo, anunció que iba a enviar un contingente de varios centenares de soldados a la frontera, por si a los rusos se les ocurría la idiotez de ampliar su ya desastrosa guerra.

Poco después, sin embargo, el presidente finlandés se vio contra las cuerdas cuando salió a la luz que Magnus Larsen, consejero delegado de la compañía energética danesa DanskOil, se debatía entre la vida y la muerte en un hospital de Helsinki tras recibir un disparo en la espalda. Se trataba del mismo Magnus Larsen, señaló la prensa, que había viajado a Rusia unos días antes para deshacer la controvertida alianza empresarial de su compañía con la petrolera RuzNeft, propiedad del Kremlin. La asistente personal de Larsen, Astrid Sørensen, de treinta y seis años, se hallaba en paradero desconocido. Sus compañeros de la central de DanskOil en Copenhague, que apenas la conocían, se temieron lo peor.

Las autoridades finlandesas se negaron a revelar las circunstancias concretas que habían rodeado la llegada del destacado ejecutivo danés a Helsinki, por lo que los periodistas no tuvieron más remedio que rellenar los huecos en blanco con especulaciones. La conclusión lógica era que Larsen había sido tiroteado en Rusia, debido quizá a su determinación de romper los lazos de DanskOil con RuzNeft. El portavoz de la compañía no pudo orientar a la prensa en ningún sentido, pues sabía mucho menos que los finlandeses. RuzNeft publicó un escueto comunicado deseándole una pronta recuperación al consejero delegado. Por su parte, el portavoz del Kremlin, Yevgeni Nazarov, no tuvo nada que decir, para variar. Los expertos en Rusia interpretaron su silencio como un reconocimiento tácito de la complicidad del Kremlin en el atentado contra Larsen.

La cobertura que se dio posteriormente a la noticia se centró en gran medida en la larga e indecorosa amistad del consejero delegado con el presidente ruso. Sin embargo, un extenso reportaje de *Politiken* puso fin a esos rumores al desvelar los vínculos que desde hacía tiempo tenía Larsen con los servicios de inteligencia daneses y, por extensión, con la CIA. Durante dos décadas, según afirmaba el periódico, el directivo danés del sector energético había operado como agente infiltrado en las altas esferas del mundo político y empresarial ruso. Había mantenido la alianza con RuzNeft a petición de sus superiores y había viajado a Rusia con la peligrosa misión de recabar datos acerca de los planes del Kremlin en Ucrania. La mujer que le acompañaba no era su asistente personal, sino una agente encubierta del PET. Según *Politiken,* estaba sana y salva, de vuelta en Dinamarca.

Tanto el servicio de inteligencia danés como la CIA rehusaron hacer declaraciones al respecto, lo que la mayoría de los observadores interpretó como una confirmación irrefutable de que todo lo que contaba el reportaje era cierto. Una semana después de su publicación, Larsen estaba también de vuelta en territorio danés. Por motivos de seguridad, a su llegada al aeropuerto de Copenhague solo le esperaba su esposa, Karoline. Treinta minutos después, estaban a salvo tras los muros de su casa de Hellerup, rodeados de agentes del servicio de seguridad del PET. Larsen remitió todas las preguntas de la prensa al portavoz de DanskOil, que declinó hacer comentarios. El asunto, dijo, estaba zanjado.

Los periodistas, como de costumbre, no estuvieron de acuerdo. Querían conocer la naturaleza exacta de la misión que habían llevado a cabo Larsen y la agente del PET en Rusia y las circunstancias concretas del atentado contra el consejero delegado. ¿Tenía alguna relación con la muerte de los dos miembros del círculo de confianza del presidente ruso? ¿Había ocurrido en el paso fronterizo ruso-finlandés? ¿Y qué había de aquel misterioso ataque con misiles contra una gasolinera de la localidad rusa de Maksimov? Sin duda había mucho más que contar, se decían los periodistas.

Y tenían razón, por supuesto. Pero no pudieron descubrir qué era, por más llamadas que hicieron y por más que acosaron a sus fuentes. Aun así, había pistas por doquier: en una oscura librería de Copenhague, detrás del mostrador de un café de la isla de Fionia y en el Museo Isabella Stewart Gardner de Boston, donde los visitantes de la Sala Holandesa del primer piso miraban con pasmo un marco vacío de 72,5 centímetros por 64,7.

Otra pista importante salió a la luz la primera semana de diciembre, cuando el general Cesare Ferrari, comandante de la Brigada Arte de los *carabinieri,* anunció la recuperación del *Autorretrato con la oreja vendada* de Vincent van Gogh. La noticia conmocionó al mundo del arte, aunque a algunos les preocupara la falta de transparencia de Ferrari respecto a varios detalles clave del caso; por ejemplo, el hecho de que se negara a revelar dónde y cómo había sido hallada la emblemática pintura. Ello dio lugar a que se especulara con la posibilidad de que pronto reaparecieran otros cuadros desaparecidos. El general Ferrari se negó a dar pábulo a tales especulaciones.

Pero ¿de veras se trataba del Van Gogh desaparecido? La Brigada Arte afirmaba que sí, al igual que el afamado director de la Galería Courtauld, que voló a Roma para asistir a la rueda de prensa. Para él fue un alivio comprobar que el lienzo se hallaba en muy buen estado. Aun así, antes de devolverlo a su sitio en la galería, convenía hacerle unos pequeños retoques. Y el general Ferrari tenía alguien en mente para esa tarea.

—¿Está disponible? —preguntó el director.

—Está trabajando en Venecia, en el altar de Santa Maria degli Angeli.

—¿No será en el Pordenone?

—Me temo que sí.

—Es poca cosa para él.

—Eso mismo le dije yo —contestó el general Ferrari con un suspiro.

—Es un poco caro —dijo el director—. No sé si tengo presupuesto suficiente.

—En realidad, tengo la impresión de que podría prestarse a hacerlo gratis.

Y así fue, en efecto, siempre y cuando se lo permitiera su jefa en la Compañía de Restauración Tiepolo. Para su sorpresa, ella aceptó sin vacilar. A la mañana siguiente, el cuadro salió de Roma escoltado por un convoy de los *carabinieri,* y al anochecer ya estaba apoyado en un caballete de su estudio. Introdujo un CD en su equipo de música de fabricación británica —el *Cuarteto de cuerda en re menor* de Schubert— y pulsó el *play.* Luego enrolló un trozo de algodón en el extremo de una varilla de madera, lo mojó en una mezcla cuidadosamente medida de acetona, metil proxitol y alcoholes minerales, y se puso manos a la obra.

61

San Polo

Gabriel creía que el arte de restaurar un cuadro era un poco como hacer el amor. Era mejor hacerlo despacio, con atención minuciosa por el detalle y haciendo una pausa de cuando en cuando para descansar y refrescarse. Pero, en caso de apuro, si el artesano estaba muy familiarizado con el objeto de su trabajo, la restauración podía hacerse a velocidad extraordinaria, más o menos con el mismo resultado.

Él, desde luego, tenía confianza con Vincent hasta el punto de tutearlo —lo había restaurado, falsificado y hasta robado—, pero a pesar de todo trabajó a paso de tortuga premeditadamente. El mítico autorretrato sería pronto uno de los cuadros más vistos del mundo. No tanto como la *Mona Lisa*, claro, pero sin duda atraería a multitudes. Era inevitable, dada la naturaleza chismosa del mundillo del arte londinense, que el nombre del conservador que iba a encargarse de restaurarlo se filtrara a la prensa. Así que era esencial, se decía Gabriel, que ambos dieran lo mejor de sí mismos.

Una forma infalible de avanzar despacio era limitar el tiempo que pasaba delante del caballete. Para ello, llevaba a los niños al colegio cada mañana, los recogía cada tarde y se tomaba *un'ombra* o dos a la hora del café. Aun así, pasaba la friolera de cinco horas trabajando a diario. Redujo aún más su jornada laboral imponiéndole a Chiara que se pasara cada día por casa para comer, lo que invariablemente desembocaba en una discusión sobre su última operación.

—Pero ¿y si no hubiera sacado el documento del maletín de Nikolái Petrov? —preguntó Chiara una sobremesa fría y lluviosa—. ¿Qué habría pasado entonces?

—Que los rusos habrían llevado a cabo un ataque nuclear de bandera falsa en el pueblo de Maksimov, matando de paso a centenares de compatriotas suyos. Habrían seguido varias horas de indignación popular coreografiada al detalle, y al pobre Vladímir Vladímirovich no le habría quedado más remedio que usar su enorme arsenal de armas nucleares tácticas contra el ejército ucraniano.

—¿Cómo habrían respondido los americanos?

—Destruyendo al ejército ruso en el este de Ucrania mediante un ataque convencional aplastante, de modo que al pobre Vladímir Vladímirovich no le habría quedado más remedio que borrar Kiev del mapa. Momento en el cual —añadió Gabriel—, las cosas se habrían puesto realmente feas.

—¿Un duelo nuclear entre Estados Unidos y Rusia?

—Cabe esa posibilidad, desde luego.

—Así que ¿una ladrona profesional salvó el mundo? ¿Eso es lo que estás diciendo?

—El mundo aún no está fuera de peligro.

—¿Todavía podría ocurrir?

—Por supuesto. Pero las posibilidades se han reducido mucho.

—¿Por qué?

—*Kompromat* —respondió Gabriel.

—¿La directiva del Consejo de Seguridad?

—Exacto.

—¿Sabe el presidente ruso que la tienes?

—Por sugerencia mía, Lars Mortensen, del PET, le enseñó unas cuantas páginas del documento al *rezident* del SVR en Copenhague. Además de mostrarle pruebas de que el SVR estaba detrás de la desaparición de Rikke Strøm.

—Por eso los rusos no han desenmascarado a Magnus Larsen como exagente suyo.

Gabriel asintió.

—¿Y la hermana de Rikke? —preguntó Chiara.

—Magnus ingresó hace poco una suma importante en la cuenta bancaria de Katje. Y también ha hecho una donación interesante a una asociación danesa que se dedica a combatir la violencia contra mujeres y niños.

Al día siguiente, Gabriel consiguió trabajar solamente dos horas en el Van Gogh, en parte porque el agregado de inteligencia de la Embajada finlandesa en Roma insistió en ir a Venecia para interrogarle acerca de lo ocurrido en el paso fronterizo. Chiara prosiguió con el interrogatorio esa noche, mientras se tomaban una última copa de vino en la *loggia* con vistas al Gran Canal.

—¿Y qué distancia te adentraste en Rusia, exactamente? —le preguntó con la cabeza apoyada en su hombro.

—Unos cien metros, calculo yo. Sin visado en regla, claro.

—¿Disparaste?

—Puede que sí.

—¿Cuántas veces?

—Cinco.

—¿Y a cuántos guardias rusos mataste?

—A cinco.

—Tuviste suerte de no provocar una guerra entre Rusia y Finlandia.

—No sería por falta de intentos.

Los finlandeses lograron que su nombre no se filtrara a la prensa, igual que los daneses y los americanos, lo que para él fue en parte una decepción: le habría encantado ver la cara del presidente ruso al enterarse de que era Gabriel Allon quien había dado al traste con el Plan Aurora. Pero era preferible que el papel que había desempeñado en aquel asunto quedara oculto. Lo último que necesitaba a esas alturas de su vida era otro enfrentamiento con los rusos.

Además, como solía ocurrirle, iba con retraso en la restauración. El director de la Galería Courtauld, tras recibir un informe sobre sus progresos, le suplicó que se diera prisa. Y lo mismo hizo la directora general de la Compañía de Restauración Tiepolo, que le informó de que no volverían a quedar para comer hasta que retomara el retablo de Pordenone. A partir de entonces, su jornada laboral se disparó hasta alcanzar la increíble cifra de ocho horas diarias.

A última hora de la tarde, cuando le entraban ganas de contemplar el rostro de su madre en lugar del de Vincent, solo tenía que mirar a la niña que yacía a sus pies con un cuaderno abierto y un lápiz en la mano. Solo una vez hizo ella intento de averiguar por qué se había ausentado su padre de Venecia unas semanas. Su respuesta —que estaba intentando evitar una emisión catastrófica de gases de efecto invernadero— le valió una mirada de reproche.

—No hace falta que te pongas condescendiente —dijo la niña.

—¿Dónde has oído esa palabra?

Ella se lamió la punta del dedo índice y pasó una hoja del cuaderno.

—Ultima Generazione ha convocado una manifestación en la plaza de San Marcos este fin de semana. Voy a ir con mis amigos.

—¿Ultima Generazione no es el grupo que cortó el tráfico en Via della Libertà hace un par de meses?

—Le han asegurado a la policía que esta protesta será totalmente pacífica. —Irene se reunió con él delante del lienzo—. ¿Por qué sus pinceladas son tan gruesas?

—Porque pintaba directamente del tubo, húmedo sobre húmedo. O, como dicen los italianos, *alla prima*. A veces incluso usaba una espátula en vez de un pincel. Eso hace que sus cuadros tengan una textura única. Y también que sean un poco difíciles de limpiar. —Gabriel señaló el botón de la chaqueta de Vincent—. La suciedad superficial y el barniz sucio suelen esconderse en los huecos.

—¿Cuándo vas a terminarlo?

—El director de la Galería Courtauld va a recogerlo el viernes.

O sea, que solo le quedaban tres días para cumplir su plazo de entrega. El lienzo había sobrevivido milagrosamente a su robo y a dos ventas ilegales solo con algunas pérdidas menores de pintura.

El miércoles terminó los retoques y el jueves aplicó una nueva capa de barniz. Pintó además una copia exacta del cuadro, aunque solo fuera para demostrar que, si alguna vez le apetecía, podía ganarse la vida como falsificador. El viernes, cuando el director de la Galería Courtauld llegó al piso a primera hora de la tarde, encontró ambos cuadros expuestos en el estudio.

—¿Cuál es el auténtico? —preguntó.

—Usted es el experto, así que dígamelo usted.

El erudito historiador del arte meditó largamente su respuesta. Por fin, señaló el lienzo de la izquierda.

—¿Está seguro? —preguntó Gabriel.

—Segurísimo —respondió el director—. El de la derecha es obviamente una copia.

Gabriel dio la vuelta al cuadro de la izquierda para mostrarle el lienzo inmaculado y el bastidor moderno.

—No se preocupe, esto queda entre nosotros.

El director colocó el Van Gogh auténtico en un maletín hecho a medida.

—La prensa querrá saber quién se ha encargado de la restauración. ¿Qué debo responder?

—Dígales que ha sido ese Gabriel Allon.

—Confiaba en que esa fuera su respuesta. —El director cerró el maletín—. ¿Le veré en Londres para la presentación?

Gabriel sonrió.

—No me lo perdería por nada del mundo.

62

Harry's Bar

El general Ferrari acompañó al Van Gogh en su corta travesía por la laguna, hasta el aeropuerto Marco Polo. En cuanto el cuadro despegó con destino a Londres, llamó a Gabriel y le propuso que se vieran en el Harry's Bar para tomar una copa. Gabriel, que necesitaba urgentemente un Bellini, aceptó.

—¿Puede haber una bebida más perfecta? —preguntó el general cuando el camarero les llevó la primera ronda a la mesa de la esquina.

—No —respondió Gabriel—. Y tampoco hay sitio mejor que este para tomar la bebida perfecta. —Echó un vistazo al bar desierto—. Sobre todo en invierno, cuando los venecianos tenemos la ciudad para nosotros solos.

Ferrari levantó su copa en señal de brindis.

—El director de la Galería Courtauld me ha dicho que te has divertido un poco a su costa.

—El director de la Galería Courtauld necesita gafas nuevas.

—¿Cuántos libros sobre Van Gogh ha escrito? ¿Son tres o solo dos?

Gabriel sonrió, pero no dijo nada.

—Quizá debería confiscarte la copia —añadió el general—. Solo para que no haya malentendidos.

—Le pondré una firma para evitar futuras confusiones.

—Pero no la de Vincent, espero.

—Claro que no —contestó Gabriel—. Ni se me ocurriría.

El general se rio por lo bajo.

—Ojalá pudieras ponerle tu firma a ese asunto en Rusia. El resto del mundo tiene que saber que has sido tú quien nos ha salvado del apocalipsis nuclear.

—La verdad es que el mérito es todo tuyo.

—¿Mío? ¿Por qué, qué he hecho?

—Llevarme a rastras a Amalfi para autentificar el Van Gogh.

—Eso fue un pretexto.

—Y bastante obvio, por cierto.

—Tengo que reconocer que tu teoría resultó ser más acertada que la mía. —Ferrari sacó una fotografía de su maletín y la puso sobre la mesa. En ella aparecía un hombre de unos cuarenta y cinco años almorzando en la Piazza Duomo de Amalfi. Le acompañaba una mujer rubia cuyo rostro quedaba casi oculto tras unas enormes gafas de sol—. ¿Le reconoces?

Era Grigori Toporov, el asesino del SVR al que Gabriel había matado en Kandestederne.

—Entraron en Italia con pasaporte ucraniano —explicó Ferrari—. Evidentemente, se hacían pasar por vecinos acomodados de Kiev que habían decidido huir de su patria en vez de luchar por ella. Alquilaron una villa bastante grande, no muy lejos de la de Lukas van Damme. Curiosamente, se marcharon de Amalfi de repente, la noche del asesinato.

—Ladrona va a cenar, ladrona roba cuadro, asesino ruso mata a Van Damme.

—Me temo que no podemos demostrarlo.

—Ni querríamos hacerlo —repuso Gabriel.

—Porque eso pondría en peligro la complicada tapadera que has elaborado para ocultar lo que ocurrió de verdad.

—Ladrona roba cuadro, ladrona salva el mundo.

—Con la ayuda de un directivo danés que encargó el robo en nombre de sus amos de Moscú. Y ahora a ese directivo danés le tratan como si fuera un héroe victorioso.

—Y la ladrona está escondida en su lujosa casita en Mikonos.

—¿Cuánto ganó con el trato?

—Diez millones por el trabajo de Amalfi y otros diez jugando al billar en Moscú.

El general frunció el ceño.

—Para que luego digan que no sale rentable ser un delincuente.

—Fuiste tú quien me dio poder de absolución.

—A cambio de información conducente a la recuperación de *El concierto* de Johannes Vermeer. Huelga decir que el cuadro sigue desaparecido.

—¿Qué se sabe de Coetzee?

—Les di su nombre y su descripción a las autoridades sudafricanas y les pedí que investigaran con discreción. Ayer me informaron de que no han podido localizarle. —Ferrari sacudió lentamente la cabeza—. A su socio y a él les ha ido bastante bien, ¿no crees? Mil millones de dólares y uno de los cuadros más valiosos del mundo.

—Pero la octava bomba nuclear sudafricana ha sido retirada del mercado negro. Y lo mejor de todo es que la operación la financió el Kremlin.

—Ya, pero ¿qué hay del Vermeer?

Gabriel no respondió.

—¿No hay ninguna posibilidad de que aceptes ir a Sudáfrica a buscarlo? —preguntó Ferrari.

—Me temo que tengo asuntos urgentes que atender aquí, en Venecia.

—¿Encontrar comprador para tu última falsificación, por ejemplo?

—No, evitar que detengan a mi hija en la protesta de Ultima Generazione mañana en San Marcos.

—¿Es activista, tu hija?

—¿Irene? Una auténtica radical.

—¿Y tú?

—Me preocupa el mundo que les vamos a dejar, Cesare.

—Si alguien puede arreglarlo, amigo mío, crcs tú.

Gabriel levantó su copa.

—¿Cuál crees que será la huella de carbono de un Bellini?

—Bastante pequeña, imagino.

—En tal caso, creo que deberíamos pedir otra ronda.

El general Ferrari hizo una seña al camarero.

—Supongo que hay peores finales para una historia, ¿no te parece?

—Sí —contestó Gabriel—. Mucho peores.

Il Gazzettino parecía pensar que habría disturbios. El alcalde estaba de acuerdo y rogó a los vecinos de la ciudad que evitaran San Marcos a toda costa. Gabriel no necesitó más acicates para prohibirle a su hija que asistiera a la manifestación. Su mujer le pidió que lo reconsiderara.

—Por favor, Gabriel. La niña está deseando ir.

—¿No hay manera de que te disuada?

—Y lo dices tú, que acabas de volver de Rusia.

—Pero yo estaba salvando el mundo.

—Y ahora le toca a Irene.

—¿No podemos ir a comer y ya está?

—Primero dejaremos que Irene y sus amigos salven el mundo y luego comeremos todos juntos.

—Reservaré mesa. ¿Adónde quieres que vayamos?

—Hace siglos que no vamos a Arturo.

Fueron a San Marcos en el número 1 y al llegar a la plaza se encontraron con que había varios miles de manifestantes reunidos al pie del *campanile*. Chiara e Irene se sumaron a la muchedumbre ataviada de colores vivos, pero Gabriel y Raphael se retiraron prudentemente a una mesa del Caffè Florian, donde dispondrían de un asiento de primera fila si las cosas se ponían interesantes. Raphael se había llevado sus deberes de matemáticas y, como Gabriel no tenía nada que hacer, se puso a imaginar qué pasaría si cayera un arma nuclear en medio de la enorme plaza. O en la plaza de la Independencia de Kiev. O en la plaza de la Libertad de Járkov.

Al cabo de un momento se dio cuenta de que su hijo le miraba fijamente con sus ojos de color jade y largas pestañas.

—¿En qué estás pensando? —preguntó el niño.

—En nada.

—Eso es imposible —dijo Raphael, y siguió haciendo deberes.

A pesar de la advertencia del alcalde, la manifestación fue totalmente pacífica. Hablaron los oradores, se entonaron consignas y se cantó una canción, una hermosa versión del *Imagine* de John Lennon que se escuchó en toda la plaza, desde la basílica hasta el Museo Correr. Al terminar la manifestación, Chiara e Irene se fueron al Florian acompañadas por cuatro amigos de clase de Irene que resultó que iban a comer con la familia Allon en Vini da Arturo.

El restaurante estaba en la calle dei Assassini. Gabriel llamó por teléfono mientras iba andando desde San Marcos para avisar al dueño de que su grupo había crecido inesperadamente e iban a ser ocho, en vez de cuatro. La estrechez del comedor obligó a que adultos y niños se sentaran en mesas separadas. El dueño sugirió un menú fijo para los niños, pero sonaba tan suculento que Gabriel y Chiara lo pidieron también. Apenas hablaron durante la comida, prefirieron aplicar el oído para enterarse de lo que se decía en la mesa de al lado.

—¿Te das cuenta? —preguntó Chiara—. Tus hijos han perdido todo el acento. Ya son venecianos.

—¿Son felices aquí?

—Sí, ahora que has vuelto a casa. Pero lo pasaron mal mientras estuviste fuera. Sobre todo, Irene.

—¿Son imaginaciones mías o tiene alguna idea de lo que estaba haciendo?

—Es increíblemente observadora, tu hija. Y muy seria. Los dos lo son. No me cabe duda de que van a llevar una vida parecida a la tuya.

—Te pido por favor que no dejes que eso ocurra.

Chiara sonrió con tristeza.

—¿Por qué siempre tienes que quitar importancia a tus logros?

—Porque me aburre infinitamente la gente que no para de hablar de los suyos. Y porque a veces desearía...

—¿Haber nacido en Berlín y haberte llamado Frankel en vez de Allon? ¿Haber asistido a la mejor academia de arte de Alemania y haberte convertido en un pintor importante? ¿Que tu madre no hubiera pasado la guerra en Birkenau y que tu pobre padre no hubiera muerto en la guerra de los Seis Días?

—Has olvidado mencionar Viena.

—Pero eso eres tú, Gabriel.

—Eli dice que tengo una necesidad incontrolable de reparar las cosas.

—¿Por qué crees que se ha empeñado tu hija en venir a la manifestación?

—¿Ha heredado mi trastorno?

—Junto con tu brillantez, tu honestidad y tu sentido del bien y el mal.

—Me tiene preocupado.

—Tú también le preocupas a ella.

—¿Por qué?

—Porque no se te da tan bien como crees ocultarnos tu tristeza. —Chiara le apretó la mano—. ¿Cómo ha sido volver?

—Ha cambiado.

—¿Viste a Leah?

—Sí, claro.

—¿Cómo está?

—Su médico me regañó por haber estado casi un año sin ir a verla.

—Lo siento.

—No lo sientas. No es culpa tuya.

Chiara tiró de un hilo suelto del mantel.

—¿Me lo habrías dicho si no te lo hubiera preguntado?

—Con el tiempo.

—¿Cuándo?

—Desde luego, no mientras te hacía el amor en nuestra cama con vistas al Gran Canal.

Chiara tenía una mirada ecuánime y serena.

—Este es el momento de la conversación…

—En que te digo que soy el hombre más afortunado del mundo. Me has hecho muy feliz, Chiara. No puedo ni imaginar cómo habría sido mi vida si no nos hubiéramos conocido.

—Yo sí. Te habrías casado con esa calamidad de Anna Rolfe.

—Abandoné a esa calamidad.

Chiara le pasó suavemente la uña del pulgar por el dorso de la mano.

—¿Y nunca estuviste enamorado de ella?

Gabriel miró a sus dos hijos y sonrió.

—No hace falta ni que lo preguntes.

Nota del autor

El coleccionista es una obra de entretenimiento y no ha de leerse como nada más. Los nombres, personajes, lugares y sucesos que aparecen recogidos en la historia son producto de la imaginación del autor o se han utilizado con fines exclusivamente literarios. Cualquier parecido con personas vivas o muertas, negocios, empresas, acontecimientos o lugares de la vida real es pura coincidencia.

Quienes visiten el *sestiere* de San Polo buscarán en vano el palacio reformado con vistas al Gran Canal en el que Gabriel Allon se ha instalado con su esposa y sus dos hijos. Tampoco es posible encontrar la oficina de la Compañía de Restauración Tiepolo, porque tal empresa no existe. Lo mismo puede decirse de una entidad sin ánimo de lucro con sede en Londres conocida como Sociedad para la Conservación de Venecia. Vini da Arturo, en la calle dei Assassini, es uno de nuestros restaurantes favoritos en Venecia, y Adagio, cerca del *campanile* del Campo dei Frari, es un lugar precioso para tomar *cicchetti* y *un'ombra* a última hora de la tarde. Mis más sinceras disculpas al personal del restaurante Hjorths de Kandestederne por lo malhumorado que estuvo Gabriel durante la cena. En cuanto al asesino ruso muerto al final de Dødningebakken, en fin, son cosas que pasan.

La novela transcurre en un lapso de varias semanas del otoño de 2022. El trasfondo real de ese periodo —la evolución de la guerra en Ucrania, las sanciones y los vetos de desplazamiento, la huida de las compañías petroleras occidentales de la Rusia de Vladímir Putin— está plasmado fielmente, en su mayor parte. Cuando ha sido necesario, me he tomado algunas licencias. También he ficcionado algunas empresas y lugares. Por ejemplo, no hay ninguna urbanización privada llamada Balmoral Hills o Somerset Estates en el exclusivo barrio moscovita de Rublyovka.

Tampoco hay un restaurante en la Rue de Miromesnil de París que se llame Brasserie Dumas, ni una agencia de compraventa de diamantes en Amberes que lleve el nombre de un monte del este de Turquía. El Jørgens Smørrebrød Café de Vissenbjerg también es ficticio, al igual que TverBank, RuzNeft y la compañía energética danesa DanskOil. De hecho, decidí instalar la sede de mi empresa de petróleo y gas en Dinamarca para que no se la pudiera confundir con ninguna otra empresa occidental que tuviera negocios con Rusia. Dinamarca, el mayor productor de petróleo de la Unión Europea, ha prohibido nuevas prospecciones en el mar del Norte y se ha marcado el objetivo de poner fin a la extracción de combustibles fósiles para 2050. En el momento de escribir estas líneas, ese país escandinavo de 5,8 millones de habitantes obtiene el sesenta y siete por ciento de su electricidad de fuentes renovables, principalmente eólicas.

La breve biografía del pintor holandés del Siglo de Oro Johannes Vermeer que aparece en el capítulo diez de la novela es exacta, como lo es la descripción del robo de marzo de 1990 en el Museo Isabella Stewart Gardner, el mayor robo de arte de la historia. Más de tres décadas después, el paradero de las trece obras sustraídas sigue siendo un misterio. Anthony Amore, director de seguridad del Museo Gardner, afirmó en 2017, en declaraciones al *New York Times*, que era probable que las obras desaparecidas se encontraran en un radio de unos cien kilómetros alrededor de Boston. Pero el difunto Charles Hill, el legendario exinspector de Scotland Yard y sabueso del arte, estaba convencido de que habían llegado a Irlanda desde Boston. No hay pruebas de que estuvieran en manos del cártel de Kinahan, una famosa organización criminal de Dublín vinculada a la Camorra y la 'Ndrangheta italianas. El *Autorretrato con la oreja vendada* de Vincent van Gogh que cuelga en la Galería Courtauld de Londres nunca ha sido robado, salvo en las páginas de *The Rembrandt Affair,* mi novela de 2010 protagonizada por el ladrón de arte parisino Maurice Durand.

El programa de armas nucleares del Gobierno sudafricano de minoría blanca es un hecho histórico, como lo es la decisión del régimen, tomada durante los últimos tiempos del *apartheid,* de renunciar a ese arsenal. Israel lleva mucho tiempo negando que proporcionara ayuda a Sudáfrica en ese sentido, igual que niega que posea un potente arsenal nuclear propio. Las armas sudafricanas —seis terminadas y una en construcción— se desmantelaron bajo supervisión internacional, pero el Gobierno de mayoría negra conserva en su poder casi doscientos treinta kilos de uranio altamente enriquecido. La Administración Obama intentó sin éxito convencer a Pretoria de que entregara ese remanente. El material fisible, que ha sido fundido y convertido en lingotes, está almacenado en una antigua cámara acorazada del Centro de Investigación Nuclear de Pelindaba, donde sigue siendo un blanco apetecible para ladrones y terroristas. Los expertos en energía nuclear afirman que, si dos piezas de ese material chocaran a gran velocidad, se produciría con toda probabilidad una gran explosión nuclear.

Rusia, claro está, es una potencia nuclear de primera fila: posee el mayor arsenal de armas nucleares del mundo, unas armas que Vladímir Putin y sus propagandistas de cabecera han amenazado en repetidas ocasiones con utilizar en Ucrania. Entre los defensores más belicosos de la opción nuclear se encuentra Dimitri Medvédev, el enclenque expresidente ruso, considerado en su día como un reformista prooccidental, que ahora ocupa el cargo de vicesecretario del Consejo de Seguridad de Rusia. Cuando en marzo de 2023 le preguntaron si la amenaza de un conflicto nuclear entre Rusia y Occidente había disminuido, Medvédev respondió: «No, no ha disminuido, ha aumentado. Cada día que Ucrania recibe armas del extranjero estamos más cerca del apocalipsis nuclear».

Esta retórica incendiaria pretende sin duda socavar la determinación de Occidente y generar división en el seno de la alianza proucraniana, pero no es en absoluto una amenaza vacía. O, en palabras de Dimitri Medvédev, «no es un farol, desde luego». La doctrina nuclear rusa se ha modificado para permitir un primer ataque en respuesta a una amenaza percibida, y las fuerzas armadas rusas poseen unas dos mil armas nucleares tácticas, diez veces más de las que hay en el arsenal estadounidense. Estas armas más pequeñas y de menor potencia podrían utilizarse para lograr un objetivo muy concreto en el campo de batalla —por ejemplo, tomar la ciudad de Bajmut— o para propiciar una escalada «controlada» de la crisis ucraniana a fin de cumplir las ambiciones territoriales y geoestratégicas de Rusia.

En el otoño de 2022, mientras las fuerzas rusas se batían en retirada y el número de bajas iba en aumento, en la Administración estadounidense cundió la alarma porque Putin y sus asesores militares estuvieran buscando un pretexto para utilizar armas nucleares en Ucrania, o porque ellos mismos crearan ese pretexto mediante una operación de bandera falsa. La tensión aumentó después de que el ministro de Defensa ruso, Serguéi Shoigú, telefoneara a cuatro de sus homólogos de la OTAN —incluido el secretario de Defensa estadounidense, Lloyd Austin— para informarlos de que Ucrania tenía planeado detonar una bomba sucia en su propio territorio y culpar del ataque al Kremlin. Ucrania respondió acusando a Rusia de construir bombas sucias utilizando material radiológico de una central nuclear ucraniana capturada. El presidente Joseph Biden llegó al extremo de advertir públicamente a Vladímir Putin de que cometería un «gravísimo error» si utilizaba armas nucleares tácticas en Ucrania. Al parecer, la preocupación del momento hizo que funcionarios del Ejército y de los servicios de seguridad nacional de la Casa Blanca y el Pentágono se prepararan para una posible crisis nuclear participando en ejercicios de simulación.

Pero ¿de verdad apretaría Vladímir Putin el botón nuclear y se arriesgaría a una confrontación potencialmente catastrófica con

Estados Unidos y sus aliados de la OTAN con el único fin de imponerse en Ucrania? La mayoría de los diplomáticos, funcionarios de inteligencia y analistas militares insisten en que es poco probable, pero esa opinión dista mucho de ser unánime. De hecho, un ex alto cargo de la inteligencia estadounidense me dijo una vez que las probabilidades de un ataque nuclear ruso en Ucrania se cifraban «entre el veinticinco y el cuarenta por ciento». El grado de amenaza aumentaría significativamente, añadió, si Putin se enfrentara a una derrota militar desastrosa que pudiera conducir a su destitución y a la pérdida de sus miles de millones amasados ilícitamente.

Vladímir Putin ha sido acusado por el Tribunal Penal Internacional de La Haya de cometer crímenes de guerra en Ucrania, pero los observadores más autorizados del líder ruso afirman que lo que más teme es una «revolución de color», como la Revolución Naranja que estalló en Ucrania en 2004 o el levantamiento que en Libia condujo a la deposición de Muamar el Gadafi, el vídeo de cuyo brutal asesinato Putin veía obsesivamente. Cada vez más paranoico y aislado, Putin ha puesto en práctica una represión interna que no se veía desde los tiempos más oscuros del comunismo soviético. Ya no se tolera ningún tipo de disidencia. La oposición a la guerra en Ucrania es un delito.

En las raras ocasiones en que Putin se aventura a aparecer en público, sus discursos parecen cada vez más disociados de la realidad. Para justificar *a posteriori* la invasión de Ucrania, ha adoptado el lenguaje de la extrema derecha populista europea y estadounidense, presentando su guerra de agresión no provocada como una cruzada entre la Rusia cristiana y las élites ateas y globalistas occidentales. El pueblo ruso, sin embargo, sabe la verdad: sabe que Vladímir Putin es el único responsable de la calamidad que ha caído sobre Rusia. Si la historia sirve de guía, es muy posible que Putin, a fin de cuentas, acabe teniendo su revolución de color.

Agradecimientos

Quiero dar las gracias a mi esposa, Jamie Gangel, por escucharme pacientemente mientras elaboraba el argumento de *El coleccionista* y por editar con esmero la pila de papel que yo llamo eufemísticamente «mi primer borrador», todo ello mientras daba noticias casi a diario en la CNN. Mi deuda para con Jamie es inconmensurable, igual que mi amor.

Siempre estaré en deuda con David Bull por sus consejos en todo lo relacionado con el arte y la restauración. David, uno de los mejores restauradores del mundo, ha restaurado obras de Johannes Vermeer y Vincent van Gogh, pero, a diferencia de Gabriel Allon, nunca ha tenido ocasión de limpiar un cuadro del ambicioso manierista de la escuela veneciana conocido como Il Pordenone.

Mark Hertling, excomandante general del Ejército de Estados Unidos en Europa, ha sido una fuente de información inestimable acerca de la guerra de Ucrania, al igual que James G. Stavridis, decimosexto comandante supremo aliado de la OTAN y novelista superventas por derecho propio. Por descontado, cualquier error o licencia literaria que haya en *El coleccionista* debe achacárseme a mí, no a ellos.

Mi superabogado, Michael Gendler, me procuró sabios consejos y risas más que necesarias. Mi querido amigo Louis Toscano, autor de *Triple Cross* y *Mary Bloom,* introdujo innumerables mejoras en la novela, y mi correctora personal, Kathy Crosby, se aseguró con su ojo de águila de que no hubiera errores tipográficos ni gramaticales. David Koral y Jackie Quaranto condujeron con pericia mi texto mecanografiado a través del proceso de producción pese a lo apretado del calendario.

Mi más sincero agradecimiento al resto del equipo de Harper-Collins, y en especial a Brian Murray, Jonathan Burnham, Leah Wasielewski, Leslie Cohen, Doug Jones, Josh Marwell, Robin Bilardello, Milan Bozic, Frank Albanese, Leah Carlson-Stanisic, Carolyn Bodkin, Chantal Restivo-Alessi, Julianna Wojcik, Mark Meneses, Beth Silfin, Lisa Erickson, Amy Baker, Tina Andreadis, Diana Meunier, Ed Spade y Kelly Roberts.

Por último, quiero dar las gracias a mis hijos, Lily y Nicholas, que fueron una fuente constante de cariño, apoyo e inspiración durante todo el año de escritura. La última frase de *El coleccionista* la escribí pensando en ellos.